# PAR PEUR DE PARDONNER

## DÉTECTIVE LIZ MOORLAND

### TOME 1

## PHILLIPA NEFRI CLARK

# PAR PEUR DE PARDONNER

# UNE PETITE NOTE

Les livres de la détective Liz Moorland se déroulent en Australie et sont écrits en anglais australien pour une expérience authentique.

Certains termes et usages peuvent être spécifiques à l'Australie.

# UN

Il n'y a pas de place le long de cette rue étroite pour se garer, alors je recule la camionnette dans l'allée d'une maison plongée dans l'obscurité. Aucune lumière ne s'allume. Personne ne regarde par la fenêtre. Je coupe le moteur.

Ces nouveaux lotissements sont nuls. Des impasses partout. Des dos d'âne. De minuscules ronds-points. Des maisons surdimensionnées avec des pelouses plus petites que mon mouchoir. De maigres arbrisseaux remplacent les vieux chênes ou les eucalyptus rasés pour faire place à des familles entassées dans des boîtes. Pour moi, elles se ressemblent toutes.

Mais une seule compte.

Le numéro dix.

Je suis à deux portes et de l'autre côté de la rue, il est donc facile de voir les occupants à l'intérieur lorsqu'ils se dirigent vers la porte. Leur voiture est dans l'allée. Rouge. De taille moyenne. Il ne faudra pas grand-chose pour la faire sortir de la route... si on en arrive là.

J'allume une cigarette et aspire le goudron nauséabond jusqu'à ce que mes poumons me fassent mal, puis je souffle la fumée. Ça n'améliore pas la visibilité, alors j'entrouvre la fenêtre. L'air est déjà glacial et ce n'est que le début de la soirée.

La gamine se précipite hors de la maison vers la voiture. Elle porte une robe courte, des collants et une doudoune. Ça n'a aucun sens. Un pantalon lui tiendrait plus chaud.

— Dépêche-toi, papa ! Je meurs de froid !

Comme je l'ai dit. Un pantalon te tiendrait plus chaud.

Elle a huit ans. Blonde comme sa mère. Elle saute sur place en faisant des cercles, expirant de la buée blanche. À mi-chemin, elle s'arrête et regarde fixement dans ma direction.

Je baisse ma cigarette et l'écrase dans une canette de soda vide.

Il n'y a aucune chance qu'elle puisse me voir. Pas à travers la condensation et les vitres teintées. Regarde tant que tu veux, petite fille.

— Mélanie, tu as oublié ton sac à dos.

Susie Weaver déverrouille la voiture avec une télécommande, son sac à main sur l'épaule et le sac à dos de la gamine dans l'autre main.

Mélanie ouvre brusquement la portière et se jette à l'intérieur.

— J'étais presque devenue un bonhomme de neige, maman.

— Il faudrait d'abord qu'il neige.

— Je n'ai jamais vu de neige.

— Bien sûr que si. On t'a emmenée en Suisse quand tu avais trois ans.

— J'étais un bébé à l'époque. On peut y aller maintenant ?

Une vraie pipelette, celle-là.

Son père s'affaire devant la porte d'entrée. Il vérifie qu'elle est bien fermée. Il tâte son manteau à la recherche de je ne sais quoi qu'il pense avoir oublié.

— On ferait mieux d'y aller, David. Susie est à moitié assise sur le siège passager avant.

Oui. Vous allez être en retard si vous ne partez pas. Il ne faudrait pas que vous vous pressiez sur les routes glissantes. Pas encore.

Une minute plus tard, la berline recule, emportant la petite famille parfaite.

Bientôt confrontée aux conséquences d'une mauvaise décision.

Quand leurs feux arrière disparaissent dans un virage, je mets le contact.

# DEUX

— Je veux te voir manger un bol entier de linguine *et* un dessert, Melanie Weaver !

Melanie gloussa tandis que Carla Pickering essayait de prendre un air sérieux. Sans succès, elle finit par rire aussi. Susie adorait ça chez sa meilleure amie. Depuis la naissance de Melanie, Carla avait été plus qu'une marraine. Elle avait été comme une seconde mère.

— Maman, quand le serveur viendra, est-ce que je peux commander mon repas toute seule, s'il te plaît ?

— Tu peux, et même le mien si tu veux.

Le Spironi était toujours bondé le vendredi soir, et ils étaient assis à leur table habituelle près de la fenêtre. David était sorti pour prendre un appel téléphonique, alors ils l'attendaient. Ainsi que le mari de Carla.

— Où est Bradley, ma chérie ?

Carla haussa les épaules.

— Tu sais comment ils sont, tous les deux. Il y a toujours quelque chose qui arrive au travail au dernier moment. Il a promis qu'il ne passerait qu'une minute à l'entrepôt. Et il a intérêt à venir parce que je n'ai pas envie de rentrer en taxi.

— On te ramènera si ça arrive.

— Si quoi arrive ? Désolé d'être en retard. Bradley Pickering se pencha par-dessus l'épaule de Carla pour l'embrasser sur la joue. Vous auriez dû commencer sans moi.

— La prochaine fois, on fera une soirée entre filles, dit Susie. Par la fenêtre, David — de dos — n'avait pas l'air content en parlant à son interlocuteur au téléphone. Ses épaules étaient tendues, et il passait sa main libre dans ses cheveux. Ce n'était pas la première fois cette semaine qu'il se tenait ainsi pendant un appel téléphonique.

*Qui t'agace autant ?*

— Salut, ma puce. Bradley sourit à Melanie en s'asseyant à côté d'elle.

— Oh, tu es là ! Je vais commander mon dîner. Et celui de Maman.

— Très bien. Je devrais regarder le menu. Je meurs de faim. Bradley se pencha en arrière pour attirer l'attention d'un serveur. J'ai raté le déjeuner.

— Alors commandons. Je vais deviner pour David, dit Susie.

Elle n'eut pas à le faire. David revint au moment où leur serveur arrivait, se glissant sur le siège entre Bradley et Susie. Il fit mine d'éteindre son téléphone et de le ranger dans sa poche, puis fit un clin d'œil à Melanie. Elle essaya de lui rendre son clin d'œil, mais ses deux yeux s'ouvraient et se fermaient en même temps. Dès que le serveur demanda s'ils étaient prêts à commander, elle arrêta de s'entraîner et leva la main.

— J'aimerais passer une commande, s'il vous plaît.

Tout le monde rit. C'était impossible de ne pas le faire, mais Melanie fronça les sourcils jusqu'à ce qu'ils s'arrêtent. Une fois qu'elle eut obtenu le calme qu'elle voulait, elle commanda avec précision et politesse, puis croisa les bras.

Carla lui chuchota quelque chose, et les lèvres de Melanie s'étirèrent en un sourire.

David remplit les verres de vin rouge.

— Pas pour moi. Carla couvrit son verre d'une main.

Bradley s'empressa de remplir son verre d'eau à partir d'une bouteille au milieu de la table et elle le souleva avec un rapide coup d'œil et un « merci » murmuré.

Les hommes entamèrent une conversation à voix basse. Melanie avait le carnet qu'elle emportait partout et griffonnait. Susie se pencha vers Carla.

— Pas de vin ? Est-ce que tu... ?

— Je ne sais pas. Peut-être. Je ferai un test à la maison demain.

— Ça arrivera. Et tu seras la meilleure mère qui soit. Susie lui serra le bras.

— J'aimerais juste...

— Quoi, ma chérie ?

— Bradley et moi avons trop attendu. J'ai toujours pensé... espéré...

— Tu n'es pas trop vieille, Carla.

Carla sourit. Un sourire triste qui serra le cœur de Susie. Il y avait quelques années entre elles et quand Susie était tombée enceinte moins d'un an après avoir épousé David, Carla l'avait taquinée sur le fait d'être une jeune maman. Mais Carla n'avait jamais faibli dans son soutien à Susie et était tombée amoureuse de Melanie dès qu'elle l'avait vue.

— Tante Carla, tu veux bien me sourire pour que je te dessine ?

Au moment où les plats principaux arrivèrent, Melanie était satisfaite du portrait mais refusa de le montrer à quiconque jusqu'à ce qu'elle le colorie à la maison.

Malgré la nourriture devant lui, Bradley avait son téléphone sorti, montrant quelque chose à David. Leurs têtes étaient proches, mais le langage corporel était étrange. Plus Bradley se penchait, plus David se reculait sur sa chaise jusqu'à ce que son cou soit tendu pour voir l'écran.

— Et si on mangeait ? Vous savez, plutôt que de parler affaires ? David ? Susie tenait sa fourchette en l'air pour montrer qu'elle n'allait pas commencer son repas tant qu'ils n'arrêteraient pas de traiter des problèmes de travail à table. Les deux hommes s'excusèrent, et la table s'installa dans un silence agréable pendant qu'ils savouraient ce qui était toujours un délicieux repas. Ils sortaient dîner ensemble presque tous les vendredis ou samedis soir depuis des années, souvent ici où la nourriture était excellente et l'ambiance leur convenait à tous.

De l'autre côté de la table, Melanie essayait d'imiter son père qui enroulait les spaghettis autour de sa fourchette contre une cuillère. Des taches de tomate parsemaient ses doigts, mais elle persévéra jusqu'à ce qu'un petit ruban s'enroule autour des dents de la fourchette et qu'elle s'empresse de l'aspirer dans sa bouche.

— Tu as tellement de chance, Susie. Tu as tout, dit Carla.

*Bien sûr, si tu veux dire un mari qui garde soudainement des secrets.*

Susie jeta un coup d'œil à David en fronçant les sourcils et prit son verre de vin.

Les yeux de nouveau sur Susie, Carla hocha la tête.

— C'est *vrai*, ma chérie. Une famille si parfaite et maintenant, avec les nouvelles affaires que les garçons négocient pour l'entreprise, vous serez en mesure de vous rapprocher de nous. Quelque chose de plus grand. Pour Mel.

— J'aime notre maison.

— Eh bien, Mel aime notre jardin. Elle adore nos arbres fruitiers et la piscine. Un peu plus d'espace.

*Comme j'en avais autrefois.*

De l'espace pour courir, faire du bruit, et des bêtises et s'allonger sur le dos pour regarder le ciel. Pas d'arbres fruitiers ni de piscine, mais mieux que ça. Un poney. Son poney. Et un père qui était toute sa vie...

Elle saisit son vin et en avala plus qu'elle n'en avait l'intention.

— Maman ? J'ai besoin d'aller aux toilettes des dames.

Melanie avait quitté son siège et était à côté de Susie.

— Oh. D'accord, on va y aller...

— Maman. Je sais où c'est. Je suis une grande fille.

Susie sourit et embrassa le front de Melanie.

— C'est vrai. Mais tu n'as le droit d'être hors de ma vue que pendant deux minutes, sinon je vais penser que tu joues à cache-cache, alors ne sois pas longue.

Melanie leva les yeux au ciel et fila vers le fond du restaurant. Elle était en sécurité ici. Tout le personnel la connaissait, et elle serait très bien toute seule pendant quelques minutes.

Elle adorait l'odeur citronnée du savon pour les mains, alors Melanie se lava les mains deux fois, en chantant. Un jour, elle serait chanteuse, parcourant le monde. Ou une artiste célèbre. Peut-être les deux.

Sur le point d'appuyer sur le gros bouton du sèche-mains, un bruit de l'autre côté de la porte l'arrêta. Était-ce Papa ? Elle écouta. C'était lui. Et Oncle Bradley semblait en colère. Vraiment en colère.

— C'est ta dernière chance, David. Je suis sérieux.

— Et pour la dernière fois, je ne suis pas d'accord avec ça.

— C'est ton dernier mot ?

— Mon dernier mot, Brad.

— Espèce d'idiot !

Melanie appuya brusquement sur le bouton du sèche-mains et se tint tout près, noyant les voix en colère. Elle compta jusqu'à cinquante, rallumant le sèche-mains deux fois.

Mais quand elle jeta enfin un coup d'œil par la porte, ils étaient juste un peu plus loin dans le couloir. Pas seulement Oncle Brad et Papa, mais un autre homme avec un visage en colère. Elle ferma la porte et se dressa sur la pointe des pieds pour se regarder dans le miroir.

Ses doigts touchèrent le verre, tapotant en rythme. « Les. Meilleurs. Amis. Ne. Devraient. Pas. Se. Disputer. »

Susie vérifia le temps écoulé depuis le départ de Melanie. Trop long. Juste au moment où elle allait partir à sa recherche, Melanie se glissa de nouveau sur son siège, les yeux baissés.

— Ma chérie ? Tu as l'air contrariée.

— Peut-être un peu.

— Tu veux me dire pourquoi ?

Melanie jeta un coup d'œil vers l'endroit d'où elle était venue.

David et Bradley avaient disparu dans la même direction juste après que Melanie eut quitté la table. Susie était à bout de patience avec ces conneries de secret, surtout quand ça affectait leur soirée.

— Tu as vu Papa ?

Avec un hochement de tête, Melanie tourna des yeux tristes vers Susie. « Oncle Bradley est fâché contre lui. »

Susie échangea un regard avec Carla, dont le front était plissé. Visiblement, elle non plus ne savait pas ce qui se passait.

— Je suis sûre que c'est juste à propos du boulot, alors je vais aller leur rappeler qu'ils doivent commander le dessert.

*Après leur avoir botté les fesses.*

Carla prit un menu. « Que prends-tu comme dessert, Mel ? Je pensais essayer... »

Reconnaissante envers son amie pour sa réaction automatique de distraire Melanie, Susie se dirigea vers le fond du restaurant. Elle tourna dans le couloir menant aux toilettes, manquant de percuter leur serveur.

— Désolée, Marco. Je ne regardais pas. Tu sais où est David ?

— Il parle avec M. Bradley. Près de la sortie de secours.

— Merci.

Elle entendit leur dispute avant de pouvoir les voir.

— Mon pote, on doit tous les deux signer ce contrat. Si tu ne le fais pas, alors je suis fichu. Tu fais l'erreur de ta vie. De toutes nos vies.

*Mais de quoi Brad parle-t-il, bon sang ?*

Derrière les hommes — qui étaient face à face — la porte de sortie se referma avec un clic. Le visage de David était fermé. Les mains de Bradley volaient partout autour de lui tandis qu'il continuait à déblatérer jusqu'à ce qu'il remarque Susie. Ses bras retombèrent.

— Félicitations à vous deux. Melanie est bouleversée et pense que vous vous détestez, et je comprends pourquoi. C'est un dîner convivial. Pas une putain de réunion d'affaires. D'accord ?

———

Après le dessert, Bradley annonça qu'il devait retourner travailler un moment et avant que Carla n'ait eu le temps d'objecter, David insista pour la ramener chez elle.

Arrivée chez Carla, Susie descendit pour lui faire un câlin.

— Je ne sais pas ce qui se passe entre ces deux-là, chuchota Carla. Quels idiots.

Susie leva les yeux au ciel.

— Vraiment. Elle recula avec un sourire. Mais merci d'être toujours là pour moi. Je ne sais pas ce que je ferais sans toi.

— Je t'aime.

— Pour toujours et à jamais, Carla.

Quelques minutes après avoir pris la route pour rentrer, Melanie s'endormit. Quand ils s'engagèrent sur la longue route dégagée qu'ils utilisaient comme raccourci entre les deux maisons, Susie se tourna vers David.

— C'était quoi tout ça ? Toi et Bradley ?

Il jeta un coup d'œil à Melanie dans le rétroviseur.

— Je suis vraiment désolé. Je ne voulais pas qu'elle nous entende.

— Eh bien, c'est arrivé. Pourquoi Bradley est-il si en colère ?

— Nous avons des opinions différentes sur la direction de l'entreprise. Tu sais à quel point l'argent compte pour lui et j'ai refusé un arrangement qui, selon moi, nous mettrait dans le pétrin. Il n'est pas d'accord.

— Je l'ai entendu dire que tu devais signer un contrat.

— Le premier pas sur une pente glissante.

— Quelque chose d'illégal ?

— Disons simplement que je ne fais pas confiance aux gens avec qui il voulait travailler.

Susie fronça les sourcils.

— Je devrais m'inquiéter ?

David tendit la main et serra celle de Susie.

— Bien sûr que non. De toute façon, j'ai hâte d'être à notre balade demain. J'ai hâte de te montrer ce que j'ai trouvé et peut-être qu'on pourra s'arrêter le long de la côte pour déjeuner.

— Oh, j'adorerais ça ! Melanie va adorer !

Un éclair aveuglant de lumière remplit l'intérieur alors que des phares — en pleins phares — apparurent de nulle part derrière eux.

Susie se retourna pour regarder. Un imbécile était juste derrière eux.

— David ?

— Qu'est-ce que c'est que ce bordel ? Je ne vois pas la route.

Susie se tourna de nouveau vers l'avant, attrapant la poignée au-dessus de la porte alors que leur voiture se déportait au-delà de la ligne centrale.

Les phares disparurent.

Ils étaient sur la mauvaise voie.

*Dieu merci, la route est vide.*

Avant que David ne puisse revenir sur sa voie, un moteur rugit et quelque chose de grand — une camionnette — égala leur vitesse, collée contre la fenêtre de Susie.

— David !

Il écrasa son pied sur le frein.

La camionnette les dépassa.

Ils glissaient.

Tournoyaient.

Les pneus hurlaient.

*Melanie. Oh mon Dieu, Melanie.*

# TROIS

— Il y a deux cafés qui refroidissent sur le comptoir du food truck à cause de toi qui m'as traîné loin. Deux minutes de plus n'auraient pas fait de mal, grommela le détective Pete McNamara depuis le siège passager.

La détective Liz Moorland ne répondit pas tandis qu'elle roulait sur la route verglacée. La plainte futile de son partenaire n'aidait pas. Elle serra le volant jusqu'à ce que ses jointures blanchissent.

*Ça ne peut pas être vrai.*

— D'après ce qu'on entend, ce n'était qu'un accident. Ce n'est pas comme si on pouvait faire quoi que ce soit non plus.

Elle lui lança un regard qu'elle espérait suffisant pour le faire taire. Pete était un excellent policier, mais une vraie plaie.

Des lumières bleues et rouges clignotantes signalèrent l'approche d'une ambulance et elle ralentit, se déportant autant qu'elle osait sur cette route étroite. L'ambulance passa en trombe et elle murmura une petite prière pour l'occupant. Elle n'avait pas besoin de croire en un dieu pour offrir son cri intérieur d'aide. Pete garda ses pensées pour lui. Peut-être que la gravité d'une ambulance roulant à vive allure lui avait coupé l'envie de parler.

La scène devant eux était un véritable carnage.

Des voitures de patrouille bloquaient la route à chaque extrémité d'un tronçon d'environ cinquante mètres, avec des agents en uniforme faisant office de contrôleurs de la circulation. Une petite file de voitures était immobilisée à l'extrémité et quelques personnes étaient descendues pour prendre des photos. Une ambulance et deux camions de pompiers étaient garés en biais plus près de l'accident.

Des projecteurs portables éclairaient les secouristes utilisant les pinces de désincarcération sur la portière passager d'une berline rouge écrasée. Son capot était enroulé autour du tronc d'un grand eucalyptus sur le large accotement envahi par la végétation.

Liz se gara à l'écart, repoussant l'idée que personne ne pouvait survivre à un tel impact. L'ambulance avait ses sirènes allumées. Quelqu'un était en vie.

Pete fut le premier à sortir de la voiture.

— Je vais aller dire un mot à cet officier. Qu'il fasse son travail. Ces gens qui photographient ça sont de vrais parasites sanguinaires.

Son absence donna à Liz l'occasion de se ressaisir. Mettre ses sentiments de côté. Gérer ce qui se passait autour d'elle sans le laisser entrer dans sa tête.

*Tu parles.*

— Liz. Désolée de te voir dans ces circonstances. La brigadière-chef Annette Benski la rejoignit à mi-chemin. Elles avaient travaillé ensemble sur une affaire récente.

— Y a-t-il une chance que tu te trompes, Annette ?

— Je ne t'aurais pas appelée si c'était le cas. Sacré gâchis.

Un étau de fer se resserra autour de sa poitrine tandis qu'elles approchaient de la voiture.

*Reste professionnelle.*

— Des premières idées sur ce qui l'a causé ? Accident d'un seul véhicule ?

— Aucun signe d'un autre véhicule. L'équipe d'enquête sur

les accidents sera bientôt là et c'est ce à quoi ça ressemble en surface. La route est gelée. Le conducteur allait peut-être un peu trop vite et a perdu le contrôle. Ça pourrait être lié à la drogue ou à l'alcool... désolée. Pas la peine de spéculer.

Avec un gémissement, la machine força le métal à se séparer et la portière passager tomba avec un bruit sourd.

Le pare-brise était à quelques centimètres du siège passager avant. Un airbag dégonflé pendait mollement.

Et Susie Weaver était morte.

Liz ravala la boule dans sa gorge.

Elle regarda au-delà de Susie vers David et recula devant les dégâts sur son visage.

— Melanie ? Elle était avec eux ?

— L'ambulance vient de l'emmener. Surtout de la douleur due à un bras cassé apparemment. Mais Liz. Elle a vu ses parents. Les ambulanciers lui ont donné un sifflet vert, mais je sais qu'elle a compris qu'ils sont décédés.

Liz toucha le bras de Susie.

*Je veillerai sur Melanie. Et sur ton père.*

— Liz ? Tu ne devrais peut-être pas rester pendant qu'ils récupèrent les... corps.

— Qui va le dire à Vince ?

— Deux agents en uniforme. On a pensé qu'il valait mieux qu'il le sache tout de suite.

Avec un dernier regard à Susie, Liz partit à la recherche de Pete. Il faisait la leçon aux curieux. Quand il la remarqua, il s'approcha.

— Ça va ?

Son cœur ne battait même plus. Elle en était sûre.

— Ce n'est pas juste. Pas encore.

———

Vince Carter travaillait sur un petit morceau de bois, un couteau de tournage sculptant les traits d'un oiseau en mouvements rapides et experts. Celui-ci lui plaisait. Un martin triste, quelque chose de nuisible dans la vraie vie mais un oiseau intéressant à sculpter. Son ventre reposait sur le haut de ses jambes tandis qu'il se penchait sur l'établi pour profiter au maximum du faisceau étroit de lumière d'une lampe de bureau, la seule lumière dans la pièce en dehors de la télévision en sourdine.

Des phares balayèrent le mur face à Vince et il sursauta, coupant trop profondément dans le cou de l'oiseau. Le jetant de côté, il se poussa sur ses pieds avec un grognement, prenant une minute pour se redresser.

— Qu'est-ce que c'est que ça.

Personne ne venait jamais. Surtout pas au beau milieu de la nuit.

Il jeta un coup d'œil à l'horloge sur le manteau de la cheminée, éclairée par les phares d'une voiture qui s'était arrêtée. Il était près de minuit.

La lumière éclaira les photographies à côté de l'horloge. Lui en uniforme de police, les épaules larges et le ventre plat. Son mariage avec une femme au doux visage agrippant sa main et lui souriant. Marion. Et une autre, tous les deux assis avec elle tenant une petite fille ressemblant à Melanie. Sauf que c'était il y a des années. Susie.

Son estomac se noua tandis qu'il se dirigeait vers la porte d'entrée et l'ouvrait à la volée.

Deux policiers en uniforme montaient les quelques marches du porche. Des gamins. Leur nervosité se manifestait par de rapides bouffées de souffle brumeux.

— Brigadiers ?

— Euh... Sergent Vincent Carter ?

— Ex. Ex-sergent Carter. Que s'est-il passé ?

— Monsieur, je suis le constable McNeill. Voici le constable Lovett. Nous sommes ici au sujet de votre... votre fille. Susan Weaver.

Alors que ses jambes commençaient à fléchir, Vince s'agrippa au cadre de la porte pour se maintenir debout.

— Monsieur. Nous avons le regret de vous informer qu'il y a eu un accident de voiture mortel ce soir. Susan Weaver et son mari David Weaver rentraient chez eux avec leur fille...

— Melanie... s'il vous plaît, non.

— Melanie Weaver a été transportée à l'hôpital. D'après ce que nous savons, son état est stable. Nous sommes vraiment désolés pour votre fille et votre gendre.

Ils se tenaient là. Trop jeunes pour être chargés de cette terrible tâche. Tiraillés entre le devoir et la compassion.

Vince s'affaissa, seule sa prise sur le cadre de la porte le maintenant debout.

*Je n'ai jamais eu l'occasion d'arranger les choses. Maintenant, je ne le pourrai plus jamais.*

Le constable McNeill tendit la main. Un contact ferme sur son épaule. Vince releva la tête.

— Nous allons vous conduire à l'hôpital, monsieur.

— Je peux conduire moi-même.

Il recula à l'intérieur pour prendre ses clés et son portefeuille sur la console de l'entrée.

— Nous vous y amènerons plus vite.

Les mains tremblant si fort qu'il pouvait à peine saisir ses clés, il acquiesça.

———

Il n'y avait plus de larmes. Juste une douleur sourde derrière ses yeux et un bloc de glace à la place de son cœur. Carla imaginait que son visage était un désastre de mascara et de bouffissure, et elle s'en moquait. Rien n'avait d'importance.

*Comment vais-je surmonter ça, Susie ?*

Ses doigts manipulaient le chapelet transmis par sa grand-mère, mais aucune prière ne se formait sur ses lèvres.

Elle était assise avec Bradley dans une petite salle d'attente, plutôt une alcôve avec une rangée de sièges, à vue du poste central des infirmières. Quelqu'un avait appelé Brad... un ami dans la police, lui avait-il dit. Depuis leur arrivée, ils n'avaient presque rien entendu, mais Melanie était en vie et ce soir, c'était une bénédiction.

Si seulement David et Susie ne l'avaient pas ramenée chez elle. Si seulement Bradley n'était pas retourné travailler. Carla se décala sur son siège, mettant un peu d'air entre eux deux.

Il ne le remarqua pas. Encore une fois, il était sur son téléphone, mais il envoyait des messages au lieu de parler.

Les portes de l'ascenseur s'ouvrirent et Vince Carter en surgit, s'arrêtant pour regarder autour de lui avant de se diriger vers le poste central. Il n'y avait personne et il scruta la zone jusqu'à ce que ses yeux rencontrent les siens. S'il la reconnut, il n'en montra rien, se retournant pour parler à une infirmière qui se plaça derrière le comptoir.

*Tu ne te souciais pas de ta fille alors pourquoi es-tu là ?*

Un brancardier poussa un lit devant eux, et Vince le suivit.

— Elle revient.

Carla était debout, cherchant son sac à main.

— C'est une bonne nouvelle.

Bradley lui prit la main.

— Nous devons attendre l'autorisation pour la voir, chérie.

— Il ne devrait pas être ici.

— Carter ? C'est son grand-père, mais ouais. Probablement pas.

Bradley se leva et attira doucement Carla contre lui.

— Ce n'est ni le lieu ni le moment. Nous attendrons aussi longtemps qu'il le faudra. D'accord ?

Elle s'appuya contre lui alors que le chagrin refaisait surface.

———

Vince attendit dans le couloir jusqu'à ce que le brancardier parte.

Dans la chambre, une infirmière finissait d'ajuster les couvertures et leva les yeux quand il entra. Il s'arrêta à la vue du petit corps dans le lit. Minuscule. Seul.

Les yeux de Melanie étaient fermés. Une perfusion était dans un bras et un gadget sur l'un de ses doigts. Surveillant quelque chose. Son avant-bras gauche était dans une sorte d'attelle. Elle était si petite. Si vulnérable.

— Seule la famille proche, monsieur.

L'infirmière vérifia un bloc-notes au pied du lit.

— Je suis son grand-père. Vince Carter. Est-ce qu'elle va... est-ce qu'elle va bien ?

— La fracture de son avant-bras n'a pas encore été réduite. Elle est sédatée mais vous pouvez vous asseoir avec elle. Je reviendrai dans quelques minutes. Mais laissez-la se reposer.

— Merci.

Il y avait une chaise dans le coin, et il la déplaça entre le lit et la fenêtre.

L'infirmière sortit précipitamment, mais sa progression fut arrêtée par Carla et Bradley. Quoi qu'ils pensaient faire ici, ce n'était pas leur place. Vince ne s'assit pas mais croisa les bras et les fixa du regard.

— Pouvons-nous entrer ?

Bradley portait un costume et une cravate et pas un cheveu sur sa tête n'était déplacé.

— J'ai bien peur que non. Un visiteur à la fois et seulement la famille...

— Nous sommes de la famille. Ses parrains.

Carla essaya de se glisser devant l'infirmière qui fit un petit pas pour fermer l'espace.

— S'il vous plaît. S'il vous plaît, est-ce que je peux la voir ?

— Pourquoi ne pas retourner dans la salle d'attente, madame. Il y a une machine à café juste au coin.

L'infirmière ferma la porte derrière elle et tout ce que Carla avait d'autre à dire ne fut plus qu'un bruit de fond étouffé.

Vince s'effondra sur la chaise. Il écarta les cheveux du front de Melanie, révélant un bleu. Sa main se leva et se crispa.

— Papi ?

Sa voix était si faible. Si fragile.

Elle le regardait.

Il prit sa main.

— Bonjour, Melly chérie.

Une larme glissa du coin de l'œil de la petite fille.

— Maman ? Papa ?

Il lui serra légèrement la main.

— Je suis là, ma puce. Je serai toujours là pour toi.

Un éclair de soulagement traversa ses traits avant que ses yeux ne se referment.

———

La salle d'attente était occupée, mais Vince ne se souciait plus d'avoir à la partager avec deux personnes pour lesquelles il n'avait pas de temps. Son besoin d'être là pour Melanie l'emportait sur son besoin d'éviter ses parrains.

Carla le fixait sans un mot. Il ne l'avait jamais vue avoir l'air moins que parfaite, mais son visage était strié de maquillage, le mascara et le fard à paupières mélangés par les larmes et les mouchoirs. Elle avait été la meilleure amie de Susie pendant longtemps, aussi différentes qu'elles étaient l'une de l'autre.

— Comment va-t-elle ? Vraiment, dit Bradley.

Vince haussa les épaules.

— S'il te plaît. Nous sommes assis ici depuis des heures et nous n'avons eu aucune nouvelle.

Il trouva quelques mots à travers une gorge épaissie par le chagrin.

— Elle est à l'aise, compte tenu des circonstances. Elle s'est réveillée pendant une minute et a su que j'étais là.

— Je devrais être avec elle, lança Carla. Susie le voudrait.

*Pas maintenant.*

— Tu sais qu'elle voudrait que je sois là avec Melanie. Elle détesterait que tu sois ici après ce que tu as dit ce jour-là. Susie ne voulait plus de toi dans sa vie, alors pourquoi penses-tu qu'elle voudrait que tu sois près de sa fille ?

Ses paroles le poignardèrent. Vince ferma les yeux et s'adossa à son siège.

————

— Monsieur Carter ?

Vince émergea brusquement d'un demi-sommeil, clignant des yeux pour les focaliser.

Hôpital.

Melanie.

*Susie.*

— Désolé. Je voulais juste vous tenir au courant. Un homme s'assit à côté de lui. Blouse blanche. Badge. Fatigué.

— Je suis le docteur Lennard.

— Est-ce qu'elle va bien ?

— Melanie se porte bien, compte tenu des circonstances. Elle a pas mal d'ecchymoses dues à la ceinture de sécurité. Une bosse sur la tête. Et une simple fracture de l'avant-bras gauche.

— Elle va bien se remettre ?

Le docteur hocha la tête.

— Physiquement.

— Est-ce qu'elle sait ? Pour... Susie. Et David ?

— Elle était consciente sur le lieu de l'accident et l'a compris, dit le docteur Lennard. Un conseiller passera du temps avec elle demain matin quand elle sera réveillée. Et nous organiserons des rendez-vous réguliers avec la personne qui aura sa garde...

— Moi.

— Oh. Vous allez la recueillir ?

— Il n'y a personne d'autre. Et c'est ma petite-fille.

— Pas de famille d'un côté ou de l'autre ?

— La mère de David est vivante, mais elle est malade. Susie et Mel étaient les seules qui restaient de mon côté.

*Tout le monde est parti.*

Le docteur se leva.

— Eh bien, cette petite fille a beaucoup de chance de vous avoir. Nous parlerons avant que Melanie ne sorte. C'est une petite fille courageuse.

En regardant l'homme s'éloigner rapidement, Vince serra ses genoux de ses mains et dut se rappeler de respirer.

Bien sûr qu'il allait recueillir Melanie.

# QUATRE

Alors que l'aube faisait une piètre tentative pour percer l'obscurité brumeuse du milieu de l'hiver, Vince se tenait sur le pas de la porte de la maison de Susie, un trousseau de clés dans une main et une petite valise dans l'autre. Pendant un long moment, il fixa la porte, les épaules affaissées. Il se pencha en avant jusqu'à ce que son front touche le bois et prit une longue respiration saccadée. L'air sortit blanc et vaporeux, flottant autour de sa tête. Un voile de chagrin.

Une voiture passa et il se redressa brusquement.

Parmi l'enchevêtrement de clés, il trouva la bonne. Pour autant que Susie n'ait pas changé les serrures.

La lumière de l'entrée était allumée, mais le reste de la maison était sombre à l'exception d'une lueur en haut des escaliers, dans la direction de la chambre de Susie et David.

Vince se retourna brusquement et saisit la poignée de la porte qu'il venait de fermer derrière lui.

— Merde. Bon sang.

Mais partir ne changerait rien. Il y avait des affaires à récupérer pour Melanie.

Il sortit une note manuscrite de sa poche et la vérifia. Plus concentré, il monta les escaliers. La chambre de Melanie était exactement comme Melanie. Jolie avec ses meubles et ses détails mignons, intelligente avec une étagère de livres destinés à des lecteurs plus âgés et impeccable à l'exception d'un ours en peluche brun sur le sol à côté d'un puzzle inachevé. Il laissa tomber la valise sur le lit et ouvrit systématiquement les tiroirs et les portes de l'armoire pour rassembler une sélection de vête-ments, chaussettes, pantoufles et sa robe de chambre. Un livre et quelques jouets. Juste ce qui rentrerait dans la valise. Il y aurait le temps de récupérer le reste plus tard.

La lumière de la salle de bains attenante était allumée de l'autre côté de la chambre de Susie et David, et il se força à y entrer pour l'éteindre.

Passant devant leur lit.

Passant devant ses bijoux et ses vêtements.

Passant devant son fauteuil de lecture avec son livre en cours ouvert, pages vers le bas.

Gardant les yeux rivés au sol, il éteignit la lumière et s'enfuit de la pièce. En bas, il passa devant le salon et recula, attiré par la grande photo de famille sur le mur principal. David. Melanie. Susie.

Sa petite fille.

*Avec sa petite-fille.*

La valise glissa de ses doigts et tomba, avec un bruit sourd, sur l'épais tapis. Vince tituba jusqu'au couloir puis au-delà des escaliers vers la cuisine, vers le placard où Susie gardait les verres. Une main sur l'évier, il ouvrit le robinet et tint le verre en dessous, puis avala le contenu et le remplit à nouveau.

Alors que son rythme cardiaque ralentissait, il jeta un coup d'œil dans le frigo et le garde-manger. Pouvait-il même apporter des collations à l'hôpital ? Posant le verre, il sortit à nouveau la liste et y écrivit.

*Faire les courses. Nourriture. Oreillers. Draps.*

Il n'avait pas le cœur à prendre quoi que ce soit d'autre dans la maison. Pas aujourd'hui.

Le téléphone sur le comptoir clignotait en rouge avec un message.

Il appuya sur lecture et la voix joyeuse de Susie flotta dans la cuisine.

*Vous êtes bien chez David, Susie et Mel ! Laissez-nous un message.*

Vince mit ses mains sur ses oreilles alors que son estomac se contractait. Il se jeta sur l'évier et vomit. Peu importe à quel point il serrait ses paupières, elles ne pouvaient retenir les larmes et il les laissa couler jusqu'à ce que les haut-le-cœur s'arrêtent. Nettoyer les preuves dégoûtantes du chagrin le força à se ressaisir.

La fin du message avait bippé. Il l'avait manqué.

Ses mains tremblaient lorsqu'il reprit le verre et but jusqu'à ce qu'il soit vide. Puis il appuya à nouveau sur lecture.

*Vous êtes bien chez David, Susie et Mel ! Laissez-nous un message.*

*Message reçu à dix-neuf heures.*

Une voix masculine. En colère.

*Décroche, bon sang.*

Un court silence.

*D'abord tu ignores mes messages sur ton portable. Maintenant ça. Tu as fait un choix, maintenant, assume les conséquences, mon gars. C'est fini, Weaver.*

— C'est quoi ce bordel ? Vince fit claquer le verre en le posant et il se brisa.

Il appuya à nouveau sur lecture, aveuglé par la fureur face aux éclats, et quand il tendit la main vers un bloc-notes près du téléphone, il se coupa. Avant que le sang ne puisse s'accumuler sur le comptoir, Vince saisit une poignée de mouchoirs d'une boîte et les appliqua en faisant pression.

Puis il appuya à nouveau sur lecture.

———

Liz se traîna jusqu'à la salle du briefing matinal habituel. La salle était presque pleine, certains détectives perchés sur des bureaux ou des chaises, et d'autres debout en train de bavarder. Sans exception, ils la regardèrent tous avec divers degrés de sympathie... ou de pitié. Quelqu'un poussa une chaise dans sa direction et elle n'était pas en état de refuser.

*Je ne veux plus jamais une nuit comme celle-là.*

Pete arriva une minute plus tard avec deux cafés à emporter — des grands.

— Je leur ai dit que tu avais besoin d'une dose supplémentaire. Il lui en tendit un et s'appuya contre le mur à proximité. Tu as réussi à dormir un peu ?

— Bien sûr que oui.

Elle n'avait pas dormi.

Il ne restait que deux heures à leur service, des heures censées être consacrées à l'affaire Hardy, mais quand l'appel était arrivé au sujet de l'accident de voiture, elle lui avait crié de monter. Malgré la protestation initiale de Pete et ses plaintes continues, il s'était rendu utile et avait été solidaire sans autres commentaires sarcastiques. Ils avaient quitté les lieux à l'arrivée du médecin légiste.

Après avoir déposé Pete chez lui, elle avait conduit jusqu'au cottage de Vince au milieu de nulle part. Il n'était pas là et elle s'en voulut. Il devait être allé à l'hôpital avec la petite Melanie. Et se présenter là-bas ne serait probablement pas ce qu'il voudrait. Il ne voudrait jamais de sympathie.

Pendant une heure, elle était restée assise dans la voiture dans son allée et avait versé plus de larmes qu'elle ne pensait avoir en elle.

Les larmes coulaient pour Vince. Il avait été son partenaire avant la brigade criminelle, quand elle débutait et qu'il était à dix ans de la retraite. Elle avait été là et avait vu ce qu'il avait vécu en perdant sa femme le même jour où il avait sauvé des innocents d'un tireur lors d'un défilé sur l'Anzac. Son chagrin et sa culpabilité ne l'avaient jamais quitté même s'il ne pouvait pas être à deux endroits à la fois. Il n'était pas du genre à voir un conseiller, à part les visites exigées par le département.

Et Liz avait pleuré pour Susie. Pour la petite fille qui avait perdu sa mère et avait été élevée par un père qui l'aimait mais ne le disait probablement jamais. Susie venait souvent au commissariat à l'époque, finissant ses devoirs en attendant Vince. Tout le monde adorait la gamine.

Mais surtout, c'était pour Melanie.

— Liz ? Tout va bien ?

Elle revint brusquement au moment présent. C'était irréel d'être ici dans la salle de briefing, qui, en réalité, était un grand bureau où les détectives s'entassaient pendant que des rénovations étaient en cours. Une fois de plus, tout le monde la regardait. Elle sirota son café plutôt que de répondre.

— Elle va bien, Terry, dit Pete.

Le commissaire Terry Hall n'avait pas l'air convaincu, mais il se tourna vers le tableau blanc.

— Pas d'éléments majeurs nouveaux cette nuit sur les affaires en cours. Il entoura un nom avec un marqueur et fit de nouveau face à la salle. Et un manque flagrant de progrès dans la recapture de Malcolm Hardy. Il est en fuite depuis deux jours. Deux jours. Un meurtrier condamné. Un criminel violent et intelligent. Et personne ne sait où il se trouve.

Pete jeta le gobelet de café qu'il avait bu à la hâte dans une poubelle ouverte.

— Le truc, chef, c'est qu'on ne l'a pas perdu. Ce sont les idiots qui le transféraient à sa nouvelle audience qui l'ont fait, alors pourquoi c'est à nous de le retrouver ?

Il y eut un murmure d'approbation. Tous les détectives sans affaire en cours recherchaient Hardy ou ses complices.

— Tu te portes volontaire pour prendre la direction des opérations quand il tuera à nouveau ? Pour expliquer ça à la famille de sa victime ? demanda Terry.

— Il ne tue que s'il a un message à faire passer.

— Tais-toi, Pete, chuchota Liz. Elle n'avait pas besoin d'en rajouter.

— Bon conseil, Liz. Trop tard cependant. McNamara ? Va à Footscray et retourne dans ses anciennes planques.

Même si Pete grogna, le reste de la salle rit.

— Moi aussi, chef ? demanda Liz.

— Rentre chez toi un moment. Dors un peu.

— Je pensais qu'on pourrait faire une quête pour acheter quelque chose pour Vince. Ou pour Melanie. Liz se leva. Je ne sais pas quoi.

Terry hocha la tête.

— On trouvera quelque chose. Il jeta un coup d'œil autour de la salle. Pour ceux qui ne sont pas au courant, un accident de voiture la nuit dernière a coûté la vie à la fille et au gendre de Vince Carter. Leur petite fille a survécu.

La porte du couloir s'ouvrit brusquement et Vince entra d'un pas vif. Tous les yeux rivés sur lui, il s'arrêta à quelques mètres, scrutant la salle jusqu'à ce que son regard se pose sur Liz. Il sembla soulagé de la trouver.

— On parlait de toi, mon vieux ? Terry tendit la main à Vince, qui la regarda puis la serra. Nous te présentons nos plus sincères condoléances. Susie nous manquera à tous.

— Ouais. Euh, merci.

— Mais tu ne devrais pas être ici.

— Je ne trouvais pas Liz. Ni toi.

— Je suis là. Allons faire un tour. Liz le rejoignit. De près, sa peau était presque grise et les rides de son visage profondément creusées. Il avait l'air vide.

— Où en êtes-vous dans l'enquête, Terry ? demanda Vince.

Avec un air surpris, Terry secoua la tête.

— Enquête sur un accident, mon vieux. C'est leur domaine, pas le nôtre.

— Tu plaisantes. Il cracha presque ces mots.

— Route verglacée. Aucun signe préliminaire de quoi que ce soit d'autre qu'un accident, Vince. Pas d'acte criminel.

— Retourne à ta ferme. Pete rit de son propre commentaire jusqu'à ce que Liz lui lance un regard d'avertissement.

Avant que Vince n'ait la chance d'aller frapper Pete, ce qu'il méritait probablement, Liz lui toucha le bras.

— C'était un accident.

— Tu en es si sûre ? Vince sortit un bout de papier plié de sa poche de poitrine et le pressa dans sa main. Aussi vite qu'il était entré, il partit.

Liz déplia et lut les quelques lignes de l'écriture de Vince et son cœur se serra.

— Qu'est-ce que c'est ? demanda Terry.

— Il a peut-être raison. Elle tendit le papier à Terry. Je reviens.

———————

Il aurait dû savoir qu'il ne fallait pas venir ici. Un coup de téléphone aurait suffi. Un tuyau anonyme. Il aurait pu prétendre avoir entendu quelqu'un passer un appel menaçant chez les Weaver. Ce commissariat n'était plus son terrain de jeu. Les jours où il était accueilli chaleureusement étaient loin. On n'avait plus besoin de son expérience. On n'appréciait plus ses connaissances.

— Vince, attends !

Liz était la seule qui se souciait encore de lui. Elle avait été comme une deuxième fille pour lui quand ils étaient partenaires. Et Terry s'en souciait peut-être. Mais Terry devait respecter le règlement. Rester neutre.

Il s'arrêta au milieu du couloir alors qu'elle le rattrapait.

— Le mot ? Ses mots sortirent comme si elle était essoufflée.

— Depuis quand courir cent mètres t'essouffle ?

En plus de vingt ans qu'il connaissait Liz, elle avait toujours été mince et tout en muscle grâce à son obsession pour la course. Les semi-marathons étaient son truc et elle en avait gagné plusieurs.

— Je ne suis pas essoufflée. C'est quoi cette histoire de mot ?

— C'était mot pour mot un message sur le répondeur de

Susie. Il y avait une menace envers David qu'il a clairement ignorée.

— Une menace professionnelle, Vince ? Ou personnelle ?

— L'un ou l'autre. Les deux. Depuis qu'il s'est associé avec Pickering, il a toujours été à la limite de la légalité, mais je n'ai jamais pu le coincer. Quelqu'un voulait sa mort et a tué Susie avec lui.

— Quelqu'un en particulier ? demanda Liz.

— Au cas où tu ne l'aurais pas remarqué, je ne travaille plus ici. C'est ton boulot de le découvrir.

— Tu es sûr que c'était dirigé contre David ?

Sa bouche s'ouvrit pour réfuter l'insinuation. Puis se referma.

*Susie n'aurait jamais eu d'ennuis. Elle n'avait jamais attiré l'attention des mauvaises personnes.*

Sauf qu'il ne croyait pas au jamais.

— Je suis venue te chercher. Au chalet, dit Liz.

— Vraiment ?

— Et j'ai compris où tu étais. Je ne voulais pas déranger à l'hôpital.

Un picotement ridicule derrière ses yeux menaçait de briser sa résolution de rester fort. Ce n'était ni l'endroit ni le moment de s'effondrer. Mais il ne pouvait pas la regarder dans les yeux.

— Comment va Melanie ? J'ai entendu dire qu'elle n'est pas dans un état critique, Dieu merci.

— Bras cassé. Des bleus. Le choc.

Liz toucha de nouveau son bras.

— Qu'est-ce qui va lui arriver ?

— Elle ira bien avec le temps. Le médecin pense qu'elle pourra bientôt quitter l'hôpital. Je rentre me doucher et me changer et puis j'y retournerai. Elle a besoin de moi là-bas.

Pete McNamara s'avançait dans leur direction. Quelqu'un devait effacer ce sourire narquois perpétuel de son visage.

— Elle va venir vivre avec toi ? demanda Liz.

Quelque chose dans sa façon de demander l'irrita.

— N'aie pas l'air si surprise.

— Vince, je ne le suis pas. Je m'inquiète juste pour toi.

Il recommença à marcher. Trop de gens qui le regardaient. Qui le jugeaient. Qui le pointaient du doigt.

Liz le rattrapa.

— Et si je passais plus tard ? Une fois qu'elle sera rentrée avec toi ?

— J'ai élevé Susie pratiquement seul.

— Oui, je sais et c'est pourquoi... Vince ?

Il en avait assez. Il allongea le pas.

Liz avait dû s'arrêter. Sa voix le suivit.

— Vince, allez.

*Merci pour cette putain de marque de confiance.*

———

— Pourquoi es-tu encore là ?

— Je pars dans une minute, dit Liz en se laissant tomber sur le siège en face de Terry. Je voulais mettre par écrit ce que j'ai vu hier soir... tôt ce matin. Le noter pendant que je m'en souviens encore.

Terry haussa les deux sourcils.

— Tu penses qu'il y a plus qu'un simple accident.

— Peut-être. Quand j'étais sur les lieux, ça m'a paru être un endroit étrange pour perdre le contrôle. La route est droite sur un kilomètre. Des champs ouverts de chaque côté et aucune autre route ou allée à proximité du lieu de l'accident. Pourtant, la voiture a fait un tête-à-queue et a fini du mauvais côté de la route, encastrée dans un tronc d'arbre.

— Des kangourous ? Un autre animal sur la route ?

— C'est toujours une possibilité, mais quand même...

Elle était trop fatiguée pour y réfléchir.

— Vince tient le coup ? demanda Terry.

— Non. Il pense que oui. Mais quelle quantité de chagrin une personne peut-elle supporter dans sa vie, Terry ? Je crois que cette petite fille est tout ce qui lui reste.

— Je compatis. Vraiment. Écoute, Liz ? L'équipe d'enquête sur les accidents n'examinera pas la voiture aujourd'hui, alors rentre chez toi et dors. J'ai besoin de toi sur l'affaire Hardy, mais va aussi parler à Jim. Vois ce qu'il a à dire sur l'accident. Demain.

Elle se leva péniblement.

— Et le message du répondeur ?

— Ouais, ce n'est pas vraiment une menace. Ça pourrait être un canular ou n'importe quoi. Voyons d'abord ce que Jim nous raconte. Je doute que la piste du répondeur mène quelque part.

# CINQ

Tout ce que Vince voulait, c'était dormir. Un vrai sommeil dans son propre lit plutôt que des siestes agitées sur une chaise d'hôpital et les sursauts de son cœur chaque fois qu'il se souvenait. Mais ce n'était pas pour tout de suite. Il remonta sa longue allée et fit demi-tour avec sa voiture. Ce ne serait pas un long arrêt.

Quelqu'un avait laissé des fleurs près de la porte d'entrée. Un magnifique bouquet de fleurs d'hiver dans un pot rempli d'eau. Un ruban blanc noué autour du pot contenait une carte.

*Pas de mots. Je suis là pour toi. L.*

Il descendit les marches, contourna l'angle et leva les yeux vers la maison de sa voisine sur la colline. Il n'y avait aucun mouvement là-haut.

La nouvelle s'était répandue rapidement.

Lyndall le connaissait depuis assez longtemps pour mettre les fleurs dans l'eau, sinon il oublierait. Et elle savait qu'il détesterait quelque chose de trop sophistiqué. Mais cette sélection de son jardin était la façon de Lyndall de lui faire savoir qu'elle était au courant. Et qu'elle se souciait de lui. Elle l'avait toujours fait en tant qu'amie proche de sa femme. Celle qui était là quand Vince ne l'était pas.

Vince réprima une nausée qui le tenaillait. Il ne pouvait pas revivre ce jour-là. Pas maintenant. Perdre sa femme avait été la pire chose de sa vie.

*Jusqu'à présent.*

Il déverrouilla la porte, saisit le pot et entra. Le chalet était presque aussi froid qu'à l'extérieur. Il ne l'avait jamais remarqué auparavant, mais pour une raison quelconque, cela importait. En passant devant le salon, il jeta un coup d'œil à la cheminée. Presque jamais utilisée. Il posa les fleurs sur la table de la cuisine et mit la bouilloire en marche. Peut-être que son estomac se calmerait avec un peu de thé et des toasts.

D'abord, cependant, il prit une douche et se rasa.

Le thé lui brûla la gorge, et il carbonisa les toasts. Mais il les mangea quand même, noyés sous le beurre pour en masquer le goût. Cela l'aida un peu et il quitta le chalet en se sentant plus lucide qu'il ne l'avait été depuis des heures.

De retour à l'hôpital, il passa quelques minutes avec Melanie avant qu'elle ne soit emmenée pour faire plâtrer son avant-bras. Elle était encore groggy à cause des analgésiques mais réussit un petit sourire quand il l'embrassa sur le front. Quand on la fit sortir, il resta debout près de la fenêtre, perdu.

— Monsieur Carter ?

Une infirmière passa la tête par la porte.

— Le docteur Raju a demandé si vous auriez quelques minutes. C'est l'un de nos psychologues ici et il a déjà vu Melanie. Je vais vous montrer le chemin.

Vince s'était juré de ne plus jamais mettre les pieds chez un psy, mais ce n'était pas à propos de lui. Il fut immédiatement conduit dans le bureau par une réceptionniste.

— Ah, Monsieur Carter. Je suis le docteur Raju, je vous en prie, entrez et asseyez-vous. Grand et beaucoup plus âgé que Vince ne s'y attendait — d'après sa connaissance limitée des psys — le psychologue lui serra la main puis lui fit signe de s'asseoir dans l'un des trois fauteuils disposés autour d'une table basse. Une femme se leva de son siège, la quarantaine, le visage fermé. Voici Mme Dawn Burrows et elle a demandé à assister à notre entretien.

— Monsieur Carter, je suis assistante sociale des services de protection de l'enfance.

L'acte de s'installer dans le fauteuil donna à Vince un moment bien nécessaire pour se ressaisir. Bien sûr, il y aurait des questions sur l'avenir de Melanie, à court et à long terme. Il avait géré suffisamment de situations au cours de sa carrière où différentes agences se réunissaient pour le bien-être d'un enfant ou d'une famille.

— J'ai entendu dire que Melanie se fait poser son plâtre ? demanda le médecin.

— C'est exact. Une des infirmières m'a dit que vous l'aviez vue plus tôt.

— J'ai passé quelques minutes avec elle. Ses antidouleurs la rendaient somnolente, mais elle m'a parlé brièvement. C'est une jeune fille courageuse et intelligente.

— Qu'a-t-elle... euh, a-t-elle parlé de l'accident ? Il ne voulait pas vraiment savoir.

— Non. Mais elle a dit que son grand-père était venu la voir. Le docteur Raju sourit.

Une petite lueur chaleureuse naquit quelque part au fond du cœur de Vince.

Et fut éteinte quand Mme Burrows prit la parole.

— Je comprends que nous sommes dans les premiers jours et que tout cela est un terrible choc, mais ma préoccupation concerne les prochaines étapes pour Melanie. Une fois qu'elle sera prête à sortir.

— Elle rentrera à la maison avec moi, dit Vince.

— Je vois. Qu'en est-il des autres membres de la famille ?

*Vous cherchez une meilleure option ?*

Il prit son temps, forçant ses mains à s'aplatir contre ses jambes plutôt que de se crisper et former des poings comme elles le voulaient.

— Je suis son dernier parent du côté de Susie. Ma femme et

moi étions tous deux enfants uniques et Susie l'était aussi. Pas de cousins ou autre. David est dans une situation similaire. Pas de famille dont j'ai connaissance à part sa mère qui a eu un grave accident il y a des années et a une aide à domicile à temps plein. Il y a peut-être un cousin en Angleterre. Je n'en suis pas sûr.

Mme Burrows écrivait sur une tablette pendant qu'il parlait, levant les yeux quand il eut fini.

— Et avez-vous connaissance d'un testament existant ou d'autres documents légaux concernant Melanie ?

— Un testament a été rédigé après sa naissance. Mais je me souviens aussi d'un commentaire en passant de Susie disant qu'il fallait l'actualiser.

— Il y a combien de temps ?

— Deux ans environ.

— Je vois. Et quels étaient les souhaits pour Melanie... en cas de circonstances actuelles ?

*Qui planifie ça ? Qui le fait vraiment ?*

Il n'avait pas de réponse et elle insista.

— Était-il prévu que vous interveniez ?

— Les enfants sont censés survivre à leurs parents. Il regretta la dureté de son ton dès que les mots quittèrent sa bouche. Désolé. Je suis épuisé.

Le docteur Raju se pencha légèrement en avant.

— Prenez votre temps, Monsieur Carter. Personne ne vous pressera de prendre des décisions concernant Melanie.

L'assistante sociale ne semblait pas partager son opinion.

— S'il n'y a pas d'autre famille, alors un parrain et une marraine ?

*Pas question.*

— Il y a un parrain et une marraine, mais vous savez mieux que quiconque qu'ils n'ont pas automatiquement de droit sur la garde d'un enfant. Melanie rentre à la maison avec moi. J'ai une chambre d'amis que j'aménagerai pour elle. Vince voulait partir. C'était trop en plus de tout le reste.

— Bien sûr, mais si vous vous sentez incapable de fournir un environnement familial adéquat... commença-t-elle.

— Je n'ai pas dit ça.

Le docteur Raju s'agita sur son siège.

— Il est naturel de se sentir réticent à accueillir un jeune enfant dans sa vie.

— Je ne suis pas réticent.

— Monsieur Carter, si vous me permettez... Je crois savoir que vous vivez seul, assez loin de tout ce qui est familier à Melanie. Vous n'avez pas de transports en commun à proximité. Et une enfant de huit ans demande beaucoup de travail. L'école primaire. Les activités extrascolaires. Les amis, dit Mme Burrows.

Comment pouvait-elle déjà faire tant de suppositions à son sujet ? Que voulait-elle qu'il dise ? Il fixa ses mains qui serraient maintenant ses genoux.

— Melanie a besoin de familiarité en ce moment, dit le docteur Raju d'une voix apaisante. Agréable à écouter.

Vince leva les yeux pour rencontrer ceux du médecin.

— Elle l'aura. Mel me connaît. Elle m'aime.

Mme Burrows se leva.

— Nous discuterons davantage des prochaines étapes, mais je suis d'accord qu'à ce stade, il est préférable que Melanie rentre chez vous. Mais avant que cela ne devienne permanent, pas mal de temps s'écoulera, alors je vous suggère d'y réfléchir. Il faut bien réfléchir à ce qui est le mieux à long terme pour vous et pour Melanie.

Après son départ, le docteur Raju sourit soudainement.

— Melanie a de la chance de vous avoir.

Aucune réponse ne lui vint à l'esprit.

— Une période difficile pour elle. Mais aussi pour vous.

— Je n'ai pas besoin d'un psy, réussit à dire Vince d'une voix neutre.

— Vous avez perdu votre femme quand la mère de Melanie était jeune.

— Et je n'ai pas besoin d'une leçon d'histoire.

— Le chagrin a tendance à nous revenir. Le chagrin et l'auto-accusation. Si vous ressentez le besoin de parler...

— Non, ça va. Que dois-je dire à Mel à propos de tout ça ?

— Que vous l'aimez.

— Ça, je peux le faire. Vince se leva.

— Puis-je vous donner un conseil ? Le médecin se leva mais ne fit aucun geste vers la porte. Pensez à suivre une thérapie de deuil.

— C'est tout ? demanda Vince.

— Je ne mords pas.

Lui peut-être pas, mais les vieilles blessures si, et il valait mieux ne pas les déterrer.

———

Carla était affalée contre le dossier d'un canapé en cuir à la mode, un test de grossesse pendant de ses doigts et des larmes séchées laissant encore des traces dans son maquillage. Son attention était fixée sur une grande fenêtre donnant sur la rue et encadrée par des rideaux qu'elle avait fait faire selon ses spécifications exactes. Bradley faisait les cent pas dans l'allée, entrant et sortant de son champ de vision tandis qu'il parlait au téléphone. Son bras s'agitait. De plus en plus souvent, il ne prenait pas les appels dans la maison et Carla ne savait pas pourquoi.

Il s'arrêta net et regarda son téléphone avant de jurer. Elle haussa les sourcils en lisant sur ses lèvres le juron, mais comme il fourrait son appareil dans sa poche et se dirigeait vers la porte d'entrée, Carla saisit une poignée de mouchoirs et nettoya son visage. Au moment où il la rejoignit, se jetant à l'autre bout du canapé avec un grognement, elle était assise droite, la boule de mouchoirs cachée dans une poche.

— Qu'est-ce qui ne va pas, Brad ?

— Le travail. Juste le travail.

— Tu es en colère contre quelqu'un.

— Exactement. Si seulement les gens faisaient leur boulot... il la regarda pour la première fois. Tu as pleuré ?

Elle montra le test de grossesse et il glissa vers elle pour l'entourer de ses bras.

— Ça arrivera, Carla. On continuera d'essayer.

— Je deviens trop vieille pour un miracle.

— On n'abandonnera pas.

— Mais pourquoi est-ce si injuste ? Melanie est toute seule sans parents. Elle se dégagea de son étreinte et prit une de ses mains. Et nous sommes tout seuls sans enfants. Où est le sens dans tout ça ?

— Il n'y en a pas.

— Je ne pleurais pas seulement à cause du test. Je veux dire, oui, c'est bouleversant, mais ensuite je me suis souvenue que Susie m'avait demandé hier soir si j'étais enceinte. Et si je l'étais, je ne pourrais jamais le lui dire... elle prit une longue inspiration tremblante. Et je suis tellement inquiète de savoir où ira Melanie une fois qu'elle sortira. Je ne supporterais pas qu'il obtienne sa garde.

— Vince Carter ? demanda Bradley.

— Oui, lui. Sûrement que ceux qui prennent ces décisions verront au-delà de son unique moment héroïque tout le mal qu'il a fait ? Il a été un père terrible pour Susie, et je frémis à l'idée de ce que serait la vie de Melanie avec lui.

Bradley hocha la tête. Ce qui voulait dire quoi exactement ? Était-il d'accord avec elle ou voulait-il juste qu'elle se calme ?

— Je sais que j'ai l'air bouleversée, chéri. Que penses-tu que nous devrions faire pour aider notre petite fille ? dit-elle.

Son téléphone sonna et il fronça les sourcils.

Carla lâcha sa main.

— Réponds.

— Je vais m'en débarrasser. Et si on allait à l'église un moment ? Il se leva, attrapant le téléphone. Passer du temps à prier pour Melanie.

— J'aimerais ça.

Mais il avait déjà répondu à l'appel et était à mi-chemin de la porte.

— Et prier pour Susie et David, murmura-t-elle.

# SIX

Il était tard. Vince était affalé sur le plancher en bois du porche du chalet, une bouteille de whisky à moitié vide dans une main et un verre vide dans l'autre. Il fixait l'obscurité. Peu de choses bougeaient dans le froid, mais au loin, le hurlement mélancolique d'un chien solitaire résonnait périodiquement.

Durant les deux heures où il était resté assis là, il avait vu passer une poignée de voitures et à chaque fois, il avait sursauté. Sauf qu'il n'y avait plus de mauvaises nouvelles à apprendre. Melanie était en sécurité et se remettait. Ses blessures physiques guériraient. Et à l'hôpital, elle ne risquait rien. Il avait voulu rester toute la nuit mais avait été poussé dehors par les infirmières qui lui avaient dit à juste titre que Melanie aurait besoin de lui le matin, quand les médicaments cesseraient de faire effet.

Il avait identifié les corps de Susie et David après avoir quitté le poste de police. Puis il avait parlé aux pompes funèbres.

Et il avait gardé son sang-froid. N'avait pas montré la moindre émotion, parce qu'il n'en ressentait aucune.

Jusqu'à ce qu'il rentre chez lui ce soir.

Un autre son flottait dans l'air immobile. Le hennissement d'un poney.

*Lui ai-je mis sa couverture ? L'ai-je nourrie ?*

Avec un grognement, il roula sur ses genoux et utilisa le mur pour se redresser. Il allait bien. Rien qu'un autre verre ne puisse arranger. Il saisit le goulot de la bouteille. Les marches étaient glissantes, et il agrippa la rampe, la lâchant aussi vite. C'était comme un glaçon.

— Pas besoin de glaçons pour mon verre.

Il rit de sa remarque spirituelle.

Un autre hennissement.

— J'arrive.

Il ouvrit le portail et passa, prenant soin de le refermer. Ce n'est pas comme si Pomme allait s'enfuir. Elle était près de ses poches, les fouillant du museau à la recherche de friandises. Sa couverture était en place. Peut-être avait-il oublié de l'enlever ce matin. Peu importait par ce temps froid. Elle avait du foin frais. Lyndall avait dû vérifier qu'elle allait bien.

— Tu veux boire, ma vieille ?

Vince prit une longue gorgée et rota, essuyant sa bouche d'un revers de main.

— Excuse-moi.

Il tendit à la ponette le goulot de la bouteille, et elle le mordit, reniflant presque immédiatement son mécontentement et la relâchant.

— Non ? Pas grave... personne ne boit avec moi de toute façon.

Il y avait une souche d'arbre, et il s'y laissa tomber.

— Tu sais qu'on est tous les deux dépassés ? Au moins, toi, les gens t'aiment.

La ponette s'éloigna et il leva les yeux vers le ciel. Il avait cette parfaite clarté des nuits de plein hiver, avec ses grappes d'étoiles brillantes. Quelque part là-haut se trouvait une étoile portant le nom de Susie. Trop tôt. Partie bien avant son heure.

*Elle est partie. Mon bébé est parti.*

Il se leva et pointa l'étoile la plus brillante, martelant l'air en rythme avec ses mots.

— Espèce. De. Salaud.

Quelqu'un devait payer pour ça. Quelqu'un aurait dû empêcher que ça arrive.

— Content maintenant ? hurla-t-il au ciel. Putain d'enfoiré !

La terre roula et se souleva, et il tomba à genoux. La bouteille roula au loin et il frappa le sol gelé de ses poings jusqu'à ce que la douleur lui traverse les bras. Avec un cri, Vince tomba sur le côté et ramena ses jambes contre lui, les entourant de ses bras.

Il ferma les yeux et murmura :

— Tu aurais dû la protéger. Putain d'enfoiré.

Personne ne l'entendit. Personne ne s'en souciait.

———

Il n'y avait rien de plus que Liz puisse faire ce soir concernant l'affaire Hardy. Elle venait de déposer Pete au poste pour qu'il puisse récupérer sa propre voiture et rentrer chez lui, et maintenant elle regrettait de ne pas être entrée pour faire de la paperasse. Ces quelques heures de sommeil tôt ce matin avaient réduit sa fatigue mais anéanti toute chance de se coucher si tôt.

L'horloge de sa voiture la narguait. Dix heures passées. Pas si tôt que ça.

*Encore une heure et puis je rentrerai.*

La recherche de Malcolm Hardy était passée d'une recherche générale à une recherche par tous les policiers dans la zone où il avait été vu pour la dernière fois. Bien qu'il n'y ait pas un seul agent dans l'État qui ne regarderait pas à deux fois chaque homme d'une cinquantaine d'années et corpulent qu'il croiserait, il n'y avait tout simplement pas assez de policiers pour continuer au niveau où ils avaient commencé, d'autant plus que le criminel s'était évanoui si facilement. Maintenant, il s'agissait de se concentrer sur ses contacts. Pete adorait ce genre de travail policier et ne s'était pas vraiment soucié d'avoir été envoyé vers les personnes les plus improbables dans l'ancien quartier de Hardy à Footscray. Il n'avait pas trouvé grand-chose pour l'instant, mais il était comme un limier quand quelque chose captait son intérêt.

Elle voulait voir Vince. S'asseoir avec lui. Le laisser parler s'il le voulait. Mais il y avait de fortes chances qu'il soit à l'hôpital ou en train de dormir, et faire tout le trajet jusque là-bas serait probablement un voyage inutile. Au lieu de cela, Liz prit la route de Laverton.

À cette heure de la nuit, le quartier était relativement calme. Quelques sociétés de transport de marchandises étaient aussi actives qu'en journée, des camions étant déchargés et des ouvriers se criant des instructions. La plupart des entreprises étaient fermées et suivaient des horaires de bureau normaux. L'une d'entre elles était l'entrepôt de Bradley Pickering et David Weaver.

Il occupait une parcelle étroite à mi-chemin d'une impasse. Entouré de bâtiments similaires, son bureau se trouvait à quelques pas du trottoir, le reste du bâtiment s'étendant derrière. Deux portails — verrouillés ensemble par une lourde chaîne et un cadenas — s'étiraient du côté du bureau jusqu'à la clôture du bâtiment voisin, juste assez larges pour qu'un semi-remorque puisse reculer.

Elle passa devant au ralenti. Rien ne bougeait et l'endroit était plongé dans l'obscurité lorsqu'elle se gara un peu plus loin dans la rue. Le seul lampadaire qui fonctionnait était près du coin, et peu de bâtiments avaient un éclairage extérieur. Elle connaissait bien le quartier. La proximité de la banlieue avec les docks de Melbourne en faisait un endroit prisé pour le transport de marchandises et les entreprises associées, et elle y avait travaillé sur des affaires plus d'une fois.

Lampe torche allumée, elle se dirigea vers l'avant de l'entrepôt. La lumière révéla le nom de l'entreprise au-dessus de la porte du bureau.

*PickerPack Holdings Pty Ltd.*

— Mignon. Je parie que tu as adoré glisser ton nom là-dedans.

Elle n'y était jamais entrée, mais elle connaissait Bradley depuis longtemps. À en juger par sa maison à l'époque, ses costumes sur mesure et sa voiture de luxe, elle s'attendait à ce que son entreprise soit florissante et logée dans des locaux plus impressionnants.

Au lieu de cela, il y avait une façade morne sans circulation. Que se passait-il exactement ici ?

Des toiles d'araignée recouvraient l'unique fenêtre à côté de la porte d'entrée, et elle était si sale que la lampe torche ne parvenait presque pas à y pénétrer. La porte elle-même était inutilisée et portait un panneau indiquant aux gens de passer par le côté. Il n'y avait personne aux alentours. Elle vérifia, jetant un coup d'œil de chaque côté de la route avant de plaquer fermement la lampe torche contre la vitre. Son nez touchait presque la fenêtre.

Des yeux la fixaient en retour.

Liz recula en trébuchant, le cœur battant.

Était-ce un visage ? Ou un jeu de lumière ?

Elle dégaina son arme.

De retour à la fenêtre, elle bougea la lampe torche, mais si quelqu'un était là un instant auparavant, il avait disparu.

Ce n'était plus un bureau mais une salle de repos improvisée avec des chaises, des tables, un évier et un réfrigérateur. Au-delà se trouvait une arche menant à l'entrepôt obscur. Les ombres des conteneurs d'expédition se profilaient au fond.

Elle essaya la porte. Verrouillée.

Quelque chose clochait. Les poils de sa nuque se hérissèrent.

Au portail, elle secoua la chaîne. Le cadenas était lourd et ne cédait pas. La silhouette d'un camion de livraison se trouvait tout au bout de l'allée, mais aucun autre véhicule n'était visible. Elle sortit son téléphone et, bien que les détails fussent médiocres en raison de la distance et du manque de lumière, elle passa quelques minutes à prendre des photos puis retourna à la fenêtre pour faire de même.

De retour dans la voiture, elle verrouilla les portières et soupira lentement.

# SEPT

*Je suis à des kilomètres de nulle part. Cette stupide flic qui fourre son nez là où elle n'est pas la bienvenue. Si seulement elle pouvait voir l'enregistrement vidéo de son visage à travers la fenêtre. Hilarant.*

*Il n'y a pas d'autre choix que de se débarrasser de ce truc. Il servira à un nouveau dessein.*

*C'est épuisant de tirer d'affaire les autres. S'ils faisaient leur boulot, ma vie serait plus facile. Et j'aime quand c'est plus facile.*

*Le GPS de mon téléphone indique qu'il y a un virage devant. Sans éclairage public, il est presque impossible de voir. J'ai dépassé la gare ferroviaire il y a quelques minutes. Pas de train avant l'aube, mais la marche du retour occupera le temps. Je m'engage sur une route de terre.*

*Le temps que j'en finisse, personne ne devrait trouver le véhicule, mais si quelqu'un tombe dessus, l'endroit détournera l'attention des flics. À moins de contrôler le jeu, ça ne sert à rien d'y jouer. La prochaine étape, c'est la coopération. Contrairement à ce crétin de David Weaver. C'est une leçon que les autres feraient bien de retenir.*

*Un kangourou traverse la route et je freine. C'est leur territoire, pas le mien.*

*Le GPS ne sert plus à rien maintenant. La connexion va et vient à cause des réseaux ruraux pourris. Mais j'ai mémorisé le reste du* chemin. La camionnette n'aime pas le terrain. Elle n'est pas faite pour les routes de campagne.

Vaut mieux pas qu'elle tombe en panne.

Je pousse un soupir de soulagement quand on atteint le sommet de la colline. Le pire de la route est passé.

La route n'est guère plus qu'une piste maintenant. J'avance au pas pour éviter les nids-de-poule et ne pas finir dans le fossé. Quand il n'y a plus rien devant qu'un cul-de-sac, je passe en première et me faufile dans un espace entre les buissons. Les branches raclent le toit et les côtés. Le grincement quand elles griffent la peinture est une musique à mes oreilles.

Je coupe le moteur et commence à nettoyer. Une fois l'intérieur impeccable, je sors et éteins les phares. J'essuie l'interrupteur, ferme la portière et la nettoie aussi.

Avec à peine assez d'espace pour sortir, je réussis à me couper le bras sur des épines. Une fois libéré des buissons, je nettoie la blessure. Rien de plus que quelques égratignures. Depuis la piste, il n'y a aucun signe du véhicule.

Satisfaisant.

J'allume une cigarette et commence la longue marche vers la gare.

# HUIT

Comment il était retourné dans le chalet, avait verrouillé la porte d'entrée et s'était glissé dans son propre lit, c'était un mystère. Mais quand Vince s'était réveillé peu après l'aube, il était au chaud et n'avait qu'un vague souvenir d'avoir été allongé dans le pré.

— Idiot. Ses mains lui faisaient mal.

Douché et habillé, il sortit et nourrit la ponette. La bouteille de scotch était vide, le reste du contenu s'étant répandu lorsqu'il l'avait laissée tomber. C'était probablement mieux ainsi. Avec un peu de chance, Melanie serait de retour aujourd'hui et il n'était pas près de répéter ses actions de la veille avec elle dans la maison.

Devant un café et des toasts, heureusement pas brûlés, il écouta les informations.

*La police continue d'être déconcertée par la disparition du meurtrier condamné, Malcolm Hardy. Hardy, âgé de cinquante ans, s'est échappé de la garde à vue alors qu'il était transféré pour une audience, déclenchant une chasse à l'homme à travers Melbourne. Celle-ci a été réduite pendant la nuit.*

— On ne peut pas garder tout le monde dessus.

*L'équipe juridique de Hardy a refusé de faire une déclaration, mais les spéculations vont bon train sur le fait que la police interrogera Richard Roscoe pour déterminer si l'avocat peut aider à localiser le criminel violent.*

— Il ne va pas dénoncer son client.

Vince doutait que l'avocat principal de Hardy ait quoi que ce soit à voir avec l'évasion de l'homme. Hardy avait profité d'un relâchement de la sécurité, une erreur qui lui avait donné la plus infime des opportunités de se libérer de ses gardiens. Ce qui était plus probable, c'était que Roscoe connaisse les allées et venues de Hardy. L'homme s'était échappé menotté et s'efforçait de ne pas être repris. Les médias se délectaient de la situation embarrassante pour la police.

Une publicité pour une entreprise de pompes funèbres passa et Vince débrancha la radio du mur. Hier après-midi, il avait organisé les funérailles de sa fille. Du moins, il avait lancé le processus en attendant que le médecin légiste la libère. L'entreprise de pompes funèbres l'avait traité avec sympathie et respect. On lui avait montré des cercueils. Des arrangements floraux. Des suggestions musicales. Il ne savait pas quoi faire la plupart du temps et avait laissé la gentille dame guider ses choix. Il avait enterré sa femme il y a tant d'années et les choses avaient changé. Certaines choses. Pas l'agonie.

Il se leva, secouant la tête comme pour chasser la douleur. Aujourd'hui était un nouveau départ. Une merveilleuse petite fille allait emménager, et il avait beaucoup de travail devant lui.

En fin de matinée, le chalet était aussi bien que possible étant donné les circonstances.

Le lit de Melanie était fraîchement fait avec des draps et un oreiller tout neufs et, par-dessus les couvertures, il avait étalé un dessus-de-lit en patchwork. Il avait oublié qu'il était là, plié sur l'étagère du haut du placard du couloir et toujours aussi beau que lorsque Susie l'avait sur son propre lit. Marion avait fait ce patchwork pour leur fille.

Il avait déterré une lampe poussiéreuse, l'avait nettoyée et y avait mis une nouvelle ampoule. Maintenant, elle était sur sa table de chevet. Elle en avait une jolie rose dans son autre chambre et il verrait si elle voulait qu'on l'apporte ici, ou si elle préférait en choisir une nouvelle.

Quand elle serait rétablie et prête, ils iraient acheter des meubles plus modernes.

L'unique salle de bains avait été nettoyée de fond en comble. Non pas qu'elle fût en mauvais état, mais pas assez bien pour une jeune fille habituée à en avoir une pour elle toute seule. Il avait sorti les meilleures serviettes. Il avait même ajouté une fleur dans un verre du bouquet que Lyndall avait laissé.

*Est-ce que ça va ? Ai-je oublié quelque chose ?*

Tout était aussi propre et accueillant qu'il savait le faire. Il passa d'une pièce à l'autre, finissant dans le salon, espérant en avoir fait assez mais tout ce qu'il voyait était la moquette usée et les vieux rideaux.

Si elle détestait être ici, alors il vendrait. Trouverait quelque chose pour eux près de son école.

*Et Pomme ? Il faudrait la mettre en pension quelque part.*

Il ferma les yeux. Quitter cet endroit n'était pas quelque chose à quoi il pouvait penser. Pas en plus de tout le reste... si seulement il pouvait remonter le temps de ces derniers jours. Dire à Susie de rester à la maison avec Melanie. De rester loin de quiconque voulait son mari mort et se fichait de qui l'accompagnerait.

Forçant ses yeux à s'ouvrir, il prit son téléphone et composa un numéro.

Il tomba sur la messagerie vocale de Liz et ne laissa pas de message. Elle était probablement plongée dans la recherche de Hardy.

Le numéro de portable de Terry était toujours dans ses contacts.

— Vince ? Tout va bien ?

— J'espère ramener Mel à la maison aujourd'hui.

— C'est une bonne nouvelle. Elle va bien ?

Il se laissa tomber sur le canapé.

— Où en est l'affaire ?

Le soupir de Terry pouvait s'entendre à travers le téléphone.

— Ça ressemble toujours à un accident, mon vieux. Le rapport sur la voiture n'est pas encore arrivé mais…

— Mais quoi, Terry ? Le message sur le répondeur était une menace.

— Ou un contact professionnel de David qui se sentait frustré.

— Tu n'as pas entendu le ton de la voix, dit Vince. Je vais aller l'enregistrer pour toi. Ou apporter le répondeur.

*Pourquoi ne l'ai-je pas fait dès le début ?*

Il se leva.

— Fais une copie sur ton téléphone et envoie-la-moi. Je ne te néglige pas, Vince. J'ai juste beaucoup à faire.

— Malcolm Hardy, dit Vince.

— Ouais. Ça ne devrait pas être notre problème, mais ça l'est. Envoie-moi le message, d'accord ?

Après avoir raccroché, Vince prit son portefeuille et ses clés. Il jeta un dernier coup d'œil autour de lui. La prochaine fois qu'il serait ici, Melanie serait avec lui. Tout allait changer. Encore.

———

De retour à la maison de Susie, Vince hésita devant la porte d'entrée. Mais cette fois, c'était parce que quelque chose semblait bizarre. En apparence, rien n'avait changé en à peine plus d'un jour, sauf que le paillasson avait bougé un peu. Il recula et prit des photos avec son téléphone. Le coin était à quelques centimètres du pas de la porte, laissant une légère trace de terre poudreuse autour, comme s'il avait été soulevé et reposé.

Il y avait des plantes en pot de chaque côté de la porte. Les deux avaient des cailloux colorés décoratifs comme paillis et les deux avaient été bousculées. Susie était méticuleuse avec les plantes, mais il y avait de la terre mélangée aux cailloux.

Quelqu'un avait cherché une clé de la maison.

Il porta la main à un holster qui n'était plus là.

Il ne l'était plus depuis des années.

La force de l'habitude.

Il devrait appeler la police locale, mais que dirait-il ?

*Envoyez une unité avec les sirènes. J'ai un pressentiment. Des choses ont légèrement bougé.*

Vince déverrouilla la porte et la poussa. Il jeta un coup d'œil à l'intérieur, puis, en faisant attention à ne pas déranger le paillasson, il entra. Il faisait froid. Comme si une fenêtre était ouverte quelque part.

Le salon semblait en ordre. La cuisine aussi. La salle à manger était correcte.

Mais ce qu'il trouva dans la buanderie était suffisant pour qu'il appelle la police locale. Et ensuite envoie un message à Terry.

La porte de la buanderie est ouverte. La fenêtre est brisée.

C'était pire qu'un simple cambriolage.

Sachant qu'il valait mieux ne rien toucher à mains nues, Vince trouva un sac en plastique dans un placard et, à travers celui-ci, appuya sur la touche de lecture du répondeur.

*Il n'y a pas de nouveaux messages. Il n'y a pas de messages sauvegardés.*

Il frappa du poing sur le comptoir.

S'il avait fait une copie hier... s'il avait pris le répondeur et l'avait emporté...

Terry arriva avant les agents en uniforme. Vince était dehors après avoir pris plus de photos de tout ce qu'il considérait pertinent. Quarante minutes et aucun signe de la police locale pour une effraction au domicile d'une victime de meurtre.

— Je suis la cavalerie ? Terry avait l'air épuisé.

Il n'avait que quelques années de moins que Vince mais avait tout fait correctement dans son travail et s'était construit une belle carrière. Il aurait dû prendre sa retraite depuis longtemps mais avait toujours cette passion pour le travail que Vince avait perdue il y a longtemps.

— J'ai demandé les gyrophares et les sirènes, dit Vince.

— Tu veux que j'allume les miens ? Terry sourit.

— Garde-les pour attraper Hardy. Quelqu'un a effacé le message.

— Sur le répondeur ? Merde.

— J'ai fait un tour prudent et en surface rien ne manque ni n'a été dérangé dans la maison. Vince pointa le garage du doigt. Je n'y suis pas allé. Quoi qu'il en soit, celui qui est entré par effraction l'a fait pour supprimer les preuves.

— Le message vocal ? C'est un peu extrême.

— Si celui qui a appelé cette nuit-là était responsable de l'... accident, alors il a peut-être sérieusement regretté d'avoir laissé ce message. Il veut détruire tout ce qui le lie à ça.

Une voiture de patrouille s'arrêta en travers de l'allée.

— On va y jeter un œil. Terry tapota sur son téléphone. Je vais voir si quelqu'un de plus malin que moi peut récupérer le message.

Pendant que Terry passait l'appel, Vince retourna vers la maison. Le soulagement était une chose étrange à ressentir mais le soutien de Terry, même s'il ne servait qu'à l'apaiser, l'aidait. Les agents en uniforme le rattrapèrent et il leur indiqua le paillasson et les plantes en pot, puis les conduisit à la buanderie. Il devrait sécuriser la fenêtre brisée avant de partir. Pas le temps de la faire remplacer aujourd'hui alors qu'il devait bientôt rencontrer le médecin de Melanie.

— Allons vérifier ce répondeur. Terry le retrouva. Meg de l'unité des personnes disparues est une brillante experte en cybercriminalité. Elle y jettera un œil mais elle a pas mal de boulot en retard.

*Rien n'a changé depuis mon époque.*

Le message n'était pas réapparu comme par magie, et Terry le réquisitionna dans un grand sac à preuves.

— Il faut que j'y aille, mon vieux. Je vais mettre Liz sur le coup et la laisser te tenir au courant. Tu l'as vue ? Je veux dire depuis le poste hier.

*Pas prêt pour ça.*

— Nos chemins ne se sont pas croisés.

— Alors fais-les se croiser. Terry le fixa du regard. Elle avait le cœur brisé l'autre soir sur la scène, et je ne compare pas ça à ta perte, alors ne me regarde pas comme ça, mais Liz est de ton côté. Toujours. S'il existe une preuve que l'accident a été orchestré, alors elle la trouvera.

— Donc c'est une enquête pour homicide ?

— Non. Mais tu fais toujours partie des nôtres et tout le monde aimait Susie. Ce que Liz fait pendant son temps libre est son choix. Terry tapota l'épaule de Vince. Donne-nous quelques jours avec ça. Il souleva légèrement le répondeur. Pars d'ici dès que tu le peux.

———

Le trajet de retour de l'hôpital fut silencieux et Vince prit son temps, faisant très attention dans les virages et sur les dos d'âne. Melanie était assise à côté de lui, regardant par la fenêtre. Elle avait l'air si fragile et petite.

Le médecin avait dit qu'elle allait bien. Elle avait besoin de repos, de ses médicaments et de beaucoup d'amour. Il avait organisé une visite chez le psy le lendemain et suggéré que ça valait la peine de continuer les visites pendant un moment. La fracture de son avant-bras devrait guérir dans les semaines à venir, tout comme les bleus et les bosses. C'était son cœur et son esprit qui mettraient plus de temps à aller de l'avant.

— Tu te souviens de ma maison, Mel ?

Elle hocha la tête, ses yeux perdus quelque part dans le paysage qui défilait.

— Comment va ton bras ?

*Bon sang, Vince. C'est tout ce que tu trouves à dire ?*

Elle ne répondit pas.

— On n'est plus loin maintenant.

Elle lui jeta un rapide coup d'œil et le cœur de Vince se serra en voyant l'incertitude dans ses yeux, mais il sourit jusqu'à ce qu'elle détourne à nouveau le regard.

Le reste du trajet se fit en silence, et il fut soulagé de tourner dans l'allée. Elle se redressa un peu pour mieux voir devant.

*Tu vois ça comme moi ?*

Des années à vivre seul l'avaient habitué à la décrépitude.

L'allée était un long chemin de terre entre des espaces peu herbeux qui n'étaient ni pré ni jardin. Il y avait un jardin — ou il y en avait eu un il y a des années — autour du chalet, mais seuls de tristes vestiges luttaient par eux-mêmes. Le chalet lui-même avait besoin de plus que de peinture et d'un marteau. Il était vieux mais pas d'une manière classée au patrimoine. Certains avaient dit qu'un bulldozer aurait été une mort plus douce que le pourrissement tortueux des planches et des auvents.

D'un côté du chalet se trouvait un abri pour voiture légèrement incliné et Vince se gara dessous. Juste devant se trouvait une série de hangars et un appentis où se trouvait son stock de bois de chauffage pour l'hiver.

Il descendit et ouvrit la portière côté passager, mais Melanie ne bougea pas. Ses yeux étaient grands ouverts. Inquiets. Il détacha la ceinture de sécurité.

— J'ai fait les courses hier. J'ai acheté beaucoup de nourriture et d'autres choses.

Ses lèvres tremblèrent.

— Je ne me souviens pas de la dernière fois que tu es venue. Je veux dire, je me souviens être venu chez toi, mais ça doit faire trois ans que tu n'es pas venue ici. Tu étais petite, pas une grande fille comme maintenant. Et je suis très heureux que tu sois ici avec moi. Tu as faim ?

Elle hocha la tête et le laissa l'aider à descendre. Son bras était dans une écharpe jusqu'à ce qu'elle soit confiante pour s'en passer. Elle attendit pendant qu'il récupérait la valise avec ses affaires, puis il prit sa main valide et ouvrit la marche.

À mi-chemin de la porte d'entrée, une vache dans le champ d'à côté beugla et Melanie poussa un cri et sursauta.

— La maman vache appelle juste son bébé. Après avoir posé la valise, Vince souleva Melanie d'un bras et pointa de l'autre. Tu vois. Là-bas ? Un veau courut vers sa mère au loin. Et tu vois la grande maison tout là-haut ? Elle appartient à Lyndall qui est bien plus effrayante que les vaches. Elle a aussi des ânes. Tu aimes les ânes ? Grandes oreilles. Bruyants.

La petite fille enfouit son visage dans son manteau.

———

Les gouttes de pluie crépitaient sur le toit métallique. La température chuta.

Melanie était allongée sur le canapé du salon, une couverture ne laissant dépasser que sa tête tandis qu'elle regardait une émission pour enfants à la télévision. De temps en temps, ses lèvres s'incurvaient en réaction à quelque chose à l'écran. Vince ne voulait pas s'immiscer dans son échappatoire à la réalité, mais elle le remarqua debout dans l'embrasure de la porte.

— Je t'ai préparé un peu à manger. Il portait un plateau et elle se redressa, arrangeant la couverture pour faire de la place. Désolé, c'est si tard. J'espère que tu aimes la confiture de fraises. J'ai fait un sandwich avec ça et un autre au beurre de cacahuètes.

— La confiture est mauvaise pour mes dents. Maman n'aime pas que j'en mange...

— Eh bien, euh, juste comme un petit plaisir ? Tu pourras te brosser les dents après et regarde, il y a un verre de lait qui est bon pour elles. Le calcium.

Elle prit le sandwich au beurre de cacahuètes et mordit dedans tandis que ses yeux retournaient vers la télévision.

Il faisait trop froid ici. Vince fouilla dans la cheminée avec un tisonnier, remuant les restes d'un feu depuis longtemps éteint.

— Je vais aller couper un peu de bois pour faire un feu. Pour réchauffer un peu. Ça ira pour quelques minutes ?

Elle émit un bruit la bouche pleine qu'il prit pour un oui.

Des bûches de bois dur étaient empilées sous l'appentis.

Saisissant une hache à long manche dans la remise, Vince se mit au travail. Des éclats de bois volaient tandis qu'il assénait coup après coup dans les bûches. De temps en temps, il s'arrêtait juste assez longtemps pour essuyer le manche et ses yeux de la pluie qui s'intensifiait, puis il recommençait, indifférent au fait que sa chemise collait à sa peau.

Melanie avait besoin de chaleur. Le chalet était trop froid pour une petite fille.

*Comment ai-je pu laisser cet endroit se délabrer ainsi ? Marion détesterait ça.*

Elle détesterait bien plus que ça.

Chop. La hache trancha le bois.

*J'ai détruit ma relation avec Susie.*

Chop. Des morceaux se brisèrent et volèrent.

*Je ne pourrai jamais me racheter maintenant.*

Marion est partie depuis longtemps. Susie est partie.

Quand il essuya à nouveau la pluie de ses yeux, il réalisa.

C'étaient des larmes.

# NEUF

Bradley fixait l'écran de son ordinateur portable. Il avait lu la même phrase vingt fois sans en retenir un mot. Son dos lui faisait mal d'être resté assis au même endroit pendant une demi-heure sans bouger. Être ici, dans son bureau à l'entrepôt, n'était qu'une excuse pour faire une pause dans le déferlement d'émotions de Carla. Il l'aimait plus que tout, mais depuis l'accident de voiture, elle passait son temps soit à pleurer, soit à boire. Parfois les deux. Et il comprenait. Elle n'avait jamais vécu une perte comme celle de Susie, et le deuil prenait du temps et tout ça, mais il avait juste besoin de son propre espace pendant un moment.

— Patron ?

— Bon sang... Bradley faillit sauter de son siège. Qu'est-ce que tu fais ici ?

— L'entrepôt est normalement désert le dimanche. Je pensais continuer à travailler sur l'aménagement du conteneur.

Grand et osseux, avec des cheveux blancs coupés court, Abel Farrelly était le contremaître de Bradley. Plus que ça, en réalité. Il supervisait les employés et assurait le bon fonctionnement de l'atelier, et ne rechignait pas à faire quelques travaux supplémentaires si Bradley avait besoin de lui. Comme travailler sur un conteneur pour le préparer à un fret spécial.

Repoussant sa chaise, Bradley se leva et s'étira.

— Tu as besoin d'un coup de main ?

— Merci. Non. Vous avez l'air occupé, de toute façon.

— Pas vraiment. Je vais peut-être partir quand même.

— Je fermerai quand je partirai. Abel fit demi-tour pour partir. — Ça me fait penser. Le portail était ouvert.

Abel se retourna brusquement.

— Quoi ? On a cambriolé l'entrepôt ?

— L'entrepôt était toujours fermé.

— Ouais, mais vous avez vérifié le cadenas du portail ?

Abel disparut et avec un soupir, Bradley le suivit à travers le sol semi-obscur de l'entrepôt jusqu'à l'entrée latérale. Au moment où Bradley le rattrapa, Abel tenait la lourde chaîne d'une main et le cadenas de l'autre.

— Pince coupante, dit Abel avec dégoût.

— Je n'avais même pas remarqué.

— Il y a assez de chaîne pour que je le sécurise ce soir. Demain, je trouverai une solution plus permanente. Abel fixa Bradley du regard. Comment avez-vous pu ne pas voir ça ?

Bradley regarda en direction de l'allée où se trouvait sa voiture, maintenant rejointe par un pick-up à plateau. Abel alternait entre celui-ci et la camionnette.

— J'ai beaucoup de choses en tête. Où est la camionnette ?

— Vous ne l'avez pas ? Abel laissa tomber la chaîne en un tas près du côté du portail. Je pensais que vous l'aviez ramenée chez vous quand j'ai vu votre voiture ici.

— Personne d'autre ne l'a empruntée ? Dis-moi que personne n'avait accès aux clés ?

Sans attendre de réponse, Bradley retourna à l'intérieur en trombe. C'était une blague. Où diable était sa camionnette ? Il y avait des clés de rechange d'urgence pour tout dans le coffre-fort de son bureau. Il tapa le code et l'ouvrit. Elles étaient toutes là. Avec une liasse de billets et un pistolet.

— Vous avez votre jeu personnel, patron ? Abel l'avait suivi et regardait fixement dans le coffre-fort.

Bradley le referma d'un clic.

— Sur le bureau. Et les tiennes ?

Abel fouilla dans sa poche et en sortit plusieurs jeux de clés.

— Ouais. Celle de la camionnette est sur celui-ci.

— Tu fais le signalement. Je rentre chez moi. Bradley ferma son ordinateur portable.

— D'accord. Vous avez eu des nouvelles de Duncan Chandler récemment ? Genre, depuis que David est mort ? Abel s'appuya contre le chambranle de la porte. Il y a une opportunité qui se perd.

Sur le point de répliquer sèchement à Abel qu'il y avait plus dans la vie que de faciliter le transport de jouets bon marché, Bradley se mordit la lèvre. Ce n'était pas la faute d'Abel. Un arrangement avec l'homme surnommé le « roi des jouets discount » changerait toutes leurs vies. Dommage que David n'ait pas vécu pour en profiter.

Il prit ses clés et son portefeuille.

— Tu sais quoi. Occupe-toi de ce conteneur et parle à la police. Je contacterai Duncan. Oh, et peut-être que tu devrais fermer le conteneur avant de laisser entrer des flics ?

———

Dans un complexe souterrain de la police, la voiture cabossée de David reposait maladroitement sur un plateau surélevé. L'avant était enfoncé et le toit écrasé du milieu de la voiture vers l'avant.

— Comment avez-tu survécu, Melanie ? murmura Liz.

— La petite fille ? C'est un mystère pour moi aussi. Jim Joyce apportait un dossier d'un bureau situé sur le côté du complexe. Je m'attendais à moitié à ce que l'un d'entre vous vienne.

— L'un d'entre nous ?

Jim croisa les bras.

— Terry. Toi. Quelqu'un qui tient encore à Vince.

— C'est un homme bien. C'était un bon flic.

— Je n'ai jamais cru le contraire, Lizzie.

Ils se tournèrent tous les deux pour contempler l'épave.

L'avant — plus du côté conducteur — de la voiture avait subi de plein fouet l'impact avec l'arbre, les airbags s'étaient déployés mais n'avaient pas pu résister à la force du choc. En comparaison, la banquette arrière était à peine endommagée.

*Au moins Melanie a survécu.*

— Je ne peux pas te dire grand-chose, dit Jim.

— Tu ne peux pas ? Ou tu n'as pas encore commencé ?

— La deuxième option. J'ai juste jeté un coup d'œil rapide mais il y a des questions. J'essaie de faire remonter le dossier pour qu'on s'en occupe plus tôt.

— Vince voit quelque chose de sinistre là où il n'y en a peut-être pas. Liz regarda fixement le côté passager avec sa portière manquante. Oh, Susie. Merde.

— Ça a été rapide.

— Qu'est-ce qui a été confirmé ? demanda Liz, arrachant son regard de la voiture.

— Toutes les mesures sur la route ont été faites. Ils roulaient à soixante-dix-huit kilomètres heure dans une zone limitée à quatre-vingts. Pas de circulation à ce moment-là d'après ce qu'on a pu trouver. Certainement personne qui se soit arrêté pour aider. Quelque chose a fait que David a quitté sa voie.

— Un chien sur la route ?

Jim secoua la tête et ouvrit le dossier.

— Ce serait un sacré gros chien. Il parcourut une série de photographies de la scène, s'arrêtant sur une avec des traces de pneus clairement visibles et des marqueurs de police.

— Si c'était quelque chose comme un animal errant ou un obstacle au milieu de la route, David aurait freiné tout en restant sur sa voie. Et quand l'adhérence des pneus aurait cédé, et que la voiture aurait dérapé de l'autre côté de la route, il y aurait plus de preuves d'un freinage intense. Il suivit les traces de pneus sur la photo. Dans ce cas, la voiture s'est déplacée de l'autre côté de la route, du mauvais côté de la route, mais à la même vitesse. Pas de freinage jusqu'à ce que, probablement, David perde le contrôle de la voiture.

Liz examina la photo de plus près.

— Il roulait à contresens ?

— La voiture se dirigeait vers l'accotement du côté opposé. Je doute qu'il ait été sur la mauvaise voie pendant plus de quelques secondes avant de freiner.

La photo suivante était un gros plan de Susie dans l'épave et Liz recula.

— Désolé. Jim referma brusquement le dossier.

Elle prit une profonde inspiration pour chasser l'image. Le choc.

— Tu veux dire que quelque chose a forcé David à se déporter de l'autre côté de la route ?

Jim haussa les épaules.

— Laisse-nous continuer à travailler. Le rapport sera à l'étage dans les prochaines vingt-quatre heures.

Liz savait ce que Jim voulait vraiment dire. Il y avait plus qu'un conducteur qui aurait pu avoir un peu trop bu et qui aurait oublié de quel côté de la route il se trouvait.

---

Son prochain arrêt était le retour au poste. Elle avait bientôt une réunion avec Pete et Terry, mais elle se précipita d'abord à l'unité des personnes disparues pour trouver Meg. L'analyste médico-légale travaillait sur deux ordinateurs portables — une main sur chacun — et jeta un coup d'œil à Liz avec un :

— Non. J'y jetterai un œil plus tard. Quand je pourrai.

Liz avait rarement vu la jeune femme sans un appareil, ou deux. C'était une bourreau de travail et elle excellait dans ce qu'elle faisait. Terry l'avait mise au courant de l'effraction chez

Susie, mais elle n'aurait pas dû s'attendre à une réponse, ni même à un début, en ce qui concernait le message effacé.

— Merci. Elle laissa Meg tranquille et retourna au service des homicides.

C'était encore circonstanciel. Dépendant de l'exactitude de Vince. Jusqu'à ce que quelqu'un apporte des preuves, cela resterait une théorie d'une partie lésée. En surface, l'accident était une tragédie causée par une route verglacée et possiblement un conducteur au-dessus de la limite d'alcool. C'était de la spéculation jusqu'à ce que le rapport du médecin légiste arrive. Mais c'était aussi beaucoup trop courant chez les conducteurs impliqués dans des accidents de voiture qui avaient passé la soirée au restaurant.

*Et David aimait son vin.*

Elle appuya sur le bouton de l'ascenseur et s'appuya contre le mur en attendant.

Il y avait eu une fête chez Vince. Dieu sait combien d'années auparavant... douze ? Susie venait de terminer l'université. C'était son anniversaire et elle avait réussi on ne sait comment à convaincre son père reclus de la laisser organiser une fête. Elle avait choisi la musique, la nourriture et la plupart des invités. La fête était installée à l'extérieur et Vince avait loué un chapiteau et même des toilettes extérieures. La nourriture était végane et servie par l'un des amis de Susie qui s'était lancé dans la restauration. Et c'était exceptionnel.

Mais deux hommes avaient fini par se retrouver dans la cuisine du chalet à se faire cuire des steaks hachés surgelés pour compléter leurs repas. Vince, et David, qui semblait être un gamin à l'époque. Pas vraiment un gamin, mais de l'âge de Susie et visiblement amoureux d'elle. Lui et Vince avaient passé un peu de temps ensemble ce soir-là, d'après ce dont Liz se souvenait. Elle avait pensé que c'était stratégique de la part des deux, chacun essayant de cerner l'autre. Ils avaient commencé à boire différents vins jusqu'à être un peu trop « joyeux » et Susie s'était énervée contre eux deux.

Les portes de l'ascenseur s'ouvrirent. Il était plein. Elle le laissa partir, puis partit à la recherche des escaliers. Meilleur pour son cardio de toute façon.

Pete était dans le bureau de Terry quand elle frappa.

— Prends un siège, Liz. Du nouveau pour l'enquête sur l'accident ? demanda Terry.

— Trop tôt pour le dire.

— Parce qu'il n'y a rien à dire, dit Pete. Le conducteur n'a pas su gérer le verglas et a perdu le contrôle. Simple.

Plutôt que de lui donner la satisfaction de débattre sur ce point, Liz regarda Terry.

— C'est partout dans les infos que nous avons raté l'occasion d'attraper Malcolm Hardy. Que faisons-nous pour leur prouver qu'ils ont tort ?

Terry grimaça.

— Je vais bientôt à une réunion pour en discuter. Hardy n'est pas là-dehors tout seul. Il a assez d'amis pour se cacher jusqu'à ce que ça devienne trop chaud pour lui, ce qu'il nous incombe de faire en sorte qu'il arrive. J'aimerais que vous recommenciez tous les deux à rendre visite à ses dix contacts ou plus connus. Secouez quelques cages. Laissez entendre que quiconque sera pris avec lui le paiera cher... à moins qu'ils ne jouent le jeu et ne nous aident.

Pete fit craquer ses articulations avec un large sourire.

— Tiens-moi au courant. Terry jeta un coup d'œil à sa montre. J'y vais. Tu as une liste mise à jour des contacts de Hardy ?

— Je les connais par cœur. Pete se leva. On est presque suffisamment amis pour s'échanger des cartes de Noël.

———

Les cartes de Noël devraient attendre. Après un seul arrêt — une impasse — Terry les avait appelés et leur avait dit de rentrer chez eux. Un briefing était prévu pour demain à la première heure et il voulait que tout le monde soit frais. Pete avait sauté sur l'occasion et avait demandé à Liz de le déposer près d'un arrêt de tram à Carlton après avoir arrangé un rendez-vous de dernière minute.

La faim et l'opportunité firent que Liz fut assise à une table chez Spironi juste avant vingt heures.

La table était pour deux et nichée contre la fenêtre. Malgré le froid dehors, le trottoir était assez animé. Tout le long du quartier des restaurants de Lygon Street, des rabatteurs rivalisaient pour attirer des clients potentiels.

Elle jouait avec le pied d'un verre de vin rouge, ses yeux passant d'une table à l'autre. Elle était la seule à dîner seule. Il y avait un ou deux couples, mais le reste était composé de groupes de quatre à huit personnes. Des serveurs en tablier blanc se faufilaient entre les chaises avec de grands plateaux de nourriture. L'odeur des tomates, du pain et des herbes fit gargouiller son estomac.

Son serveur — un homme d'une quarantaine d'années au sourire facile — lui apporta ses gnocchis et les plaça devant elle avec un geste théâtral.

— Merci... Mike ? lut-elle sur la poche brodée de son tablier.

— Avec plaisir. Souhaitez-vous un autre verre de vin ?

— Non, merci. Je me demandais si vous travailliez le vendredi ?

Mike lui lança un regard méfiant. Liz montra rapidement son badge.

— Oh. Officier. Je suis l'un des propriétaires. Un vendredi en particulier ?

— Le dernier. Vous vous souvenez d'un groupe de deux couples et une jeune fille ?

Son visage s'affaissa.

— Les Weaver et les Pickering. Ils viennent presque toutes les semaines. Terrible ce qui est arrivé. Ce n'est pas ce à quoi on s'attend.

Ça ne l'était jamais.

— Avez-vous remarqué quelque chose d'inhabituel ?

— Je les ai juste installés. Marco était leur serveur mais il est absent ce soir. Voulez-vous que je lui laisse un message ?

— Ce n'est pas nécessaire. Je peux toujours passer si j'en ai besoin.

— Je me souviens que Marco a dit que les hommes — M. Pickering et M. Weaver — se disputaient. Près de la porte de derrière, après les toilettes.

— A-t-il entendu de quoi il s'agissait ?

— Il vaudrait mieux lui demander.

— Y a-t-il par hasard des caméras dans cette partie du bâtiment ?

— J'ai bien peur que non.

— Merci, Mike.

*À quel sujet se disputaient-ils ? Et quelqu'un d'autre les avait-il entendus ?*

Quelque chose clochait. Deux amis qui se disputent le soir même où l'un d'eux reçoit un message énigmatique. Un avertissement ou une menace ? Dans tous les cas, elle devait découvrir la vérité.

# DIX

— Maman !

Vince se redressa d'un coup, arraché à son rêve.

— Où *es*-tu, maman ?

— J'arrive, Susie. Oh. Merde. Melanie. Il sortit du lit en tâtonnant, cherchant une robe de chambre qui ne voulait pas être portée. Son bras passa dans le mauvais trou, et il dut recommencer.

— Maman ! Papa !

Melanie se tenait debout sur son lit, les larmes ruisselant sur son visage. Vince alluma la lumière. Le bras tendu, elle le pointa du doigt et cria :

— Je veux rentrer à la maison. Je veux qu'ils reviennent.

— Melly...

Son visage se décomposa de désespoir, et elle s'affala sur son derrière. Il s'assit à côté d'elle, désemparé. Rien de ce qu'il pouvait faire ou dire n'arrangeait les choses.

— Je ne veux pas qu'ils soient morts, dit-elle en gémissant.

— Je sais, ma chérie. Je ne veux pas qu'ils soient morts non plus.

Elle se jeta dans ses bras et pendant un long moment, il la

laissa pleurer, les berçant tous les deux et caressant ses cheveux. Son cœur était vide. Glacé.

Les sanglots se transformèrent en reniflements.

— Attends. Laisse-moi prendre un mouchoir. Il en prit sur la table de chevet et elle le laissa essuyer ses larmes avant de prendre le relais et de se moucher.

— Où est Raymond ? demanda-t-elle.

— Qui est Raymond ?

— Raymond l'ours. Il dort toujours dans le lit avec moi.

*L'ours en peluche dans ton ancienne chambre ? Pourquoi ne l'ai-je pas apporté au lieu de le laisser sur ton autre lit ? Quel idiot.*

— Je le chercherai demain matin. D'accord ?

— Mais... elle mit sa main sur sa bouche alors que ses yeux brillaient à nouveau.

— Attends, Mel. J'ai une idée si tu peux me donner une minute ? Remets-toi au lit et je vais voir si j'ai un remplaçant pour ce soir.

Elle se recoucha et il alluma la lampe de chevet.

En sortant, il éteignit la lumière principale.

Dans le placard du couloir, il fouilla dans le coin le plus éloigné, extirpant une vieille boîte poussiéreuse. Sous le couvercle reposait un ours en peluche rose usé sur des albums photos, des papiers et des souvenirs. Il laissa la boîte et apporta l'ours dans la chambre de Mel. Elle se redressa à moitié, les yeux curieux.

— Voici Topsy, et elle est restée dans une boîte dans le placard pendant longtemps. Je pense qu'elle a besoin de beaucoup de câlins.

Melanie prit l'ours et l'examina, le tournant dans tous les sens.

— C'était ton ours ?

— Topsy appartenait à ta maman.

Sa bouche forma un « o » et elle regarda l'ours puis Vince, puis à nouveau l'ours. La vérité était-elle trop dure ? Il aurait pu mentir à ce sujet, mais mentir n'aidait personne.

— Tu crois que Topsy pourrait remplacer Raymond l'ours ce soir ?

Melanie se glissa à nouveau dans le lit, serrant l'ours contre elle. Les larmes avaient peut-être disparu, mais comme son petit cœur devait souffrir. Vince remonta les couvertures et les borda.

— Je vais rester assis ici un moment si ça ne te dérange pas ?

Avec un minuscule hochement de tête, Melanie ferma les yeux.

Il avait oublié ça. Les larmes et la panique au milieu de la nuit. Susie se réveillant et appelant sa mère. Les nuits où il s'était assis ici à se détester encore et encore pour ne pas être rentré à temps ce jour-là pour sauver la vie de Marion. Ou au moins épargner à Susie de la voir mourir.

Et puis il chantait pour Susie. Ça la calmait toujours et parfois ça le calmait aussi.

— La lune veille... commença-t-il, aussi doucement que possible. Les étoiles dansent...

Les yeux de Melanie s'entrouvrirent un peu.

— Et là-haut quelqu'un de spécial pense à toi...

*Je n'arrive pas à croire que je me souvienne des paroles.*

— Ils t'aiment toujours... tu es leur précieux cadeau...

La main de Mel chercha la sienne et elle lui offrit un faible sourire.

— Et la lune et les étoiles t'adorent aussi...

Elle s'était endormie et il lui avait embrassé le front.

Il se retrouva dans le salon. Il avait récupéré la boîte dans le placard et ne savait pas quoi en faire, alors il la laissa tomber sur le canapé. Son cœur n'était plus vide ni froid maintenant. Il battait lourdement tandis qu'il essayait de refouler la terrible tristesse. C'était le même cauchemar qui recommençait.

Ils s'en étaient sortis, lui et Susie.

*Je ne peux pas revivre ça.*

———

Il fixa l'établi qu'il utilisait pour sculpter le bois. L'oiseau était là où il l'avait laissé, celui qu'il avait taillé trop profondément à l'arrivée de la police. Il le ramassa et d'un geste rapide lui brisa le cou avant de jeter les morceaux dans une poubelle sous l'établi.

Au fond de l'établi se trouvait une sculpture achevée d'un magnifique oiseau-lyre, sa queue courbée vers le haut, chaque plume parfaitement définie. Vince s'en saisit et le tint au-dessus de la poubelle.

Puis il prit une inspiration tremblante et le porta jusqu'au manteau de la cheminée. Entre les photographies et d'autres oiseaux, il lui trouva une place.

Ses jambes tremblaient. Il y avait un grondement dans ses oreilles.

Prenant la photographie de lui avec Susie et Marion, il la serra contre sa poitrine et trébucha jusqu'au canapé. Il se balança d'avant en arrière en fixant l'image de sa fille et de sa femme.

Les larmes montèrent à ses yeux jusqu'à ce qu'elles débordent, coulant sur ses joues tandis qu'il plongeait la main dans la boîte pour en sortir un livre de bébé. Sur la première page se trouvait Marion, enceinte jusqu'aux yeux, avec un sourire radieux rivalisant avec une légère expression de panique.

Sur la page suivante se trouvait Susie, à peine née. Susan Marie.

Un ours en peluche rose était dans le coin du berceau.

Page après page de souvenirs.

Une mèche de cheveux de Susie.

Des images d'elle rampant, puis marchant.

Son premier mot. « Pa-pa. »

Vince le referma brusquement et essuya les larmes de son visage.

Encadré de bois sombre se trouvait leur certificat de mariage. Vincent John Carter et Marion Leigh McLean. Son doigt suivit le tracé de la signature de Marion. Elle n'avait jamais changé au fil des années, la façon dont elle écrivait si soigneusement, contrairement à son griffonnage désordonné.

Il y avait une poignée de lettres que Marion avait gardées quand ils étaient fiancés et qu'il devait s'absenter pendant des semaines. À la fois pour elle et d'elle, et un jour il les relirait, mais il n'en avait pas encore le courage.

Au fond se trouvait une petite boîte contenant une médaille d'or avec un « V » et un « A » entrelacés en son centre. La Médaille de la Bravoure de la Police pour acte de courage. Il referma l'étui d'un coup sec.

Son courage ne signifiait rien.

Jauni et plié, un article de journal attira son attention. Il avait oublié qu'il l'avait. Pourquoi l'avait-il gardé... peut-être que quelqu'un le lui avait donné, et il l'avait fourré ici avec les autres souvenirs. La photographie principale montrait un policier en uniforme aidant une dame âgée à se relever. Ils étaient sur une route où les gens déambulaient et des barrières de contrôle de foule bordaient les deux côtés. Elle portait un uniforme des forces armées et des médailles.

Une autre photo d'un drap recouvrant un corps en haut des marches surplombant la même route.

Et une d'un ambulancier soignant une autre policière, le visage en sang.

Liz.

Un gros titre.

*Tragédie évitée lors du défilé régional de l'Anzac Day.*

Ses yeux se fermèrent tandis que les souvenirs l'assaillaient.

*Un jeune homme au crâne rasé se cachant derrière une statue en haut des marches. L'éclat de quelque chose dans sa main envoya Vince voler dans les escaliers alors même qu'une arme était pointée sur la foule en contrebas. Un avertissement crié par-dessus son épaule avait peut-être alerté la foule mais aussi le tireur qui tira un coup mal ajusté qui érafla le visage de Liz.*

*Il s'était placé dans la ligne de tir et avait abattu l'homme de deux balles.*

Personne d'autre n'avait été gravement blessé. L'homme avait laissé une note derrière lui. Il avait l'intention de tuer autant de personnes que possible ce jour-là. C'était le plan à moitié conçu de quelqu'un en liberté sous caution pour des accusations de menaces envers son grand-père séparé, un vétéran qui était l'un des rares à participer à ce défilé dans une ville à deux heures de la métropole.

Vince ouvrit les yeux, replia le journal et le remit dans la boîte. Il était là ce jour-là au pied levé, montant en voiture avec Liz. Il ne se souvenait pas pourquoi eux. Ni pourquoi la police locale voulait une présence plus forte.

— C'était mon jour de congé.

La boîte de médailles tomba sur la coupure de journal.

Marion avait eu une crise d'asthme pendant la nuit. Mais il l'avait quand même laissée seule. Elle et Susie.

Il ajouta l'album de bébé à la boîte.

*Alors que la panique de la fusillade s'était apaisée, alors que sa propre adrénaline était finalement retombée, un appel était arrivé. On lui avait dit de rentrer chez lui.*

*L'ambulance était encore devant sa maison lorsque, sirènes hurlantes, il s'était engagé dans son allée. Lyndall avait Susie dans la cuisine. Marion était sur le canapé dans le salon. Il était arrivé trop tard.*

Il serra une grande enveloppe contre sa poitrine pendant un moment, le regard lointain. Cela faisait longtemps que personne n'y avait touché. Avec un soupir qui venait de son âme, il ouvrit l'enveloppe. Deux alliances. La sienne. Et celle de Marion. Et son acte de décès.

# ONZE

Vince sortit avec une tasse de café, fermant doucement la porte d'entrée avec l'intention de s'asseoir sur le porche pour regarder le lever du soleil. Il faisait trop froid pour rester immobile, alors il se promena pour vérifier l'état de la ponette. Elle hennit pour l'accueillir et le poussa jusqu'à ce qu'il pose sa tasse et lui donne un petit-déjeuner précoce. La ponette vieillissait. C'était celle de Susie, d'il y a une vingtaine d'années. Néanmoins, elle était en forme et si Melanie était intéressée, elle serait probablement prête à porter à nouveau une bride.

— Bonjour, Vincent.

Il avait remarqué que Lyndall déplaçait du bétail dans l'un de ses enclos, mais ne l'avait pas vue traverser son allée. Sa première réaction fut de grogner et de rentrer, mais la politesse prit le dessus. La politesse et une soudaine pensée.

Il la rejoignit à la clôture.

— Merci pour les fleurs. C'était gentil de ta part.

Elle posa ses bras sur la barrière supérieure et le regarda pardessous le large bord du chapeau en toile cirée qu'elle portait presque toujours.

— Ta petite-fille est venue vivre avec toi.

*Tu ne manques de rien ?*

— Je me souviens avoir rencontré Melanie il y a quelques années. Susie l'avait amenée à la maison.

— C'est une bonne fille, dit-il. Il ne savait pas quoi dire d'autre.

— Bien sûr qu'elle l'est. Regarde sa mère. Et son grand-père.

Un silence s'installa entre eux. Ils étaient voisins depuis des décennies. Elle avait été amie avec Marion. Elle avait aidé quand Susie grandissait. Mais ils s'étaient à peine croisés depuis sa rupture avec sa fille. Elle avait tracé une ligne de désapprobation silencieuse.

Lyndall se redressa.

— Bref, les vaches ne vont pas se déplacer toutes seules.

*Demande-lui.*

— D'accord. Eh bien, encore merci, dit-il.

Lyndall fit quelques pas avant de se retourner.

— Si tu as besoin de quoi que ce soit. Ou d'une baby-sitter, alors...

— Euh, ouais. Tu es sûre ?

Son sourire était suspicieusement entendu. — Quand ?

— Je dois aller chercher certaines de ses affaires chez Susie. Je ne me sens pas encore capable de l'y emmener.

— Dix heures ? J'apporterai quelque chose à Melanie pour la pause du matin.

— J'apprécie.

Elle lui fit un signe de la main en retraversant l'allée et en passant par-dessus la clôture pour rejoindre son enclos.

Il détestait demander.

*Mais juste pour cette fois.*

Il trouverait quelqu'un du coin qu'il pourrait payer pour l'aider si nécessaire. N'importe quoi valait mieux que de faire des demandes à une femme qui l'avait vu dans ses pires moments. Qui le jugeait probablement encore pour la mort de Marion.

Il regrettait déjà la conversation.

———

Les portes du réfrigérateur étaient ouvertes dans la cuisine des Weaver. Bradley s'appuyait contre un plan de travail, buvant du jus d'orange — fait par Susie à partir de l'arbre d'oranges bien-aimé de Carla — directement du pichet. Il avait déjà dévoré la moitié d'une assiette de petits gâteaux faits maison. Tout était encore frais. Délicieux. Heureusement que Susie avait donné les clés à Carla au cas où elle aiderait avec Melanie après l'école et autres.

Quelque chose s'était passé ici. Des résidus d'empreintes digitales marquaient les surfaces, des plantes en pot près de la porte d'entrée aux comptoirs. Cela n'avait aucun sens. Pourquoi la police aurait-elle relevé des empreintes alors que l'accident de voiture était exactement cela ? Un accident.

Le réfrigérateur bipa en signe de protestation d'être resté ouvert si longtemps et il remit le pichet et ferma les portes. Il y avait des sacs isothermes dans le garde-manger, et il les posa sur le comptoir pour se rappeler de les remplir avant de partir. Pas la peine que le contenu du réfrigérateur et du congélateur se gâte.

Il lorgna la machine à café mais un rapide coup d'œil à sa montre suffit pour qu'il se dirige vers le bureau de David. Dans une heure, il avait une réunion et s'il y avait une chance de sauver cette semaine désastreuse, il avait besoin de rassembler des munitions.

Comme prévu, le bureau était impeccable. Ses tiroirs étaient bien rangés et, malheureusement, il était trop moderne pour avoir des compartiments secrets. Un classeur en bois était verrouillé, ce qui ne présentait pas de problème. David gardait les choses importantes dans un coffre-fort mural à l'intérieur du dressing de la chambre principale. Heureusement qu'ils partageaient leurs combinaisons en cas d'urgence. Ouais, eh bien, ça en était une.

Il frôla l'un des costumes de David et s'arrêta, touchant le revers. Les fois où il avait redressé la cravate de David au fil des ans. L'avait rafraîchi pour des réunions.

— Tu me manques, mon pote.

Perdre David était un coup dur à plusieurs niveaux. Ami. Partenaire commercial. Confident. Mais il ferait son deuil en temps voulu. Pour l'instant, il devait s'assurer que l'entreprise aille de l'avant car Melanie avait besoin de ce qui lui revenait de droit.

Les clés du classeur étaient dans le coffre-fort et allèrent dans sa poche. Il fouilla systématiquement le reste du contenu. Passeports. Actes de naissance et autres. Une liasse d'argent. Il y avait une grosse enveloppe scellée. Intéressant. Il tendit la main vers elle.

*Clic.*

Il sursauta en entendant un bruit venant d'en bas et saisit la seule chose pour laquelle il était venu : un dossier.

Craignant d'être surpris ici, Bradley ferma le coffre-fort et réinitialisa la combinaison avec quelque chose d'improbable à deviner pour quiconque. Il reviendrait plus tard.

Du haut des escaliers, la maison était silencieuse. Personne ne bougeait. Clairement, toute cette histoire secrète jouait avec ses nerfs.

La clé du classeur fit son travail et Bradley se servit d'une brassée de dossiers, les glissant dans une mallette qu'il avait apportée. Il ouvrit l'ordinateur portable de David et fouilla dans l'historique, notant un numéro de compte sur un morceau de papier qu'il arracha d'un bloc-notes. Il prendrait l'ordinateur portable de toute façon, mais il avait besoin de ce numéro pour la réunion.

Bradley plia le papier pour le mettre dans sa poche.

— Qu'est-ce que vous foutez ici ?

Le papier tomba de ses doigts alors qu'il sursautait.

— Vous m'avez fait une de ces peurs, Vince !

Vince portait une petite valise.

— Pourquoi êtes-vous dans la maison, Pickering ? C'est une propriété privée.

— Vous allez appeler la police, ex-officier Carter ? Il ne put dissimuler le mépris dans sa voix, mais il s'en moquait. Vince

Carter était un bon à rien quand il était flic et aujourd'hui, il n'était guère plus qu'un obstacle à son accès et celui de Carla à Melanie. Quand Vince s'avança vers lui, il leva les deux mains pour désamorcer la situation.

— Du calme. Vous m'avez surpris. Je ne fais que récupérer des documents de l'entreprise que David devait rapporter au bureau. J'en ai besoin.

Il ramassa les papiers tombés puis tendit la main vers l'ordinateur portable.

— Laissez-le, aboya Vince.

— Il appartient à l'entreprise.

— Quelqu'un s'est introduit hier. Une idée de ce qu'ils cherchaient ?

— Ah, ça explique les résidus. Ils sont entrés ici ? Bradley observa le bureau. Rien ne semblait avoir bougé. Quelque chose a été volé ?

— Rien n'a été volé. Pas que l'on sache pour l'instant. Mais la police a relevé de nombreuses empreintes digitales et d'autres traces.

Avec un sourire, Bradley ferma la mallette.

— Les miennes seront partout. Celles de Carla aussi.

— Je vais vous raccompagner.

*J'ai besoin de cet ordinateur portable.*

Peu importait pour le moment. Il devait se rendre à la réunion et passa devant Vince, qui le suivit.

— Où est Melanie ? Vous ne l'avez pas laissée seule dans la voiture ?

— Où elle se trouve ne vous regarde pas. Vince était juste derrière lui dans l'escalier.

— Nous sommes ses parrain et marraine, Vince. Il ouvrit la porte d'entrée et se retourna pour faire face à l'autre homme. Carla devient folle à l'idée de la voir. Nous voulons qu'elle nous rende visite.

Vince posa la valise et pendant un instant, le cœur de Bradley s'emballa à l'idée d'être physiquement poussé hors de la maison. Mais Vince croisa les bras et le fixa du regard.

— Dans quoi David était-il impliqué ?

— Je ne comprends p…

— Peut-être êtes-vous autant dans la merde que l'était David.

— Notre entreprise est irréprochable.

— Cet accident n'en était pas un, dit Vince.

— Eh bien, la police a dit que la route était verglacée.

— Et vous, qu'en dites-vous, Bradley ?

Rien qui ne lui vaudrait un coup de poing.

— Je vais prendre les clés de la maison. Vous n'avez aucune raison de les avoir.

Bradley les lui remit.

— J'ai encore besoin de l'ordinateur portable et de beaucoup d'autres dossiers.

— Alors arrangez-vous avec l'avocat de David et Susie.

— Peut-être que Melanie devrait venir habiter chez nous pendant un moment. Vous avez visiblement besoin de temps pour faire ton deuil.

Les bras de Vince tombèrent et il fit un pas vers Bradley.

— Peut-être que vous devriez partir d'ici.

Dès que Bradley fut dehors, la porte se referma derrière lui.

———

Vince attendit que Bradley s'en aille en voiture avant de s'éloigner de la porte d'entrée. Il ne lui faisait pas confiance pour ne pas avoir un double des clés. Il n'avait aucune raison de détester autant Bradley, mais ça avait toujours été le cas. Le fait qu'il soit marié à la meilleure amie de Susie avait créé un malaise lors des événements auxquels ils avaient tous assisté, mais il était toujours resté poli. Pour elle.

*Liz avait eu affaire à eux.*

Pourquoi cela lui revenait en tête était un mystère, mais son ancienne partenaire avait travaillé sur une affaire concernant

Carla il y a des années et il ne se souvenait ni de la raison ni de l'issue de cette affaire. Il devait lui demander. Ce qui signifiait faire face à une centaine de questions inquiètes de sa part.

Secouant la tête, Vince se dirigea vers la chambre de Melanie.

Raymond l'ours fut le premier à entrer dans la valise, suivi de plus de vêtements. Il lui avait demandé ce qu'elle voulait qu'il apporte cette fois et tout ce à quoi elle avait pu penser était Raymond. Elle était devenue très silencieuse, et il n'avait pas insisté pour avoir plus d'idées.

Il trouva des chaussons, d'autres chaussures et pyjamas, quelques pulls et d'autres vêtements chauds. Il y avait un joli bonnet tricoté et quelques petits pots de crème pour les mains ou quelque chose comme ça, alors il les mit avec quelques livres. Tout ce qu'il pouvait espérer, c'était d'avoir suffisamment d'affaires pour elle pour un petit moment. Jusqu'après les funérailles.

Pièce par pièce, il vérifia la maison. Chaque fenêtre était verrouillée. La porte de derrière fermée à clé. La porte de la buanderie avait une planche de bois clouée à la place du verre et serait difficile à franchir.

Il s'arrêta à la vue des sacs isothermes dans la cuisine. Ils n'étaient pas là la veille. Bradley devait avoir prévu de vider la maison.

— Petit connard.

Le réfrigérateur était bien rempli. Il emballa ce qu'il pouvait utiliser dans un sac isotherme. Fromage. Petits gâteaux. Fruits. Yaourt. Il devrait donner le reste. Ou jeter ce qui devenait trop vieux. Ou en faire quelque chose.

Cela devait attendre. Il devait rencontrer l'avocat de Susie, un rendez-vous de dernière minute grâce à la disponibilité de Lyndall ce matin.

À la porte d'entrée, il posa la valise et le sac isotherme pour chercher les clés.

Il s'était tenu ici une autre fois. Il y a un peu plus d'un an. Avec sa fille.

— *Susie, tu ne comprends pas ce qu'il vous fait à toutes les deux.*

— *Je t'ai dit de partir, Papa.*

*Elle était furieuse. Ses mains étaient sur ses hanches et son visage était rouge de colère. Vince venait d'apprendre que David avait été interrogé sur le statut d'immigration de certains de ses employés. Ce n'était pas la première fois.*

— *Ma chérie, tu dois penser à Melanie.*

— *C'est ce que je fais.*

— *Qu'elle soit exposée à ce genre de…*

— *Ce genre de quoi ? Susie secoua la tête. S'il y a un problème avec le personnel, alors David le réglera. Il est irréprochable et l'a toujours été. La personne dont je dois protéger Melanie, c'est toi.*

*Comme s'il avait reçu un coup dans le ventre, Vince avait reculé.*

— *Tu vis dans le passé, Papa. Ce que je veux, c'est que tu obtiennes de l'aide. Que tu fasses face à la mort de Maman et à toutes les autres merdes. Que tu commences à être le grand-père que Melanie mérite.*

— *Je n'ai pas besoin d'aide.*

*Toute la colère l'avait quittée, remplacée par de la tristesse. Son ton s'était radouci.*

— *Va-t'en, Papa. Reviens quand tu seras prêt à assumer ton rôle.*

C'étaient les derniers mots qu'ils avaient échangés.

Il était parti bouder au lieu de changer et de réparer leur relation.

Maintenant, il était obligé de prendre ses responsabilités.

Trop tard.

# DOUZE

Lyndall était gentille. Pas du tout effrayante comme Papi l'avait dit. Elle avait des yeux souriants ridés et des lignes intéressantes sur le visage, et elle aimait dessiner.

Melanie adorait dessiner et espérait que Papi lui apporterait son livre d'art de la maison. Lyndall en avait apporté un avec elle ainsi que des crayons de couleur, et elles avaient dessiné des choses différentes à tour de rôle.

Des fleurs dans le vase que Lyndall disait venir de son propre jardin.

Un des oiseaux en bois que Papi avait sculpté.

Un dessin l'une de l'autre.

Et puis quelques-uns de leur imagination.

Quand Papi est rentré, il avait l'air triste à nouveau. Mais il a posé la valise sur son lit et lui a dit de regarder à l'intérieur, et Raymond l'ours était là. Et après avoir câliné Raymond, elle a câliné Papy et alors il a souri.

Un de ses livres d'art était là mais pas de crayons.

— Qu'est-ce qui ne va pas, ma chérie ? Lyndall mettait son manteau pour partir.

Elle ne voulait pas que Papi ait l'air triste à nouveau au cas où il se sentirait mal d'avoir oublié les crayons.

— Oh, rien de spécial.

— Tu sais, j'aimerais que tu gardes ces crayons et ce carnet de croquis jusqu'à ce qu'on ait une autre séance de dessin. Et utilise-les entre-temps si tu en as envie. D'accord ?

C'était parfait ! Melanie se mit au travail sur un nouveau dessin. Elle allait utiliser son imagination à nouveau.

— Ça ne te dérange pas si j'accompagne Lyndall jusqu'à la clôture ? demanda Papi. Je ne serai pas long.

— Hmmm...

Elle allait créer quelque chose de magnifique.

———

— Désolé, j'ai été un peu plus long que prévu.

Vince et Lyndall s'éloignèrent du chalet en direction de son allée.

— Melanie est très spéciale. Elle est un peu calme, ce qui est compréhensible, mais cette petite personnalité pétillante dont je me souviens est juste sous la surface, attendant que le soleil brille à nouveau.

Rentrer à la maison pour trouver des croquis colorés partout sur le sol du salon n'était pas ce à quoi il s'attendait. Et il y avait même eu quelques sourires de Mel.

— Elle t'a adoptée, Lyndall. Merci.

— Je l'aime bien aussi. Tu avais l'air maussade quand tu es revenu. De mauvaises nouvelles ?

— J'ai trouvé Bradley Pickering en train de fouiller dans les affaires du bureau de David.

— Tu l'as mis à la porte, j'espère ?

Il sourit. C'était une pensée agréable.

— Ça n'en est pas arrivé là, mais je lui ai pris son jeu de clés. Carla les avait quand elle aidait avec Melanie.

— Ça vaut le coup d'en parler à la police ?

— J'y réfléchis.

Ils s'arrêtèrent à la clôture et Lyndall avait une expression étrange. Étrange, même pour elle.

— Quoi ? Vince préférait savoir.

— Mel a mentionné que Carla lui manquait.

C'était un problème pour un autre jour. Il jeta un coup d'œil à la clôture.

— Pourquoi sommes-nous ici et pas près de ma voiture ? Je peux te ramener en voiture.

Elle leva les yeux au ciel et d'un mouvement fluide grimpa les barreaux et se retrouva de l'autre côté.

— Pas mal pour une vieille bique. Qu'a dit l'avocat ?

Il regarda en direction du chalet.

— Susie et David ont un testament mais il est ancien, datant de juste après la naissance de Mel. Depuis, David est devenu associé dans l'entreprise avec Bradley et il n'y a rien sur la façon de gérer ses parts. Bien qu'elle devrait revenir à Melanie, il y a toujours des complications et Bradley pourrait avoir un accord en place qui l'impacte. Ils étaient propriétaires de leur maison et je dois dire, Lyndall, il se retourna vers elle, elle n'avait pas bougé, ses yeux fixés sur lui, que ça m'a surpris. Ils sont jeunes... ils *étaient* jeunes... pour avoir remboursé un prêt immobilier si tôt.

Cela le laissait perplexe. Susie n'avait pas travaillé depuis quelques années bien qu'impliquée dans des organisations caritatives. Les revenus, pour autant qu'il sache, provenaient de l'entreprise de David. Elle devait mieux marcher que l'impression donnée par l'entrepôt mal entretenu.

Et c'était un désastre total.

— Ils n'ont jamais changé le testament concernant Melanie... où ils souhaitaient qu'elle aille dans de telles circonstances ? Sa voix était la plus douce qu'il ait jamais entendue.

— Jamais changé. Il a toujours été entendu qu'elle viendrait chez moi. Mais l'avocat m'a prévenu que ça ne se fera pas automatiquement, la garde légale. J'ai quelques obstacles à surmonter.

Avec un sourire, Lyndall lui tapota l'épaule.

— Tu ferais mieux de commencer à te mettre en forme alors. Tu viens de voir une femme de soixante-cinq ans grimper une clôture en une demi-seconde. Imagine ce que tu pourrais faire si tu essayais. Avant qu'il ne puisse répondre, elle était partie en trottinant. Puis elle leva le bras pour le saluer sans se retourner.

— Frimeuse, marmonna-t-il.

— Mon ouïe est toujours bonne, Vincent, cria-t-elle.

Il tapota son ventre. Perdre un peu de poids ne lui ferait pas de mal. Obstacles ou pas.

———

Carla se tenait près de la fenêtre du salon, le rideau écarté, regardant fixement la rue.

Bradley tapait sur un ordinateur portable depuis le canapé, lui jetant un coup d'œil de temps en temps. La voir si pleine d'espoir l'inquiétait. Elle devait modérer ses attentes. Au moins pour l'instant.

— Chérie, je ne suis pas sûr que ce soit la meilleure décision.

Elle ne se retourna pas.

— Elle doit connaître la vérité. Comment les services de protection de l'enfance peuvent-ils prendre les bonnes décisions sans cela ? Oh, elle est là !

Bradley ferma l'ordinateur portable. Il avait fait l'erreur de trop en dire à Carla sur sa rencontre avec Vince et elle avait immédiatement téléphoné. Le plus étrange était qu'elle aimait assez bien Vince jusqu'à ce que Susie le mette dehors. La loyauté envers Susie était profondément ancrée chez sa femme.

Carla se précipita vers la porte d'entrée et un moment plus tard revint avec l'autre femme, une fonctionnaire quelconque avec une mallette. Il se leva et tendit la main pour la saluer.

— Je suis Bradley.

— Dawn Burrows. Enchantée de vous rencontrer tous les deux.

— Un café ? demanda Carla.

— Non, merci. Je suis un peu pressée par le temps mais votre appel semblait urgent.

— Je vous en prie, asseyez-vous. Bradley fit un geste vers un fauteuil en face du canapé, où Carla et lui s'assirent ensuite.

— Madame Burrows, il s'agit de Melanie Weaver, commença Carla. C'est notre filleule et nous l'aimons beaucoup. Nous faisons partie de sa vie depuis sa naissance, et elle a passé beaucoup de temps avec nous. Susie était ma meilleure amie. Depuis nos années d'université.

— Je suis vraiment désolée pour votre perte, Madame Pickering.

— Merci. Il est difficile d'imaginer que Susie n'est plus là. Et tout aussi difficile de ne pas savoir ce qu'il adviendra de Melanie.

— Je ne comprends pas vraiment.

*Tu n'es pas la plus futée, n'est-ce pas ?*

— Nous sommes inquiets pour Melanie, dit Bradley. Nous avons demandé à Vince Carter de nous laisser la voir, mais il a catégoriquement refusé.

— C'est encore tout récent. Elle vient de sortir de l'hôpital et lui et Melanie ont beaucoup de choses à surmonter. Beaucoup d'ajustements sont nécessaires. Je suis sûre qu'elle est entre de bonnes mains.

Carla jeta un coup d'œil à Bradley puis revint à l'autre femme.

— Le problème, c'est que Vince et Susie se sont brouillés il y a un moment et il a pratiquement coupé tous les ponts avec elle. *Et avec sa propre petite-fille.* Mais notre maison est comme un second foyer pour elle. Elle s'y sent en sécurité. Idéalement, nous aimerions que Melanie vive avec nous.

L'assistante sociale fronça les sourcils.

— Les visites sont une chose. La garde en est une autre.

— Même si le tuteur n'est pas approprié ? La panique dans la voix de Carla serra le cœur de Bradley.

— En quoi Vince Carter n'est-il pas approprié ? Dawn plissa les yeux.

— Il avait quelque chose contre David. Il l'a accusé plus d'une fois d'être un criminel et ça a brisé le cœur de Susie. Elle lui a dit qu'il n'était plus le bienvenu tant qu'il n'aurait pas obtenu de l'aide.

— Quel genre d'aide, Madame Pickering ? Le savez-vous ?

Carla hocha la tête.

— Il a des problèmes de colère. Et de violence. C'est un tueur.

Cela semblait choquer Mme Burrows, qui toucha la poignée de sa mallette comme si elle allait la ramasser, puis croisa les mains sur ses genoux.

— Je sais qu'il a pris une vie dans l'exercice de ses fonctions. Et potentiellement sauvé plusieurs autres en même temps. C'est ce que vous voulez dire ?

Des larmes se formaient dans les yeux de Carla. Elle se sentait frustrée. Bradley lui prit la main et la serra, et ses épaules semblèrent se détendre un peu. Il parlerait pour elle. Il lui enlèverait cette pression.

— Tout le monde sait que Vince a sauvé des vies ce jour-là, mais ce que la plupart des gens ignorent, c'est qu'il n'a jamais géré les conséquences. Je veux dire, sa propre femme est décédée ce jour-là parce qu'il ne pouvait pas être à deux endroits en même temps, et ça lui a retourné le cerveau. Carla et moi sommes sincèrement inquiets pour le bien-être à long terme de Melanie si elle reste avec lui. C'était déjà assez difficile pour Susie d'être élevée là-bas, toute seule avec un vieil homme amer.

— Et Susie a dit qu'elle voulait que je fasse toujours partie de la vie de Melanie, chuchota Carla tandis qu'une larme solitaire coulait sur sa joue.

Après avoir consulté sa montre, Mme Burrows prit sa mallette et se leva.

— Je peux vous assurer que tous les aspects seront pris en compte avant que des recommandations ne soient faites. Jusqu'à ce que le testament soit lu et que d'autres facteurs soient pris en compte, les choses resteront ce qu'elles sont. Maintenant, veuillez m'excuser.

Bradley la conduisit hors du salon, mais elle s'arrêta sur le pas de la porte avec ce qui aurait pu être une tentative de sourire à Carla.

— Laissez-moi parler à M. Carter d'une visite. Je vous tiendrai au courant.

Carla acquiesça, mais quand Bradley revint une minute plus tard, elle essuyait d'autres larmes.

— Elle a dit qu'elle lui parlerait. Concentre-toi là-dessus.

— Il faut qu'on fasse quelque chose, Brad. Elle va manquer toutes les choses que Susie voulait. Et elle me manque. Ses lèvres tremblèrent. Elle me manque vraiment.

— À moi aussi. Voyons si cette Burrows obtient quelque chose et sinon, nous devrons peut-être passer à la vitesse supérieure. Il y avait plus de façons de gagner cette guerre que Dawn Burrows ne pouvait même l'imaginer.

———————

Pendant que Melanie regardait la télévision dans le salon, Vince ouvrit son ordinateur portable dans la cuisine. Des semaines passaient généralement sans qu'il ne l'utilise, mais il démarra correctement. Il ignora sa demande de mise à jour.

Stylo et carnet à portée de main, Vince rechercha l'enregistrement de l'entreprise.

*PickerPack Holdings Pty Ltd.*

Il nota le numéro d'entreprise australien et l'adresse enregistrée, qui était celle de Bradley. Elle avait été initialement créée en tant que société privée il y a près de dix ans. En parcourant l'historique de son existence, il trouva quand David l'avait rachetée et était devenu codirecteur. Il y a quatre ans.

C'était une surprise à l'époque, pour Vince en tout cas. David était cadre supérieur dans une grande entreprise de logistique de l'autre côté de la ville. Il s'était assez souvent plaint du trajet quotidien, mais Susie ne voulait pas déménager dans la banlieue Est. Son emploi était stable, bien rémunéré et lui offrait la possibilité de faire avancer sa carrière, alors que l'achat d'une entreprise en difficulté déclenchait un signal d'alarme.

Et Susie était inquiète.

Vince ouvrit ses e-mails et marmonna un juron alors que des bips successifs annonçaient l'arrivée de plusieurs semaines de messages. Une grande partie était sans intérêt. Des spams de démarcheurs et des factures qu'il avait déjà payées. Il se leva pour aller voir Melanie.

Elle était blottie avec Raymond et Topsy sur le canapé, une couverture jetée sur son dos et ses épaules. Le feu était allumé mais elle était habituée au chauffage central, et il devrait réfléchir à la façon de mieux la réchauffer. Elle ne le remarqua pas, et il partit avant de pouvoir la déranger.

Tous les e-mails étaient chargés et il tapa « Susie » pour commencer une recherche.

Les plus récents étaient des condoléances pour son décès de la part d'anciens collègues et il changea sa recherche pour son adresse e-mail réelle. Cela fit apparaître des centaines d'e-mails d'elle sur une longue période, remontant jusqu'à ses années universitaires quand elle vivait sur le campus.

Son cœur battait douloureusement.

Il remonta quatre ans en arrière et trouva celui dont il se souvenait. David était sur le point de quitter son ancien emploi.

*Bien sûr, je lui fais entièrement confiance. David ne prend pas de décisions à la légère, mais je suppose qu'il en a vraiment assez de traverser la ville en voiture cinq jours par semaine et de travailler pour quelqu'un d'autre. David et Bradley sont de si bons amis et ils seront partenaires. David regorge d'idées pour utiliser son expérience en logistique afin d'attirer plus de clients. Je suis sûre qu'il sait ce qu'il fait.*

— Et pourtant, ce n'était pas le cas.

Il y en avait un autre, quelques mois plus tard.

*David est un peu déçu par Bradley qui veut que tout changement se fasse lentement. Il ne veut pas déplacer l'entrepôt pour faciliter l'ar-*

*rivée de nouveaux clients, alors pour l'instant, David essaie d'apprendre tous les aspects de l'entreprise afin d'avoir de meilleurs arguments pour son développement. Il a mentionné qu'il y avait eu un problème avec un employé. Quelque chose à propos de son statut d'immigration. Mais sinon, tout va bien. Je viendrai le week-end avec Melly chérie si tu veux ?*

Elle était venue et ils s'étaient disputés. C'était le début du véritable déclin de leur relation, et elle n'avait amené Melanie que deux autres fois par la suite. Vince avait fait quelques vérifications discrètes et était peu impressionné d'apprendre que Bradley faisait l'objet d'une enquête pour avoir embauché des immigrants illégaux. Non seulement cela, mais il les sous-payait pour de longues heures de travail. Susie niait que David était au courant de quoi que ce soit, mais refusait d'accepter l'opinion de Vince selon laquelle les mauvaises pratiques de Bradley se reflèteraient sur son nouveau partenaire.

Il copia les deux e-mails dans un fichier. Puis il ajouta le lien vers l'enregistrement de l'entreprise.

Rester les bras croisés était impossible. Quelqu'un avait pris David pour cible et son instinct lui criait que c'était lié à l'entreprise. Mais pourquoi ce quelqu'un avait décidé de tuer une femme innocente et de blesser une enfant était quelque chose que son cerveau n'arrivait pas à comprendre. Être policier l'avait exposé au pire de la nature humaine et ceci était parmi les actions les plus maléfiques qu'il ait rencontrées. S'il ne pouvait pas enquêter en tant que membre de la police, et s'ils ne voulaient pas enquêter, alors il prendrait les choses en main. Et que le ciel vienne en aide à celui qu'il trouverait au bout de toute cette histoire.

# TREIZE

Pete conduisait. La tête de Liz cognait à cause du manque de sommeil et de trop d'inquiétude, et elle pensait que lui confier le volant occuperait suffisamment Pete pour qu'il ne l'embête pas. Ce ne fut pas le cas, et elle avala plus d'antidouleurs avant qu'ils n'atteignent leur prochain arrêt. Après un briefing matinal, ils avaient passé la journée à travailler sur leur part d'une liste des connaissances de Hardy. Tous n'étaient pas des criminels, mais aucun, jusqu'à présent, n'avait été disposé à leur fournir des informations.

— Encore deux, Lizzie. Tu crois que les téléphones chauffent dans toute la ville en ce moment ? Ils pourraient même être en train d'organiser une réunion pour discuter de ces policiers agaçants qui ne leur fichent pas la paix.

*Je pourrais bien avoir besoin d'un peu de paix.*

Souhaiter pouvoir fermer les yeux n'aidait pas. Elle tapota sur son téléphone qui était chargé des informations qu'ils géraient.

— Tu as déjà rencontré celle-ci... Ginny Makos.

Il sourit.

— Quoi ?

— Elle m'aime bien.

Ce n'était pas la première fois que Pete disait quelque chose de similaire à propos d'une personne d'intérêt. Il avait été sous couverture pendant longtemps dans une unité secrète et il y avait peu de gens qu'il ne connaissait pas, ou dont il n'avait pas entendu parler.

— Alors tu restes dans la voiture.

Il rit en garant la voiture.

— Elle ne te parlera même pas. Ce n'est pas une femme qui aime les femmes, si tu vois ce que je veux dire. Les hommes ? C'est une tout autre histoire.

Quand la porte de l'appartement du cinquième étage s'ouvrit, Liz comprit.

La femme ne lui jeta même pas un regard, mais ronronna presque en accueillant Pete comme un vieil ami. Elle les laissa entrer dans un petit salon mais ne leur proposa pas de s'asseoir. Tous les rideaux et les portes intérieures étaient fermés, et l'air était trop chaud et rempli d'une douce musique classique. Ginny portait une robe de chambre en satin assez ouverte pour laisser voir le haut d'un soutien-gorge en dentelle rouge, et des talons aiguilles rouges de quinze centimètres.

— Inspecteur Pete... ça fait trop longtemps. Mais vous auriez dû appeler d'abord. J'ai déjà un ami qui arrive bientôt.

— Une minute suffira. Quelqu'un que nous connaissons tous les deux joue à cache-cache avec moi et je me suis dit... qui de mieux que la douce Ginny pour me donner un tuyau ou deux.

*Je vais sérieusement vomir.*

Le sourire de Ginny s'élargit même si ses yeux se durcirent.

— Vous savez que j'adore les jeux, Petey. Mais je ne pense pas pouvoir vous aider.

— Madame Makos, savez-vous où se trouve Malcolm Hardy ? demanda Liz.

Elle aurait tout aussi bien pu ne pas parler. Elle fut ignorée.

— Je dois me préparer pour mon visiteur. Ginny posa sa main sur la joue de Pete. Mais aucun de mes amis ne se cache.

Pete sortit sa carte et la glissa lentement dans le haut de son soutien-gorge.

— Si vous entendez quoi que ce soit, des rumeurs, ou si vous voyez Malcolm par hasard... je vous serais très reconnaissant de me le faire savoir. Il retira doucement sa main de son visage. Nous allons partir.

Ils atteignirent l'ascenseur sans parler et Liz appuya fermement sur le bouton « descendre ».

— C'est Ginny que tu imaginais frapper ? demanda Pete innocemment.

— Ou toi.

Les portes s'ouvrirent et ils entrèrent dans l'ascenseur vide.

— Comment ça se fait que tu la connaisses si bien ? En fait, non, ne réponds pas.

— Je l'ai arrêtée.

— Pour ?

— Disons simplement qu'elle était impliquée dans quelque chose qui la dépassait et qu'après avoir coopéré, elle s'en est tirée avec un délit mineur. Si l'un des contacts de Hardy doit cracher le morceau à son sujet, je pense que ce sera elle.

Liz ne partageait pas sa confiance mais jusqu'à présent, ils s'étaient retrouvés à chaque dans des impasses, alors elle était heureuse de constater qu'il n'en était rien.

La dernière personne à qui ils voulaient parler n'était pas chez elle. Ils avaient traversé jusqu'à Wyndham Vale dans la banlieue ouest et avaient attendu une demi-heure avant de rentrer. Liz avait fait une sieste pendant que Pete suivait des pistes au téléphone et quand elle se réveilla, son mal de tête avait presque disparu. Il n'y avait pas grand intérêt à attendre plus longtemps.

— Envie d'un petit détour ?

— Où ? demanda Pete.

— J'étais à l'entrepôt de Bradley Pickering l'autre soir.

— Pourquoi ?

— Par curiosité. Elle s'était attendue à un commentaire

sarcastique. L'endroit semblait désert, mais quelqu'un était là. Un homme je pense, qui me regardait par la fenêtre.

— Tu rôdais autour de leur propriété ?

— Plus ou moins.

Pete prit la route de Laverton.

— Et pourquoi y retournons-nous ?

— Terry était chez Susie hier à Caroline Springs. Il y a eu une effraction mais rien n'a été pris d'après ce qu'on a pu voir. Ensuite, Vince a surpris Pickering en train de fouiller le bureau. Il m'a envoyé un message un peu plus tôt pour me dire qu'il avait pris un jeu de clés à Pickering.

— Je ne vois pas le lien, Liz. Il avait les clés.

— Ouais. Mais pas la permission de prendre quoi que ce soit de la maison, pourtant il était sur le point d'emporter un ordinateur. Il est louche. Et on l'a entendu se disputer avec David le soir de l'accident.

Il n'y eut pas de réponse. Liz jeta un coup d'œil à Pete et il se tourna pour croiser son regard, les sourcils levés.

— Je pensais que tu aurais quelque chose à dire sur Vince, dit-elle.

— J'ai un problème avec lui, Liz. Pas avec toi. Si tu veux fouiner et creuser du côté de Pickering, je serai heureux de t'aider.

*Tu t'adoucis ? Ou tu profites simplement de la perspective d'une dispute ?*

Quoi qu'il en soit, elle appréciait qu'il vienne avec elle. Peu de choses effrayaient Liz, mais il y avait quelque chose à propos de l'entrepôt – et de l'homme qui le possédait – qui la dérangeait.

———————

Cette journée ne passait pas assez vite. La réunion de Bradley plus tôt dans la journée avait entraîné plus de travail pour lui, dont il n'avait couvert qu'une partie à la maison en attendant la visite de la maudite assistante sociale.

Le résultat de mois de planification était en jeu à cause de l'accident de David. S'il devait recommencer et trouver une nouvelle entreprise de transport qui convienne, cela ajouterait un retard inacceptable à d'autres parties du processus. David avait mis en place l'accord, et avec sa disparition, l'autre partie perdait confiance. Ils n'avaient jamais traité avec Bradley et remettaient en question sa capacité à gérer le côté logistique de l'arrangement.

*S'ils savaient seulement combien d'argent était en jeu avec cette affaire.*

Il était revenu à l'entrepôt pour terminer une nouvelle proposition et venait de la leur envoyer par e-mail. Maintenant commençait l'attente. Les ouvriers sortaient tous pendant qu'il fermait la porte de son bureau à clé. Abel était à la porte latérale, vérifiant leurs sacs comme d'habitude. Depuis qu'il avait commencé à faire ça chaque jour, les vols avaient considérablement diminué. Et quelques employés étaient partis, ce qui lui convenait. Les mauvais travailleurs lui rendaient la vie impossible.

— Je dîne avec Duncan, dit Bradley qui était le dernier à sortir à part Abel et qui s'était arrêté pour parler. On devrait bientôt avoir une réponse positive de la société de transport.

— Ce sera un dîner court dans le cas contraire.

Peut-être devrait-il faire d'Abel un associé. L'homme avait le don de flairer où se trouvait l'argent et aimait mettre la main à la pâte.

Dehors, le vent s'était levé, faisant tourbillonner des détritus sur le béton. Bradley vérifia son téléphone en s'éloignant, manquant presque de le laisser tomber à la vue de deux flics qui remontaient l'allée. Enfin, il savait que l'un d'eux était flic. La dernière personne avec laquelle il voulait interagir. Il rangea son téléphone.

— Tiens, n'est-ce pas l'agent Moorland.

Quelle satisfaction de voir un éclair d'irritation traverser son visage. Elle n'avait pas bien vieilli. Des rides que le maquillage ne pouvait pas dissimuler. Non pas qu'elle en portât beaucoup. Elle n'aimait probablement pas les hommes.

— Détective Moorland, dit-elle.

— Je rentre chez moi. Il fit mine de regarder sa Rolex.

— Nous ne vous retiendrons pas longtemps, M. Pickering. Ses yeux parcoururent l'allée de haut en bas. Pas de camionnette ?

— Impressionnant que deux inspecteurs s'occupent de véhicules volés.

Les flics échangèrent un regard. Ils n'en avaient pas entendu parler. Alors pourquoi étaient-ils là ?

— Ce n'est pas le cas, mais pour les besoins de la conversation, quand a-t-elle été volée ? L'autre inspecteur avait retrouvé sa voix. Il était négligé. Cheveux un peu longs comme un surfeur mais beaucoup trop vieux.

— Et vous êtes ? demanda Bradley.

— Détective Pete McNamara. Que fait exactement votre entreprise ?

— De la revente de marchandises. Et nous avons remarqué la disparition de la camionnette hier. Quelqu'un a coupé le cadenas du portail avec une pince coupante et est entré dans ma propriété. Nous l'avons signalé.

— Nous ?

— Mon contremaître l'a fait. C'est lui qui la conduit. Ou quiconque doit faire des livraisons.

— Et vous la conduisez aussi ? demanda la femme.

Il faillit s'étrangler à cette idée.

— Jamais. Ce n'est pas mon genre.

— Où est votre contremaître ?

— Pourquoi ? Que pensaient-ils savoir ?

Le flic-surfeur fit un pas en avant.

— Est-il ici ?

— Bien sûr qu'il est là.

Bradley retourna à la porte, qui s'était fermée. Et était verrouillée. Il la déverrouilla et jeta un coup d'œil à l'intérieur.

— Désolé. Il a dû partir pour la journée.

*Où diable es-tu, Abel ?*

— Je peux lui demander de vous appeler. Ou voulez-vous son numéro ? Tout ce que vous voudrez pour nous aider à la récupérer.

Avec une forte rafale de vent, la porte claqua contre le mur.

Le flic-surfeur passa la tête à l'intérieur.

— Il y a beaucoup de tables. Ce sont des jouets ? Vous avez dit que vous êtes un revendeur. De jouets ?

— Entre autres. Nous achetons des articles importés refusés. Des trucs dont l'acheteur initial change d'avis quand il les voit, et ça arrive beaucoup plus souvent qu'on ne le pense. La plupart du temps, il n'y a pas de problèmes avec les produits, sauf les attentes de l'importateur, et nous avons développé une activité florissante en achetant à bas prix, en reconditionnant et en revendant. David avait le don de trouver un marché pour tout.

— Tout ?

— Tout ce qui est légal, détective McNamara.

— À quel sujet vous disputiez-vous, David Weaver et vous, chez Spironi le soir de l'accident de voiture ?

C'était la dernière chose à laquelle il s'attendait de la bouche de Moorland.

— Quoi ? Qui a dit que nous nous disputions ?

— Était-ce le cas ? insista-t-elle.

— Bien sûr que non. Nous étions comme des frères. Maintenant, je suis désolé de vous presser, mais je dois vraiment partir. Il ferma la porte. Vous savez, David était mon ami et mon associé. Susie était la meilleure amie de Carla, et elle pleure tous les soirs pour s'endormir. Et on ne nous a même pas permis de voir Melanie.

— Que faisiez-vous dans leur maison ?

Il lui fallut beaucoup de contrôle pour ne pas aboyer sur cette femme au visage ennuyeux et aux yeux scrutateurs. Elle avait toujours pensé qu'elle valait mieux que lui. Mieux que Carla.

Mais s'énerver n'allait pas l'aider à partir d'ici plus vite et il n'allait certainement pas lui donner des munitions.

— J'avais les clés. Carter les a maintenant récupérées. Et j'ai toujours une entreprise à gérer. David avait des dossiers dans son bureau à son domicile dont j'avais besoin aujourd'hui. Et il y a un ordinateur portable. Carter a refusé de me laisser le récupérer, mais il m'appartient.

— Merci pour votre temps, M. Pickering.

Le flic-surfeur hocha la tête et ils partirent. Pas un mot sur la façon dont il pourrait récupérer l'ordinateur portable. Ni aucune sympathie pour leur perte. Et maintenant, il y avait un problème plus important. Qui avait surpris sa conversation avec David cette nuit-là ?

# QUATORZE

*Encore une nuit glaciale et me voilà, dehors une fois de plus.*

*J'allume une autre cigarette.*

*La porte arrière chez Spironi s'ouvre enfin et celui que je veux voir sort. Il ne me remarque pas tout de suite jusqu'à ce que je souffle un peu de fumée dans sa direction et qu'il sursaute.*

*— Qui est là ?*

*Il porte un sac poubelle.*

*— Jette ça, gamin. J'ai une proposition pour toi.*

*Mais il recule vers la porte, alors je fais un pas pour qu'il puisse me voir.*

*Son visage se détend.*

*— Je n'avais pas vu votre visage dans l'obscurité, Monsieur…*

*— Jette-le, gamin.*

*Il le balance dans une benne et me prête attention.*

*— Un jeune gars comme toi a besoin d'un peu d'argent. Pas vrai ?*

*— Bien sûr, mais…*

*— Écoute simplement. Je jette ma cigarette sur le sol crasseux. Il se pourrait que quelqu'un te pose des questions sur un certain désaccord que tu aurais entendu.*

*Sa bouche s'ouvre grand.*

*Je sors une liasse de billets de ma poche et commence à en détacher quelques-uns.*

*— Le truc, c'est que c'était une conversation privée, et elle doit le rester. Tu dois oublier tout ce que tu penses avoir entendu.*

*Les yeux du gamin ne quittent pas mes mains. Il compte probablement. Il y a mille euros là. Pas mal juste pour ne rien dire.*

*— Entendu quoi ?*

*— Bon garçon. J'enroule ses billets en cylindre et les glisse dans la poche de son tablier. Continue comme ça et tu en auras mille de plus.*

*— Quand ?*

*— On ne sait jamais quand je pourrais passer. Venir voir comment tu t'en sors.*

*Il a l'argent en main, comptant rapidement.*

*— Attention, un seul mot de travers et ça servira à payer ton enterrement.*

*Le gamin fourre le cash dans sa poche et manque de trébucher sur ses propres pieds en rentrant. Il a bien compris mon message.*

# QUINZE

Carla s'était réveillée dans une maison vide et était restée au lit un moment, repensant à la stupide dispute avec Bradley la veille au soir. Ils étaient rarement en désaccord et cela lui faisait mal qu'ils n'aient pas réglé les choses avant d'aller se coucher. Il n'était pas venu dans la chambre et elle n'était pas convaincue qu'il soit même resté longtemps dans la maison. Son obsession pour le travail en ce moment n'était pas la raison, mais cela ne rendait pas les choses plus faciles.

Le besoin de café la poussa à descendre, sans prendre la peine de se doucher et toujours vêtue de sa robe de chambre. Une autre journée s'étirait devant elle, avec cette lourdeur dans son cœur comme seule constante.

Il y avait un mot sur le comptoir.

— Désolé pour hier soir, chérie. Sortons dîner ce soir. Passons du temps ensemble. Je t'aime.

Ses lèvres s'incurvèrent et une partie de sa tristesse s'envola.

Sortir dîner ne lui faisait pas envie. Il faudrait longtemps avant qu'elle puisse s'asseoir dans un restaurant sans penser à cette nuit-là. Mais elle pouvait préparer quelque chose de bon pour eux ici. Aller faire des courses. Dresser la table de la salle à manger et acheter un bon vin.

Elle se mit à planifier un menu puis écrivit une liste de courses.

Après avoir lavé sa tasse de café, elle essuya l'évier avec une serviette en papier et ouvrit la poubelle pour la jeter.

*Vraiment, Brad ?*

La raison de leur dispute d'hier soir était dans la poubelle. Un paquet de cigarettes vide qu'elle avait trouvé dans la poche de sa veste. Elle avait senti l'odeur de fumée sur la veste quand il l'avait enlevée et avait voulu la faire nettoyer à sec. Il sentait souvent la fumée après avoir dîné avec des clients. Mais il y avait eu le paquet et il avait haussé les épaules, en accusant le stress.

C'était une petite trahison. Ils voulaient un bébé et il avait promis de ne pas recommencer à fumer après avoir arrêté deux fois. Elle refoula ses sentiments et referma la poubelle.

---

Vince était assis dans la salle d'attente devant le bureau du docteur Raju.

Melanie avait déjà eu un examen physique avec le docteur Lennard qui était satisfait de ses progrès. Il avait dessiné un chaton sur son plâtre, ce qui l'avait fait rire. L'étape suivante était une séance avec le thérapeute, l'une des nombreuses visites que Vince avait programmées après la visite initiale. Il n'aimait peut-être pas les psys, mais Mel était trop jeune pour gérer la perte de ses parents avec seulement lui pour l'aider. Comme s'il pouvait aider qui que ce soit.

Il envoya un message à Liz.

— Bonjour. Du nouveau ?

Le répondeur était aussi proche d'une impasse qu'il pouvait l'imaginer et serait une faible priorité avec la charge de travail de l'équipe de Melbourne. Mais la voiture. Le rapport du coroner. Ceux-là étaient attendus bientôt. Les pompes funèbres avaient appelé tôt pour informer que les funérailles étaient maintenant programmées. Il n'en avait pas encore parlé à Melanie et redoutait de le faire.

Il s'adossa à son siège, les yeux fermés, les doigts se repliant dans ses paumes. Si son cœur battait plus fort, la réceptionniste l'entendrait. Il y a des années, on lui avait donné une liste de moyens pour gérer le stress, dont aucun n'avait retenu son attention à part l'achat d'une balle anti-stress. Elle était toujours dans son emballage plastique dans un tiroir quelque part.

Sculpter les oiseaux aidait. S'occuper de la ponette aussi.

Son téléphone vibra et il ouvrit les yeux sur un message de Liz.

— Devrais avoir des nouvelles aujourd'hui et t'appellerai quand je les aurai. On pourrait se voir plus tard ?

Pas encore. Il aimait Liz mais n'était pas prêt. Le téléphone retourna dans sa poche, le message sans réponse. Mais il devrait s'en occuper bientôt, une fois qu'il aurait un peu plus d'informations et aurait besoin de son aide.

La porte du bureau s'ouvrit et Melanie se précipita pour montrer à Vince un autre dessin sur son plâtre.

— C'est un lion ! Pour me donner du courage quand j'ai peur.

— Un lion et un chaton. Y a-t-il un thème ici ?

— Peut-être. Elle réfléchit, touchant l'un puis l'autre.

— Monsieur Carter, puis-je vous parler un moment ? demanda le docteur Raju.

— Ça va aller si tu restes assise ici un petit moment, Mel ?

La réceptionniste jeta un coup d'œil.

— Bonjour Melanie, voudrais-tu venir ici avec moi et dessiner ? J'ai de nouveaux crayons de couleur qui attendent d'être utilisés.

Apparemment, c'était une invitation qui valait la peine d'être acceptée. Vince suivit le docteur dans son bureau.

— Je vous en prie, asseyez-vous.

Au moins, l'assistante sociale était absente cette fois. Vince s'assit dans l'un des fauteuils club.

— Comment allez-vous, Monsieur Carter ?

— S'il vous plaît, appelez-moi Vince. Je suis plus intéressé par l'état de Melanie.

— Elle en est là où je m'y attendrais à ce stade, non que le chagrin et le choc puissent être mesurés. Sa compréhension des changements dans sa vie est accablante, alors je lui ai donné quelques petites astuces pour l'aider à les gérer un à la fois. J'ai des copies de tout ce que j'ai suggéré, donc je vais vous en faire une.

— D'accord. Dois-je faire quelque chose de spécial ?

*Et si je foire tout ?*

— Non. Familiarisez-vous avec les techniques que je lui enseigne, pour comprendre son processus. Elle pourrait, par exemple, vous demander de vous asseoir avec elle pour se sentir en sécurité. Ou vouloir être seule, ce qui est bien à petites doses.

*Je peux faire ça.*

— Que dois-je dire à propos de sa mère ?

— La vérité. Mais filtrez tout et laissez-la poser des questions. S'est-elle installée à la maison ? Comment est-elle au quotidien ?

— Bien, dit Vince.

— Voulez-vous que j'organise des visites à domicile par quelqu'un qui peut…

— Je ne veux pas paraître grossier, Docteur, mais Melanie est ma petite-fille et nous nous en sortons bien. Elle a un peu peur et ses parents lui manquent. Je fais de mon mieux.

— Et elle a de la chance de vous avoir, dit le docteur Raju.

La chance était la dernière chose qu'il ressentait et il savait que Mel l'échangerait contre ses parents en un instant. Lui aussi.

— Sa tante Carla lui manque.

— Ce n'est pas sa tante, dit Vince.

— Pour Melanie, elle l'est. Et elle lui est familière. Pensez à l'emmener leur rendre visite si elle le demande.

Vince se leva.

— Je pense qu'elle aime les chatons.

— Bientôt elle en voudra un. Le docteur sourit.

— Ouais. Pas sûr de ça. Vince réussit à sourire en retour.

— Ce ne serait peut-être pas juste de lui donner quelque chose à aimer qui pourrait être laissé derrière. Si elle devait déménager à nouveau.

Le sourire de Vince disparut.

— Elle ne va nulle part.

Le docteur le regarda un moment puis hocha la tête.

— Bien. C'est une bonne chose

———

Melanie resta silencieuse tout le long du trajet et, dès que Vince se gara, elle ouvrit la portière et se précipita vers le chalet. Lorsqu'il la rattrapa, elle sautillait d'un pied sur l'autre devant la porte d'entrée.

— J'ai froid, Papi !

— As-tu trop froid pour rester dehors encore quelques minutes ? J'aimerais te présenter quelqu'un de très, très spécial. Ça ne sera pas long.

— Bon, d'accord.

Elle prit la main de Vince, qui la conduisit de l'autre côté du chalet où l'herbe était un peu haute et d'où l'on avait une vue dégagée sur la maison de Lyndall plus haut sur la colline. Mais c'est vers le paddock derrière le chalet qu'il se dirigea.

La ponette paissait à l'autre bout et, lorsque Vince siffla, elle releva brusquement la tête. Elle trotta vers eux en hennissant pour les accueillir.

Melanie se cacha derrière Vince et son cœur se serra.

— Elle est venue te rencontrer, alors que dirais-tu de... Il grogna en soulevant Mel pour qu'elle enroule ses jambes autour de lui. ...lui dire bonjour. Tu te souviens de Pomme ?

Apple se pencha par-dessus la clôture, ses oreilles s'agitant d'avant en arrière tandis qu'elle essayait d'atteindre les pieds de Melanie. Melanie poussa un cri et les remonta, ce qui fit renâcler Pomme.

— Elle est curieuse de te connaître. Penses-tu qu'elle soit une pomme rouge ou une pomme verte ? Granny Smith ou Red Delicious ?

Melanie rit.

— C'est un cheval. Pas une pomme.

— C'est une ponette. Et c'est une vieille dame.

Pomme essaya à nouveau de renifler Melanie, qui enfouit sa tête contre Vince.

— Je veux rentrer. On peut y aller maintenant, s'il te plaît ?

Après avoir frotté Pomme entre les yeux, Vince s'éloigna péniblement du paddock.

— Tu sais, ta maman montait Pomme partout. Tous les jours quand elle avait ton âge.

— C'est vrai ? Maman montait *cette* ponette ?

— Non seulement elle montait Pomme, mais elle la brossait, la nourrissait et c'était sa meilleure amie.

Bien qu'elle ne répondît pas, Melanie jeta un coup d'œil par-dessus l'épaule de Vince pour regarder à nouveau.

Petit à petit. La prochaine fois, ils apporteraient des carottes.

———

Vince était assis sur les marches de l'entrée lorsqu'une voiture arriva. Grâce à son appel préalable, il s'attendait à la visite de l'assistante sociale. Elle lui avait assuré qu'il ne s'agissait que d'un suivi à leur rencontre à l'hôpital, mais un million de pensées lui avaient traversé l'esprit depuis qu'elle avait appelé et il était prêt à tenir bon si elle voulait déplacer Melanie.

Elle sortit de sa voiture, ouvrit la portière arrière et en sortit un manteau épais. Après l'avoir enfilé, elle prit une mallette et verrouilla la voiture.

Il alla l'accueillir.

— Mme Burrows. Vous avez trouvé l'endroit facilement ?

— M. Carter, appelez-moi Dawn, je vous en prie. Et oui, vos indications étaient faciles à suivre. Elle observa le devant de la propriété avec son herbe clairsemée et ses plantes chétives, puis tourna son attention vers le chalet. Son expression changea à peine, mais comment ne pouvait-elle pas le trouver délabré et peu attrayant ?

— Voulez-vous une tasse de thé ou de café ? Il fait un peu froid dehors.

— Je ne dirais pas non à un thé, merci.

— Melanie fait des dessins dans sa chambre. Vince la guida vers les marches et ouvrit la porte, faisant signe à la femme de passer devant. La cuisine est au bout du couloir. Ça ne vous dérange pas de vous asseoir là-bas ?

Pendant qu'il faisait bouillir l'eau, il raconta à Dawn leur visite à l'hôpital plus tôt dans la journée.

— Et j'ai pris quelques rendez-vous pour elle. Juste jusqu'à ce que le docteur Raju pense qu'elle n'a plus besoin de le voir. Comment voulez-vous votre thé ?

— Avec du lait et trois sucres. C'est un homme gentil. Excellent dans les situations difficiles.

Elle n'avait pas besoin d'ajouter « comme celle-ci ». Il savait ce qu'elle pensait. Une petite fille laissée sans personne d'autre qu'un grand-père âgé, vivant dans une bicoque au milieu de nulle part.

Vince apporta le thé à la table et s'assit en face.

— J'ai rencontré l'avocat de Susie et il s'occupe du testament et tout ça. La maison est entièrement payée... était entièrement payée. J'imagine qu'elle sera vendue et que je mettrai en place une fiducie pour Mel. Il y a beaucoup d'inconnues pour le moment.

— Cela vaut-il la peine d'envisager de déménager dans cette maison ? Plus proche de l'école de Melanie, de ses amis et de ses activités. Cela rendrait sa vie un peu plus normale.

*Jamais de la vie.*

— Tout est possible, mais comme je l'ai mentionné, les avocats ont beaucoup de choses à régler en premier lieu.

— J'ai fait des recherches avant de venir. Les transports en commun sont assez éloignés et presque impossibles pour une enfant de huit ans allant dans une école de la banlieue est et en revenant. Je comprends qu'elle s'y plaît, donc la changer d'école ne serait peut-être pas la meilleure option.

Il but une gorgée de thé pour se donner le temps de réfléchir à une réponse. Il avait vécu cela avec Susie après la mort de sa mère. Des visites d'assistantes sociales. Bien intentionnées mais posant des questions auxquelles il n'avait pas de réponses. Comme maintenant.

— Nous allons tout régler. Melanie et moi.

— Il y aura des ressources mises à votre disposition à tous les deux. Je peux voir à quel point vous tenez à elle. Juste une chose. J'ai parlé avec Carla et Bradley Pickering.

*Pour quelle raison, bon sang ?*

— Ils ont mentionné à quel point ils aimeraient la voir. Je crois comprendre que Melanie est proche d'eux.

— Hmm…

Elle pencha la tête en signe d'interrogation.

— J'y réfléchirai. Mais après les funérailles.

Il avait dû utiliser le ton de voix approprié pour la convaincre que c'était la fin de la discussion, car elle sourit et changea de sujet pour parler de la météo.

# SEIZE

— Liz, tu as une minute ? appela Terry depuis l'entrée de son bureau.

Elle était en train de dresser une liste des contacts secondaires de Hardy. Pete allait leur chercher le déjeuner avant qu'ils ne partent.

Terry était de retour dans son fauteuil quand elle le rejoignit. Ses paumes reposaient sur un dossier sur son bureau.

— Assieds-toi. Qu'est-ce qui est ressorti de ta visite chez Pickering ?

— Il était un peu hostile mais essayait de le cacher. Mais ça pourrait être dû à nos interactions passées.

— J'ai entendu une rumeur comme quoi vous aviez déjà eu des contacts. De quoi s'agissait-il ?

— Oh là là, c'était il y a des années. J'étais en uniforme mais pas encore en binôme avec Vince, donc je n'avais aucune idée de la relation entre les deux familles jusqu'à bien plus tard. Ils voulaient porter plainte contre le fils d'un nouveau voisin. Il n'avait rien fait de mal, mais ils l'accusaient de traîner devant leur maison et suggéraient... eh bien, c'est le mot gentil, qu'il rôdait devant chez eux dans le but de repérer la maison pour la cambrioler.

— C'était un gamin ?

— Un jeune adolescent.

— Alors pourquoi était-il là ?

Elle rit.

— Le bus scolaire s'arrêtait là pour la prise en charge du matin. Comme c'était le cas depuis que les Pickering avaient emménagé. Le plus drôle, c'est qu'ils ne s'étaient jamais plaints des autres enfants qui faisaient exactement la même chose.

Terry leva les deux sourcils.

— Mauvaise couleur ou mauvaise religion ?

— Les deux.

— Charmantes personnes. Non.

— Ils ont fait tout un foin. Ils ont essayé d'en faire toute une histoire, et j'ai riposté. Je leur ai expliqué quelques réalités de la vie. Quelques lois. Bradley a menacé de me faire virer. Je lui ai suggéré d'essayer.

— Bien joué. Terry sourit. Et ça s'est terminé comment ?

— Vu la situation, une maison a été mise en vente. Des gens ont déménagé. Problème résolu.

— Quoi ? Pas la famille du gamin ?

— Non. Bradley et Carla ont trouvé une maison dans un quartier qui correspondait mieux à leurs « besoins ». Et ce qui est encore mieux, c'est qu'ils ont perdu sur le prix de vente. En dessous de la valeur du marché parce que Carla ne supportait plus d'y vivre.

Liz était allée à la vente aux enchères par curiosité. La maison était déjà vide et quand le prix de réserve n'a pas été atteint, il y a eu un coup de fil précipité entre l'agent et les vendeurs qui ont immédiatement accepté l'offre la plus élevée.

— Et Bradley t'a reconnue ?

— Il a failli lâcher son téléphone.

Elle était contente que Pete ait été avec elle. Ça lui avait donné l'occasion de voir le genre de personne à qui Vince avait affaire. Il avait été peu flatteur envers Bradley sur le chemin du retour, le traitant de loser dans son langage typique.

— L'entrepôt est un taudis. Ils revendent des jouets refusés par les importateurs. Apparemment. Ses raisons d'être dans la maison de Susie semblent légitimes. Mais voici quelque chose d'intéressant, chef. La camionnette que j'ai vue l'autre soir ? Volée.

— Eh bien, n'est-ce pas pratique. Terry poussa le dossier à travers le bureau. C'est de Jim. Des traces de peinture noire ont été trouvées sur la portière avant côté passager du véhicule des Weaver. D'autres du même côté mais à l'arrière. Et des traces sur la route mélangées à celles de l'autre voiture.

*Vince avait raison. Son instinct ne le trompe jamais.*

— J'aimerais que tu jettes un coup d'œil à la scène de l'accident en gardant ces nouvelles informations à l'esprit.

— Donc... c'est officiel ?

— Plutôt une partie de pêche.

— Et Vince ? demanda Liz.

— Dans l'ignorance jusqu'à ce que quelque chose morde à ton hameçon.

———

Pete prit la liste des contacts pour commencer après avoir grogné quand Liz lui dit où elle allait. Ça lui convenait d'être seule pour revoir le site de l'accident.

Elle suivit l'itinéraire que David avait probablement emprunté cette nuit-là. De Lygon Street à sa maison dans la banlieue ouest de Caroline Springs, c'était environ trente minutes de route à cette heure de la nuit s'il avait pris les routes principales. Un peu plus long en prenant les routes secondaires.

Mais ça n'avait pas de sens qu'il soit sur *cette* route.

En suivant l'itinéraire GPS du restaurant à la maison des Weaver, elle manquerait le site de l'accident de plusieurs kilomètres.

— Alors où as-tu fait un détour en premier ?

Peut-être qu'un des téléphones portables récupérés fournirait des données. La voiture n'avait pas de système de navigation intégré ni de support pour en installer un. Un autre travail pour le département des services médico-légaux en sous-effectif et débordé.

Après un détour, elle s'engagea sur la bonne route. Il n'y avait pas d'éclairage public et peu de maisons, donc peu de voies d'accès. Beaucoup de champs ouverts avec du bétail ou des moutons. Quelques routes secondaires partaient vers on ne sait où. Dans des circonstances normales, rien n'indiquait que c'était un tronçon dangereux.

L'air était frais quand elle descendit après s'être garée sur un accotement herbeux à une vingtaine de mètres de la scène et elle jeta un coup d'œil au ciel. La pluie arrivait.

C'était étrange d'être ici à nouveau. Cette fois, il n'y avait pas de voiture cabossée, juste de profondes entailles dans la partie inférieure de l'eucalyptus. Des morceaux d'écorce et de verre jonchaient le sol tout autour. En y regardant de plus près, des fragments de métal perçaient le tronc. Elle frissonna. C'était un lieu de mort.

Repoussant l'envie de vomir, elle fit lentement le tour de l'arbre, prenant beaucoup de photos avec son téléphone et ajoutant des notes vocales. L'équipe d'enquête sur les accidents l'aurait déjà fait et plus encore, mais elle avait besoin de faire ses propres relevés.

L'étape suivante consistait à longer la clôture de fil barbelé d'une propriété voisine, en zigzaguant entre celle-ci et la route à travers l'herbe épaisse et les mauvaises herbes du large accotement. Elle gardait les yeux baissés, cherchant qui sait quoi, et après une cinquantaine de mètres, traversa la route et fit de même. À mi-chemin du retour vers l'arbre, elle le vit.

Une cigarette à moitié fumée avait clairement été laissée tomber ou jetée, pas écrasée sous une chaussure.

*Probablement un crétin qui jette ses déchets n'importe où.*

Mais et si ce n'était pas le cas ?

Une fois qu'elle eut pris des photos de la cigarette et de l'endroit, elle la mit dans un sachet de preuve.

Elle regarda en direction de l'arbre. La voiture avait fait face à cet endroit, écrasée et brisée, ses occupants des sièges avant morts ou mourants. Une voiture de passage s'était-elle arrêtée, son conducteur jetant sa cigarette avant de courir voir s'il pouvait aider ? Qui avait signalé l'accident ? Elle prit d'autres notes.

La pluie commença à tomber en fines gouttes tandis qu'elle poursuivait ses recherches dans l'autre direction, et elle remonta la capuche de sa veste. Sur toute cette portion — une centaine de mètres ou plus — il n'y avait ni portail ni allée. Du bétail en liberté pourrait expliquer pourquoi David avait changé de voie. Elle irait rendre visite aux fermes les plus proches ensuite.

Mais cela n'expliquait pas la trace de peinture noire sur deux parties de sa voiture. Ni la combinaison de peinture noire et rouge sur la route, un peu avant qu'il ne commence à freiner et presque sur la mauvaise voie.

Un autre véhicule avait percuté les Weaver. Maintenant, elle devait trouver le conducteur.

Alors que la pluie s'intensifiait, elle retourna à l'arbre et posa sa main sur le tronc.

— Je découvrirai la vérité, Susie.

———

Après avoir rapporté la cigarette au commissariat, Liz avait encore un arrêt à faire avant de retrouver Pete. Ils avaient encore une tonne de choses à couvrir avant la fin de la journée.

Elle était de retour sur Lygon Street après être passée par Williamstown où vivaient Carla et Bradley, ce qui était un trajet direct à travers la campagne depuis le lieu de l'accident. Les couples étaient-ils rentrés là-bas après le dîner ? Ou les Weaver avaient-ils raccompagné les Pickering ?

Le Spironi en était à la fin de son service du déjeuner et bien qu'encore ouvert, n'avait plus de clients. Deux serveurs préparaient les tables pour le service du soir et quand Liz entra, l'un d'eux s'approcha immédiatement d'elle. Un jeune homme avec le prénom « Marco » inscrit sur son tablier. Parfait.

— Veuillez m'excuser, madame. Nous sommes maintenant fermés pour le déjeuner.

— Ce n'est pas grave. Je suis ici pour parler à Marco... et je peux voir sur votre badge que je suis en face de la bonne personne.

Marco retourna à la table.

— Je dois continuer à travailler. Êtes-vous l'officier de police ? Mike a dit que vous reviendriez.

L'homme gardait les yeux sur son travail, qu'il effectuait avec rapidité et précision.

— Je ne vous retiendrai pas longtemps. Je crois comprendre que vous avez surpris une dispute. Le soir où le groupe Pickering et Weaver était ici.

Passant à la table suivante, Marco secoua la tête.

— Je ne m'en souviens pas.

— Ce sont des habitués. Et il y a eu un accident de voiture qui a tué David et Susie Weaver sur le chemin du retour ce soir-là. C'est étrange que vous ne le sachiez pas parce que quand j'étais ici hier, Mike était au courant de tout et a dit que vous vous occupiez de leur table.

— Je me souviens d'eux. C'étaient des clients réguliers. Ça ne veut pas dire que j'ai entendu une dispute.

— Pourtant, vous en avez parlé à votre collègue.

Marco leva les yeux.

— Il se trompe.

— Donc il n'y a pas eu de dispute ? Deux clients près des toilettes ? C'était à la fois agaçant et intéressant. Vous n'avez entendu aucune voix élevée ?

— Rien. Je suis désolé de ne pas pouvoir vous aider.

— Encore une question et je vous laisserai travailler. Les invités sont-ils tous arrivés en même temps ?

Il se redressa.

— Je ne les ai pas placés, mais ils étaient tous présents quand je suis allé leur apporter de l'eau quelques minutes plus tard.

Liz tendit sa carte à Marco.

— Appelez-moi si vous vous souvenez de David Weaver — qui est mort peu après — se disputant avec Bradley Pickering. C'est important.

Elle sortit d'elle-même.

# DIX-SEPT

L'entrepôt était bruyant et animé. Abel et trois autres hommes déchargeaient des cartons sur des palettes depuis le plateau du pick-up qui avait reculé à cause de la pluie. Un chariot élévateur déplaçait les palettes dès qu'elles étaient chargées, les déposant au bout des longues tables de travail. Un petit camion de livraison attendait son tour en faisant tourner son moteur à l'extérieur.

Au milieu de tout cela, un SUV de luxe noir se fraya un chemin et trouva une place de stationnement au fond de l'allée.

Bradley saisit un parapluie et se précipita sous la pluie, se hâtant d'atteindre le visiteur avant qu'il ne sorte.

Il tint le parapluie au-dessus de la portière du conducteur, l'eau ruisselant dans son cou alors qu'il perdait sa protection.

— Il fait un temps de chien, pas pour les hommes, lança joyeusement Duncan Chandler en descendant après avoir vérifié où ses pieds chaussés de souliers en cuir de crocodile se poseraient. J'ai hâte de prendre une retraite anticipée dans un endroit où il fait perpétuellement chaud et où les averses sont rares.

*On en rêve tous.*

Pas encore quarante ans, la bedaine de l'homme et son nez et ses joues rouges reflétaient son style de vie. On l'avait assez souvent entendu dire : travailler dur, s'amuser encore plus. Et Bradley l'admirait. En quelque sorte. Suffisamment en tout cas pour vouloir travailler avec lui.

— Sortons de ce mauvais temps.

La pluie martelait le toit de l'entrepôt, s'ajoutant aux cris des gens qui se parlaient et au bip-bip du chariot élévateur.

— Un café, Duncan ?

— En fait, j'aimerais voir comment tout cela fonctionne, si ça ne te dérange pas ?

— C'est vrai, tu n'es jamais venu ici avant.

— Fais-moi faire le tour.

Bradley croisa le regard d'Abel qui les rejoignit un instant plus tard.

— Voici Abel Farrelly. Il veille au bon déroulement des opérations, et tu peux toujours lui parler si je ne suis pas disponible.

— Ça a l'air bien occupé. Ce sont tous des jouets ? demanda Duncan en regardant les tables où l'on ouvrait et vidait des cartons.

— Jusqu'au dernier. Il y a un conteneur entier qui va passer par ici au cours de la semaine prochaine à cause de l'importateur qui a fait faillite pendant que le bateau était en route. Il est resté sur les quais un peu plus longtemps que prévu. Ça a été dur de perdre David, dit Abel.

— Et maintenant vous voulez changer de direction. Duncan tourna le dos à Abel.

Bradley fit signe à Abel de retourner travailler et conduisit le visiteur à la première table.

— Comme je l'ai dit lors de notre dîner, j'ai conclu un nouvel accord avec la compagnie de fret en attendant la signature d'un contrat.

Duncan le regarda en fronçant les sourcils.

— En attendant, ce n'est pas signé.

— Mais ça le sera. Il était temps de changer de sujet. La

première chose que nous faisons est de vérifier le produit. Parfois, plusieurs sont fourrés dans un grand sac et d'autres fois, comme dans cette boîte, chacun d'eux est emballé individuellement. Bradley prit un dragon violet dans un sac transparent bon marché. Tous les emballages sont retirés et le produit est inspecté pour vérifier son intégrité. Ils sont peut-être très bon marché, mais ils doivent passer l'inspection. Il déchira le sac et passa le jouet à Duncan. Qu'en penses-tu ?

Le dragon en peluche était assez grand pour qu'un petit enfant puisse le câliner et le tissu était doux. La couture était correcte et il était mignon.

— En supposant qu'il ait passé la douane et qu'il ne contienne pas de drogue, c'est exactement le genre de chose que j'achèterais. Duncan le jeta sur la table. Pourtant, tu ne m'as proposé qu'un accord de transport et de distribution. Pourquoi ?

Peu désireux que leur conversation soit entendue par les employés, Bradley guida Duncan vers le fond de l'entrepôt, vers les conteneurs maritimes. Les portes de l'un d'eux étaient cadenassées, mais l'autre était ouvert et des ouvriers le remplissaient de grandes boîtes colorées.

— Une fois qu'un jouet a passé l'inspection, il est réemballé. Cela signifie généralement dans un sac en plastique transparent épais avec un en-tête en carton. Ces grandes boîtes sont les nôtres et la marque change selon les articles. Nous avons une demi-douzaine de marques enregistrées.

Duncan sourit, mais pas d'une manière agréable. Sa gaieté initiale avait depuis longtemps disparu.

— Pourquoi suis-je ici ?

*Il est temps de prendre un café.*

— Allons dans le bureau. C'est un peu plus calme là-bas.

Une fois qu'il leur eut servi un café à tous les deux et fermé la porte pour empêcher le bruit d'entrer, Bradley passa en mode charmeur.

— Duncan's Discount Toys est une entreprise exceptionnelle.

Tu as bâti un empire à partir de rien en moins d'une décennie et tu es un modèle en matière d'entreprises entrepreneuriales.

— Ne me lèche pas les bottes, mon pote. Réponds juste à la question.

— D'accord. Écoute, nous avons lentement augmenté notre part de marché dans d'autres États et dans certains centres régionaux éloignés. Mais envoyer des conteneurs à moitié vides dans d'autres États est un gaspillage d'argent. Nous traitons avec une poignée de magasins à deux dollars dans le Queensland et moins encore à Darwin et Adélaïde. Pas assez pour assurer un service hebdomadaire à moins que...

— À moins que tu ne puisses remplir le conteneur. Le truc, c'est que... Je n'ai pas fait fortune en aidant ma concurrence. Duncan s'adossa à sa chaise et croisa une cheville sur son genou. Il fixa Bradley, les lèvres serrées.

C'était le moment de vérité. Si Duncan mettait fin aux négociations, ils seraient fichus.

— Quand David Weaver est arrivé il y a quelques années, ton empire se développait rapidement. Notre entreprise grandissait aussi, et nous avions noué quelques contacts en Chine et sur les docks, donc nous étions au courant des chargements non désirés. Même à l'époque, il semblait logique de te contacter. Voir si nous pouvions nous intégrer quelque part dans ta chaîne d'approvisionnement.

— Mais ?

Bradley haussa les épaules.

— David a dit non. Il voulait continuer à faire ce que nous avons toujours fait avec les chargements mixtes. Mais il y a quelques mois, quand nous avons fait les calculs pour l'expansion et l'envoi de nos colis dans d'autres États, j'ai su que nous devions proposer un espace régulier dans les conteneurs à une autre entreprise. À toi.

— Ce que tu m'as proposé il y a des mois. Puis plus rien jusqu'à hier.

— Il y a plus. Je peux t'offrir un premier regard sur tous les jouets maintenant. Mon modèle d'affaires concerne les trucs très bon marché, donc il est logique que tu achètes les chargements de meilleure qualité. Ensuite, nous les transportons ensemble.

— Où était cette offre la dernière fois que nous avons parlé ?

— J'avais les mains liées.

Le téléphone commença à sonner. Bradley décrocha et raccrocha aussitôt.

— Qu'est-ce qui a changé, Bradley ?

Sur le dessus du classeur, il y avait une photo de Bradley et David se serrant la main, prise le jour où leur partenariat était devenu officiel. Bradley en détacha son regard.

— Je vais te dire ce qui a changé, Duncan. La personne qui m'empêchait d'aller de l'avant avec toi est morte. Aussi tragique que ce soit, David n'est plus là. Voilà ce qui a changé.

———

Melanie insista pour aider à débarrasser la table de la cuisine après le dîner. Depuis sa séance avec le docteur Raju ce matin, elle semblait un peu moins renfermée et plus intéressée à être active plutôt que recroquevillée devant la télévision.

— C'était une grande aide, Melanie. Tu vas lire un peu maintenant ?

— J'ai lu tous les livres dans ma chambre.

— Déjà ? As-tu vérifié la bibliothèque dans le salon ? Je suis presque sûr qu'il y en a quelques-uns que ta mère lisait.

Elle hocha la tête.

— Tu as vérifié ?

— Puis-je les emprunter ?

Son cœur se serra un peu face à sa demande polie. Ne comprenait-elle pas encore qu'elle vivrait ici maintenant et que tout ce qui était à lui était à elle ?

Il tira une chaise et lui fit signe de s'asseoir près de lui.

— Melanie, tu as de très bonnes manières. Mais tu n'as pas besoin de demander pour lire les livres car ils sont à toi maintenant. C'est pareil pour tout ce qui est dans le frigo. Tout ici est aussi à toi. Il vaut probablement mieux que tu laisses les livres pour adultes pour quand tu seras plus grande et que tu demandes si tu as besoin de quelque chose qui est en hauteur, mais sinon, sers-toi.

— Et pour le reste de mes vêtements, mes jouets, mes livres et mes affaires. À la maison.

Des yeux larges et sérieux le regardaient.

Quand Marion est morte, il avait essayé de protéger Susie des réalités de la vie sans sa mère. Évité d'être honnête si cela allait trop la blesser.

*Me blesser trop.*

— Papi ? Je t'ai entendu parler avec la dame avant. Je n'avais pas l'intention d'écouter mais j'allais aux toilettes et elle parlait de mon école.

— Tu aurais dû venir dire bonjour, Mel. Mme Burrows est une assistante sociale qui s'occupe des personnes qui pourraient avoir besoin d'aide parfois. Il se repositionna sur sa chaise en se remémorant la conversation. C'était à propos de la distance par rapport à ton école ?

— Elle a dit que les transports en commun sont loin. Mais je peux marcher longtemps, Papi. Donc je peux continuer à y aller. N'est-ce pas ? Ses lèvres tremblaient et Vince hocha rapidement la tête en souriant.

— Je vais faire de mon mieux pour que ça arrive. Et tu n'auras pas besoin de marcher.

— J'ai des devoirs que je n'ai pas encore faits. Dans ma chambre à la maison. On peut aller les chercher ?

Il n'avait pas pensé à l'école ou aux vacances scolaires.

— Quand reprends-tu ?

— Euh... pas la semaine prochaine. Celle d'après. Alors quand peut-on aller chercher mes devoirs ?

— Eh bien, ça dépend si tu veux venir avec moi. Je peux voir si Lyndall peut passer un moment demain pour rester avec toi si tu préfères que j'y aille seul.

Melanie sauta de sa chaise.

— Puis-je venir avec toi ?

Que pouvait-il faire d'autre qu'accepter ? Elle devait y retourner un jour ou l'autre.

# DIX-HUIT

Le petit-déjeuner était terminé et une lessive était étendue dans l'espoir qu'il ne pleuvrait pas avant plus tard dans la journée. Le feu était prêt à être allumé. Il n'y avait plus d'excuses pour retarder l'inévitable.

Retourner à la maison de Susie était la dernière chose que Vince voulait. Y emmener Mel était encore pire. Comment Mel allait-elle gérer le fait de revenir là où elle avait grandi, où chaque pièce regorgeait de souvenirs de ses parents et où son petit cœur si doux risquait de se briser en mille morceaux ?

— Pourquoi tu respires bizarrement ? Melanie lui prit la main, et il inspira lentement, se concentrant sur la sensation de ses doigts. Petits et attachés à la seule personne qui lui restait au monde. Ses besoins passaient avant les siens.

*Reprends-toi, Carter.*

— J'ai dû porter un peu trop de bois la dernière fois.

— Alors je t'aiderai la prochaine fois.

— Faisons un marché, dit-il. Tu vas écrire une liste de tout ce dont tu as besoin dans la maison, et on ira chercher ces choses. Mais si tu ne te sens pas capable d'entrer, tu restes dans la voiture, et je ferai vite pour les récupérer. D'accord ?

— Je serai plus rapide.

Vince rit et elle aussi... pendant un instant. Puis elle sortit en courant.

— Mel ?

— J'ai besoin de papier pour faire une liste.

*Bien sûr que tu en as besoin. Et quand tu l'auras fait, dis-moi comment être résilient comme toi ?*

———

Ils restèrent assis dans l'allée pendant quelques minutes. Melanie avait fait sa liste et quand Vince avait suggéré d'apporter une valise, elle lui avait dit qu'il y en avait plein dans le placard du couloir à l'étage.

— Tu veux rester ici dans la voiture ?

— J'ai fait deux listes. Une pour chacun de nous. Elle lui tendit une liste soigneusement écrite de cinq articles. Je vais d'abord chercher mes devoirs.

Il jeta un coup d'œil à sa liste.

- Valise rose dans le placard du couloir à l'étage
- Draps avec des licornes sur l'étagère au-dessus des valises
- Jeux de société dans l'armoire du salon
- Boîte à herbes sur la fenêtre de la cuisine
- Pouf dans le salon

Emplacements et tout.

— Je vais d'abord prendre la valise et l'apporter dans ta chambre, d'accord ? Comme ça tu pourras emballer tout ce dont tu as besoin de ta chambre.

Elle hocha la tête et détacha sa ceinture.

— C'est quoi la boîte à herbes, Mel ?

— On y fait pousser des herbes fraîches. Elle plissa le visage comme si elle cherchait les mots pour la décrire et écarta ses mains d'environ trente centimètres. Le fond est en bois et il y a des petits pots à l'intérieur avec les herbes. C'est mon travail de les arroser tous les jours. Sur ce, elle poussa la porte et sauta dehors.

*Merde. Pas d'eau depuis combien de temps maintenant ?*

Mel attendit qu'il déverrouille la porte, ses yeux se posant sur son visage à deux reprises. Il lui serra l'épaule et ouvrit la porte, et elle monta directement les escaliers en courant.

L'air dans la maison était vicié et Vince se maudit intérieurement. Ignorer le problème ne le faisait pas disparaître. Ce n'était qu'une maison. Seulement des meubles. Des affaires. Des choses. Il commencerait à s'occuper des aspects juridiques. Déterminer ce dont il devait s'occuper. Parler à nouveau à l'avocat.

— Papi, je peux avoir ma valise ? Mel était en haut des escaliers et le regardait.

— J'arrive.

La valise rose était rangée à l'intérieur d'une bien plus grande valise noire. Vince trouva les draps licorne et les prit aussi, ouvrant la valise sur le lit de Mel et les plaçant au fond. Elle avait déjà trouvé ses devoirs et empilait des livres sur son petit bureau.

— Besoin d'aide ?

Elle secoua la tête.

De retour en bas, il attrapa le pouf et l'emmena directement dans le coffre de la voiture.

Puis une douzaine de jeux de société.

Une femme âgée remonta l'allée en traînant les pieds avec une poignée de courrier.

— Boîte aux lettres pleine. Ça n'arrête pas de tomber. Vous êtes le grand-père de Susan, n'est-ce pas ?

— Oui, Madame Rionetti, c'est Vince. On s'est déjà rencontrés. Et merci d'avoir gardé tout ça.

— Mauvaise. Très mauvaise nouvelle. Elle secoua la tête et passa à quelques mots en italien en repartant par où elle était venue.

Mel apparut avec une brassée de peluches.

— Je n'arrive pas à fermer la valise.

— Tiens, celles-là peuvent aller sur le pouf. Il déplaça les jeux de société pour faire de la place pour la valise. Il y a une clé pour la boîte aux lettres ?

— Elle a un truc avec un code. Onze-douze.

Il eut le souffle coupé. C'était son anniversaire.

— Papi, et la boîte à herbes ? Tu récupères le courrier et ma valise, et je vais chercher ça. Elle rentra en courant.

Il ne lui fallut qu'une minute pour ouvrir la boîte aux lettres qui était bourrée de courrier et de publicités. Il examinerait tout plus tard. Paierait les factures. Pour l'instant, tout fut ajouté dans le coffre, et il remonta à l'étage. Elle avait raison pour la valise. Vince marmonna et grogna en écrasant le couvercle suffisamment pour pouvoir la fermer. Qu'est-ce qu'il y avait là-dedans, bon sang ? Il la traîna en bas et réorganisa le coffre parce que le pouf rendait impossible le rangement de la valise. Il resta debout, tenant le pouf.

Mel n'était pas revenue.

Le pouf atterrit sur le sol avec un bruit sourd alors qu'il se précipitait vers la maison.

— Melanie ?

Elle se tenait sur un marchepied qu'elle avait dû apporter d'ailleurs, fixant la boîte en bois sur le rebord de la fenêtre de la cuisine.

— Tu veux que je l'attrape pour toi ? Sans attendre de réponse, il souleva la boîte. La terre était sèche et toutes les plantes sauf une étaient fanées au point de non-retour. L'autre n'avait pas l'air en forme mais pourrait peut-être s'en remettre.

— Un peu d'eau, Mel…

Elle murmura quelque chose qu'il ne saisit pas et passa une main sur ses yeux, laissant une traînée de larmes sur sa peau.

— C'était mon travail de les arroser. Ma… faute.

La boîte à herbes se retrouva dans l'évier alors qu'il prenait Mel dans ses bras. Ses larmes coulaient sans retenue, et la rage lui brûlait les entrailles. Si Susie et Mel n'étaient pas allées dîner ce soir-là… si David n'avait pas mis sa famille en danger… si un tueur n'avait pas assassiné son enfant…

*Si je n'avais pas tout gâché avec Susie.*

Il y avait un million de mots à dire et aucun à la fois.

———

La pluie commença à tomber sur le chemin du retour.

Après avoir beaucoup pleuré, recroquevillée du côté du lit de sa mère, puis une longue promenade dans la maison en serrant la main de Vince comme si elle ne le lâcherait jamais, Melanie avait calmement annoncé qu'il était temps de partir. Elle avait accepté à contrecœur d'emporter la jardinière d'herbes aromatiques avec eux. Vince ne connaissait rien à la culture des herbes, mais il allait apprendre. Il y avait tellement d'espace inutilisé autour du chalet et pendant qu'il conduisait, les idées se bousculaient dans sa tête. À quel point serait-il difficile de créer un vrai potager ? Quelque chose qu'ils pourraient entretenir ensemble.

Il transporta sa valise dans le chalet et laissa Mel la déballer. Elle aurait besoin du petit bureau de son ancienne chambre. Et son lit était plus récent et plus agréable que celui de cette pièce. Ils devraient tenir dans la vieille remorque à l'arrière un jour moins pluvieux.

Une fois qu'il eut apporté le reste de la liste à l'intérieur, il se mit à allumer le feu dans le salon et trouva un endroit pour le pouf. Cela fait, il jeta le courrier sur la table de la cuisine pour s'en préoccuper plus tard.

Pour l'instant, il devait les nourrir. Il fouilla dans le garde-manger à la recherche d'idées.

———

Elle n'était pas dans sa chambre, mais la valise était vide, refermée et laissée contre un mur. Ses peluches étaient alignées sur le lit. Les draps étaient pliés au bout. Ses chaussures étaient soigneusement placées près de l'armoire. Susie à cet âge était une tornade de désordre.

Melanie avait trouvé le pouf et s'y était lovée avec Raymond et un livre.

— Tu as faim ? Moi oui.

Elle ne répondit pas et ne leva pas les yeux.

— Une envie particulière pour le déjeuner ?

Elle secoua la tête.

— Que dirais-tu d'une soupe et d'un peu de pain croustillant ? Vu que la journée est si morne maintenant, ça nous réchauffera tous les deux. Tomate ou nouilles au poulet ?

— Peu importe.

— Va pour la tomate alors.

———

La pluie s'intensifia, se déversant du bord du toit pour tomber en cascade depuis l'avant de la véranda comme une chute d'eau. Melanie emmena Raymond à la fenêtre pour regarder. Le torrent formait des flaques boueuses dans la terre et l'herbe, et elle pouvait à peine voir la route au loin. Pas comme à la maison où sa chambre était en hauteur et donnait sur le jardin arrière.

Un minuscule chaton ébouriffé passa en courant devant la véranda.

Lâchant Raymond, Melanie se précipita vers la porte d'entrée.

Elle frissonna, se frottant les bras une fois qu'elle eut refermé la porte derrière elle. Elle n'avait pas le temps de prendre une veste. Quelque part dehors, tout seul, se trouvait un petit chaton perdu. Prenant une rapide inspiration, elle sauta de la véranda à travers le rideau d'eau, haletant alors qu'il trempait ses cheveux et son haut.

Mais où était passé le chaton ?

Melanie contourna la maison dans ses chaussettes détrempées.

— Minou ?

Derrière le cottage, il y avait un autre bâtiment avec des morceaux de métal qui dépassaient d'un côté, couvrant le bois de Papi qu'il utilisait pour la cheminée. Il avait laissé un gros bloc sous la pluie avec une hache plantée dedans.

Il y eut un bruit venant de sous l'abri.

Melanie se faufila dessous, se baissant à cause du toit bas.

— Minou ?

Il y eut un miaulement pitoyable.

Tremblant de froid et mouillé du museau à la queue, il était assis sur un morceau de bois.

— Oh... tout va bien, petit chat. Je suis là maintenant. Je m'appelle Melanie Weaver.

Elle s'agenouilla et le chaton — la queue levée — s'avança en trottinant, secouant une patte après l'autre. Quand il fut proche, elle souleva doucement la minuscule créature et la glissa sous son haut mouillé. Elle gloussa quand un ronronnement résonna contre sa poitrine.

— Allons trouver Papi et te sécher.

Mais quelqu'un marchait à grands pas vers elle. Quelqu'un portant d'énormes bottes noires, un long manteau marron qui flottait et un chapeau à larges bords cachant la majeure partie de son visage. Il s'arrêta au niveau du bloc de bois et en arracha la hache.

L'homme en colère l'avait-il retrouvée ?

Melanie recula autant qu'elle le pouvait, mais ces bottes pataugeaient dans les flaques jusqu'à atteindre le bord de l'abri, bloquant le chemin vers la liberté.

La hache se balançait d'un côté à l'autre.

Melanie n'arrivait plus à respirer. Sa poitrine lui faisait mal à force de rester si immobile.

Pourquoi n'avait-elle pas prévenu Papi avant de sortir ?

Elle plaqua une main sur sa bouche au cas où elle ferait un bruit.

Le chaton sortit la tête et miaula.

La silhouette s'accroupit, scrutant les piles de bois. Elle posa la hache sur le côté, hors de la pluie, et retira son chapeau.

— Bonjour toi. Je vois que tu as trouvé mon bébé perdu.

Melanie n'avait jamais été aussi heureuse de voir quelqu'un de sa vie. Ce n'était pas l'homme en colère.

— C'est toi, Lyndall !

— Qui d'autre cela pourrait-il être ? Allez, sors de là, ma chérie.

Lyndall tendit une main et Melanie glissa en avant et la prit, gardant sa prise sur le chaton tandis qu'elle sortait.

— Eh bien, eh bien, eh bien. Regardez-vous tous les deux. Aussi dépenaillés l'un que l'autre !

— Melanie ! Melanie, où es-tu ? cria Papi au loin.

— Oh oh, voilà le rabat-joie.

Melanie rit.

— Il n'y a rien de mal à faire une petite promenade sous la pluie, hein ?

— Dieu merci, Mel !

Les cheveux de Papi avaient l'air drôle, tout plaqués sur sa tête par la pluie, mais son visage était sérieux et inquiet. Il portait un imperméable et était essoufflé.

— Bonjour, Vincent.

— *Lyndall* ? Mel, que fais-tu dehors sous ce déluge ?

— Ce déluge remplit mon barrage, alors qu'il pleuve.

Melanie extirpa le chaton de l'intérieur de son haut et l'offrit à Lyndall, qui lui donna un baiser sur la tête.

— Cette petite-fille astucieuse que tu as là a retrouvé mon chaton perdu. Sa mère le cherchait partout. Remarque, elle sera bien contente de s'en débarrasser bientôt. Vincent, tu devrais faire rentrer cette enfant avant qu'elle n'attrape froid. Lyndall enfonça son grand chapeau sur sa tête et fit un clin d'œil à Mel. La prochaine fois, tu viendras chez moi passer du temps avec ces chats, ma chérie.

Un instant plus tard, elle disparut derrière le bâtiment et la main de Mel était fermement serrée dans celle de Papi tandis qu'ils se dirigeaient vers la porte d'entrée.

— Je t'avais dit que Lyndall faisait peur, dit-il.

— Elle est gentille. Je peux aller voir les chatons ?

— Peut-être. Pour l'instant, tu vas te sécher et prendre un peu de soupe. La soupe ! Oh non...

Il lâcha sa main. Elle ne savait pas qu'il pouvait courir aussi vite.

———

La soupe débordait de la cuisinière pour former des flaques semblables à du sang sur le sol. Le liquide bouillant avait éteint la flamme. Vince éteignit le feu et ouvrit la fenêtre.

— Beurk. Ça sent vraiment mauvais.

Melanie se pinça le nez entre le pouce et l'index.

— C'est ce qui arrive quand le gaz continue de couler et rencontre de la soupe brûlée. Et si tu allais prendre une douche pendant que je commence à nettoyer ?

— Je peux t'aider d'abord.

Face à une enfant aussi trempée, Vince ne put s'empêcher de rire.

Melanie croisa les bras et releva le menton.

— Tu es en train de goutter partout sur le sol, Melly chérie. Tes vêtements sont trempés, et je crois que tu as ramassé quelques toiles d'araignée dans tes cheveux.

Avec un petit cri, elle se frappa la tête.

— Pas d'araignées. Aucune que je puisse voir.

— Ce n'est pas drôle, Grand-*père*.

— Si, un peu.

— J'ai décidé d'aller prendre une douche et de mettre des vêtements secs. Melanie sortit de la pièce d'un pas lourd. Et j'ai très faim.

*Bien joué, ma fille.*

Il laissa tomber la casserole dans l'évier pour s'en occuper plus tard et utilisa une quantité généreuse d'essuie-tout pour éponger la soupe sur la cuisinière. Le sol nécessitait un seau et une serpillière, mais il attendit que la douche s'arrête avant d'aller les chercher. Deux robinets ouverts en même temps signifieraient de l'eau froide pour les deux, à cause de son système d'eau chaude vétuste, et Melanie penserait qu'il l'avait fait exprès pour l'embêter davantage.

Il trouva une autre casserole et fit chauffer l'autre boîte de soupe, fixant le liquide qu'il remuait. Il devait faire mieux. Melanie avait disparu sans un mot, laissant derrière elle son cher Raymond, et il avait couru à mi-chemin de la route avant de réfléchir. Si elle avait quitté la propriété, prendre la voiture pour la chercher aurait été une meilleure option. Il était presque revenu au chalet pour prendre les clés de la voiture quand il avait cru entendre des voix. Trouver Lyndall avec sa petite-fille avait été comme un cadeau. Mais il devait faire mieux.

— Je peux couper le pain ?

Vince sursauta. Il n'avait pas entendu Mel revenir. Ses cheveux étaient humides, mais elle portait des vêtements secs et des chaussons aux pieds. Et un sourire sur le visage.

— Euh... le couteau est assez tranchant.

— Je ne vais pas me couper.

Elle coupa deux tranches épaisses et les beurra. Généreusement. Après les avoir mises sur des assiettes à dessert, elle rassembla des bols et des cuillères à soupe. Tout cela fut placé sur la table de la cuisine, et elle trouva le sel et le poivre dans le petit garde-manger.

— Tu as du bicarbonate de soude ? Elle scruta le garde-manger.

— Je ne sais pas. Pourquoi ?

— Pour nettoyer la casserole. Oh, super ! Elle dénicha un paquet non ouvert dont Vince ne se souvenait pas l'avoir acheté. Après le déjeuner, je vais arranger cette casserole. Comme neuve !

Susie disait ça souvent.

« *Papa ? Tu sais, la déchirure sur mon uniforme scolaire... eh bien, je l'ai recousue jusqu'à ce que ça ait l'air comme neuf.* »

« *Ne t'inquiète pas pour la tache sur le tapis, Papa. Ce n'est que du vin rouge et j'ai trouvé comment la faire partir pour que ce soit comme neuf.* »

« *Oh là là... mais ne t'en fais pas, Papa. Le bouquet est si fragile et tu ne pouvais pas savoir, alors laisse-moi juste demander à une des demoiselles d'honneur de me prêter quelques-unes de leurs fleurs. Promis, ce sera comme neuf.* »

— Allô la Terre, ici Papi. J'ai éteint la soupe.

Avec un choc écœurant, Vince revint au présent. Ses mains tremblaient tandis qu'il versait la soupe dans les bols. Il les porta à la table, tiraillé entre l'envie de sortir en courant pour trouver un endroit isolé où vomir... ou pleurer.

# DIX-NEUF

— Va lui parler. Si tu insistes pour croire aux divagations de Vince, fais comme tu veux, mais moi je veux manger maintenant qu'on s'est arrêtés quelques minutes.

Comme pour appuyer ses propos, Pete se pencha vers le siège arrière et attrapa un sandwich emballé dans du plastique.

— Tu n'aimerais pas me voir quand j'ai faim.

— Je ne t'aime pas du tout. Pas quand tu es méchant avec Vince.

Liz jeta un coup d'œil au ciel en sortant de la voiture, puis passa sa tête à l'intérieur.

— Les traces de peinture ne mentent pas. Surtout quand la voiture n'aurait même pas dû être sur cette route. Profite de ce que tu manges.

Elle n'avait pas voulu s'énerver contre Pete, mais certains jours il allait trop loin. Avant que la pluie ne revienne, elle se dépêcha de traverser la rue.

Cette partie de North Melbourne était en train de prendre de la valeur sur le marché, les gens rénovant et revendant leur bien pour des sommes astronomiques. Des maisons mitoyennes bordaient les deux côtés de la rue et chacune de celles qu'elle dépassait était une œuvre d'art. Sauf la maison d'Abel Farrelly.

Son portail était rouillé et grinça quand elle le poussa. Le court chemin menant à la porte était inégal et là où un petit arbre d'ornement aurait pu autrefois prospérer au milieu du minuscule jardin, il ne restait qu'une carcasse sèche de branches. Mort depuis longtemps. La porte d'entrée avait besoin d'être repeinte, mais il y avait une de ces caméras parlantes sophistiquées près de la porte.

Elle ne sonna pas, curieuse de voir combien de temps il mettrait à répondre si elle fixait la caméra. Le pick-up à plateau était garé devant, il y avait donc de grandes chances qu'il soit chez lui.

Cela prit exactement deux minutes.

Il ne dit rien, se contentant de la fixer.

— Abel Farrelly ?

— Qu'est-ce que vous lui voulez ?

— Je suis la détective Liz Moorland.

Elle montra rapidement son badge.

— Pourriez-vous répondre à quelques questions ?

— Je ne suis pas très bavard.

Néanmoins, Abel recula et lui fit signe d'entrer d'un signe de tête. Une fois à l'intérieur, il tourna l'un des nombreux verrous de la porte et la conduisit à la cuisine. Pas n'importe quelle cuisine, mais une qui sortait tout droit d'un magazine de décoration. D'ailleurs, le peu qu'elle pouvait voir du reste de la maison étroite correspondait parfaitement. Rien à voir avec l'extérieur.

Abel mit un comptoir en marbre entre eux et croisa les bras.

— J'ai cru comprendre que vous avez récemment signalé le vol d'un véhicule. La propriété de PickerPack Holdings ? demanda Liz.

— C'est exact.

— Quand avez-vous vu le véhicule pour la dernière fois ?

— Vendredi soir. Verrouillé à l'arrière de l'allée de l'entrepôt quand j'ai fermé.

— Je l'ai vu samedi soir à l'entrepôt.

Ses yeux ne vacillèrent pas, mais un côté de ses lèvres se releva un instant.

— Je ne travaille pas le samedi. Si vous l'avez vu, alors il a été volé après.

— Vous avez une belle maison, M. Farrelly. Vous vivez ici depuis longtemps ?

— Pourquoi une détective pose-t-elle des questions sur une camionnette volée ?

Ses bras tombèrent et il posa ses deux paumes sur le comptoir.

— Je ne suis pas autorisée à le dire, mais j'apprécie toute aide que vous pourrez fournir. Qui avait accès à la camionnette ?

— Moi. Bradley. Quiconque met la main sur l'un des jeux de clés.

— Donc un jeu de clés a disparu ?

— Je n'ai pas dit ça.

Elle se força à sourire.

— Est-ce que l'une des clés de la camionnette volée manque ?

— Il vaut mieux demander au patron, mais pas à ma connaissance.

— D'autres employés la conduisent-ils ? M. Pickering a mentionné qu'elle est utilisée pour les ramassages et les livraisons.

— J'ai dit ce que je savais. N'importe qui aurait pu prendre les clés, voler la camionnette, et qui sait quoi d'autre. Je la conduis. Une demi-douzaine des autres pourrait la conduire si je suis occupé et que quelque chose doit être fait. Bradley la conduit.

*Vous deux devriez accorder vos violons.*

Elle sortit une carte et la déposa sur le comptoir.

— Contactez-moi si vous pensez à quelque chose.

— Bradley vous a dit que quelqu'un avait coupé la chaîne des portes la nuit où elle a disparu ? Nous avons trouvé les portes ouvertes.

— Il l'a fait, dit-elle.

— J'espère que vous la retrouverez.

— Je trouverai la sortie moi-même.

Il ne protesta pas et elle ne perdit pas de temps à partir. Il avait été parfaitement poli, mais ses sens étaient en alerte.

Des gouttes de pluie tombaient quand elle retourna à la voiture et la température chutait rapidement.

Pete lui lança un regard étrange.

— Quoi ?

— Je te dirai dans une minute. Qu'a-t-il dit ?

— Qu'il ne sait rien du vol. Qu'il l'a vue pour la dernière fois vendredi soir. Et que Bradley est l'une des personnes qui la conduisent.

Les lèvres de Pete se relevèrent.

— Mensonge. Mensonge. Mensonge. Laisse-moi te montrer quelque chose.

Il tapota son téléphone et lança une vidéo.

Il l'avait prise pendant qu'elle attendait devant la porte d'Abel. Une Lexus coupé blanche s'était arrêtée du même côté que la maison d'Abel, mais un peu plus loin sur la route. La porte du conducteur s'était ouverte, était restée ouverte pendant environ dix secondes avant de se refermer. Et la voiture était repartie.

— Belle voiture, dit Liz.

— Il n'y en a pas beaucoup dans l'État.

— Devrais-je savoir à qui elle appartient ?

— J'ai revu les images autour de l'affaire Hardy. Le jour où il s'est échappé, il y avait des journalistes partout devant le tribunal et ils ont essayé d'obtenir une interview de Richard Roscoe. Il s'est engouffré dans une Lexus coupé blanche et je parie que si on vérifie, cette voiture, dit-il en pointant l'écran du téléphone, est la sienne.

Liz regarda vers la maison de Farrelly puis revint à Pete, qui arborait une expression ridiculement satisfaite.

— Alors, qu'est-ce que l'avocat de Hardy a à voir avec notre ami là-bas ?

Déposant son téléphone dans la console centrale, Pete démarra la voiture.

— Ça, ma collègue, c'est à toi de le découvrir.

———

Après un après-midi à jouer à des jeux de société et à préparer et manger des macaronis au fromage pour le dîner, ils se séparèrent, Melanie emportant un livre dans le salon et Vince faisant le ménage.

Elle avait beaucoup parlé pendant l'après-midi, principalement du chaton et de Lyndall. Mais une chose qu'elle avait dite lui était restée à l'esprit.

— J'étais *tellement* contente que ce soit Lyndall et *pas* l'homme en colère.

À ce moment-là, il avait entendu tous les détails de sa poursuite du chat et comment elle avait grimpé sur le tas de bois pour récupérer la petite créature. Il attendait qu'elle demande — encore une fois — quand elle pourrait aller dans la maison de Lyndall, et son commentaire en passant lui prit une minute à digérer.

— Alors, je peux ?

— Tu peux... ah, rendre visite à Lyndall. Oui, on arrangera quelque chose. Mais, Mel, qui est l'homme en colère ?

Elle avait baissé les yeux et mis une fourchette de macaroni dans sa bouche.

Avait-il mal entendu ? Peut-être voulait-elle dire qu'elle était soulagée que ce ne soit pas une personne en colère... un étranger. De sous l'abri sous la pluie battante, la vue de Lyndall avec son chapeau baissé et son imperméable flottant autour d'elle était suffisante pour effrayer n'importe qui.

Il laissa tomber mais garda ça en tête.

La pluie était revenue après une accalmie en fin d'après-midi, pendant laquelle il avait réapprovisionné la réserve de bois, et pour une fois, il avait réussi à bien chauffer le chalet. Quand

Melanie serait de retour à l'école et qu'il aurait à nouveau du temps libre, il s'occuperait d'installer un nouveau système d'eau chaude et envisagerait de meilleures options de chauffage.

Vince rassembla le courrier qu'il avait apporté de chez Susie et commença à le trier sur la table de la cuisine. La plupart était du courrier indésirable, ce qu'il ne recevait pas ici. Le courrier était livré trois fois par semaine mais jamais de journaux gratuits ou de catalogues, ce qui lui convenait parfaitement.

Il y avait une demi-douzaine de factures. Électricité. Assurance de la maison. Assurance des voitures.

Il avait oublié que Susie et David avaient une deuxième voiture et n'avait pas osé s'aventurer dans le garage.

Une lettre de l'école de Melanie était adressée uniquement à David. Il connaissait vaguement l'école de réputation et se souvenait que Susie s'extasiait sur la qualité du personnel et les avantages pour Melanie d'y aller. Comment elle avait été sur une liste d'attente depuis sa naissance.

École chic à un prix chic.

La lettre venait de la directrice, Joyce McCoy, et était à nouveau adressée à David. Il n'y avait que deux paragraphes pertinents.

*Alors que nous approchons du troisième trimestre sans signe des paiements de cette année, nous demandons une réunion urgente pour discuter de l'avenir de Melanie chez nous. Autant nous aimerions qu'elle reste l'une de nos élèves, les arrangements que nous avions acceptés au premier trimestre n'ont pas été honorés par vous.*

*Nous comprenons la situation difficile dans laquelle vous vous trouvez avec votre entreprise, mais nous vous rappelons que les frais sont obligatoires pour notre école. Nous ne pouvons pas offrir la gamme d'options pour une élève sans votre contribution. Veuillez me contacter dès que possible, mais définitivement avant le début du prochain trimestre.*

Il la lut deux fois.

— Quelle situation difficile ?

Susie disait toujours que l'entreprise allait bien. Depuis

combien de temps David manquait-il les paiements des frais de scolarité ?

Il y avait une deuxième page.

Une facture.

— Sainte mère de...

Il n'y avait aucune raison pour que quiconque paie autant pour la scolarité ! Que faisaient-ils là-bas... des repas à trois plats ? Des excursions sur la lune ?

Il parcourut la liste des yeux.

C'était juste pour les frais. Deux trimestres impayés cette année.

Avant que sa tension artérielle n'atteigne le plafond, il remit la lettre et la facture dans l'enveloppe. Le matin, il appellerait l'école pour organiser une réunion et il avait matière à réflexion car ces frais dépassaient son budget.

Le reste des factures était dérisoire en comparaison. Il fit une liste de qui contacter demain, qui payer, et quels services annuler ou ajuster. Cela fait, il mit tout dans un dossier et l'emporta dans sa chambre. Il ne voulait en aucun cas que Melanie voie quoi que ce soit de tout cela.

Elle était dans le salon, profondément endormie. Elle avait mis son pyjama et son livre était fermé sur la table basse avec Raymond blotti sous son bras. Avec beaucoup de précaution, il la souleva dans ses bras et la porta dans sa chambre.

Après l'avoir bordée et embrassée sur le front, il ferma la porte et retourna au salon. Son intention de vérifier la cheminée et d'aller se coucher fut interrompue par des phares sur le mur et son cœur fit un bond. La dernière fois que cela s'était produit, il avait reçu les pires nouvelles.

Il regarda à travers les rideaux usés et grogna.

Liz courut jusqu'aux marches avec une veste tenue au-dessus de sa tête. Il tint la porte ouverte pendant qu'elle secouait la veste et l'accrochait à un crochet à l'extérieur.

— Pas la meilleure nuit pour sortir.

— J'avais besoin d'une bière. Elle sourit et lui montra le pack de six dans son autre main.

— Elle vient juste d'aller au lit, alors direction le salon.

Ils s'assirent face à face. Les restes du feu étaient la seule lumière, vacillante et projetant des ombres. Liz sortit deux bières et en tendit une à Vince.

— Tu as l'air épuisé, dit-elle.

— Tu n'as pas vraiment l'air de quelqu'un prêt à faire la fête toute la nuit non plus.

Deux bières furent ouvertes. Deux gorgées furent bues.

— Comment va Melanie ?

— Ouais. Elle dort.

Une autre gorgée. Ou deux.

La bière était bonne. Il était peut-être fatigué, mais il était loin d'être détendu. Ça aidait un peu.

Liz s'installa dans le fauteuil et croisa les jambes.

— Je suis désolée d'avoir mis si longtemps à venir.

— Ça va, Lizzie ? Ça fait longtemps qu'on n'a pas bu un coup. Il leva sa bière.

— Trop longtemps. J'aime toujours mon boulot. Je n'ai toujours aucun intérêt à gravir les échelons de l'entreprise. Pas assez à la maison. Comme d'habitude. Et je cours après ma queue grâce à Malcolm Hardy qui est invisible. On a du mal à déterminer où il se trouve. Elle tapota le côté de sa bière avec ses doigts puis se pencha en avant.

— Que sais-tu de PickerPack Holdings ?

*Qu'as-tu manigancé ?*

— Pickering est un criminel, dit-il.

— C'est fort possible. Tu connais certains de ses employés ? Maintenant, il renifla avec dédain.

Liz sourit.

— Dois-je reformuler ?

— Pas la peine. Il a un mauvais bilan avec ses employés. J'ai prévenu Susie à ce sujet quand il a été condamné à une amende la dernière fois.

— Des clandestins ?

— Ouais, et sous-payés. À ma connaissance, une seule personne est restée dans l'entreprise. Son bras droit, Abel Farrelly.

— Quelle impression as-tu de lui ? Liz l'observait attentivement, donc ça devait avoir de l'importance pour elle.

— Il a l'air blanc comme neige. Mon instinct me dit qu'il est louche. Susie n'était pas une grande fan. Pourquoi ?

— J'essaie de faire le lien entre Farrelly et Richard Roscoe.

— Roscoe ? Une étincelle d'excitation, presque troublante, frémit dans son ventre. Comme à l'époque de la police quand il était sur le point d'arrêter quelqu'un. Il n'avait pas ressenti ça depuis des années. Roscoe est l'avocat de Hardy.

— Eh bien, oui. Je sais. Et Farrelly pourrait être aussi son client. Ou un ami. L'autre chose, c'est que... le rapport est revenu sur le véhicule. Celui de David.

Avec un sentiment de malaise, il posa sa bière.

— Il y a des preuves qu'un deuxième véhicule était impliqué dans l'accident.

— Quelles preuves ?

— Un transfert de peinture. Nous travaillons pour identifier la peinture et le type exact de véhicule. Ça pourrait encore être accidentel.

*Ça ne l'était pas.*

La pluie tambourinait sur le toit. Les yeux de Liz se portèrent sur la cheminée, sur la photographie du mariage de Vince.

— Elle aurait été fière que tu accueilles Melanie. Marion l'aurait été.

— Elle serait là si j'avais été là.

— Tu sauvais des vies. Peut-être la mienne. Des innocents. Tu ne pouvais pas être à deux endroits en même temps, alors pense à te pardonner, Vince.

*Pas si facile.*

Il fit un geste vers l'arrière du chalet.

— Cette petite fille au bout du couloir ? Elle a disparu

pendant quelques minutes aujourd'hui. Elle est sortie du chalet sous la pluie. J'ai cru... j'ai cru que le monde s'était arrêté. Il finit sa bière en quelques grandes gorgées.

— Où est-elle allée ?

— Elle a sauvé un foutu chaton, Lizzie. Ensuite, elle m'a aidé à nettoyer le bazar que j'avais fait en courant dehors pour la chercher. De la soupe partout. Et elle m'a même laissé la taquiner. Une boule ridicule se forma dans sa gorge et il tendit la main vers une nouvelle bouteille, peu désireux de croiser le regard de son amie. Melanie mérite mieux.

— Que quoi ?

— As-tu bien regardé cet endroit ? Ce n'est guère le meilleur environnement pour qu'une petite fille grandisse et avant que tu ne le dises, je sais que Susie l'a fait. Mais Susie aurait dû avoir une belle maison et être plus proche d'autres enfants et tout ça. J'ai eu tort de la faire vivre ainsi.

— Pourtant, elle a très bien tourné. Et il en sera de même pour Melanie. Elle a de la chance de t'avoir.

Plus tard, après que Liz fut partie et que le feu se fut éteint, Vince se retrouva à tenir cette photographie. Le sourire de Marion illuminait toujours son cœur. Elle aurait été fière de lui. Il toucha son visage et remit la photographie à sa place.

# VINGT

En tournant dans la rue des Pickering, Vince faillit arrêter la voiture et faire marche arrière, mais Melanie regardait déjà par la fenêtre avec un large sourire illuminant son visage.

Son bonheur comptait plus que ses appréhensions.

Mais si quelque chose se passait mal... si Carla ou Bradley la contrariaient...

Ses jointures étaient blanches sur le volant, et il fit un effort pour desserrer ses doigts. À ce rythme, il finirait par devoir consulter le docteur Raju ou l'un de ses collègues avant de faire une crise cardiaque.

— On est passés devant leur maison !

— Je fais juste demi-tour.

Il conduisit jusqu'au bout de l'impasse et fit le tour, garant la voiture près de leur allée. La voiture de Bradley était garée devant le garage.

— Je vois Carla !

Carla était sur le trottoir, faisant signe.

— Attends une seconde. Tu es sûre que ça va aller ici pendant quelques heures ?

Il aurait tout aussi bien pu économiser sa salive car dès que le moteur fut coupé, Melanie était déjà détachée et poussait la porte.

— Melanie... bon, vas-y.

En un instant, elle était dans les bras de Carla, qui la souleva comme si elle accueillait son propre enfant perdu depuis longtemps. Elle serra Melanie si fort que celle-ci poussa un cri aigu et se tortilla pour revenir au sol.

Vince récupéra le sac à dos de Melanie sur la banquette arrière.

— Tiens, Mel. Je reviendrai dans deux heures, d'accord ?

Elle hocha la tête et l'enfila, puis saisit la main de Carla.

— On va cuisiner ?

— Cuisiner, jouer et faire des bijoux si tu veux, ma chérie. Allez, rentrons.

Carla ouvrit la marche dans l'allée.

Bradley s'approcha d'eux depuis la maison.

— Salut, oncle Brad, murmura à peine Melanie.

— Salut, ma petite puce. Allez-y, les filles, je vous suis tout de suite.

Il s'arrêta de l'autre côté du trottoir, face à Vince.

— Elle peut rester toute la journée si elle veut.

— Je reviendrai dans deux heures. Appelez-moi s'il y a le moindre problème.

— Pourquoi y aurait-il des problèmes, mon vieux ? Elle est en sécurité ici avec ses parrains. Et elle nous aime.

*Ne provoque pas la bête. Mon vieux.*

— Une fois que Melanie retournera à l'école, j'aimerais organiser une réunion pour discuter de la part de David dans votre entreprise. Nos avocats pourront régler les détails, mais je veux que vous m'expliquiez les arrangements que vous aviez tous les deux.

— Pourquoi attendre ? Venez à l'entrepôt maintenant et je répondrai à vos questions.

— Pas aujourd'hui. J'organiserai quelque chose après les funérailles.

— Bien sûr. Envoyez-moi un SMS avec une date et une heure, et je m'assurerai d'être là, dit Bradley. J'ai quelques photos de David dans mon bureau que Melanie pourrait aimer. Puis-je vous demander un service ? L'ordinateur portable dans la maison appartient vraiment à l'entreprise et contient des fichiers dont j'ai besoin. Serait-il possible que je vienne le récupérer ?

— Aucune chance. Mais je vérifierai avec l'avocat et réfléchirai à vous l'apporter.

Bradley ouvrit la bouche puis changea d'avis et la referma.

Carla regardait par la fenêtre. Elle se détourna quand Vince croisa son regard. Sa désapprobation évidente à son égard était étrange. Elle avait été l'amie de Susie depuis l'université et était venue dans sa maison avec elle plus d'une fois. Au fil des années, particulièrement depuis que les deux maris étaient devenus partenaires commerciaux, elle était devenue distante, mais jamais aussi en colère contre lui qu'elle ne l'avait été depuis la nuit de l'accident.

— Il s'est passé quelque chose l'autre soir ? David était contrarié ? Quand il est parti... quelque chose le tracassait ?

— Non. Rien. Nous avons passé une bonne soirée.

L'autre homme fixait le trottoir, déplaçant un caillou du bout de sa chaussure.

— Pourriez-vous me parler du dîner ? Susie...

Bradley leva les yeux.

— Bien sûr, mon vieux. Bien sûr que vous voulez savoir. Il n'y a pas grand-chose à dire. Nous étions tous les quatre à gâter Melanie. David et moi parlions affaires et sport. Carla et Susie parlaient bébé, je crois ?

— Bébé ?

— Le nôtre, pas celui de Susie. Carla avait de l'espoir ce soir-là. Mais elle n'est pas enceinte.

— Désolé.

— C'est la volonté de Dieu. Notre heure viendra quand Il sera prêt.

— Et rien d'inhabituel ne s'est produit ? David allait bien ? Susie allait bien ? Même quand ils sont montés dans la voiture ?

Bradley le regarda droit dans les yeux.

— Ils sont partis en nous faisant un signe de la main. Melanie était somnolente. Rien d'inhabituel, Vince.

— Chéri, tu viens ? appela Carla depuis le seuil.

— Je ferais mieux d'y aller. Trois heures ?

— Deux.

Avec un haussement d'épaules, Bradley retourna vers la maison.

———

Deux heures plus tard à la minute près, Vince frappa à la porte. La voiture de Bradley était partie, et ce fut Melanie qui ouvrit la porte avec un sourire.

— Je suis presque prête, grand-père.

— Bien, ma chérie. Tu t'es amusée ?

Elle hocha la tête puis, laissant la porte ouverte, courut dans l'une des pièces.

— Je reviens tout de suite !

Il y eut des mots étouffés et Melanie revint, cette fois avec son sac à dos et portant une housse à vêtements.

Elle peinait à la tenir et Vince la prit.

— Qu'est-ce que c'est ?

— Euh, tante Carla m'a acheté une robe spéciale pour... le truc... tu sais.

Son sourire disparut et ses yeux s'agrandirent.

— Et des collants et des chaussures.

Ses paupières se fermèrent d'elles-mêmes tandis qu'un grondement emplissait ses oreilles. Comment osait-elle ! Dans quel monde quelqu'un d'extérieur à la famille, non sollicité et non demandé, se permettrait d'habiller sa petite-fille pour les funérailles ? Elle n'en avait pas le droit.

— Vince... je suis sa marraine. Je fais ce que Susie aurait voulu.

Les mots étaient prononcés si doucement qu'il les entendit à peine, mais alors que le bruit dans ses oreilles s'estompait, il ouvrit les yeux. Carla se tenait juste devant lui, sa main sur son bras. Elle n'était pas en colère. Juste triste.

— Melanie va vous chercher un verre d'eau. Voulez-vous vous asseoir ?

Il avala une grande bouffée d'oxygène. Avait-il dit ces choses à voix haute ?

— Vince ?

— Non... merci. Pourquoi ? Pourquoi avoir fait ça ?

Carla jeta un coup d'œil par-dessus son épaule.

— Pour mon amie. Pour l'honorer. Est-ce si mal ?

— Tiens, Papi. Tu avais trop soif ? Melanie portait un verre trop plein, faisant attention à ne pas renverser d'eau.

— Oui, j'avais très soif. Et bien que sa gorge fût serrée, il se força à boire l'eau. C'est beaucoup mieux.

— Je vais rapporter le verre.

Dès que Melanie fut hors de vue, Carla ramassa le sac de vêtements qu'il avait dû laisser tomber sans s'en rendre compte.

— Vous pensez que j'ai dépassé les bornes. Moi, je pense que je veillais sur Melanie et sur vous. Laisser les autres aider n'est pas un crime. Elle le lui tendit. Ce n'est pas grave si vous ne voulez pas qu'elle l'ait.

*Mais Melanie s'attend maintenant à porter ceci.*

— Merci. Il accepta le sac de vêtements. Et... désolé.

Ses lèvres s'étirèrent en un sourire fugace.

Melanie revint en courant.

— Ça va mieux maintenant ?

— Tout va bien. Dis au revoir à Tante Carla.

Il y eut une étreinte et encore quelques mots chuchotés, puis il prit la main de Melanie dans la sienne. Arrivé à la voiture, il lui ouvrit la portière pour qu'elle monte, puis le coffre, où il déposa le sac de vêtements.

À côté du sac Target contenant la robe noire à la taille de Melanie qu'il venait d'acheter.

# VINGT-ET-UN

— J'ai vu Vince hier soir.

Liz et Terry s'étaient installés avec un café dans son bureau, la porte fermée. Le bureau principal bourdonnait de détectives et de personnel de soutien qui réfléchissaient à l'affaire Hardy. Pete dirigeait les opérations — du moins en théorie — et le niveau sonore était heureusement moins élevé ici.

— Comment va Melanie ? demanda Terry.

— J'étais là un peu tard et elle dormait, mais d'après ce que j'ai compris, elle va bien. Elle lui a fait peur en suivant un chaton sous la pluie, mais je pense qu'il s'inquiète plus qu'elle demande à l'adopter qu'autre chose.

Terry rit à cette remarque.

— Je l'imagine bien avec un tout petit chaton. Il ne sait pas encore à quel point il va l'adorer.

— Je réserve mon jugement là-dessus. Écoute, je sais que tu m'as dit de le tenir dans l'ignorance, mais j'ai mentionné le transfert de peinture en lui rappelant bien que c'était peut-être un accident.

— Comment l'a-t-il pris ?

— Il est resté silencieux. Mais au moins, il sait que je fouine. Dommage que le FSD ait autant de retard. J'aurais aimé avoir un résultat sur la cigarette que j'ai trouvée près de la scène, mais ils parlent de semaines, pas de jours.

— Du nouveau sur le répondeur ? demanda Terry.

Liz vérifia son téléphone comme si elle espérait un message.

— Malheureusement, pas encore. J'aimerais votre avis, chef. J'ai parlé à Abel Farrelly qui travaille pour Bradley Pickering comme contremaître. Il a signalé la disparition de la camionnette et quand je lui ai demandé qui y avait accès, il a pratiquement nommé tout le monde. Il a dit qu'il la conduit, comme certains employés, et Bradley.

— Et ?

— Et Bradley m'a dit qu'il ne la conduit jamais. Pete était présent quand il l'a dit. Je ne sais pas. Elle fit tourner le reste de son café. Je me trompe peut-être complètement, mais quelque chose ne colle pas. Les gens mentent. Même le serveur du restaurant dit qu'on l'a mal cité et qu'il n'a jamais entendu ni mentionné de dispute. Et puis il y a l'apparition de Richard Roscoe... enfin, au moins sa voiture parce qu'on ne peut pas le dire à partir de la vidéo, devant chez Farrelly quand j'attendais que la porte s'ouvre.

Terry se pencha en avant.

— Explique.

Elle s'exécuta. Et lui montra la vidéo que Pete avait prise.

— Nous prévoyons de rendre visite à Roscoe, mais il est hors de la ville aujourd'hui, selon son bureau. Nous irons le voir après l'enterrement.

Il y eut un moment de silence. Tous ceux qu'elle connaissait voulaient dire au revoir à Susie, certains policiers avec qui elle avait grandi, d'autres qui étaient à la retraite et voulaient venir présenter leurs respects, et d'autres encore qui avaient échangé leur jour de travail pour être disponibles. Elle était trop jeune pour mourir et il y avait trop de gens qui se souvenaient d'elle à l'époque où elle attendait au poste que son père finisse son service.

Il y eut un coup à la porte et Pete passa la tête.

— On a à peu près fini ici et tout le monde a sa liste de choses à faire. Il sourit. J'en ai fait une pour toi, Liz.

— Ah ben merci.

— Avec plaisir. Le principal, c'est qu'il y a eu une possible apparition de Hardy à Ballarat et deux voitures partent là-bas maintenant.

Terry se leva et attrapa sa veste.

— Comptez-moi dedans. J'ai besoin de prendre l'air et attraper Hardy serait une bonne façon de terminer la journée.

Pete était déjà reparti.

— Si vous n'avez pas besoin de moi, chef, je vais faire des recherches sur Farrelly. Et voir si je peux trouver cette camionnette, dit Liz.

— Je suis toujours curieux de savoir comment Farrelly et Roscoe sont liés. Appelle-moi quand tu le découvriras.

— Je n'y manquerai pas. Allez attraper le méchant.

———————

Abel Farrelly n'avait pas de casier judiciaire.

Aucun problème avec la police. Pas même une contravention de stationnement.

Aucun service dans les forces armées.

Il n'était présent sur les réseaux sociaux, du moins pas sous son vrai nom.

— Un oiseau rare de nos jours, marmonna Liz.

Elle passa en revue ce qu'elle savait. Il était né dans la petite ville de Moe, dans le Gippsland. Enfant unique. Parents décédés. Après le lycée, il avait déménagé à Melbourne. S'il était allé à l'université, elle n'en trouvait aucune trace et sa prochaine apparition était la réalisation d'un contrôle de police pour un emploi dans une morgue, de tous les endroits possibles.

Il y avait beaucoup de choses auxquelles elle ne pouvait pas accéder sans motif valable, mais Farrelly semblait être une personne ordinaire menant une vie ordinaire. Les registres de son adresse indiquaient la date du dernier achat il y a environ huit ans pour plus d'un million de dollars. Comparé à des propriétés similaires vendues à l'époque dans cette zone, un million, c'était plutôt élevé.

*Alors, comment as-tu pu te permettre d'acheter ta maison ?*

Un héritage ?

À moins de lui demander, cela devrait rester un mystère pour le moment.

Après avoir pris son troisième café depuis que Terry et Pete étaient partis — d'ailleurs, tout le monde était parti sauf elle — Liz fixa l'écran en réfléchissant à la vidéo.

La voiture appartenait à Richard Roscoe, propriétaire du cabinet juridique qui représentait Malcolm Hardy. Il était également l'avocat personnel de Hardy. Malheureusement, les images ne montraient pas le conducteur, mais la voiture était passée très lentement devant la maison de Farrelly et s'était garée quelques maisons plus loin. La porte du conducteur s'était ouverte mais personne n'était sorti. Il y avait eu une dizaine de secondes avant que la porte ne se referme et que la voiture ne reparte sur la route. Pendant tout ce temps, Liz avait attendu à la porte de Farrelly, inconsciente de ce qui se passait.

*As-tu téléphoné à Farrelly ? Demandé qui lui rendait visite ? Et il pouvait me voir avec les images filmées par la caméra.*

Ou était-ce purement une coïncidence ? Quelqu'un qui s'arrêtait pour répondre au téléphone ?

Liz ne croyait pas aux coïncidences.

Elle commença à se renseigner sur Richard Roscoe. Voilà une personne qui savait comment rendre son empreinte numérique importante. Il avait des comptes sur tous les réseaux sociaux. Personnels et pour le cabinet. Liz alla sur le site Web du cabinet et cliqua sur sa page « À propos de Richard ». C'était surtout un tas de vantardises et de poses. Les endroits auxquels il avait fait des dons. Son université.

LinkedIn en fournissait davantage.

*Après avoir obtenu son diplôme en tête de sa promotion, Richard*

*Roscoe a commencé sa brillante carrière en bas de l'échelle — comme devraient le faire tous les bons avocats. Il a rapidement gravi les échelons, devenant associé en quelques années, puis rachetant le cabinet. Pas mal pour un garçon de Moe.*

— Ah bon ? Moe.

Elle vérifia la date de naissance des deux hommes. C'était à quelques mois d'intervalle. Ils avaient tous deux fréquenté le même lycée. La même année de fin d'études.

Liz se pencha en arrière sur son siège, entrelaçant ses doigts derrière sa tête.

Elle avait trouvé le lien mais maintenant, qu'allait-elle en faire ?

# VINGT-DEUX

Deux tombes ouvertes.

Côte à côte.

Reposant ensemble. Pour toujours.

Les doigts de Melanie étaient enfermés dans la main de Vince. Ses yeux n'avaient pas quitté la tombe de Susie depuis la bénédiction finale du prêtre, mais elle n'avait ni parlé ni pleuré. Elle portait la ridicule robe noire à froufrous que Carla avait achetée et dont elle lui avait confié en secret qu'elle n'était pas très confortable. Liz était restée proche pendant la cérémonie et il avait senti sa main sur son bras à plusieurs reprises.

Près d'une centaine de personnes étaient présentes et alors qu'elles commençaient à se disperser en petits groupes pour parler doucement, Melanie lâcha sa main et courut vers Carla. Il faillit l'arrêter, mais ce n'était ni le lieu ni le moment de prendre position d'une manière ou d'une autre.

Pendant quelques minutes, il parla au prêtre et à la mère de David, une femme frêle qui comprenait à peine pourquoi elle était là et qui était accompagnée d'une aide-soignante. Elle fut emmenée en fauteuil roulant, et il ne savait pas quoi faire de lui-même. Il y avait des gens qu'il n'avait pas vus depuis des années qui étaient là pour Susie, pas pour lui. Il avait coupé tous les ponts avec les gens qu'il connaissait avant de prendre sa retraite.

Le soleil brillait. L'orage était passé depuis longtemps. Pas un nuage dans le ciel.

*Un chemin dégagé vers le paradis, ma petite.*

— Le plus triste des jours, mon pote, dit Terry qui apparut de nulle part et lui serra la main. S'il y a quoi que ce soit que je puisse faire. Tu sais que je ne suis qu'à un coup de fil.

— Tu sais ce dont j'ai besoin.

Terry grimaça et hocha la tête.

— Liz enquête. On pourra en parler un autre jour.

Vince grogna. Terry avait raison. Pas ici.

Liz s'approcha de l'endroit où elle parlait à un groupe de policiers.

— Melanie est si courageuse.

— Ouais. On rentre maintenant. Je vais la laisser se reposer.

Liz se pencha et chuchota :

— Tu vas pouvoir l'extirper ? Carla n'a pas l'air prête à te la rendre.

Il n'y avait aucune chance que Carla ait entendu Liz de cette distance, mais elle se retourna pour la fixer du regard. Le noir autour de ses yeux lui donnait un air légèrement sinistre.

— Besoin d'aide ? Liz n'avait pas quitté Carla des yeux, qui pinça les lèvres face à cet examen.

— Tu peux me rappeler ce qui s'est passé à l'époque. Entre toi et Carla.

— Avec plaisir. Appelle-moi.

Il le ferait.

— Vous n'aviez pas besoin d'être ici. Ni l'un ni l'autre. Mais merci.

— Si, on devait, dit Terry avec un demi-sourire. Tu fais partie de la famille.

Ce n'était pas vrai. Terry et Liz disaient toutes les bonnes choses et étaient bien intentionnés, mais son temps au sein de la police était révolu depuis longtemps. Mais il hocha la tête et alla chercher Mel.

Carla s'accroupit et serra Melanie dans ses bras, lui chuchotant à l'oreille. Bradley se tenait à proximité avec un regard vide. Réalisant probablement que c'étaient ses problèmes avec David qui avaient tué Susie.

Vince le savait au plus profond de lui-même.

— Melanie ? Et si on rentrait à la maison ?

La petite fille le regarda furtivement.

— Carla. Il est temps.

Une larme coula sur le visage de Carla à ses mots calmes et elle releva légèrement le menton, ce qui eut pour effet de resserrer son bras autour de Melanie.

Bradley intervint, soulevant Melanie et lui faisant un câlin.

— Tante Carla et moi t'aimons beaucoup, ma puce. D'accord ? Il passa Melanie à Vince, et elle transféra ses bras autour de son cou.

— Sois sage, et on se reverra très bientôt. La voix de Carla se brisa à la fin et Bradley l'emmena.

Il n'y avait aucune raison de rester ici. Le prêtre était parti. La plupart des personnes en deuil étaient parties ou partaient.

C'était fini.

Sa fille n'était plus qu'un souvenir.

— J'ai besoin de Maman et Papa.

La douleur lancinante qui lui transperçait le cœur était insupportable. Ils avaient tout perdu. Les larmes lui montèrent aux yeux tandis qu'il forçait les mots à sortir.

— Moi aussi, Melly. Moi aussi.

Elle enfouit sa tête contre son cou et pleura jusqu'à ce que son corps tremble sous la force de son chagrin et il la serra fort contre lui en s'éloignant lentement des tombes.

# VINGT-TROIS

Être au travail semblait anormal. Tous ceux qui avaient assisté aux funérailles étaient plus silencieux que d'habitude et Liz comprenait. La gravité de la matinée les avait suivis au bureau. Elle avait fait livrer un panier de fruits et de chocolats à Vince et Melanie, mais ce n'était pas suffisant.

*Que puis-je faire d'autre ?*

Terry avait la même attitude, mais il était également déterminé à attraper Malcolm Hardy et se tenait devant un tableau blanc propre avec un marqueur.

— Recommençons à zéro, les gars et les filles, dit-il en tapotant le bout du marqueur sur le tableau. Hier a été une perte de ressources sans aucune trace de Hardy à Ballarat ni de l'endroit où il aurait été vu. Nous voulons attraper ce petit merdeux, mais nous devons être vigilants face aux fausses pistes.

— Il est probablement dans un autre État maintenant, dit l'un des jeunes détectives, et quelques autres murmurèrent leur accord.

Pete secoua la tête.

— Pourquoi pas, Pete ? Ça fait dix jours qu'il s'est échappé. Largement le temps de faire du stop pour sortir de Victoria, dit Terry.

— Il avait quelques minutes d'avance sur nous quand il s'est enfui, ce qui signifie que nous avions couvert toutes les sorties principales avant qu'il ne puisse faire plus que se terrer dans un trou pour se cacher en attendant que la pression retombe. À ce moment-là, son visage était placardé partout dans l'État. Les compagnies de fret et les autorités de transport public sont en alerte, tout comme la police dans tout l'État.

C'était une logique solide, mais avec chaque jour qui passait sans signe du criminel, les chances de le retrouver diminuaient.

— Et je suis d'accord avec Pete, poursuivit Terry en commençant à griffonner sur le tableau blanc. Nous ne pouvons pas maintenir la surveillance sur tous ses anciennes planques ni sur ses principaux contacts. Et si nous l'attirions hors de sa cachette ?

Il avait écrit un nom. *Betty Hardy*.

— Chef, nous surveillons sa mère depuis le premier jour, dit Liz. Elle ne peut pas faire ses courses sans être suivie, encore moins rencontrer son fils.

— Il est temps d'avoir une nouvelle conversation avec elle. Voyons si nous pouvons lui donner une raison de nous aider à le localiser. Ou plantons une graine dans sa tête. Laissons-le penser qu'il a une fenêtre d'opportunité pour quitter la ville.

Pete sourit.

— Chez elle ou chez nous ?

— Chez elle. Rendons notre présence visible. Prenez une unité et laissez-les s'installer de l'autre côté de la rue pour faire parler les voisins.

---

Betty Hardy avait affirmé depuis la première arrestation de son fils qu'elle l'avait rayé de sa vie. Elle avait vécu dans la même maison pendant la majeure partie de sa vie d'adulte et, à près de quatre-vingts ans, elle maintenait qu'elle n'était pas intéressée à la quitter.

Liz l'avait rencontrée une ou deux fois au cours d'entretiens passés et la femme se souvenait d'elle lorsqu'elle ouvrit la porte, la regardant à travers d'épaisses lunettes.

— Je suppose que vous voudrez tous les deux du café.

— Ce n'est pas nécessaire, Madame Hardy, dit Pete. Juste une petite conversation si ça ne vous dérange pas.

— Est-ce que ça a de l'importance si ça me dérange ? La vieille dame utilisa une canne alors qu'elle s'éloignait en boitant de la porte d'entrée et disparut dans une autre pièce. Fermez ça, jeune homme.

Pete arborait un sourire idiot et Liz secoua la tête en le regardant.

Ils rejoignirent Mme Hardy dans le salon, une petite pièce sombre d'une petite maison sombre. Elle s'assit sur une chaise et grogna en s'asseyant. Les rideaux étaient tirés et quelques lampes projetaient des ombres étranges sur le vieux papier peint.

— Asseyez-vous et posez vos questions. Mais ne vous donnez pas la peine de demander si j'ai vu Malcolm ou si je sais où il est parce que ce n'est pas le cas, et je ne sais pas. Comme toujours.

Pete s'assit sur un canapé, ses yeux parcourant la pièce.

Liz resta debout.

— Vous avez été claire sur le fait de ne pas avoir de contact avec votre fils depuis plusieurs années, mais nous nous demandions si vous connaissez un homme appelé Abel Farrelly ? Elle retint presque son souffle. Elle voulait tellement trouver un lien que ça lui faisait mal.

— Ce nom ne me dit rien. Vous avez une photo ?

Pete ouvrit son téléphone et lui montra la photo du permis de conduire de Farrelly.

Elle l'examina longuement puis se pencha en arrière.

— Je ne peux pas dire que je le connais. Est-ce qu'il aide mon fils ?

*Ça n'allait jamais être aussi facile.*

— Nous ne savons pas. Mais merci d'avoir regardé. Avez-vous eu des nouvelles de Richard Roscoe récemment ?

Mme Hardy ricana.

— Lui ? Un homme inutile avec plus d'argent que de bon sens. Il m'appelle toujours une fois par semaine pour s'assurer que je suis en vie. Il veut probablement être prêt à s'emparer de ce bien immobilier de premier choix pour le vendre et couvrir ses honoraires dès que je partirai rejoindre Dieu.

Liz échangea un regard avec Pete, et il prit le relais.

— C'est un peu étrange qu'il vous appelle chaque semaine ? Il l'a toujours fait ?

Elle hocha la tête si vigoureusement que ses lunettes glissèrent sur son nez.

— Depuis que Malcolm est allé en prison. Une fois par semaine sans faute, à part quelques fois où il était à l'étranger et alors il faisait appeler ce M. Black à sa place. Son assistant. Toujours la même chose. Sa voix changea pour imiter un ton bourru : « Comment allez-vous, Betty ? Malcolm vous envoie son amour. Y a-t-il quelque chose que vous aimeriez que je lui transmette ? »

— Et il y avait quelque chose ?

Mme Hardy fixa Pete par-dessus ses lunettes puis les remonta.

— Je ne saurais pas quoi lui dire s'il était assis ici avec nous en ce moment.

Pete sortit son téléphone.

— Désolé, un message. Il fit semblant de le lire puis se leva d'un bond. Nous devons partir, je le crains. Merci d'avoir été si utile.

— Qu'est-ce qui ne va pas ? Mme Hardy appuya sur un bouton de sa chaise qui commença à la soulever. Vous avez trouvé Malcolm ?

— Non... mais... je ne devrais pas le dire.

Il montra le « message » à Liz, qui était un écran vide.

— Oh ! Peut-être que vous devriez le dire à Mme Hardy. Juste pour la tenir au courant.

Le téléphone de retour dans sa poche, Pete prit son temps

pour prendre une décision. À ce moment-là, Mme Hardy était debout et s'appuyait sur sa canne, attendant.

— Le message venait de notre chef, qui supervise les recherches de votre fils. Il veut que tous les policiers disponibles se concentrent sur une zone de la péninsule de Mornington. On dirait qu'une grande opération de recherche est prévue, avec la plupart de nos unités qui se dirigent là-bas. Bref, merci encore. On fermera la porte en partant.

Une minute plus tard, Liz et Pete se précipitèrent vers leur voiture.

— Ce n'est pas une femme stupide, dit Pete en montant dans le véhicule.

— Loin de là. Mais si elle se soucie un tant soit peu de son fils, elle pourrait laisser échapper quelque chose à Roscoe.

— Et si elle sait où se trouve Malcolm, cela pourrait lui donner suffisamment confiance pour commettre une erreur.

———

Bradley engagea sa voiture dans l'allée de l'entrepôt et fit demi-tour pour faire face à la route, se garant le long de la clôture latérale. Le pick-up plateau n'était pas là, pas plus que la camionnette de location qu'Abel avait louée pour gérer les livraisons et les enlèvements jusqu'à ce que la leur soit localisée. Le vol était inquiétant. Abel était particulièrement attentif à ce que le site soit verrouillé, et le fait que la lourde chaîne ait été coupée et que la camionnette ait été volée avait semé l'inquiétude parmi le personnel.

— Vous êtes toujours là, Brad ?

Il était au téléphone avec son avocat, qui avait une liste de problèmes à régler à cause de la mort de David, mais leur sujet de discussion depuis quelques minutes était tout aussi important.

— Désolé, Gary.

Gary poursuivit :

— Comme je le disais, avec Vince Carter dans le tableau comme seul parent viable de Melanie, et étant disposé et capable de devenir son tuteur, cela rend les choses délicates.

— Délicates ? Ou impossibles ? Il y eut un silence et Bradley tapota ses doigts sur le volant. Êtes-vous en train de me dire que nous n'avons aucun moyen de garantir une meilleure vie à Melanie ? Aucun moyen de la ramener dans un endroit qu'elle aime et où elle s'épanouira ?

— Tout est possible. Je mets les choses sur la table pour que vous puissiez moduler vos attentes. Et celles de Carla. En apparence, Vince Carter est un héros, un policier retraité décoré. Il inspire la sympathie en ayant perdu sa fille. Et il a la carte du veuf. Sa femme est morte le même jour où il sauvait des vies lors d'une fusillade très médiatisée. Qui ne voudrait pas qu'il ait sa petite-fille dans sa vie ?

— Bon sang. *Je* le soutiendrais presque quand vous le dites comme ça.

Gary rit.

— Je suis bon dans mon travail.

— Alors dites-moi quoi faire au lieu d'ajouter des témoignages élogieux en faveur de notre ennemi. Bradley cracha ces mots.

— Du calme. Ce n'est pas votre ennemi, c'est juste un homme qui se dresse sur le chemin de ce que vous voulez. Vous avez besoin de preuves convaincantes pour contrecarrer le vote de sympathie.

— Convaincantes ? Comment ?

— Incompétence. Abus. De substance ou autre. Antécédents de négligence. Maladie mentale non traitée. Problèmes de colère. Déterrer un sombre secret.

Abel passa en voiture dans le pick-up plateau.

Bradley sourit.

— Merci.

— Pour mémoire, ce n'était pas un conseil juridique.

— Bien sûr. Ouais. À bientôt.

— Mais nous devons couvrir le...

Bradley mit fin à l'appel. Il envoya un message à un numéro dans son téléphone puis ouvrit la porte alors qu'Abel se dirigeait vers l'entrepôt.

— Abel. Un mot ?

Ce mot se transforma en vingt minutes de débat sur leur retard. Pas un débat. Des cris à pleine voix. Du moins du côté de Bradley, car Abel n'avait même pas haussé le ton.

— Je ne sais pas pourquoi vous êtes si énervé, patron. Visiblement fatigué de se tenir au milieu de l'entrepôt à se faire réprimander, Abel se dirigea vers les conteneurs à l'arrière. Avez-vous même regardé l'aménagement ?

Bien que son tempérament ait encore des choses à dire, le cerveau de Bradley comprit que rien ne ressortirait de cette discussion si ce n'est un risque accru de crise cardiaque. Les ouvriers avaient également ralenti pendant la conversation, lui jetant des regards curieux.

— Retournez au travail, vous tous.

Il suivit Abel, qui ouvrit l'arrière du premier conteneur avec un grand bruit métallique. Bradley attendit que la porte soit solidement calée avant de mettre un pied à l'intérieur.

— C'est presque prêt à être emballé et mis sur le camion. Abel le frôla en passant. Vous voyez ces rails... Il fit un geste vers le haut. Plusieurs rangées de rails — un équivalent industriel de ceux qu'on trouve dans les fenêtres pour les stores verticaux — quadrillaient le plafond. À l'intérieur se trouvaient de multiples crochets pouvant coulisser dans diverses positions. Ça nous permet de configurer des filets ou des sangles pour contenir tout ce qui est emballé. On peut mélanger des boîtes avec de petites machines. Ou envoyer des chargements partiels si nos marques n'ont pas besoin de transport.

— C'est un peu du gâchis de ne pas remplir le truc.

— Pas aux tarifs que Duncan paiera. Il veut juste une solution simple pour acheminer ses produits entre les États maintenant qu'il peut voir à quel point l'expansion sera facile, et c'est de loin l'option la moins chère, dit Abel. S'il accepte votre offre d'acheter certains de nos jouets, ça renforcera l'arrangement de travail.

Bradley toucha les parois.

— Pourquoi ajouter des murs intérieurs ?

— Isolation. Meilleur pour les cargaisons sensibles.

— Comme ?

Abel haussa les épaules.

— De l'alcool. De l'eau en bouteille. Il sourit. Des gens.

*Crétin.*

Il regarda dehors pour s'assurer que personne n'avait entendu ça.

— Combien ça a coûté ?

— Dans le budget. Abel passa une main sur le mur à l'avant du conteneur.

— Quand est-ce que ça a été fait, Abel ? J'ai été ici tous les jours pendant des semaines et...

— La nuit, patron. Plus facile sans avoir à travailler autour du personnel vu le bruit que ça faisait. Un de fait. Un autre prêt à commencer quand vous le direz.

Bradley en avait assez de l'espace confiné et sortit.

— Avant que vous ne partiez. Abel ferma les portes du conteneur puis s'appuya contre elles. Ces flics ici l'autre jour... J'ai tout entendu.

— À propos de cette nuit au restaurant ?

Abel hocha la tête.

— Le problème, c'est que je ne me souviens pas avoir vu quelqu'un autour pendant que lui et moi parlions. Susie est venue nous dire deux mots mais elle est morte, donc elle ne compte pas. Le serveur entrait et sortait par la porte mais jamais assez longtemps pour entendre quoi que ce soit.

— Réfléchissez. Vous étiez face à la porte de derrière ou à la salle à manger ?

— La salle à manger. Mais au coin, près des toilettes... oh, merde.

Comment avait-il pu oublier Melanie ?

Le téléphone de Bradley sonna. C'était le numéro auquel il avait envoyé un texto après avoir parlé à Gary.

— Attends une seconde, Abel. Je dois répondre à cet appel.

————————

Carla finit de débarrasser la table de la salle à manger et prit une bouteille de vin dans le réfrigérateur. Le dîner avait été calme, tous deux étant préoccupés. C'était en partie dû aux effets de l'enterrement et, en plus de cela, quoi que ce soit qui tracassait Bradley, il le gardait pour lui.

Peu importait. Tôt ou tard, il lui en parlerait, et elle avait suffisamment de choses en tête.

En parcourant son téléphone après l'enterrement, elle avait trouvé une photo oubliée d'elle avec Susie, quelques semaines après leur rencontre. Carla était en dernière année d'université lors d'une journée portes ouvertes, parlant aux futurs étudiants et parents. Susie était à moitié intéressée par le cursus que Carla terminait et après avoir discuté un moment, elles avaient découvert un intérêt commun pour le théâtre musical. Elles étaient allées voir une pièce ensemble et c'était devenu une habitude. Cette photo avait été prise devant le Her Majesty's Theatre.

— Et puis nous sommes devenues meilleures amies. Pour toujours. Carla avait pleuré à nouveau, tenant son téléphone contre sa poitrine jusqu'à ce qu'il ne reste plus de larmes à verser. Elle avait embrassé l'image de Susie. Combien de beaux souvenirs elles avaient partagés, et elle ne la laisserait jamais tomber dans l'oubli.

Elle était encore épuisée par le chagrin et par le fait d'avoir vu Melanie sans pouvoir la ramener à la maison. Prenant la bouteille, elle prit deux verres et partit à la recherche de son mari. Il était assis dans le salon, faisant tourner son téléphone entre ses doigts, fronçant les sourcils.

— Bonne idée. Il prit les verres et les tint pendant qu'elle versait.

— Tu as l'air inquiet, chéri, dit-elle.

— Hum… ? Oh, non, juste des trucs du boulot. Il tapota le canapé. À nous, bébé.

Le rejoignant, elle fit tinter son verre contre le sien.

— Il y a beaucoup de problèmes maintenant que David n'est plus là ? Tu fais son travail en plus du tien ?

— En quelque sorte. Le problème urgent est qu'il n'avait pas signé un contrat de transport et je me démène pour récupérer l'affaire et la faire aboutir. Notre entreprise est sur le point de décoller et ce nouveau contrat de chaîne d'approvisionnement était crucial.

— Je croyais que votre chaîne d'approvisionnement était locale.

— Nous avons eu l'opportunité de mettre des conteneurs sur des camions inter-États chaque semaine. Duncan veut se développer, et c'est une option peu coûteuse pour faire des trajets réguliers vers des endroits comme le Far North Queensland et le Territoire du Nord.

— Vous transportez toujours des jouets et autres ? Et les nôtres ainsi que les siens ? demanda-t-elle.

— Ouais. Ça va ouvrir de nouveaux marchés.

— Alors que faut-il faire pour que ça se réalise ? Il s'agissait juste de modifications sur le contrat ?

— Ils ont eu des doutes. Ils ont dit qu'avec le décès de David, ils s'inquiétaient de la stabilité de notre entreprise : perdre l'un des deux associés, et celui qui était l'expert en logistique. Je leur ai envoyé une nouvelle proposition et ils viennent de me renvoyer une version amendée. Ils veulent une garantie de trois mois de livraisons payées d'avance.

— Alors qu'est-ce que tu attends ? Carla fronça les sourcils.

Bradley but une longue gorgée de son verre.

*Melanie avait un intérêt dans cette affaire. Les juristes de tous bords détermineraient ce qui adviendrait de la part de David dans l'entreprise, mais leur succès signifiait plus pour l'avenir de la petite fille.*

— Brad, n'attends pas. Si Duncan est prêt à s'engager, fais de même. Trois mois d'avance, ce n'est rien comparé aux bénéfices à long terme et de toute façon, répercute simplement ça.

Il faillit recracher son vin.

— Sur Duncan ?

Elle hocha la tête.

— Dis-lui que leur devis est revenu un peu plus élevé. Augmente ton prix pour lui pour couvrir le coût. Fais ce que tu dois pour assurer l'avenir de cette entreprise !

Bradley rit, posa son verre et lui prit la main.

— Tu es sensationnelle, bébé. J'avais oublié à quel point tu es passionnée par les affaires.

— J'ai un diplôme en gestion d'entreprise, Brad. C'est juste qu'il n'est plus vraiment mis à profit ces temps-ci.

*Parce que tu as choisi un homme comme partenaire plutôt que ta femme.*

Ne sachant pas d'où venait cette pensée, ni pourquoi cela importait soudainement, Carla but une gorgée de son vin. Elle ne voulait pas se disputer. Ni regarder de trop près ce qui se passait à l'entrepôt. Mieux valait penser à Melanie.

— Je pensais à un lilas doux avec quelques touches de jaune.

— Pardon ? Bradley n'avait visiblement aucune idée de ce dont elle parlait.

— Et je sais qu'elle veut un chaton, mais on devra peut-être la persuader qu'un aquarium est préférable. Je ne peux pas supporter l'idée des bacs à litière et d'un chat qui griffe nos meubles, pas toi ?

— Mais de quoi parles-tu ?

— Je réfléchissais à comment redécorer la deuxième chambre pour Melanie. Des couleurs douces. Un grand lit avec un balda-quin... comme un lit de princesse. Plein de beaux jouets. Je suis si contente que cette chambre ait sa propre salle de bains, sinon nous aurions dû faire des travaux. Mais je pense que je peux transformer celle qui existe en une belle petite pièce pour elle.

— Doucement. Bradley lui embrassa les doigts. Rien n'est encore fait et beaucoup reste à faire.

— Susie voudrait qu'elle vive avec nous. Pourquoi d'autre nous avoir fait ses parrains ? Pourquoi d'autre avoir sorti Vince de leur vie ?

Bradley tendit le bras et elle se rapprocha pour s'appuyer contre lui.

— Melanie va être notre petite fille. N'est-ce pas ?

*Qu'avait dit l'avocat ? Trouver des saletés sur lui ?*

— Oui, Carla. Je ferai en sorte que ça arrive. D'une façon ou d'une autre, je te promets que Melanie viendra vivre avec nous.

# VINGT-QUATRE

*Aucun mouvement dans ce taudis qu'il appelle sa maison. Comment quelqu'un peut-il vivre ainsi, et encore moins forcer une enfant à l'endurer, ça me dépasse. Et une gamine si adorable en plus.*

*Mes jumelles balaient la façade du chalet. Pas de caméras extérieures. Les rideaux sont minces. Pas de porte moustiquaire, juste une simple porte en bois sans verrou. Excellent. De la fumée s'échappe d'une cheminée. Une cheminée. Encore mieux. Les incendies domestiques sont fréquents.*

*Une seule sortie de la propriété, sauf s'il y a un portail à l'arrière.*

*Trop loin pour le voir.*

*Mais je dois savoir.*

*Il y a une longue allée menant à la maison suivante qui longe la propriété de Carter. Beaucoup de buissons la bordent. Personne ne me verra si une voiture passe par hasard. Ma montre indique presque deux heures du matin et j'ai presque envie de rire à l'idée que l'un de ces péquenauds soit dehors à cette heure-ci.*

*Tous les quelques mètres le long de l'autre allée, je m'arrête pour écouter et observer. Si l'une ou l'autre des propriétés a des chiens, ils sont à l'intérieur. Aucune autre maison n'est en vue d'ici. Juste ces deux-là, et elles ne pourraient pas être plus différentes l'une de l'autre.*

*Le terrain de Carter s'étend loin. Étroit mais long, et il devient* escarpé à l'arrière. Il y a un poney endormi dans un abri à trois côtés. Ce paddock partage un portail avec l'allée. Est-ce que Carter s'y faufile parfois pour rendre visite à la vieille dame ? Beurk. Il y a un cadenas sur le portail. Pas si facile pour une évasion rapide. Pas pour Vince.

En regardant vers la route, il est évident comment cela va se dérouler.

Quand le moment sera venu.

Un endroit si peu sécurisé ? C'est chercher les ennuis.

# VINGT-CINQ

Il y avait tellement à faire. Toutes les choses que Vince avait reportées avant l'enterrement figuraient sur une longue liste de tâches à accomplir aujourd'hui, et cela ne le dérangeait pas.

*Rester occupé.*

Il commença à faire des crêpes. Farine. Œufs. Lait. Mesurer. Mélanger. Laisser reposer.

Melanie avait déjà pris sa douche et était dans sa chambre. Bonne petite fille qui se levait toute seule chaque jour, prenait sa douche, gardait sa chambre bien rangée. Il avait dû constamment rappeler à Susie de faire de même jusqu'à ce qu'elle entre au lycée et qu'elle se soucie soudainement de son apparence.

Il passa la tête hors de la cuisine.

— Petit-déjeuner dans dix minutes, Melly.

Il y eut une réponse étouffée qu'il espéra être un acquiescement.

La veille, ils avaient joué à des jeux de société, regardé la télévision et mangé des fruits et du chocolat provenant des paniers envoyés par Liz et d'autres personnes. Il y avait eu un plat de lasagnes sur le pas de la porte à leur retour après l'enterrement, avec un mot de Lyndall.

Le plat préféré de Susie.

Lyndall n'allait pas aux enterrements. Elle n'était pas venue à celui de Marion, qui était pourtant son amie. Elle lui avait dit une fois qu'elle ne pouvait plus les supporter. Pas après tout ce qu'elle avait perdu. Il n'avait pas demandé ce qu'elle voulait dire, et elle n'avait pas donné plus d'explications. Bien qu'ils soient voisins depuis des années, son passé restait un mystère. Pour la première fois, il était curieux.

— Oh, des crêpes ! s'exclama Melanie en jetant un coup d'œil dans le bol. Je peux aider ?

— Euh... bien sûr. Que veux-tu faire ?

— Les retourner.

Sur le point de dire non, qu'il s'occuperait de la cuisson, il s'arrêta. Marion avait toujours encouragé Susie à aider, que ce soit pour la cuisine ou pour empiler du bois. C'était une femme pragmatique qui voulait que sa fille ait un éventail de compétences. Après sa mort, quand Vince avait essayé de prendre en charge tous les aspects de la vie sans elle, c'était Susie qui s'était obstinée à continuer ses corvées et à en ajouter pour qu'il y ait de l'équité dans la maison. Ce n'était pas ainsi qu'il avait été élevé et parfois, il entendait encore la voix de son père dans sa tête lui rappelant de protéger ses femmes. Non pas qu'il ait jamais considéré quelqu'un dans sa vie comme « sien ». C'était une autre époque.

— Je peux ? demanda Melanie.

— Tu les as déjà retournées ?

— Hum... Oui et non. Maman m'aidait. J'aurai peut-être encore besoin d'un peu d'aide.

Il sourit.

— Je suis là si tu as besoin. Tu sais combien de beurre il faut mettre d'abord ?

Avec un hochement de tête, Melanie alla au lavabo et se lava les mains.

Après quelques petits incidents, ils s'installèrent chacun à table avec des assiettes de crêpes accompagnées de crème fraîche et d'autres fruits offerts par Liz.

— C'est ton amie ? demanda finalement Melanie après avoir réussi à avaler plus de crêpes que Vince. La dame policière ?

— Lizzie ? Je suppose que oui.

— Alors pourquoi elle ne te rend pas visite ?

— Elle est venue l'autre soir. Tu dormais profondément.

— Oh. Melanie pencha la tête. Lyndall est gentille. C'est ton amie ?

Il s'accorda une minute pour réfléchir à la réponse en débarrassant les assiettes.

— Un autre chocolat chaud ?

— Je suis pleine à craquer. Elle tapota son ventre. Alors, elle l'est ?

*Petite curieuse, n'est-ce pas ?*

— Nous sommes voisins depuis longtemps. Elle et ta grand-mère étaient de proches amies et elle s'occupait même parfois de ta maman, quand elle avait ton âge.

— On peut lui rendre visite bientôt ?

— Bien sûr. Peut-être pas aujourd'hui cependant. J'ai de la paperasse à faire et on ira peut-être faire des courses un peu plus tard.

Melanie se leva d'un bond et commença à ranger les fruits restants dans le réfrigérateur.

— Je vais faire d'autres dessins et les donner à Lyndall quand on la verra. Peut-être un du petit chaton.

— Excellente idée, Mel.

Tout pour la distraire et l'empêcher de poser plus de questions sur Lyndall. Il n'aurait aucune idée de comment y répondre.

———

Après avoir payé une pile de factures qui garderaient la maison de Susie assurée et alimentée en électricité pour un moment, Vince s'attaqua au problème plus important en main.

Il relut la lettre de la directrice de l'école de Melanie.

Deux points ressortaient.

La durée pendant laquelle le compte était resté impayé, et la mention des difficultés de l'entreprise de David.

Après s'être assuré que Melanie n'était pas à portée d'oreille, il appela l'école. Il tomba sur un répondeur et laissa son numéro. Les vacances scolaires duraient encore une semaine ou deux. Il trouva l'adresse e-mail sur la lettre et commença à taper un message, interrompu lorsque le téléphone sonna.

— Monsieur Carter ? C'est Madame Joyce McCoy de l'école de Melanie, je vous rappelle. La voix à l'autre bout du fil était nette et polie.

— Merci pour votre appel. J'avais oublié que c'était les vacances.

— Je travaille dans mon bureau et je laisse normalement les messages, mais étant donné la situation... quel terrible choc pour Susan et David. Je suis terriblement désolée pour votre perte.

— Oui. Merci.

— Et comment Melanie s'en sort-elle ?

— Un jour à la fois. Son bras cassé ne lui pose pas de problème. La raison de mon appel est que j'ai récupéré le courrier et j'ai votre lettre et la facture.

Il y eut un silence.

— C'était un peu un choc de voir combien est dû à l'école, dit-il.

— Dans des circonstances normales, ça n'en serait pas arrivé là, dit-elle. Mais la famille avait été très généreuse par le passé en aidant un autre élève à rester à l'école... David était convaincu qu'il pourrait payer la facture complète au plus tard il y a quinze jours.

— Vous a-t-il dit ce qui n'allait pas dans son entreprise ?

— Je ne devrais pas parler de nos conversations confiden-tielles.

Vince leva les yeux au ciel.

— Madame McCoy, je suis le père de Susie. Melanie vit avec moi et j'essaie de comprendre pourquoi David aurait dit que son entreprise était en difficulté car il n'y a aucun signe que ce soit le cas.

Elle inspira de façon audible.

— Comme c'est étrange.

*Pourquoi ces mensonges, David ?*

— Monsieur Carter, je préférerais en parler en personne. Pouvez-vous me rencontrer ?

— Bien sûr. Melanie aime beaucoup l'école. Je veux m'assurer qu'elle puisse y rester.

— Nous parlerons de vos options. Ce devra être demain ou après-demain.

Ils convinrent d'une heure et mirent fin à l'appel.

Vince supprima l'e-mail qu'il était en train d'écrire. David et Susie avaient remboursé leur prêt immobilier au début de l'année. Plus de mensualités. Plus de revenus disponibles à chaque période de paie et il y avait un solide historique de salaires décents prélevés. Alors pourquoi dire à une école que l'entreprise était en difficulté ? Où allait l'argent supplémentaire ?

Puisqu'il avait les e-mails ouverts, il recherche le nom de David. Il y avait de nombreuses mentions dans les e-mails de Susie et il ne pouvait pas supporter de les lire. Pas tout de suite.

— On peut aller faire du shopping maintenant ?

Il sursauta. Comment Melanie s'était-elle approchée si discrètement ?

— Je suis désolée de t'avoir fait peur. Elle posa sa main sur son bras et son sourire s'estompa. Je n'ai que des chaussettes aux pieds, alors tu ne m'as sûrement pas entendue.

— Tu ne pourrais jamais me faire peur, ma chérie. J'avais l'esprit ailleurs, et tu marches très doucement. Et oui, on peut aller faire du shopping maintenant. Si j'arrive à l'organiser, tu voudrais rendre visite à Lyndall après le déjeuner ?

Son sourire revint en force et elle sautilla sur place.

— D'accord. Va chercher tes chaussures et je vais l'appeler tout de suite pour lui demander.

Vince était assis au bureau de David dans le bureau de la maison de Susie. Il n'y pensait toujours qu'en termes de propriété de Susie, mais ç'avait été leur maison commune. Inutile de prétendre le contraire. Il attendait au téléphone pendant que son avocate parlait au leur. Il savait qu'il pouvait fouiller dans tout ce qui se trouvait ici sans que personne ne le sache, mais ramener chez lui les biens professionnels de David pourrait créer un problème plus tard.

— Vince ? Désolée de vous avoir fait attendre. Écoutez, tant que vous gardez une trace de ce que vous prenez dans la maison, rien ne vous en empêche. Pickering n'a pas présenté de preuve de propriété de l'ordinateur portable. C'était utile de vérifier, mais comme nous avons demandé que vous administriez la succession, tout ce que vous faites, c'est planifier à l'avance.

— Merci, Sally. Après le cambriolage ici, j'avais peur qu'il y en ait un autre.

— C'est compréhensible. Pendant que je vous ai, leur avocat a mentionné qu'ils ont reçu une lettre de l'avocat de Pickering au sujet de l'entreprise. Il veut racheter la part de David.

— Non, répliqua sèchement Vince.

Sally rit.

— Une fois les choses rentrées dans l'ordre et que Melanie sera définitivement sous votre garde, ils ne pourront rien faire sans votre approbation. Mais à mon avis, en tant que votre conseillère juridique, laissez-les faire une offre. Si elle est équitable, Melanie aura de l'argent sur un fonds fiduciaire pour son usage futur et, plus important pour vous, j'imagine, cela rompra tout contact avec eux.

— Ce sont ses parrains.

— Ce qui sera le seul rôle qu'ils pourront jouer dans la vie de Melanie. Rien de légal ne la liera à eux. Vous déciderez s'il y aura d'autres contacts.

Cela plaisait à Vince. Après la fin de l'appel, il ouvrit la valise qu'il avait déjà récupérée dans le placard de l'entrée et commença à la remplir. Des dossiers, l'ordinateur portable, des clés USB, un magnétophone, un téléphone et un agenda relié en cuir. Il restait beaucoup de place, alors il alla chercher plus de vêtements dans la chambre de Melanie.

Avant de partir, il entra dans la chambre de Susie.

D'une certaine manière, c'était plus facile qu'avant. Plus facile, depuis qu'il s'était dit qu'il n'était là que pour le bien de Melanie plutôt que pour s'immiscer dans la maison de sa fille. Tout frémissement de chagrin était écrasé dès qu'il apparaissait.

Il y avait de précieuses photos sur sa table de chevet montrant Melanie à différents âges et il les prit. Au cas où il y aurait quelque chose dont Melanie aurait besoin dans le coffre-fort, il tapa la combinaison que Susie utilisait toujours. Ça ne marchait pas. Il en essaya d'autres : sa date de naissance, la sienne, celle de David, celle de Melanie. Rien.

Pickering était-il venu ici l'autre jour ?

Il envoya un texto à Liz.

À la maison de Susie. Je pense que Pickering a changé la combinaison de son coffre-fort. Peut-on le faire poudrer ?

De retour dans le bureau, Vince contempla le meuble de classement. Par le passé, David était maniaque pour le verrouiller. Il avait même plaisanté une fois en disant qu'il enfermait ses clés.

Mais le meuble n'était pas verrouillé.

Et il y avait des espaces vides où des dossiers entiers manquaient.

Son téléphone bipa avec un message.

Je peux passer ce soir ? Des choses à discuter. Devrais pouvoir le faire poudrer.

Il fronça les sourcils. Liz lui rappelait des jours meilleurs. Et les pires jours. Mais elle était la seule à le prendre au sérieux, à part Terry dans une certaine mesure.

Viens dîner ?

Melanie voulait apprendre à la connaître.

Avec plaisir. Qu'est-ce que j'apporte ?

Un moyen d'attraper un tueur.

Le dessert. Melanie adore tout ce qui est au citron.

C'est noté. :-)

Heureusement qu'ils avaient fait les courses plus tôt. Plein d'options à mettre au four. Vince réalisa qu'il souriait.

# VINGT-SIX

Les bureaux de Roscoe & Henderson se trouvaient à Balwyn North, dans la banlieue est, au deuxième étage d'un vieux bâtiment en briques près de l'artère principale.

Liz et Pete s'installèrent sur des sièges inconfortables face à Richard Roscoe dans un immense bureau d'angle aux fenêtres minuscules et au mobilier coûteux. La moquette, cependant, était élimée et il y avait des fissures dans les murs.

Elle avait rencontré Roscoe une douzaine de fois. Rencontré n'était pas le mot juste. Observé. Elle l'avait écouté défendre des tueurs dans la salle d'audience, Malcolm Hardy étant le premier d'une longue série il y avait presque une décennie. L'affaire Hardy lui avait valu d'autres clients car il avait réussi à réduire la peine en utilisant du vaudou ou quelque chose du genre. Liz n'avait aucune idée de la façon dont il s'y était pris. Mais l'avocat avait un certain talent qui était gaspillé à défendre des criminels du pire acabit.

Une femme d'âge moyen portant des talons très hauts se faufila avec un plateau, le déposa sur le bureau et se hâta de sortir.

— Servez-vous, dit Roscoe en faisant un geste de la main.

Pete ne se fit pas prier. Il y avait du café et une assiette de biscuits, et il en saisit quelques-uns. Comment cet homme restait-il en forme avec sa façon de manger et de boire était l'un des grands mystères de la vie.

— Monsieur Roscoe, nous sommes ici pour vous interroger sur votre récente visite au domicile d'Abel Farrelly, dit Liz. Comment le connaissez-vous ?

Les yeux de Roscoe s'écarquillèrent et sa bouche s'entrouvrit légèrement. Allait-il mentir sur sa présence devant la maison de Farrelly ? Elle avait la vidéo prête à lui montrer le cas échéant.

— Abel ? C'est un ami depuis l'école. Si vous parlez d'avant-hier, en fait, du jour d'avant, j'étais dans le coin et j'avais prévu de passer prendre un café avec lui.

— Prévu ?

— Le téléphone a sonné avant que je puisse sortir de la voiture.

Il était sûr de lui. Une fois qu'il avait compris qu'il s'agissait d'Abel, il s'était détendu.

— Assez important pour vous empêcher de rendre visite à votre vieil ami ?

— C'était un client au téléphone. De toute façon, Abel ne m'attendait pas et pour ce que j'en sais, il aurait pu être sorti. De quoi s'agit-il ?

— Abel est-il votre client en plus d'être un vieil ami ?

Roscoe eut un sourire narquois.

— Je ne vais pas discuter de ma relation avec Abel à moins que vous n'expliquiez pourquoi vous posez ces questions.

La bouche à moitié pleine de biscuit, Pete agita sa main libre.

— Et Hardy ?

— Et Hardy... quoi ? Roscoe fronça les sourcils.

Pete avala et but un peu de café, grimaçant au goût. Il reposa la tasse sur le plateau.

— Je comprends pourquoi votre secrétaire s'est précipitée dehors. Quand l'avez-vous vu pour la dernière fois ?

Roscoe saisit une tasse et prit son temps pour boire une gorgée.

— La semaine dernière ? Aujourd'hui ? insista Pete.

— Ça fait des semaines. J'ai dit à vos collègues l'autre jour que je l'avais rencontré en prison pour parler de sa prochaine comparution. C'est tout. Maintenant, s'il n'y a rien d'autre ? Roscoe se leva de sa chaise.

— Il serait dans votre intérêt de nous aider à localiser Hardy.

C'était fascinant de voir comment une rougeur se développait autour des oreilles de l'homme. Il croisa les bras et ne dit rien.

— D'accord. Pete se leva et épousseta les miettes qui étaient sur lui, souriant face à la désapprobation évidente de Roscoe. Nous considérerons cela comme une confirmation que vous êtes en communication avec Hardy. Gardez à l'esprit que c'est un tueur de sang-froid. Et qu'il n'hésite pas à envoyer un message fort à quiconque ne joue pas selon ses règles.

Il disait la vérité. Hardy avait été condamné pour avoir tué deux collègues qui l'avaient déçu. Être dans son entourage était un risque. Même pour son avocat.

———

À l'extérieur du bâtiment, Pete prit un appel téléphonique et Liz consulta ses messages. Vince revenait à la charge au sujet de Pickering et elle était heureuse d'explorer la possibilité que l'homme soit impliqué d'une manière ou d'une autre dans les morts de Susie et David. Elle fut surprise qu'il accepte non seulement sa visite plus tard, mais qu'il lui demande de venir dîner.

— Pourquoi souris-tu ? Pete avait terminé son appel. Un rendez-vous spécial ?

— Oui et non. On peut y aller ?

— Pas tout à fait. Regarde qui vient par ici.

Jerry Black ne les avait pas vus en traversant la rue, attendant à mi-chemin qu'un tramway passe. Il était le bras droit de Roscoe, mais son rôle était difficile à définir. Mi-avocat, mi-enquêteur, mi-homme à tout faire. Il avait assisté à toutes les comparutions de Hardy au fil des années et Pete avait témoigné dans plusieurs affaires dans lesquelles il avait été impliqué. Quand il arriva de leur côté de la rue, il fronça les sourcils et s'apprêta à les dépasser.

Pete se plaça devant la porte.

— *Mon pote.* Jerry, ça fait trop longtemps.

— Je suis occupé.

— Tu as vu Hardy ? demanda Pete.

— Idiot.

— Tu me blesses. Donc aucun signe de Hardy dernièrement ?

— Bon sang, je viens de le dire. Tu m'arrêtes pour une raison ou c'est pour te divertir ?

Black essaya de passer devant Pete, qui bougea avec lui, passant un bras autour des épaules de l'homme comme s'ils étaient juste en train de discuter. Liz sortit son téléphone.

— Monsieur Black, pourriez-vous jeter un œil à quelque chose pour nous, et ensuite nous vous laisserons tranquille ? Avant qu'il ne puisse répondre, elle lança la vidéo de la voiture de Roscoe près de la maison de Farrelly. Savez-vous à qui appartient cette maison ?

— Non. Mais c'est la voiture de Richard, donc vous devez lui demander.

— C'est ce que nous avons fait, dit Pete sans desserrer son étreinte.

Pour un observateur occasionnel, cela aurait ressemblé à deux amis se retrouvant, discutant et partageant une vidéo. De près, les mains de Black étaient serrées, et ils étaient à un faux mouvement près qu'il ne frappe Pete.

Cet homme en savait beaucoup plus qu'il n'était prêt à leur dire et Liz observa attentivement son visage.

— Vous voyez comme je suis à la porte ? Quand elle s'ouvrira, vous verrez l'occupant.

À l'instant où Farrelly apparut, les yeux de Black s'élargirent et il se dégagea de l'emprise de Pete.

— Je porterai plainte si vous me touchez encore, McNamara. Il ouvrit la porte brusquement et disparut.

— J'ai dit quelque chose ?

En rangeant son téléphone, Liz ressentit une curieuse sensation le long de sa colonne vertébrale. Elle n'était pas très réceptive à la théorie selon laquelle on sait quand on est observé, mais... elle prit un moment pour scruter l'autre côté de la rue. Des magasins, des gens, des voitures. Personne ne la regardait.

— Tu crois qu'il connaît Abel ? demanda Pete.

— Hum... ? Oui. Elle abandonna son observation et acquiesça. Et pas de manière amicale.

— Entre lui et Roscoe, avec un peu de chance, on a réussi à faire bouger les choses.

———

De retour au commissariat, Terry était de nouveau devant le tableau blanc, mais cette fois, il avait disposé une série de photographies maintenues par des aimants. Aucun autre détective n'était présent dans le bureau. Pete avait un rendez-vous et avait déposé Liz avant de repartir.

— Qu'est-ce que je regarde ? Elle déposa ses clés et son téléphone sur son bureau et le rejoignit.

— Des vues aériennes de l'endroit où Hardy s'est échappé et les itinéraires probables qu'il a empruntés. Terry tapota l'image centrale, la plus grande, qui offrait une vue d'ensemble d'environ quatre pâtés de maisons. Quand il s'est enfui, il avait peut-être trente secondes d'avance. Il aurait dû porter des entraves aux chevilles, mais il portait encore une attelle à cause d'une blessure survenue une semaine plus tôt. En théorie, il n'aurait pas dû pouvoir courir.

— Peut-être qu'il a simulé.

Terry secoua la tête.

— Non. Les radiographies ont montré deux os cassés dans son pied. C'est l'une des raisons pour lesquelles ses escortes ont relâché leur vigilance, mais ça, c'est à quelqu'un d'autre de s'en occuper. Ce qu'on sait, c'est qu'il s'est dirigé dans cette direction... Il pointa vers le nord, et la dernière fois qu'on l'a vu, c'était ici.

— Près du Queen Victoria Market. On a cherché des images de vidéosurveillance là-bas ?

— Oui. Mais il aurait dû se faire remarquer avec des menottes, alors je pense qu'il a contourné certaines de ces rues secondaires jusqu'à ce qu'il trouve quelqu'un pour l'aider. En s'éloignant du tableau, Terry croisa les bras et le fixa. La raison pour laquelle je refais tout ça, c'est qu'on a trouvé quelque chose. Ses menottes.

— Où ça ?

— Jetées dans une benne à ordures et un indic sympa qui vit dans la rue les a trouvées. Hardy avait parcouru plus d'un kilomètre à travers la ville si elles ont été retirées près de l'endroit où elles ont été trouvées.

Liz plissa les yeux en examinant la vue aérienne du bloc où une benne à ordures encerclée était à peine visible dans une ruelle.

— N'est-ce pas près de... attendez une seconde, patron. Elle prit son téléphone et parcourut ses notes. Ginny Makos. Pete a un passé avec elle, je crois qu'elle était une sorte d'informatrice. On l'a interrogée l'autre jour.

— Et elle habite ?

— À un pâté de maisons de cette ruelle.

Terry se dirigea vers son bureau.

— On va peut-être avoir une autre petite conversation avec elle. Il composait un numéro sur son téléphone tout en prenant ses clés. Mon pote, tu penses pouvoir accélérer l'analyse des empreintes sur ces menottes ? Oui. Ce numéro. Merci.

— Je devrais appeler Pete ? Liz suivit Terry vers la sortie.

— Voyons d'abord ce qu'on va trouver.

———

Ginny était étonnamment agréable. Elle ignorait toujours Liz mais les invita tous les deux à entrer et demanda où était Pete.

— Mademoiselle Makos...

— Madame. Je suis peut-être veuve, mais je porte toujours son alliance. Ginny agita son annulaire orné d'un simple anneau en or pour prouver ses dires. Mais je ne réponds qu'à Ginny.

— Toutes mes condoléances, dit Terry.

Contrairement à la première fois que Liz l'avait rencontrée, Ginny était habillée, portant un jean et un pull rose. Les portes des autres pièces étaient ouvertes et une chaîne d'information passait à la radio à la place de la musique classique.

— Nous avons de nouvelles informations concernant Malcolm Hardy, dit Terry. Possédez-vous par hasard une pince coupante ?

Avec un rire nerveux, Ginny se laissa tomber sur l'accoudoir d'un fauteuil. Elle ne leur avait pas proposé de s'asseoir, alors ils restèrent debout. Elle riait peut-être, mais ses yeux étaient durs.

— Mon cher policier, que diable ferais-je d'un tel objet ? Mes... visiteurs pourraient apprécier un peu de douleur mais rien qui les marquerait de façon permanente.

— Vous n'avez jamais accidentellement mis des menottes à quelqu'un et perdu la clé ? Liz ne put s'en empêcher et du coin de l'œil, elle eut l'impression que Terry luttait pour ne pas rire. Je penserais que ça vaudrait le coup de garder une pince coupante à portée de main pour ce genre de situations.

Bien que le sourire de Ginny se soit transformé en regard noir, elle ne s'adressa toujours pas à Liz.

— Ça vous dérange si on jette un coup d'œil aux alentours ? demanda Terry.

— En fait, oui, ça me dérange.

— Quand avez-vous vu Malcolm Hardy pour la dernière fois ?

Ginny se leva.

— J'ai dit à Pete l'autre jour et je vous répète la même chose : Malcolm n'est pas passé depuis des années. Je suis allée lui rendre visite une fois en prison et c'était tellement horrible là-bas que je n'y suis jamais retournée.

— Et la prison était la dernière fois que vous lui avez parlé ou que vous l'avez vu ? demanda Terry.

— Eh bien, oui. C'est ce que j'ai dit.

À la porte d'entrée, Terry se retourna.

— Ginny ? Si vous avez trouvé la prison horrible en tant que visiteuse, imaginez à quel point vous la détesteriez en tant que résidente. C'est facilement évitable si vous nous aidez.

Son visage changea. Elle hésita. Puis elle haussa les épaules et se détourna.

# VINGT-SEPT

L'entrepôt était enfin silencieux. Les ouvriers étaient partis et les tables débarrassées, prêtes pour le lendemain. À côté du conteneur d'expédition réaménagé, des palettes en bois étaient chargées de grandes boîtes en carton scellées. Bradley se tenait devant son bureau avec un whisky bien mérité. Les choses se mettaient en place et, pour la première fois depuis des semaines, le nuage à l'horizon se dissipait.

Abel entra par la porte passager, un sac de sport jeté sur l'épaule.

— Vous êtes encore là, patron ?

— Tu veux boire un verre ?

— Non merci. Je veux vérifier une dernière fois le conteneur. Il laissa tomber son sac à ses pieds en rejoignant Bradley. Alors ça y est, ça se concrétise enfin.

— J'ai signé les papiers avec la société de transport. J'ai détesté leur donner la garantie financière, mais si tout se passe bien...

Avec un rare sourire, Abel hocha la tête.

— Ça va marcher. L'année prochaine à la même époque, vous serez prêt à changer de voiture. De maison. À vous acheter ce yacht.

Un yacht, ça sonnait bien.

— Premier enlèvement ? demanda Abel.

— Ouais, eh bien, c'est le seul hic. La première place disponible est dans quatre jours...

— Ça ne marchera pas.

— Je sais, si tu me laissais finir, je leur ai demandé d'envisager de nous aider pour ce premier transport et avec un bonus s'ils peuvent le faire dans les deux jours. J'ai proposé le double pour cette fois. Ils me feront savoir demain matin à la première heure. Encore plus d'argent d'avance qui avait intérêt à en valoir la peine. Duncan Chandler fait livrer quatre palettes à huit heures du matin, alors organise une équipe pour charger le conteneur afin qu'on soit prêts.

— Je vais emballer nos cartons ce soir. Abel ramassa son sac.

— On paie bien les gens pour faire ce boulot de merde.

— Vous les payez, point. Je veux trouver la meilleure configuration alors laissez-moi faire mon travail. Le téléphone d'Abel bipa et il fronça les sourcils en lisant le message. Il veut savoir où on en est.

— J'ai déjà dit à Duncan...

— Pas Duncan.

— Oh. Dis-lui qu'il y en aura une demain matin. Le verre de Bradley était vide. Je rentre. S'il y a un problème, appelle-moi.

Mallette rangée, verre lavé et remis dans le placard, il allait éteindre la lumière du bureau quand il faillit avoir une crise cardiaque en voyant une ombre se profiler devant la porte.

— Merde, Vince, marmonna-t-il.

— Je vous ai envoyé un message. Je vous ai dit que j'étais dehors.

Bradley vérifia son téléphone.

— Ah, d'accord. Je ne l'ai pas entendu. Pourquoi êtes-vous là ?

— On en a parlé l'autre jour.

Avec un vague souvenir d'une conversation devant sa maison, il fit signe à Vince d'entrer dans le bureau.

— Asseyez-vous alors. Je ne peux pas rester longtemps.

— Moi non plus. Je dois aller chercher Melanie. Vince fixait la photo de David sur le meuble.

— Elle est avec Carla ?

— Non. Une amie.

*Tu n'as pas d'amis.*

— Vous ne voulez pas vous asseoir ?

— J'ai cru comprendre que vous vouliez racheter la part de David dans l'entreprise ? Vince s'appuya contre le mur, les bras croisés. En quoi serait-ce dans l'intérêt de Melanie ?

En s'affalant dans son propre fauteuil, Bradley soupira.

— Vince, j'essaie de gérer les changements à venir. Melanie ne peut pas aider à diriger cet endroit. Elle ne peut pas investir, ni conseiller, ni travailler pour l'entreprise. Tout ce que son père apportait, les compétences, le talent et le temps, je dois les remplacer. Un associé silencieux n'est pas envisageable pour une petite entreprise.

— Êtes-vous en mesure de la racheter ?

— Ce n'est pas un problème.

Vince eut l'audace de lever les sourcils.

— J'ai entendu dire que David avait des difficultés financières.

Au loin, un grand bruit métallique retentit.

— Quelque chose que vous devez vérifier ?

— On travaille sur un conteneur en préparation d'un chargement qui doit partir grâce à un gros nouveau contrat avec Duncan Chandler pour faciliter le transport de ses produits entre les États. C'est pourquoi j'aurai l'argent pour racheter la part de David et pourquoi votre suggestion sur ses finances est ridicule. Nous touchons tous les deux un salaire décent de l'entreprise et il n'a jamais une seule fois demandé plus.

Que venait vraiment faire Vince ici ? Cela aurait pu être discuté par téléphone ou mieux encore, par leur avocat respectif. Et de quelles conneries parlait-il ? David n'avait pas de problèmes d'argent. Il recula sa chaise et se leva. Pas d'ordinateur portable pour moi ?

— Quels dossiers avez-vous pris chez lui l'autre jour ?

— En fait, c'étaient les contrats pour cette nouvelle affaire. Il les avait pour les examiner avant de les signer, mais bien sûr, ça ne s'est pas fait. Et il y a toute une armoire de dossiers liés au travail dont j'ai besoin, alors comment peut-on s'arranger, Vince ? Je suis prêt à y aller avec vous si vous pensez que je risque de voler l'argenterie.

— Le coffre-fort de David. Quelle est la combinaison ?

— Quoi ?

Au lieu de répondre, Vince se redressa et alla vers la photo, la prenant.

— Vous avez dit que vous aviez d'autres photos de David. Pour Melanie.

— Bien sûr. Je veux garder celle-ci cependant. Je les rassemblerai et je les déposerai chez vous.

— Envoyez-moi juste un message et je viendrai les chercher. Il replaça la photo.

— La combinaison, s'il vous plaît.

Il avait beau essayer de se contrôler, son cou et son visage s'échauffaient.

— Quel coffre-fort ?

Vince se dirigea vers la porte, s'arrêtant en l'atteignant.

— Faites-moi savoir quand vous vous en souviendrez et je vous ferai parvenir ces autres dossiers. Peut-être même l'ordinateur portable.

Puis il partit.

Bradley bondit de son bureau. Vince avait intérêt à ne pas essayer de fouiner dans l'entrepôt. Mais il n'en fit rien, claquant la porte de l'entrepôt derrière lui en partant.

———

— Et le tout petit chaton s'est souvenu de moi, Papi, et m'a suivie partout ! Comme le chaton, Melanie suivait Vince partout dans la cuisine. Lyndall m'a montré comment faire un bou... euh... un truc de fleurs.

— Un bouquet ?

— C'est ça. Un bouquet.

— Et si tu mettais la table ? Comme ça, on ne se marchera pas dessus.

— D'accord. Elle arrive quand, la dame ?

— Lizzie ? D'un moment à l'autre. Tu es allée voir les ânes ?

Les mains dans le tiroir à couverts, Melanie lui lança un regard bizarre et secoua la tête.

— Tu n'as pas eu le temps ?

— Ils sont plutôt grands.

— Ah. Mais ils sont très doux. Comme Pomme.

Elle se mordilla la lèvre inférieure. Comment l'enfant de Susie pouvait-elle avoir si peur des animaux ? Et avoir tant changé en trois ans ? Ça n'avait aucun sens. Melanie était venue ici souvent quand elle était plus jeune, et il était sûr d'avoir quelque part une photo d'elle assise sur Pomme avec Susie qui la tenait. Peut-être dans ces albums photos.

Melanie finit de mettre la table et fila regarder par la fenêtre du salon.

Elle n'avait pas arrêté de bavarder depuis qu'il l'avait récupérée plus tôt, bien plus tard que prévu. Lyndall n'avait pas semblé contrariée. Elle souriait même plus qu'il ne s'en souvenait. Elles pourraient être bonnes l'une pour l'autre. Même s'il y avait des chats dans l'équation.

— Elle est là !

— Ouvre la porte, Mel. Il baissa le four et rejoignit Melanie qui attendait derrière la porte d'entrée. Ça va aller.

— Je me disais juste... et si c'était la voiture de quelqu'un d'autre ? Je ne la connais pas. Comme plus tôt, Melanie se mordilla la lèvre inférieure, et l'excitation et l'éclat d'auparavant furent éclipsés par la prudence. Elle commençait à sortir de sa coquille créée par l'accident, alors pourquoi cette soudaine inquiétude ? Et quel « quelqu'un d'autre » ?

Il se pencha pour chuchoter :

— Liz est nerveuse à l'idée de te voir.

Sa bouche s'ouvrit et ses yeux s'écarquillèrent de surprise.

— Je compte sur toi pour l'aider à se souvenir de toi parce que tu la connaissais avant.

Avec un rapide hochement de tête, Melanie ouvrit grand la porte, juste au moment où Liz atteignait le haut des marches.

— Bonjour. Je m'appelle Melanie Weaver et vous êtes la bienvenue chez nous. Elle tendit sa main droite.

Liz lança un regard surpris à Vince puis serra la main de Melanie.

— Quel charmant accueil, Melanie Weaver. Je m'appelle Liz Moorland. Mais je crois qu'on s'est déjà rencontrées.

— Tu te souviens *vraiment* de moi ! Papi pensait que tu avais oublié.

— Ça fait longtemps, mais je ne pourrais jamais t'oublier. Oh, et j'ai apporté quelque chose pour le dessert, je peux entrer ?

Faisant un pas dramatique en arrière pour laisser passer Liz, Melanie parla avec un tel sérieux que Vince faillit éclater de rire.

— Une personne avec un dessert est toujours autorisée à entrer.

———

Pourquoi avait-il tant tardé à inviter Liz à dîner ? Ils étaient amis depuis plus de vingt ans et aussi partenaires dans la police, et son humour pince-sans-rire et sa gentillesse lui avaient manqué. Et le bonus était de voir Melanie sourire autant. Elle avait régalé Liz avec l'histoire du chaton sous la pluie, puis du chaton qui s'était souvenu d'elle aujourd'hui.

— Alors tu as aimé rendre visite à Lyndall ? Liz avala la dernière cuillerée de son sorbet au citron.

— Hum hum. Elle est vraiment gentille et pas du tout effrayante.

— Effrayante ? demanda Liz la bouche pleine.

— Papi a dit…

— Et si on débarrassait la table, jeune fille. Vince était déjà debout. Pas besoin que ses opinions soient répétées. Liz sourit en l'aidant à porter les assiettes à l'évier.

Melanie demanda si elle pouvait finir de regarder un film sur le vieux lecteur DVD de Vince. Elle fouillait dans une vieille collection qu'il avait encore d'il y a quelques années. Des choses qu'il avait achetées quand elle et Susie venaient encore.

— Tu veux un verre de vin, Liz ?

— Mieux vaut pas. Pete fait de la surveillance ce soir et je pourrais avoir besoin de retourner au travail.

Avec un « humph » désapprobateur, qui était purement dirigé vers Pete, Vince se rassit à la table de la cuisine, rejoignant Liz.

— Il n'est vraiment pas si mal, dit-elle. Il m'a même donné un coup de main quand j'ai commencé à enquêter…

— Sur l'accident ? Pas besoin d'enrober les choses. Sauf si Mel est dans les parages.

Le rire de Melanie venant de l'autre pièce arriva juste à point nommé.

— Elle a tellement grandi, Vince. Ça doit faire deux ans que je ne l'avais pas vue, à part l'autre jour. C'est vraiment une gamine en or. Et visiblement, elle t'adore.

Quelque chose se réchauffa autour de son cœur. Un petit peu de bonheur.

— C'est réciproque.

Le silence s'éternisa. Peut-être que Liz était gênée par sa petite démonstration d'émotion, ce à quoi elle n'avait pas été beaucoup exposée. Enfin, pas les sentiments mielleux. Elle avait certainement vu trop de colère et trop de reproches.

— Est-ce que Melanie a dit quelque chose à propos de l'accident ? demanda doucement Liz, un œil sur l'embrasure de la porte. Quoi que ce soit ?

— Pourquoi ?

— Ne te mets pas sur la défensive. J'essaie de résoudre le puzzle le plus difficile du monde et j'aurais besoin d'aide.

— Désolé. Terry voulait lui parler au début et j'ai dit non. Je me suis dit que si elle avait quelque chose à dire, elle le ferait. Quand elle serait prête. Mais, il baissa aussi la voix, il y a deux-trois trucs. Quand tu es arrivée, je lui ai dit d'aller ouvrir la porte d'entrée et elle est devenue toute silencieuse et a dit quelque chose comme quoi elle ne savait pas si c'était vraiment toi. Que ça pourrait être quelqu'un d'autre. En fait, la voiture de quelqu'un d'autre.

Liz s'accouda à la table et le regarda fixement.

— Et l'autre jour, elle a fait un commentaire bizarre à propos de quand Lyndall était sous la pluie. Ça lui a fait un peu peur car elle était juste sous l'abri et ne pouvait voir qu'une partie de Lyndall.

— Qu'a-t-elle dit ?

— Qu'elle était contente que ce soit Lyndall et pas l'homme en colère.

Il devait creuser ça. Pourquoi penserait-elle qu'il y avait un homme en colère et que voulait-elle dire par là ?

— Vince. Tu dois…

— Je vais le faire. Je vais d'abord parler à sa psy. Dis-moi ce que tu sais sur le tueur.

— Ça aurait pu être accidentel. Bon, je devais le dire. Ce qu'on sait, c'est qu'il y a eu un transfert de peinture à l'arrière et sur le côté passager avant de la voiture, que c'était de la peinture noire, et qu'elle provenait de l'un des trois types de véhicules. David s'était déporté sur la voie opposée, mais il n'y avait aucun signe de freinage ou de dérapage pendant plusieurs secondes de conduite. J'ai aussi trouvé une cigarette à moitié fumée sur la route, à proximité de la scène. Dans le champ de vision. Elle est en cours d'analyse.

*Respire.*

Elle se recula.

— Rien encore sur le répondeur. Aucune empreinte inattendue suite à l'effraction de leur maison... et je ferai examiner le coffre-fort.

— C'est tout ?

Il connaissait cette expression sur son visage. Elle lui cachait quelque chose.

— Raconte-moi ce qui s'est passé avec les Pickering il y a toutes ces années.

Elle se détendit presque visiblement et lui raconta les étranges exigences des Pickering concernant l'enfant des nouveaux voisins. Il se souvenait de bribes tandis qu'elle parlait.

— J'ai toujours su qu'il était louche. Je ne pensais pas que Carla l'était par contre, dit-il. Je parie qu'ils n'étaient pas ravis de te revoir, et à la Criminelle en plus.

— Quand je suis arrivée dans l'allée de l'entrepôt, Bradley a failli faire une attaque.

*Attends...*

— Pourquoi étais-tu là-bas ?

Elle détourna le regard.

— Lizzie ?

Les yeux de nouveau sur lui, elle choisit soigneusement ses mots. Il détestait ça.

— Je voulais savoir pourquoi il était dans la maison de Susie.

— Et ?

— Il m'a dit la même chose qu'à toi. Qu'il récupérait des dossiers appartenant à l'entreprise. Et... je lui ai demandé à propos de quoi lui et David se disputaient au restaurant ce soir-là. Un serveur les avait entendus.

— Pourquoi ne m'a-t-on rien dit ? J'ai laissé Melanie aller chez eux. L'ai-je mise en danger ? Conscient que sa voix montait, il serra les lèvres. Mais son cœur battait la chamade, et il voulait aller chez les Pickering pour les confronter.

— Je doute qu'elle soit en danger avec eux. Il s'agit de son parrain et de sa marraine et Susie faisait confiance à Carla pour s'occuper d'elle, alors respire un bon coup. Le serveur nie avoir dit quoi que ce soit, tout comme Bradley. Je n'aurais pas dû te le dire.

— Si, tu as bien fait.

Son téléphone bipa et tandis qu'elle lisait le message, ses épaules s'affaissèrent.

— Merde. Fait chier. Désolée, je dois y aller.

Elle était déjà debout.

— Qu'est-ce qui ne va pas ?

— Il y a eu un meurtre. Quelqu'un à qui j'ai parlé de Malcolm Hardy. Elle était visiblement en colère contre elle-même. J'avais un pressentiment... merde.

— Vas-y. Dis au revoir à Melanie et fais attention à toi.

Il voulait la serrer dans ses bras mais ne savait pas comment s'y prendre.

— Laisse-moi gérer ça, Vince. Je vais découvrir ce qui s'est passé.

Un câlin pour Melanie et Liz partait déjà. Dès qu'elle s'engagea sur la route, elle alluma ses gyrophares et sa sirène.

# VINGT-HUIT

Les gyrophares des voitures de patrouille illuminaient la rue, colorant les bâtiments en bleu et rouge. Les passants s'arrêtaient sur le trottoir avant d'être invités à circuler, la plupart traversant de l'autre côté de la rue et sortant leur téléphone. Un van de presse arriva. Probablement le premier d'une longue série.

Liz montra son badge pour passer le cordon de police et entrer dans le bâtiment. L'ascenseur étant condamné, elle monta les cinq étages en courant.

Devant la porte, on lui tendit des protections pour chaussures qu'elle enfila.

Pete était à l'intérieur de l'appartement, aboyant des ordres à un agent en uniforme qui passa devant elle en toute hâte.

Le corps se trouvait dans la chambre.

— La criminelle est en route. Ne touche à rien, dit-il en jetant à peine un regard à Liz.

— Sérieusement, Peter ? Tu ne parles pas à une débutante.

On aurait pu croire que Ginny dormait, si ce n'était le bas noir autour de sa gorge. Elle ne portait qu'un soutien-gorge en dentelle noire, une culotte assortie et l'autre bas noir.

— Un client ?

Pete commença à examiner la pièce.

— Hardy.

— Hardy ?

— Strangulation. Elle ne s'est pas débattue apparemment, donc elle connaissait son tueur. Il aimait probablement la brutalité, et elle aura pensé que ça faisait partie du jeu jusqu'à ce qu'elle perde connaissance.

— Il égorge ses victimes.

— Il n'a aussi tué que des hommes à notre connaissance. C'est une femme dont il s'est soucié autrefois. Une variante du même crime. Pete sortit de la pièce à grands pas. Tu étais ici avec Terry.

Liz le suivit.

— On a retrouvé des menottes à un pâté de maisons d'ici qui appartenaient à l'officier qui les avait passées à Hardy, alors on est venus discuter.

Ils étaient dans la cuisine, à l'écart des autres policiers.

— Pourquoi tu ne m'as pas demandé de vous rejoindre ici ? exigea Pete.

— Décision de Terry.

— Liz... merde. Il passa une main dans ses cheveux, les yeux furieux. On aurait dû la surveiller. Il a appris votre visite et l'a fait taire.

— Ou il a découvert que toi et moi étions venus l'autre jour.

La colère sur le visage de son partenaire lui indiqua qu'il savait que c'était possible.

— Raconte-moi ce qui s'est passé.

Liz lui résuma la conversation en omettant la partie où elle avait suggéré que Ginny pourrait accidentellement menotter ses clients et devoir les libérer. Inutile d'ajouter à sa frustration.

— Terry a demandé à jeter un coup d'œil et elle a refusé. Il a décidé d'attendre les empreintes des menottes avant d'essayer d'obtenir un mandat.

— Et alors ?

— Pas que je sache. Mais on peut fouiller maintenant. Laissant Pete se reprendre, Liz enfila des gants et trouva la buanderie. Dans un espace à peine suffisant pour se retourner, il y avait un lave-linge/sèche-linge combiné, un évier et un placard étroit qu'elle ouvrit.

— Pete ?

Ils auraient dû obtenir le mandat plus tôt.

Une pince coupante était nichée derrière une planche à repasser et un balai.

———

— Ça change la donne. Terry versa du café pour Liz et Pete ainsi que pour lui-même.

Ils étaient les seuls dans la pièce. Ceux qui étaient disponibles étaient déjà repartis à la recherche de Hardy.

— J'ai demandé un mandat pour accéder aux communications de Richard Roscoe et je veux que vous deux suiviez sa piste. Si Hardy se sent assez en sécurité pour tuer l'un de ses anciens contacts, il pourrait commettre une erreur et contacter son avocat. Ou frapper à nouveau. J'ai envoyé quelqu'un surveiller Roscoe, mais je veux que vous preniez le relais ce soir, s'il vous plaît.

Pete avait eu des mots avec Terry plus tôt au sujet de Ginny. Liz les avait laissés et était allée au vestiaire pour se changer et mettre son pantalon et sa veste habituels. À son retour, tout était revenu à la normale et ils planifiaient la suite.

— L'autre chose, c'est que les médias s'agitent, alors faites attention qu'ils ne vous suivent pas. Ils spéculent sur l'implication de Hardy et soulèvent l'indignation qu'il soit en liberté.

— Où est Roscoe maintenant ? Pete termina son café.

— Je vais vérifier et vous envoyer un message d'ici à ce que vous soyez en bas.

———

Vince savait qu'il ne dormirait pas encore, alors il alluma la télévision, en baissant le son. Il n'y avait rien d'intéressant à regarder, mais il voulait une sorte de compagnie et cela ferait l'affaire. Melanie dormait depuis quelques heures, épuisée mais satisfaite de son après-midi avec Lyndall et du dîner avec Liz.

C'étaient les révélations de Liz qui le troublaient.

Il y avait eu une sorte de désaccord au restaurant. Si un serveur l'avait entendu, alors ce n'était probablement pas dans la salle à manger... alors où ? Dehors ? Le long d'un couloir ? Il connaissait le Spironi pour y avoir déjeuné deux fois avec Susie. Il avait un vague souvenir d'un long couloir menant à la fois à la cuisine et aux toilettes. Et peut-être à la sortie de secours.

La personne qui avait laissé le message sur le répondeur de Susie menaçait David et en avait assez d'attendre qu'il accepte quelque chose. Ce n'était pas la voix de Bradley, alors avec qui David était-il impliqué ? Ou dans quoi ?

*Je dois trouver le serveur et avoir une petite conversation.*

S'ils avaient raconté à quelqu'un qu'il y avait eu une dispute puis changé leur version, il était probable qu'une tierce partie soit impliquée. D'autres menaces ? Ou un joli pot-de-vin ?

Un flash d'information attira son attention et il augmenta le son juste assez pour entendre.

« *La mort de Ginny Makos, supposée escort de luxe, est traitée comme suspecte.* »

Des images aériennes prises d'un hélicoptère montraient la scène. Un immeuble dans le nord-ouest de la ville avec des voitures de police, une ambulance et une foule malgré l'heure tardive.

« *Un porte-parole de la police a assuré aux journalistes sur place que le tueur ne représente aucune menace pour le grand public. Nous pensons qu'ils savent qui est le tueur. Un rapport complet sera diffusé lors de notre journal habituel et nous poserons la question : Malcolm Hardy a-t-il tué Ginny Makos ?* »

— Merde.

Il éteignit la télévision et commença à composer le numéro de Liz sur son téléphone. Cette Ginny était la personne à qui elle avait parlé de Hardy. Liz serait en plein dedans. Il envoya un message à la place.

Malcolm Hardy derrière tout ça ?

L'homme était une menace. Vince avait été en fin de carrière quand Hardy était allé en prison et n'avait rien à voir avec son arrestation, mais en savait assez pour vouloir le voir de nouveau derrière les barreaux. Si c'était lui, où se cachait-il ? La pression que ce meurtre allait générer serait suffisante pour que tous ses anciens contacts refusent de l'aider. À moins que ce ne soit un avertissement : *Ne vous mêlez pas de mes affaires.*

Un message s'afficha.

Nous le pensons aussi.

Il rangea son téléphone. Elle était assez occupée. Hardy avait réussi à rester hors de vue pendant longtemps, mais rester dans une ville où chaque policier l'avait dans le collimateur allait changer la donne. Il aurait besoin d'une issue. La mer était une option. Trouver quelqu'un avec un petit bateau prêt à prendre le risque de le déplacer le long de la côte. Les aéroports seraient impossibles à moins d'avoir un ami à l'intérieur et un petit avion, mais ce n'était pas aussi facile que dans les films. Pareil pour le bus et le train. Beaucoup de caméras. Beaucoup de gens aux aguets.

Soit Malcolm Hardy était terré quelque part d'invisible, soit il allait tenter de quitter l'État. Ce qui ne laissait que le transport routier. Une voiture privée pourrait passer inaperçue, mais le risque était élevé. Les voitures avaient besoin de carburant et les stations-service avaient des caméras.

En bâillant, Vince se leva. Son esprit n'allait pas se reposer tout de suite, mais son corps était épuisé et il pouvait tout aussi bien réfléchir au lit qu'ici.

————

La plage d'Altona était presque déserte. La rue

commerçante — d'habitude animée même à cette heure tardive — était calme, probablement à cause du froid ce soir-là.

Richard Roscoe avait conduit Liz et Pete ici et maintenant ils attendaient.

Il avait garé sa voiture de luxe le long du front de mer et avait marché jusqu'à la jetée d'un demi-kilomètre de long où il était resté depuis une demi-heure. Il n'avait pas parcouru sa longueur ni passé d'appels. Il restait simplement debout, fixant les magasins.

— Il ne sent pas le froid ? Liz était frigorifiée. Elle aurait dû garder un pull au lieu de la veste qui ne la réchauffait guère.

Pete ne répondit pas. Il était resté silencieux depuis qu'ils avaient pris le relais pour suivre Roscoe et était soit encore en colère, soit en deuil de Ginny. Il ne voulait pas en parler et Liz n'allait pas fouiner dans la connexion étrange qu'il avait eue avec cette femme.

Quelqu'un marchait sur la plage en direction de la jetée. Liz prit les jumelles mais il faisait trop sombre pour voir qui c'était.

— Pete ?

— Ouais, je le vois. Il rencontre Roscoe.

L'homme monta sur la jetée et la lumière au-dessus donna à Liz ce qu'elle voulait. Pete commença à prendre des photos avec l'appareil qu'il préférait et son objectif géant.

Une conversation s'ensuivit. Principalement du côté de Roscoe mais avec des commentaires occasionnels de l'autre homme. Roscoe agitait les bras et envahissait l'espace personnel de l'autre homme. Il y eut une bousculade rapide et Roscoe recula. D'autres mots furent échangés puis une poignée de main hésitante avant que les deux ne partent chacun de leur côté.

Pete continua à prendre des clichés de l'autre homme jusqu'à ce qu'il monte dans un pick-up à plateau.

— Qu'est-ce que c'était que ça ? Liz gardait les yeux sur Roscoe.

— Pourquoi Roscoe rencontre-t-il Abel Farrelly en pleine nuit ?

# VINGT-NEUF

Fidèle à sa parole, Liz avait fait en sorte que quelqu'un vienne relever les empreintes sur le coffre-fort malgré sa longue nuit. Elle avait appelé Vince peu après l'aube pour lui donner l'heure et un bref compte rendu de sa filature de Richard Roscoe au cours des dernières heures. Elle avait hésité à un moment, choisissant ses mots, puis lui avait dit de transmettre son amour à Melanie.

Il y avait quelque chose d'autre qu'elle gardait pour elle, ce qui signifiait que cela concernait David ou Pickering.

Il avait cédé à la demande de Melanie de rendre visite à Carla et l'avait déposée après s'être assuré que Bradley n'était pas dans les parages. Ce que Liz avait dit la veille était vrai. Susie aimait et faisait confiance à Carla, et cette femme n'avait jamais montré autre chose que de l'attention envers Melanie. Avec un peu de chance, à mesure que Melanie grandirait et se ferait des amis plus près de sa nouvelle maison, elle aurait progressivement moins besoin de Carla.

Pendant qu'il attendait que le jeune officier travaille sur le coffre-fort, Vince se retrouva de nouveau dans le bureau de David. Sur le mur au-dessus du bureau, des photos de famille côtoyaient des diplômes encadrés. Il y avait un diplôme en gestion avec spécialisation en logistique qui avait été obtenu en même temps que celui de Susie, bien qu'elle soit passée du cursus commercial où ils s'étaient rencontrés à un cursus en tourisme.

*Et elle ne l'a jamais utilisé comme elle le voulait.*

Après leur mariage, tous deux voulaient économiser pour une maison, et tandis que David avait trouvé le poste parfait, Susie avait accepté un emploi gouvernemental en dehors de son domaine en raison d'un ralentissement dans sa profession choisie. Quand Melanie eut quelques mois, elle se contenta d'un temps partiel dans une chaîne d'agences de voyages. Elle avait dit une fois à Vince que c'était à peine plus qu'un poste de saisie de données glorifié sans possibilité d'avancement. Mais cela payait suffisamment pour les aider avec l'acompte sur la maison.

Ils vivaient ici depuis que Melanie avait deux ans. Elle n'avait jamais connu d'autre maison et c'était tout à son honneur qu'elle se soit adaptée si rapidement à vivre avec lui.

— Monsieur Carter ?

L'officier, qui ressemblait plus à un lycéen, hésitait devant le bureau.

— Vous avez terminé ?

— Oui, monsieur. Désolé pour le désordre. Il y a des produits qui fonctionnent mieux pour nettoyer la poussière si vous voulez quelques idées ?

— Tout va bien. Je l'ai déjà fait.

— Oh, bien sûr. Pardon. Je vais remporter tout ça alors.

Vince verrouilla la porte d'entrée derrière lui et rassembla le mélange à base d'ammoniaque qu'il avait préparé et quelques chiffons. Il avait déjà déplacé la plupart des vêtements suspendus de David sur le lit plus tôt, de sorte qu'il avait un accès dégagé au coffre-fort sans risquer de mettre de la poussière ou de l'ammoniaque dessus. Mettant un masque, il se mit au travail, prenant d'abord des photos des empreintes avec son téléphone. Juste au cas où.

Une fois qu'il eut fait du mieux qu'il pouvait, Vince ouvrit la fenêtre de la chambre pour laisser entrer de l'air frais, regrettant de ne pas l'avoir fait plus tôt. Les premiers signes d'un mal de tête se manifestaient.

Ne sachant pas quoi faire à long terme avec les vêtements de David, et loin d'être prêt à penser à ceux de Susie, il commença à les trier en piles. L'homme avait plus de tenues que Vince n'en avait possédées de toute sa vie, et ce n'étaient que celles sur cintres. Des pantalons pour toutes les occasions. Beaucoup de chemises de travail à manches longues et courtes. Des vestes de travail. Deux vestes d'hiver en laine qui semblaient presque neuves.

— Pas bon marché. Mais pas d'argent pour payer les frais de scolarité ?

Ça ne collait pas.

Plusieurs costumes. Un smoking. Et une doudoune bien usée. Vince l'avait vu la porter souvent et c'était probablement la raison pour laquelle Melanie adorait en porter. Il la souleva pour la placer sur la pile des autres vestes et une enveloppe glissa de la poche. Vince avait lu des livres où quelque chose de ce genre s'était produit et s'était moqué de cette commodité.

— Je ferais mieux d'écrire mon propre livre.

Un message bipa sur son téléphone alors qu'il commençait à ouvrir l'enveloppe. Un coup d'œil suffit à la lui faire lâcher.

Vince, le bras cassé de Melanie lui fait un peu mal. Je pense qu'elle devrait peut-être le faire vérifier et je peux l'emmener à l'hôpital si tu es occupé ?

Son souffle se coupa.

A-t-elle très mal ?

Attrapant l'enveloppe, il la fourra dans une poche et se précipita hors de la pièce. Puis il fit demi-tour et se dépêcha de fermer la fenêtre. Un autre message.

Juste un peu d'inconfort mais je ne connais pas grand-chose aux bras cassés.

Il essaya d'envoyer un texto tout en descendant les escaliers et faillit tomber, alors il s'arrêta.

J'arrive. Dis-lui de rester tranquille et je serai là bientôt.

Pas s'il se rompait le cou d'abord. Il vérifia que la maison était bien fermée et se répéta, tout le long du chemin jusqu'à la voiture, de se concentrer. Ce n'était pas une urgence. Juste une gêne. Melanie allait bien.

———

Pendant que Melanie était examinée aux consultations externes, Vince monta à l'étage. Il dut attendre quelques minutes mais put voir le docteur Raju entre ses patients.

— J'apprécie cela, docteur. Melanie doit vous voir dans quelques jours mais comme elle est en bas de façon inattendue...

— Je vous en prie, asseyez-vous avec moi. Comment va-t-elle ?

Vince s'installa dans un fauteuil. Cette fois cependant, il n'était pas aussi stressé. Melanie avait un peu mal mais était toujours vive et joyeuse. Et déçue d'écourter sa visite. Carla était plus inquiète que Melanie, bien que son petit visage se soit crispé plusieurs fois pendant le trajet.

— Melanie est intelligente, drôle et gentille. Et en deuil, bien que les funérailles aient été un tournant. Nous avons eu quelques moments tristes. Mais je vois plus de sourires. Et elle travaille à me convaincre d'adopter un chaton.

— Un chaton ?

— Oui. Elle a trouvé le petit bout sous la pluie l'autre jour et depuis qu'elle l'a réuni avec son propriétaire, elle n'arrête pas d'en parler.

— Je comprends que Melanie ressent un certain inconfort au bras aujourd'hui. Y a-t-il une autre raison pour laquelle vous êtes ici ?

Il devait manquer de temps pour être si direct. C'était décent de sa part de recevoir un visiteur inattendu sans préavis.

— À quelques reprises, Mel a mentionné quelqu'un qu'elle appelle l'homme en colère. Rien de précis. Mais elle l'a dit deux fois et s'est aussi inquiétée d'ouvrir notre porte d'entrée hier soir à une amie, au cas où ce ne serait pas notre amie.

— Lui en avez-vous parlé ?

Vince secoua la tête.

— La première fois, elle avait eu un peu peur sous la pluie en poursuivant le chaton et j'ai mis ça sur le compte de cet incident. Mais maintenant je crains qu'elle ne porte une peur en elle et je ne sais pas si je dois l'encourager à en parler.

Le docteur Raju se pencha en avant.

— Encouragez-la à parler mais ne la pressez pas. Laissez-la guider la conversation. Elle dessine... Je suis certain qu'elle me l'a dit.

— Beaucoup, rit Vince. Il y a des œuvres d'art partout dans la maison.

— Excellent. Soyez attentif à ce qu'elle dessine. Pour certaines victimes, l'art est un moyen d'exprimer ce qu'elles ne peuvent pas ou ne veulent pas verbaliser.

— Victime ?

— Elle a vécu un terrible accident. Ses parents sont morts devant elle. Ne confondez pas ses sourires avec une guérison... bien qu'ils en fassent partie. Le docteur Raju se leva. Je suis désolé de ne pas pouvoir vous accorder plus de temps.

Vince se mit debout.

— Non, non, merci à vous. Vous n'êtes pas comme les autres psys que j'ai rencontrés et vous faites une réelle différence pour Melanie.

Avec un sourire, l'autre homme ouvrit la porte.

— Et pour vous aussi, j'espère.

———————

L'attente de Melanie donna à Vince l'occasion d'ouvrir l'enveloppe trouvée dans la veste de David. Il s'assit dans le café au rez-de-chaussée de l'hôpital. Repoussant son café sur le côté, il sortit la lettre. Elle provenait d'un courtier d'affaires et rien n'avait de sens. Datée de deux semaines plus tôt, elle contenait les formules de politesse habituelles avant d'annoncer l'acceptation d'une offre de David pour l'achat d'une entreprise.

Il y avait une date pour le versement du reste de l'acompte. Un montant était déjà détenu par le courtier sous réserve de l'acceptation des deux parties. Vince ne savait pas si c'était normal. Il n'avait jamais acheté qu'une maison.

Il la lut deux fois et arriva à la même conclusion. David achetait sa propre entreprise, une petite société de transport de fret basée dans la banlieue ouest. Seul son nom figurait sur la lettre. Aucune mention de Susie.

Vince chercha l'entreprise sur Google.

Une petite structure, elle couvrait la zone métropolitaine de Melbourne et se spécialisait dans les livraisons rapides. Il y avait un site Web élégant et un portail de réservation. La galerie montrait un bâtiment moderne et une flotte de cinq camionnettes, chacune avec un chauffeur souriant en uniforme.

La lettre retourna dans sa poche et Vince sortit un petit morceau de papier plié de son portefeuille. C'était la copie originale de la note qu'il avait écrite à partir du message du répondeur. Depuis le début, son instinct lui disait qu'il y avait un lien entre cet appel téléphonique et l'accident de voiture.

D'abord tu ignores mes messages sur ton portable. Maintenant ça. Tu as un choix, maintenant, assume les conséquences, mon gars. C'est fini, Weaver

C'était une menace. Mais qui l'avait faite ? Quelle échéance David n'avait-il pas respectée ?

Il se sentit malade et dut se forcer à ne pas froisser la note dans sa main. David avait été ciblé pour n'avoir pas fait quelque chose que l'appelant attendait de lui. Sûrement pas la signature des papiers pour la nouvelle entreprise ? L'échéance pour l'acompte n'avait expiré qu'un jour plus tôt. Où Bradley s'insérait-il dans tout ça ? Était-il même au courant ?

Il n'y avait eu ni courrier ni aucun autre document à la maison concernant cet achat, alors où récupérait-il son courrier ?

En ressortant l'enveloppe, il trouva la réponse avec une boîte postale à Laverton.

— Tu as gardé des secrets.

Il pensait l'avoir dit doucement, mais une femme avec une poussette lui lança un regard étrange depuis la table voisine.

Qu'est-ce qui pouvait encore attendre dans cette boîte postale ?

Vince avait besoin d'aide pour cela. Mais Liz était occupée maintenant. Trop occupée à attraper ce salaud de Hardy pour être disponible et il n'allait pas la mettre sous plus de pression. Terry n'était pas encore convaincu que l'accident était délibéré. Et il n'y avait personne d'autre en service qui avait du temps à lui consacrer.

Son téléphone bipa. Melanie était prête.

Si la police n'était pas capable ou disposée à considérer la mort de Susie comme un homicide nécessitant une enquête urgente, alors quelqu'un d'autre devait prendre les choses en main. S'occuper de la liste croissante d'anomalies et d'événements. Parler aux personnes bien informées. Découvrir les secrets.

Vince prit une profonde inspiration alors que les paroles de Susie lui disant qu'il devait se ressaisir envahissaient soudain ses pensées. Elle avait raison. Il l'avait déçue alors, mais il ne la décevrait pas maintenant. Il était temps de se ressaisir.

# TRENTE

Abel et Bradley étaient à nouveau à l'intérieur du conteneur, mais cette fois-ci, il était presque plein, avec des cartons sur des palettes sécurisés par des sangles. Un chemin étroit et sinueux menait vers le fond. Bradley détestait les espaces confinés, mais leur conversation ne pouvait pas être entendue ici, alors il surmonta l'oppression dans sa poitrine et s'efforça d'être bref.

— Je ne sais pas quel est le problème de Roscoe, patron, dit Abel. Ses yeux étaient injectés de sang et il lui manquait l'énergie habituelle à laquelle Bradley était accoutumé. Nuit blanche.

— Explique.

— Il regarde constamment par-dessus son épaule. Des flics lui ont rendu visite puis ont coincé un de ses hommes à l'extérieur du bâtiment, insistant sur le fait que Hardy est en communication avec eux, dit Abel.

— Bonne chance avec ça. Il ne va pas leur dire s'il l'est et de toute façon, Malcolm Hardy doit être le maître de l'art de disparaître. Qui d'autre pourrait profiter de la moindre faille dans la sécurité et s'échapper de détention avec des menottes et un pied blessé au milieu d'une ville animée et être toujours caché ?

— On dirait presque que vous l'admirez.

Bradley haussa les épaules.

— Quoi qu'il en soit, Roscoe est dans tous ses états à cause du meurtre d'hier soir, dit Abel.

— La call-girl ?

— C'était la préférée de Hardy avant la prison.

Il ne le savait pas. L'air devenait de plus en plus difficile à respirer. Si Abel le ressentait, il n'en montrait rien, mais il y avait un sourire narquois sur ses lèvres. Il pouvait probablement voir à quel point c'était inconfortable dans cet espace clos et trouvait ça drôle.

— Je ne vois toujours pas en quoi cela nous affecte, Abel.

— Il est terrifié à l'idée que Hardy ait envoyé un de ses fameux messages en la tuant. Un message pour Roscoe indiquant que sa patience arrive à bout et qu'il veut quitter l'État.

— Et que lui as-tu dit ? Bradley commença à rebrousser chemin.

— La même chose qu'avant. Abel n'avait pas bougé. Et patron ?

Bradley s'arrêta à mi-chemin du conteneur et attendit.

— J'ai l'impression que Hardy a le dessus. Espérons que nous ne tombions pas dans ses mauvaises grâces.

———

— Je n'ai pas arrêté de penser à toi. Et mon cœur... il souffre. Sais-tu combien de fois j'ai composé ton numéro juste pour entendre ta messagerie vocale ?

Carla tenait un énorme bouquet de lys et de roses. Elle contemplait la nouvelle pierre tombale.

*Susan Marie Weaver.*

*Fille bien-aimée de Vince et Marion.*

*Mère adorée de Melanie.*

*Âme sœur de David.*

*Ta lumière guide nos cœurs.*

— C'est vraiment le cas, Susie. Tu brillais si fort et même dans les moments les plus sombres, je sens que tu es avec moi, me disant que ça ira mieux. Elle soupira profondément et déposa les fleurs près de la pierre tombale. Mais pourquoi n'as-tu pas fait un nouveau testament ? Un qui aurait montré au monde que tu voulais que Melanie vienne chez moi et Brad ? Nous allons nous battre pour elle, bien sûr, mais chaque jour qu'elle passe avec Vince, Melanie se rapproche de lui.

Dans d'autres circonstances, ce serait une bonne chose.

Mais Vince Carter n'était pas un grand-parent typique. Il avait trompé beaucoup de gens en étant mis sur un piédestal comme un héros. Pas Carla cependant. Pas même Susie, bien qu'elle l'aimât malgré sa vraie nature et avait lutté contre la tristesse de le tenir à l'écart au cours de l'année passée.

Ses yeux errèrent vers l'église au loin. Un lieu de réconfort et de pardon. Un pincement de culpabilité la toucha. Était-elle trop dure avec Vince ? Elle ne devrait pas dire du mal de lui... pas ici.

— Melanie est venue me rendre visite plus tôt. Nous faisions une fournée de brownies et elle a dit que son bras lui faisait un peu mal. Je l'ai fait asseoir et lui ai donné du jus d'orange, mais elle n'était pas à l'aise. Quoi qu'il en soit, Vince l'a emmenée à l'hôpital pour la faire examiner et elle va bien, vraiment. Ils ont fait une radiographie, et les os guérissent mais son plâtre avait besoin d'être ajusté. Bref, l'essentiel c'est que Vince m'a téléphoné pour me dire qu'elle allait bien. Je n'aurais jamais pensé qu'il ferait ça.

Un groupe de personnes passa et elle dit une prière jusqu'à ce qu'ils soient hors de portée de voix.

— Je la protège du mieux que je peux, Susie. Brad va rencontrer Vince dans les prochains jours pour voir si nous pouvons organiser au moins une garde partielle, pour que Melanie puisse passer du temps avec lui et la plupart avec nous. Nous sommes plus près de son école donc elle pourrait aller chez lui les weekends. Penses-tu que c'est correct ?

Elle et Bradley en avaient discuté hier soir pendant plusieurs heures. Il était peu probable que Vince accepte l'idée qu'ils aient la garde complète de Melanie, donc c'était un compromis. Si les deux parties pouvaient s'arranger en privé, alors sûrement que les services sociaux ou quiconque prenait les décisions finales sur ces choses-là verraient cela d'un bon œil. Ils avaient une belle maison et offrait une certaine sécurité. Une longue histoire avec Melanie. Des gens stables.

— Et je te promets que je m'assurerai que Melanie ne t'oublie jamais. Elle a été si courageuse et aujourd'hui je lui ai montré la photo de toi et moi au Her Majesty's Theatre et lui ai raconté un peu comment nous nous sommes rencontrées. Elle a eu un petit moment de chagrin... nous l'avons toutes les deux eu. Mais ensuite elle a dit que maman est toujours là... Carla toucha sa poitrine. J'ai failli craquer. Mais ensuite j'ai regardé son doux visage et j'ai décidé que j'allais être comme Melanie et être courageuse.

Le faible soleil d'hiver disparut derrière un nuage et Carla frissonna. Elle devait faire des courses en rentrant et préférait ne pas finir trempée en retournant à la voiture.

— Je vais peut-être passer par ce magasin de meubles près du centre commercial. Voir s'il y a quelque chose pour la nouvelle chambre de Melanie. Et je te raconterai tout lors de ma prochaine visite. Elle s'avança et toucha la pierre tombale. Je t'aime, Susie. Toujours et à jamais.

Aussi difficile que c'était de s'éloigner de la tombe, l'idée de choisir des meubles pour Melanie suffisait à atténuer la plus lourde des douleurs. Si Dieu le veut, Melanie vivrait bientôt avec eux.

———

— Je veux qu'il vienne pour un interrogatoire. Il est temps de secouer quelques cages et voir s'il mord. Terry accrocha plusieurs photographies d'Abel et Roscoe au tableau blanc.

— C'est plus probable qu'un des anciens contacts de Hardy soit mordu. Comme Ginny.

Pete était d'humeur plus joyeuse depuis qu'ils avaient

repéré le duo sur la jetée, mais la mort de Ginny le blessait visiblement encore. Il avait finalement avoué à Liz que Ginny avait été une informatrice avant qu'Hardy ne se lance dans sa tuerie et qu'elle avait parlé de laisser sa vie derrière elle pour fonder une famille. Liz avait rarement vu Pete bouleversé par un informateur ou un criminel, donc l'extérieur dur de Ginny devait cacher un côté plus tendre qui l'avait touché.

— C'est toujours un risque, Pete. J'ai des gens qui collectent des images de tous les côtés, donc on saura qui l'a tuée.

— Chef, qu'en est-il de Mme Hardy ? Sa surveillance est-elle au courant qu'elle pourrait être en danger ? demanda Liz.

Pete et Terry la regardèrent tous deux comme si elle était folle.

Elle ne l'était pas.

— Réfléchissez-y. Nous y avons passé du temps l'autre jour et elle était tout à fait disposée à nous dire que Roscoe restait en contact. Et si elle était sur la liste noire d'Hardy ?

Terry secoua la tête.

— Sa propre mère ?

— Liz, as-tu remarqué son salon ? Pete s'assit au bord d'un bureau.

— La maison était sombre. Les rideaux fermés. Seulement une lampe ou deux allumées.

— J'ai cru comprendre que tu avais manqué la toute nouvelle télévision, les œuvres d'art coûteuses et le fauteuil releveur haut de gamme.

*Comment ai-je pu rater les deux premiers ?*

— J'ai vu le fauteuil.

Il sourit.

— Tu vois ce que je veux dire ? Un sur plusieurs.

— Donc tu penses qu'Hardy finance ses gadgets de luxe ? S'il le fait, pourquoi s'en prendrait-il à sa propre mère ? demanda Terry.

— Parce que c'est un fou. Un sociopathe qui ne se soucie que de sa propre liberté et s'il a cru que Ginny l'avait trahi, il pourrait très bien s'en prendre à tous ceux qui l'énervent.

— Bien vu. Je vais contacter les agents en uniforme qui surveillent Mme Hardy. Leur dire d'être plus visibles. Terry prit une note sur son téléphone.

— Quelqu'un d'autre à qui je dois servir de baby-sitter ?

Liz jeta un coup d'œil à Pete. Il devait penser la même chose qu'elle et aucun des deux ne parla.

Si Jerry Black était maintenant une cible, d'après leur brève conversation, cela la choquerait. À moins qu'il n'ait un lien direct avec Hardy — ou qu'il n'ait parlé à quelqu'un qui en avait un — et qu'il soit alors considéré comme une menace... Rien ne s'était produit pour mettre l'homme en danger.

*Mis à part cette étrange sensation d'être observée.*

Elle chassa mentalement cette pensée et cette sensation.

— Donc on va inviter Farrelly pour une petite discussion ? demanda-t-elle.

— Ça vaut le coup, je pense. Terry tapota une des photos. Pourquoi exactement rencontrait-il Roscoe au beau milieu de la nuit sur une jetée déserte ?

————

— Une meilleure question serait de savoir ce que vous faisiez à suivre Richard ? Abel avait peu parlé depuis que la voiture de patrouille l'avait amené, apparemment plus intéressé à écouter les questions et à regarder autour de la pièce ou ses ongles. Liz était assise à observer tandis que Pete plaçait une à une devant Abel une collection de photos qu'il avait prises.

— Peut-être qu'on te suivait, toi, dit Pete.

— Je suis ennuyeux. Je vais au travail. Je rentre chez moi. Je fais des courses parfois.

— Pourtant, tu étais dehors par une nuit glaciale à rencontrer un homme qui allait te rendre visite l'autre jour... jusqu'à ce qu'il remarque que la police était déjà là.

— Nous travaillons tous les deux à des horaires irréguliers. Les miens dépendent des besoins de mon patron, donc parfois c'est de huit heures à dix-sept heures et d'autres fois c'est le soir. Il n'y a pas vraiment de logique dans le fonctionnement des docks, et nous devons nous adapter à eux.

— Et Roscoe ?

— Il est à la disposition de ses clients. On essaie de se voir depuis des semaines.

Pete s'appuya sur la table.

— Vous êtes allés dans la même école. Et ensuite quoi ? Vous êtes restés en contact ? Tu fais quelques petits boulots pour ton vieux pote ?

— Je travaille pour Bradley. J'imagine que vous avez fait vos recherches sur mon parcours, ce qui pourrait mettre en évidence l'absence de qualifications juridiques.

— Non, je pensais plutôt à des activités où la loi est un obstacle. Ces petits boulots qu'un avocat ne pourrait pas faire sans se retrouver dans l'endroit même dont il essaie de garder ses clients à l'écart.

Le visage d'Abel ne changea presque pas. Il était intelligent, rusé, Liz n'en doutait pas, et il serait difficile d'obtenir un aveu de sa part. Certainement pas sans preuve.

— Alors, comment Malcolm Hardy s'intègre-t-il dans tout ça ? demanda Pete.

— Dans tout ça quoi ?

— Votre relation. Toi, Roscoe et Hardy.

Secouant la tête, Abel se pencha en arrière sur sa chaise.

— Je n'ai jamais vu Hardy qu'à la télé. Richard et moi ne parlons jamais affaires. Ni des siennes. Ni des miennes.

— De quoi parlez-vous ? Liz décida de se joindre à la conversation.

Il ne la regarda même pas.

— Nous supportons des équipes de foot adverses. Ça donne lieu à des discussions animées et c'est pourquoi nous ne nous voyons que de temps en temps. Pourquoi suis-je ici ?

— Attends... vous ne parlez que de foot ? Pete sourit. Ça devait être un match important pour justifier une rencontre par un froid pareil, *et* il t'a suffisamment énervé pour que tu le pousses. Quelle équipe a gagné ?

— Vous me faites perdre mon temps.

Pete continua à sourire et déplaça sa chaise pour regarder Liz.

— Est-ce une perte de temps ?

— Ça dépend de l'équipe de foot qui a gagné.

Abel esquissa presque un sourire.

Le silence se prolongea pendant quelques minutes. Liz devait reconnaître que Pete adorait ça. Il était doué pour les interrogatoires et plus la personne était louche, mieux c'était. Avoir une pièce silencieuse menait souvent à lâcher des informations utiles ou à se contredire. Mais Abel se détendit et ferma les yeux. Ce n'était pas une réaction typique.

— Roscoe et ton patron, Pickering. Bons amis ?

Ouvrant lentement les yeux, Abel donnait l'impression de s'en moquer. Il ne s'en souciait probablement pas.

— Il faudrait leur demander. Pourquoi suis-je ici ? Avez-vous retrouvé la camionnette ? C'est pénible avec celle qu'on a louée. Elle ne démarre jamais correctement.

— Mon cœur saigne pour toi. Que sais-tu de la dispute entre Pickering et Weaver la nuit de l'accident, et ne me dis pas que tu ne sais rien.

— Je ne sais rien.

— Tu vois, je ne te crois pas. Je pense que tu sais tout ce qui se passe dans cet entrepôt et tant mieux pour toi. C'est ton boulot de savoir. Alors rends-toi service et balance-nous une miette. À long terme, ce sera mieux pour toi.

*Sauf qu'il se croit intouchable.*

— Je ne peux pas dire ce que je ne sais pas. Abel recula sa chaise et se leva. On a fini.

— Et cette camionnette, mon pote ? Tu crois que quand on la

trouvera, il y aura des preuves qu'elle a percuté un autre véhicule ?

En sortant, Abel s'arrêta juste assez longtemps pour renifler bruyamment.

— Je sens un coup monté.

La porte se referma derrière lui.

— Surprenant qu'il puisse sentir quoi que ce soit, vu qu'il est si profondément enfoncé dans la merde. Pete se leva et poussa sa chaise.

# TRENTE-ET-UN

— Je savais que j'avais encore cette photo ! Regarde ça, Mel, et dis-moi que tu n'aimes pas Pomme.

La cheminée crépitait et malgré une alerte au gel pour ce soir, le salon était chaud. Vince et Melanie partageaient le canapé avec un plateau de petits fours posé sur la table basse à portée de main. Il avait opté pour un dîner léger après la visite de Mel à l'hôpital, coupant du fromage, des fruits, du pain croustillant, des tomates, des oignons et quelques autres choses trouvées dans le frigo. C'était facile pour Mel de remplir une petite assiette et de grignoter à sa guise sans trop solliciter son bras cassé.

— Pomme, en anglais, c'est Apple, et c'est un ordinateur. Et un téléphone. Aussi un iPad. Hmm, et un fruit !

— Et une ponette, ajouta Vince.

Melanie mit un raisin dans sa bouche et mâcha, ses yeux se posant sur l'album photo ouvert dans les mains de Vince.

— Avant de te montrer ça, laisse-moi te parler un peu de Pomme. Quand ta mère avait un peu plus que ton âge, tout ce qu'elle voulait, c'était un poney. Ces livres que tu adores lire... les aventures équestres ?

Elle hocha la tête, les yeux grands ouverts en l'écoutant.

— Susie rêvait de vivre des aventures sur le dos d'un grand étalon alezan. Partir à la recherche de méchants ou vaincre une armée. Mais un jour, alors qu'on faisait du vélo elle et moi...

— *Toi*, tu fais du vélo ?

*Bon sang, gamine. Merci.*

— J'ai encore deux vélos dans le hangar. Est-ce que *tu* en fais ?

Melanie fit la moue.

— Non.

— Eh bien, on peut arranger ça.

Il n'avait aucune idée s'il pouvait encore tenir sur son vélo maintenant. Autrefois, il n'hésitait pas à rouler pendant des heures et Susie et lui découvraient des ruisseaux, des vallées et toutes sortes d'endroits.

— Papi ?

— Melanie ?

Elle gloussa.

— Tu souriais. Un grand sourire heureux.

— Je pensais à ta mère. À nos balades à vélo ensemble. Mais bref, je m'égare. Un jour, on rentrait chez nous, en pédalant sur un petit chemin, et on est tombés sur un jeune poney qui s'était perdu. Ta mère a sauté de son vélo, sorti une pomme de sa poche et tendu la main, et le poney est venu droit vers elle.

Les yeux de Melanie s'agrandirent encore plus, et elle se pencha plus près.

— Il s'est avéré que le poney s'échappait souvent. C'était le dernier de sa famille et il semblait qu'il voulait vraiment plus d'attention que ses propriétaires ne pouvaient lui en donner. Leurs enfants avaient grandi et étaient partis, et le poney se sentait seul.

— Et c'était Pomme ?

— C'était bien elle.

La bouche de Melanie forma un grand « o ».

— Et ta mère et Pomme sont devenues inséparables. Quand elle a grandi et quitté la maison, Pomme prenait de l'âge et n'était plus si seule. Elle m'avait toujours pour lui tenir compagnie. Parfois des visites avec les ânes. Et chaque fois que Susie venait en visite, elle apportait une pomme ou une carotte à sa ponette, qui ne l'a jamais oubliée.

Melanie se rapprocha et examina les photos. Il y en avait quatre, toutes de Pomme avec Susie et Melanie la caressant, et la dernière avec Mel assise sur son dos. Il n'y avait ni selle ni même de licol grâce à la douceur de la ponette.

— Tu es sûr que c'est moi ?

— J'en suis certain. Tu devais avoir environ quatre ans. Il posa l'album sur ses genoux. Tu vois comme Pomme est douce ? Elle aime beaucoup les gens et quand tu seras prête, je suis sûr qu'elle serait ravie de t'emmener faire une vraie balade.

Il n'y eut pas de réponse tandis que Melanie suivait les contours du visage de Susie avec son doigt.

— Tu veux voir des photos de ta mère quand elle était petite ? *Est-ce que je vais trop vite ?*

Avec un beau sourire, et un soupçon de larme dans les yeux, Melanie leva les yeux et acquiesça.

— Très bien alors, dit Vince. Dans ce cas, on commence par son album de bébé ?

———

— Je t'ai dit à quel point Melanie a aimé cuisiner aujourd'hui ? lança Carla depuis la cuisine. Du moins jusqu'à ce que son bras lui fasse mal.

Bradley choisit une bouteille de vin blanc dans le frigo près du bar.

— Tu veux un verre de vin, chérie ?

— Alors ça, c'est une drôle de question ! Carla, en tablier et les mains couvertes de farine, lui adressa un de ces sourires dont il ne pouvait se passer. Je n'ai pas pu m'arrêter de cuisiner après son départ, alors j'ai préparé de délicieuses petites pâtisseries pour ton déjeuner de demain. Et je viens juste d'étaler de la pâte pour des tartelettes en dessert.

Il l'embrassa, en évitant ses mains.

— Tu prends si bien soin de moi.

— Tu peux y croire. Elle fit semblant de l'atteindre avec ses mains farineuses et rit quand il se baissa derrière le comptoir. Quoi ? Tu ne veux pas de jolies empreintes blanches sur ton beau pull ?

— Si tu veux du vin, tu garderas tes mains pour toi. Il s'affaira à verser deux verres pendant qu'elle se lavait les mains. Quand elle vérifia le four, l'entrouvrant légèrement, l'eau lui vint à la bouche. Quelque chose sentait très bon.

— Le temps de boire une gorgée ou deux et je sors ça.

Ils s'assirent au comptoir sur des tabourets après avoir trinqué.

— Tu ne m'as pas dit pourquoi tu es rentré tôt ?

Il avait quitté l'entrepôt peu après le départ furieux de Carter, ramenant chez lui une pile de dossiers et s'enfermant dans son bureau pendant quelques heures. Au moins, il avait rassemblé des documents pour l'avenir. Un e-mail modifié, imprimé et photocopié de David exprimant sa ferme intention de vendre sa part à Bradley. Peu importait qui l'avait vraiment écrit.

David était parti. Susie était partie.

Melanie en bénéficierait.

— Brad ?

— Désolé, chérie. J'étais ailleurs.

— Je vois ça. Tu veux manger ici ou dans la salle à manger ?

— Ici, c'est bien.

Elle laissa son verre à moitié plein pour aller chercher des sets de table et des couverts. Il le remplit, sans proposer son aide car Carla refusait toujours. Elle disait qu'elle adorait pouvoir s'occuper de lui avec des repas faits maison et une maison heureuse parce qu'il la rendait heureuse.

— *Tu* me rends heureux.

Il avait parlé sans réfléchir et elle releva brusquement la tête. Son visage s'illumina d'amour et si elle n'était pas sur le point de sortir le dîner du four, il aurait suggéré une autre activité ici et maintenant.

— Merci, mon chéri. C'est réciproque.

Parfois, il se demandait s'ils avaient besoin d'un enfant. Ils avaient la meilleure relation qu'il ait jamais vue. Pas comme ses propres parents qui s'étaient chacun remariés deux fois. Et ses amis n'étaient pas mieux... à part David qui était engagé envers Susie.

Sauf qu'il lui avait menti.

*Et à moi aussi.*

Le dîner était délicieux, comme toujours. Carla insista pour débarrasser et Bradley se rendit au salon pour mettre de la musique. Il n'avait pas vu Melanie aujourd'hui, mais lors de sa dernière visite, elle avait été un peu distante avec lui. Ce n'était pas la première fois. Depuis la mort de ses parents, elle le regardait à peine. Cela devait être plus que du chagrin car avec Carla, la petite fille riait et bavardait comme elle l'avait toujours fait. Comment l'avait-il contrariée ? Il ramassa un lapin en peluche que Melanie avait laissé sur le canapé, caressant ses oreilles. Ils s'étaient toujours si bien entendus. Même David plaisantait autrefois sur le fait que Bradley était son père de substitution. Qu'est-ce qui avait changé ?

Cette nuit-là... au restaurant. Deux couples heureux choyant une enfant heureuse. Leur dîner régulier du vendredi soir au moins deux fois par mois depuis des années.

Il était arrivé en retard et Carla avait pris un Uber pour s'y rendre. Mais une fois le dîner commencé, il y avait eu des rires et des discussions. Melanie était si excitée par les vacances scolaires, qui venaient de commencer. Mais plus tard, elle l'avait à peine regardé quand il était parti avant tout le monde. Il lui avait dit au revoir et s'était approché pour l'embrasser sur la joue comme d'habitude, mais elle s'était détournée.

*Alors que s'était-il passé entre l'arrivée et le départ ?*

Elle était sortie des toilettes des dames quand lui et David se disputaient. Qu'avait-elle entendu de leur conversation ?

— On prend un autre verre de vin ? demanda Carla en s'installant à côté de lui.

— Bien sûr.

— Qu'est-ce que tu fais à ce pauvre lapin, Brad ?

Sa main serrait son cou.

— Envie d'un civet de lapin ? Il rit et le déposa sur ses genoux. Il faut le rendre à Mel, ou le garder ici ?

— Ici. Je lui fais une jolie collection. De toute façon, elle me parlait de la ferme de Vince.

Il renifla.

— La ferme ? Il remplit leurs verres. J'imagine que pour une petite fille qui n'est pas habituée à la campagne, ça doit ressembler à une ferme.

— Je suppose. Il a l'ancien poney de Susie. Pomme. Le nom amuse Mel mais j'ai l'impression qu'elle en a un peu peur, donc elle ne doit pas avoir de souvenirs d'y être allée. Et la voisine a des vaches et des ânes.

Bradley tendit son verre à Carla puis s'adossa.

— En fait, la propriété d'à côté est sympa. Une grande maison en haut de la colline. Je pense qu'elle a été conçue par un architecte. Des paddocks avec des clôtures en bois. Celui qui la possède en prend soin, contrairement au taudis de Carter. Il avala une gorgée de vin. Puis une autre.

— À moins qu'elle ne l'ait vendue, cette Lyndall doit toujours y être. Susie l'adorait, mais je la trouvais bizarre, toujours avec son vieux chapeau à sauver des ânes et tout ça.

— J'avais oublié que tu y étais allée si souvent. Bien sûr que tu sais.

Carla serra le lapin contre elle.

— Mel a dit qu'elle a sa propre chambre mais qu'elle aime être dans le salon à cause de la cheminée. Ça semble un peu dangereux de la laisser près d'un feu ouvert. Enfin, elle aime regarder les oiseaux que Vince sculpte et les photos de sa grand-mère et de sa mère sur le manteau de la cheminée. C'est bien qu'elle y trouve du réconfort.

— C'est vrai. Quoi d'autre ?

— Ah oui, c'est vrai. Et ça, c'est un peu inquiétant. Elle a vu un petit chaton sous la pluie et l'a suivi. Une fois qu'elle a attrapé la petite bête, une personne effrayante avec un grand chapeau — ce sont ses mots — a traversé toutes les flaques et a trouvé Mel sous un abri en bois. C'était Lyndall qui possédait le chaton et Melanie veut l'adopter.

— Un chaton ?

Elle hocha la tête. Ses yeux étaient tristes.

— Apparemment, le chaton n'est pas tout à fait prêt à quitter sa maison, mais Mel espère qu'elle pourra l'avoir plus tard.

— Carter ne la laissera pas faire.

— Mais comment peux-tu en être sûr ? Mel veut tellement ce chaton, ce que je comprends. Vraiment. Elle a besoin de quelque chose à aimer. Mais s'il cède, que se passera-t-il quand elle viendra vivre ici ? Je ne veux pas de chat. Ils sentent mauvais et abîment tout.

Bradley prit une autre gorgée pour se donner le temps de trouver quelque chose à dire alors qu'elle reprenait la parole.

— Mais je le supporterais pour avoir Mel. Sa lèvre inférieure tremblait.

*Ne pleure pas, chérie. Mon Dieu. Assez de larmes.*

Il prit sa main.

— On verra ça le moment venu. Notre avocat étudie les options pour que Melanie vienne vivre ici. En attendant d'avoir tous les détails, ça ne sert à rien de spéculer et d'imaginer le pire, n'est-ce pas ?

— Je ne savais pas, chéri. Pas pour l'avocat. Elle sera notre fille, n'est-ce pas ? Carla s'appuya contre lui.

— Je vais faire tout ce que je peux pour que ça arrive.

*Même si cela signifie tuer Vince Carter pour l'écarter de mon chemin.*

———

Vince ferma le livre qu'il lisait à Melanie.

— Et ça suffit pour ce soir.

— Encore un chapitre ?

— Il n'en reste que deux, alors gardons-les pour demain et je les lirai tous les deux.

Il posa le livre sur la table de nuit et éteignit la lampe.

— J'aime bien cette chambre. Les yeux de Mel étaient fermés et elle serrait Raymond et Topsy contre elle.

— C'est bien. Vince l'embrassa sur le front.

— Même si Carla me fait une jolie chambre dans sa maison, je pense que j'aimerai celle-ci davantage.

Le téléphone commença à sonner dans la cuisine.

— Je ferais mieux de répondre. Bonne nuit, Melly chérie.

— Bonne nuit, Papi.

Alors qu'il fermait la porte, elle esquissa un sourire endormi, et il lui envoya un baiser. Quelles bêtises Carla racontait-elle ?

Son esprit s'emballait tandis qu'il saisissait le téléphone.

— Vince Carter.

— C'est Lyndall. Cette adorable petite dort ?

Il s'appuya contre la table.

— Presque. Je viens de finir de lui lire une histoire.

Le doux rire à l'autre bout du fil le fit sourire. Elle ne se moquait pas de lui à proprement parler. Mais de toutes les personnes qui font partie de sa vie, c'est elle qui apprécierait l'ironie.

— Elle est l'une des raisons pour lesquelles je t'appelle, Vince.

— L'une ?

— Je pense qu'il est temps qu'elle ait ce chaton... si tu es d'accord. Ne décide pas maintenant. Viens demain et tu verras par toi-même.

— Je ne suis pas fan des chats.

— Ce n'est pas à propos de toi. N'est-ce pas ?

Jusqu'à ce qu'il se retrouve à tout faire pour lui.

— De toute façon, il faut que je te parle d'autres choses. Aussi tôt que tu veux.

— Quelles autres choses, Lyn…

Mais elle avait déjà raccroché.

# TRENTE-DEUX

Melanie remonta l'allée en sautillant jusqu'à la maison de Lyndall, en gardant une distance de sécurité avec les ânes curieux qui s'approchaient de la clôture. Vince traînait derrière.

En s'approchant du sommet, les pâturages laissèrent place à des jardins soignés et Melanie s'arrêta plusieurs fois pour sentir telle ou telle fleur. La maison de Lyndall était un chef-d'œuvre d'architecture, conçue par un cabinet réputé de Melbourne qui continuait de remporter des prix. Chaque élément était écologique et s'intégrait parfaitement dans le paysage. Et elle était immense, pourtant Vince n'avait jamais vu de famille en visite. Ni enfants adultes, ni petits-enfants.

Lorsqu'il rattrapa Melanie, elle lui prit la main et le guida. C'était plus comme la petite fille qu'il connaissait. Curieuse et naturellement amicale. La tristesse était toujours là, sous la surface, et le resterait pendant longtemps, mais cela lui remontait le moral de la voir émerger un peu du brouillard.

Au sommet de l'allée se trouvait un garage avec quatre portes ouvertes côte à côte. Le Range Rover de Lyndall était garé dans l'une d'elles et un quad dans une autre. Les deux autres étaient vides. Garé derrière le garage, juste visible d'un côté, il y avait un vieux camion à bétail. Lyndall avait dit une fois que c'était au cas où elle aurait besoin de déplacer tous les ânes et sa poignée de vaches en une seule fois s'il y avait une menace d'incendie.

*Je peux t'imaginer le conduire.*

— Oh ! Te voilà, petit chaton ! s'écria Melanie alors que le chaton se précipitait vers elle en contournant le coin de la maison. Elle s'agenouilla et le ramassa doucement. Juste derrière venait un autre chaton et un adulte, probablement la mère, qui inspectait Melanie à distance.

La joie sur le visage de Melanie était contagieuse. Vince faillit s'accroupir à côté d'elle.

— Il se souvient de toi, dit Lyndall en suivant les chats.

La chatte adulte contourna Melanie et frotta sa tête contre sa jambe.

— Oui. Maman t'approuve. Maintenant, il ne reste plus qu'à convaincre Grand-père. Lyndall se pencha pour chatouiller le menton du chaton. Laisse-le-moi. Le chaton est pratiquement à toi.

Vince balbutia.

— Tu peux rester assise ici et surveiller ces créatures pendant que je discute avec lui ? demanda Lyndall. Sinon, tu sais où est la cuisine et il y a de la limonade fraîchement préparée sur la table.

Melanie acquiesça avec un sourire qui semblait permanent.

*Je crois que j'ai perdu cette bataille.*

Lyndall le rejoignit.

— Tu veux marcher avec moi ? Ta fille est en sécurité ici. Elle se dirigea vers le pré devant la maison.

— Ça ira une minute, Mel ?

Elle s'était déjà installée pour s'asseoir par terre et les trois félins s'enroulaient autour d'elle.

Il rattrapa Lyndall, qui posa ses bras sur la barrière supérieure de la clôture. Les ânes la remarquèrent et commencèrent à s'approcher.

Elle lui lança un long regard.

— C'est ta décision pour le chaton, mais il me semble que

cette petite fille a besoin de quelque chose à quoi se raccrocher. Quelque chose de nouveau à aimer.

Ils contemplèrent le pré, qui faisait plusieurs hectares et n'était qu'un parmi une douzaine sur la propriété. Les animaux de Lyndall étaient tous des rescapés et elle passait la plupart de son temps éveillée à rendre leur vie meilleure. Vince n'avait aucune idée d'où venait son argent ni quelle était son histoire. Il n'y avait jamais eu de raison de demander.

— Je suis rentrée hier et il y avait un type garé dans ton allée, dit Lyndall.

— Garé ?

— La voiture était garée. Il est venu du côté de ta maison, occupé à prendre des photos. Un gros objectif sur l'appareil.

L'estomac de Vince se noua.

— Je l'ai confronté, bien sûr, ajouta-t-elle. Je lui ai demandé qui il était et ce qu'il faisait.

— Qu'a-t-il dit ?

— Il a pointé l'appareil photo sur moi et je lui ai donné quelque chose qui valait la peine d'être photographié. Il y avait une pointe de colère dans sa voix. L'audace de cet homme.

Le premier des ânes arriva et passa son museau à travers la clôture à la recherche des poches de Lyndall.

— Salut, ma belle. J'ai pensé qu'il pouvait être un agent immobilier. Mais il était trop grossier. Tu as énervé quelqu'un ?

— Beaucoup.

— Mais sérieusement, quelqu'un te surveille ?

— Peut-être. Je ne sais pas. Mel a dit...

— Quoi ?

Il secoua la tête et tendit la main pour caresser l'âne.

— Probablement rien. La marraine de Mel, Carla, lui a dit quelque chose à propos de préparer une chambre spéciale chez eux. Pour Mel.

— Je me souviens d'elle. L'expression de Lyndall montrait clairement qu'elle n'était pas fan.

— Elle aime vraiment Mel. Et Susie lui faisait confiance.

— Je surveillerais Melanie de près. Juste au cas où.

Il y avait une telle gravité dans ses trois derniers mots que Vince lui jeta un regard.

— Juste au cas où quoi ?

Elle voulait dire quelque chose. Ses yeux étaient sérieux.

— Quoi, Lyndall ? À quoi penses-tu ?

— Là-bas, il y a des gens mauvais qui vont...

— Grand-père !

Ils sursautèrent tous les deux lorsque Melanie, le chaton blotti dans son bras non plâtré, apparut de nulle part. Lyndall se mordit la lèvre inférieure. Vince n'allait pas laisser passer ça, mais avec Melanie présente, cela devrait attendre.

— Qu'y a-t-il, Mel ?

— S'il te plaît, s'il te plaît, s'il te plaît, est-ce que je peux avoir ce petit chaton ? Elle s'arrêta entre les adultes, ses yeux allant de l'un à l'autre tandis qu'un froncement se formait entre ses sourcils. Je n'aime pas les disputes.

Vince s'accroupit devant elle.

— Je ne les aime pas non plus. Lyndall non plus. Nous parlions seulement de toi qui aurais le chaton et nous caressons les ânes.

Elle regarda l'âne qui essayait toujours de trouver une friandise dans la veste de Lyndall, puis revint à Vince. Une partie de l'inquiétude quitta son visage.

— Tu as décidé ?

— Tu sais qu'un chaton demande un peu de travail. Le nourrir. Nettoyer sa litière. Jouer avec lui. Tu es prête pour ça ?

Melanie hocha la tête.

— Et pas seulement pour une semaine. Pour toute une vie. Et les chats vivent longtemps.

— Je promets que je prendrai très bien soin de Robbie et que je ferai tout pour lui.

Lyndall fit un drôle de bruit qu'elle étouffa rapidement.

— Eh bien, dans ce cas, oui, tu peux avoir Robbie, dit Vince.

Les yeux brillants, Melanie serra Vince dans ses bras jusqu'à ce que le chaton proteste. Il se redressa après un premier essai infructueux. S'accroupir n'avait pas été une bonne décision.

— Euh... il va falloir qu'on aille faire des courses pour... Robbie. Et on a d'abord le rendez-vous à ton école.

— Laisse-le ici pour le moment et je te l'amènerai dès que tu m'appelleras, dit Lyndall en tendant la main. Après lui avoir embrassé le museau, Melanie le lui confia.

— Bien, ma chérie. J'enverrai un petit texto à Papi avec une liste pour qu'il puisse acheter la même nourriture et tout le reste.

— Allez, Papi. On y va ! lança Melanie en partant sans un regard en arrière.

Alors que Vince s'apprêtait à la suivre, Lyndall le retint par le bras de sa main libre.

— Attends une seconde. Elle sortit un morceau de papier de sa poche. La plaque d'immatriculation de l'intrus. Le photographe. Fais-la vérifier par tes amis policiers.

— Merci.

— Hé, Melanie, appela Lyndall avant que la petite fille ne disparaisse dans l'allée. Je te l'amènerai plus tard et tu peux m'appeler à tout moment si tu as des questions.

— D'accord, merci Lyndall. Elle se retourna et fit un grand signe de la main avec un large sourire.

La voix de Lyndall s'adoucit.

— Avec plaisir, ma chérie.

Vince suivit Melanie.

— Ça vaut pour toi aussi, dit Lyndall alors qu'il passait devant elle.

Il lui jeta un regard en coin mais réussit à ne pas sourire jusqu'à ce qu'elle ne puisse plus voir son visage.

———

C'était étrange d'être dans une école sans élèves. Melanie ouvrait la marche vers le bureau de Mme McCoy où ils furent accueillis avec un sourire par une grande femme mince au front plissé.

Pendant quelques minutes, Melanie et la directrice bavardèrent du trimestre à venir et de la matière qui enthousiasmait le plus Melanie. C'était l'art. Mme McCoy suggéra à Melanie de se rendre dans sa salle de classe habituelle où son professeur préparait la pièce.

Dès que la porte se referma, son sourire disparut.

— Je suis vraiment désolée pour les parents de Melanie, M. Carter. Susie était très active ici, bien au-delà des obligations des parents à consacrer du temps bénévolement. Elle adorait vraiment aider les élèves.

Il s'attendait à ce qu'on évoque cette perte, mais cela lui serra quand même les entrailles.

— Merci. La sympathie ne lui ramènerait pas sa fille. Les convenances sociales prenaient beaucoup le dessus ces derniers temps.

— Melanie sera-t-elle prête à revenir à l'école, M. Carter ?

— Son bras sera dans le plâtre pendant un moment, mais elle s'en sort bien.

— Je veux dire... émotionnellement. Elle a vécu une terrible expérience entre l'accident de voiture et la perte de ses parents. Il y a eu un grand changement dans sa vie.

— C'est pourquoi il est important qu'elle retrouve une certaine normalité, dit Vince. Son psychologue a dit que ça l'aiderait.

— Ah. Elle voit donc quelqu'un. Et bien sûr, nous avons un soutien ici. Notre système d'aumônerie est excellent. Connaissez-vous bien notre école ? Je ne me souviens pas vous avoir vu lors des soirées portes ouvertes ou des concerts de Melanie, même si je ne rencontre pas tous les grands-parents, bien sûr.

*Vous me jugez.*

Elle décidait s'il était digne d'avoir la garde. Ou assez bien pour l'école.

Elle pinça les lèvres en ouvrant un dossier sur le bureau.

— C'était un long trajet pour vous ? Pour amener Melanie ?

— Quarante minutes.

— En plein milieu de la matinée. Ça pourrait être jusqu'à une heure dans chaque sens aux heures de pointe, ce qui serait le cas quand vous la déposeriez. Il n'y a pas de trajet facile en transports en commun que je puisse trouver, alors à moins que vous n'ayez quelqu'un de plus proche qui...

— Personne. Ses doigts se crispèrent et il les aplatit contre ses jambes. Je l'amènerai chaque jour. Je viendrai la chercher chaque après-midi.

— Je vois.

*Non. Vous ne voyez pas.*

— Y aura-t-il une liste de ce dont Mel aura besoin ce trimestre ? Pour que je puisse commencer à organiser les choses.

— Peut-être.

— Mme McCoy... y a-t-il un problème avec Melanie ? Ou avec moi ?

Avec un rapide hochement de tête, la femme tourna le dossier ouvert.

— Rien de personnel. Nous adorons Melanie. C'est une bonne élève. Gentille et curieuse. Mais comme nous en avons brièvement discuté au téléphone, il y a la question du paiement. Et je pense qu'il vaut mieux aborder cela maintenant. Elle désigna la feuille de papier face à Vince.

C'était une copie de ce qu'il avait dans sa poche supérieure.

— Ces choses ne sont-elles pas normalement payées à l'avance ?

— C'est la troisième année de Melanie chez nous, et son père payait toujours au début de chaque année. Pas pour un trimestre, mais pour une année entière, ce qui était plus que prévu. Et souvent, il y avait un petit extra aussi, pour aider si une autre famille avait des difficultés. En fait, David a payé un trimestre complet pour un autre enfant à un moment donné, ce qui a fait la différence pour cette famille.

— Pourquoi ?

Sa bouche s'ouvrit et elle cligna des yeux.

— Je veux dire, pourquoi David paierait-il pour l'enfant d'un étranger, mais pas pour sa propre fille ? précisa Vince.

— Oh, je vois.

— Pas moi.

— C'était avant que son entreprise ne connaisse des difficultés financières, M. Carter. Au cours des deux années précédentes, l'argent n'était pas un problème. La famille était comme presque toutes les autres familles ici. Financièrement stable. Impliquée dans l'éducation de leur enfant. Et parce qu'il avait été si généreux par le passé, nous lui avons accordé un délai de grâce jusqu'au milieu de l'année.

Quelles difficultés financières ? Susie était-elle au courant ?

Il ouvrit la bouche pour demander quelle preuve elle avait reçue et la referma. Cette réunion concernait Melanie. Pas David.

Elle offrit un sourire.

— Personne ne s'attendait à cette tragédie. Et bien sûr, Melanie est la bienvenue ici, tout comme vous, M. Carter, en tant que bénévole, ce qui représente normalement vingt heures par mois, mais nous pourrions augmenter cela pour aider avec les frais... tant que vous êtes prêt à obtenir une carte de travail avec les enfants et à passer les vérifications policières habituelles ?

S'il ne serrait pas ses genoux si fort maintenant, il aurait éclaté d'un rire hystérique. Au lieu de cela, il lui rendit son sourire.

— Je peux fournir tout cela. Je dois vous demander si vous supposez que je ne peux pas payer les frais de scolarité de Melanie. Il y a aussi des biens à vendre. Melanie est tout ce qui compte et si elle souhaite rester dans cette école, alors les frais seront tenus à jour.

La directrice semblait maintenant mal à l'aise, s'agitant sur son siège.

Il se leva.

— Pourriez-vous m'indiquer où se trouve Melanie ?

— Bien sûr.

À la porte, elle lui donna de brèves instructions, puis lui toucha le bras.

— Avant que vous partiez... J'espère que je n'ai pas eu l'air... enfin, quoi qu'il en soit, je suis heureuse que vous souhaitiez que votre petite-fille reste avec nous. Et je suis là pour répondre à toutes vos questions, même si son professeur est le mieux placé pour vous donner des informations sur le prochain trimestre. C'est juste que... bien que j'aie mieux connu Susie, c'était David qui s'occupait des comptes et il a dit une fois... eh bien, il vous a mentionné. Il a dit que vous n'étiez pas dans une bonne situation. Mes excuses.

Il n'y avait qu'une seule réponse qui lui vint à l'esprit.

— Je vois.

Sur ce, il sortit dans le couloir et partit à la recherche de Melanie.

# TRENTE-TROIS

Ce soir était important. Un de ces moments cruciaux dans la vie d'un homme. Bradley avait travaillé dur toute sa vie, de livreur de journaux à dix ans aux nuits blanches dans les fast-foods pour payer ses études universitaires. Puis à l'âge de vingt et un ans, il avait pris goût à l'argent après un succès incroyable au casino un jour. Alors que ses amis perdaient tout leur argent, il était rentré chez lui avec vingt mille livres. Et il avait été assez malin pour ne plus jamais jouer. Pas ce genre de jeu. Il étudiait les risques calculés et adorait l'excitation quand un plan fonctionnait contre toute attente.

*Nous sommes si proches.*

Tout était prêt.

Bradley parcourut l'entrepôt pour la troisième fois en une heure depuis le départ des ouvriers. La camionnette de location était enfermée à l'intérieur du bâtiment et la porte à enroulement était baissée. Abel vérifiait quelque chose sur le toit du conteneur, tapotant une partie dont il n'était pas tout à fait satisfait, mais c'était sa façon de faire. Toujours perfectionniste.

Il avait envie d'un verre pour célébrer et se versa un double dans son bureau. Sur son bureau, il avait empilé plusieurs photos encadrées de David à donner à Melanie.

— Santé, mon vieux. Si seulement tu étais là pour voir ce jour.

Il leva son verre à l'image de David et but rapidement. Il avait maintenu son chagrin à distance en restant occupé et en s'occupant de Carla, mais tôt ou tard, ça le rattraperait.

À côté des photos se trouvait une grande enveloppe blanche, faisant partie de sa liste de choses à faire pour plus tard dans la soirée. Il avait le temps entre maintenant et minuit pour rendre visite à Vince et être de retour largement à temps pour super-viser le départ de leur première expédition commune avec Duncan Chandler en toute sécurité pour son voyage inaugural vers le Far North Queensland. Un long voyage en voiture vers une belle partie du pays.

— Hé patron. Le conteneur est prêt à cent pour cent. Tout ce qu'il nous faut maintenant, c'est la cargaison finale et le camion.

Abel s'appuya contre le cadre de la porte.

— Je vais peut-être aller manger. Ça a été une journée de merde à cause de ces stupides flics. Un peu de nourriture et je serai de retour avant l'arrivée du camion.

— Tu ne m'as jamais dit ce qu'ils voulaient.

— Aucune idée, à part qu'ils n'arrêtaient pas de parler de ma rencontre avec Richard l'autre soir. Il rit. Ces idiots n'ont aucune idée.

— Bon, va manger. Je vais chez Carter. J'ai des trucs à régler.

Son téléphone sonna et quand il vit le numéro, il leva la main vers Abel.

Une minute plus tard, il claqua le téléphone sur l'enveloppe.

— Quoi ? Abel n'avait pas bougé.

— Leur chauffeur est malade, il a une gastro. Ils ont repoussé de vingt-quatre heures.

Abel jura.

— Je sais. Bradley s'affaissa sur sa chaise et laissa tomber sa tête dans ses mains. Merde, merde, merde.

— Ça doit être ce soir, patron.

La tête de Bradley se releva brusquement.

— Alors *toi*, trouve un camion et conduis le conteneur là-bas toi-même ! Il se leva si vite que sa chaise vola en arrière. Je me suis tué à faire en sorte que ça arrive. Des paiements supplémentaires. Des bonus. Des supplications. Il n'y a pas de ce soir !

— Ne me criez pas dessus. Je suis aussi frustré que vous.

Abel n'avait pas bougé mais il s'était calmé beaucoup plus vite que Bradley.

Forçant son ton à redevenir normal, Bradley remit la chaise à sa place habituelle.

— Qu'est-ce que tu vas bien pouvoir lui dire ?

Le rire d'Abel envoya un frisson dans le dos de Bradley.

— Moi ?

Ramassant l'enveloppe, le téléphone et les photographies, Bradley se dirigea vers la porte. Abel ne bougeait toujours pas.

— Toi. Et fais en sorte que ce soit convaincant. J'en ai marre d'avoir l'air incompétent à cause des actions d'autres parties. Cette entreprise finance nos deux modes de vie et ce bordel risque de priver ce mode de vie d'une injection massive et à long terme d'argent.

Abel leva les deux sourcils et s'écarta.

— Si cette cargaison n'est pas déplacée bientôt, ce sera plus que notre mode de vie qui sera en danger.

Il n'avait pas tort.

— Passe juste cet appel. Ensuite, prends ta soirée. Sans attendre de débat supplémentaire, Bradley traversa l'entrepôt. À la porte latérale, il jeta un coup d'œil en arrière. Abel était au conteneur, appuyé contre lui alors qu'il composait un numéro sur son téléphone.

———

Lyndall était arrivée avec le chaton en fin d'après-midi, refusant une tasse de café avec l'excuse de s'assurer que la mère chatte n'était pas trop bouleversée. Elle avait évité d'être entraînée dans la conversation précédente où elle avait commencé à prévenir Vince de garder Melanie près de lui, partant presque aussi vite qu'elle était venue.

Maintenant, alors que Melanie expliquait les règles de la maison à Robbie, un coup à la porte d'entrée éloigna Vince du dîner qu'il préparait.

En allant ouvrir, il jeta un coup d'œil dans la chambre de Melanie où elle était allongée sur le ventre, parlant solennellement d'une voix douce à Robbie, qui écoutait assis. Il ne put s'empêcher de sourire.

Jusqu'à ce qu'il ouvre la porte.

Bradley se tenait sur la véranda.

— Qu'est-ce que vous faites là ?

— J'ai ces photos pour Melanie.

— J'avais dit que je les récupérerais.

— Eh bien, j'ai besoin d'une conversation rapide alors je les ai apportées avec moi. Tenez. Bradley tendit un sac transparent avec des photos en vrac. L'homme était méfiant. Il ne rencontrait pas le regard de Vince et bougeait d'un pied sur l'autre.

— Je suis au milieu de quelque chose, dit Vince.

— Une question et puis je m'en vais. Carla et moi aimerions passer un arrangement légal avec vous pour la garde, au moins partielle, de Melanie.

— Pas question.

— Allez, mon vieux. Au moins écoutez-moi.

— Il est temps pour vous de partir.

Au lieu de bouger, Bradley tendit une grande enveloppe et cette fois, il rencontra le regard de Vince.

— Dommage que vous le preniez comme ça. Vous devriez jeter un coup d'œil.

Vince jeta un coup d'œil par-dessus son épaule et sortit, fermant la porte derrière lui.

— C'est quoi ce bordel, Pickering ?

— Ouvrez-la.

Bien qu'il sût qu'il devrait rentrer et laisser l'autre homme dehors, Vince ne put s'en empêcher. Dans l'enveloppe se trouvait un dossier d'environ un centimètre d'épaisseur. Il le feuilleta, son estomac se retournant de plus en plus à chaque page.

Il y avait des photographies de sa propriété paraissant désolée et négligée.

Un gros plan de centaines de bouteilles de vin et de spiritueux vides empilées derrière une grange.

Des carcasses de lapins morts près des entrées de terriers, criblées de trous de balles.

— Vous savez que ces bouteilles ne sont pas à moi.

— L'endroit est délabré. Inadapté pour un enfant. Le ton de Bradley était celui du défi.

— Je ne tire pas sur les lapins pour m'amuser et je ne garderais jamais une arme près d'un enfant. En dessous de la dernière photographie se trouvait une lettre dactylographiée signée « Susan Weaver ».

Certaines phrases ressortaient.

*J'ai dû mettre Papa dehors à nouveau.*

*Il était ivre et devenait violent.*

*Je ne lui confierais jamais mon enfant.*

*Il n'était pas un héros à la maison.*

— Ce n'est pas la signature de Susie, dit Vince.

— C'est assez proche.

— C'est du chantage ?

Bradley sourit, sûr de lui.

— Rien de tel. C'est juste un aperçu amical de ce qui pourrait arriver si vous laissez les choses se poursuivre dans cette voie. Rien de tout cela n'est nécessaire et ce dossier et ses copies n'ont pas besoin d'être vus par qui que ce soit d'autre.

Il avait envie d'attraper ce salaud visqueux par la gorge. Mais Melanie était dans la maison, et il n'allait pas donner cette satisfaction à ce type louche.

— Que voulez-vous ?

— Seulement ce que David et Susie auraient souhaité. Que Melanie vive avec nous. Et que la part de David dans l'entreprise me soit transférée sans problème.

Vince fourra le dossier dans l'enveloppe.

— Melanie nous aime. Et Carla vit pour Mel, elle ferait n'importe quoi pour elle. Elle aura une belle vie avec tous les avantages, dit Bradley.

— Une belle vie avec un criminel dans la maison ?

— C'est vraiment grossier. Je propose un arrangement pacifique. Vous pourrez la voir, mais vous devez informer les personnes appropriées que vous voulez que nous l'adoptions.

— Plutôt mourir. Vince tendit l'enveloppe.

— Gardez-la. Quelle est votre réponse ?

— Vous avez trente secondes pour quitter ma propriété. Vingt-neuf...

— Imbécile.

— Vingt-huit. Vingt-sept.

— Arrêtez ! Pour l'amour de Melanie, réfléchis-y !

Vince s'approcha de Bradley, qui recula.

— Vous détruisez son avenir...

— Vingt-six. Courez. Il suivit Bradley qui dégringola les marches, à moitié tombant, à moitié glissant. Si jamais vous remettez les pieds sur cette propriété...

Bradley courait déjà.

Vince fit une demi-douzaine de pas derrière lui, s'assurant que l'homme était bien dans sa voiture et partait avant de faire demi-tour.

Le rideau du salon bougea.

---

Melanie était aux toilettes quand il rentra, ce qui lui donna le temps de jeter l'enveloppe offensante dans sa chambre. Il vérifia le four et glissa le plat sur une grille. Son cœur reprit progressivement son rythme normal, mais sa tête tournait avec des pensées de ce qu'il aimerait faire à Bradley. De mauvaises pensées.

Melanie avait-elle entendu une partie de la conversation ou

avait-elle simplement regardé par la fenêtre quand Bradley quittait la propriété ? Il se dirigea vers sa chambre.

Elle était allongée sur le dos par terre avec le chaton sur sa poitrine.

— Oncle Brad était tellement amusant avant. Il racontait les histoires les plus drôles.

Vince resta dans le couloir.

— Et Tante Carla est toujours la même et j'adore faire des choses avec elle. Mais Robbie ? Oncle Brad s'est tellement fâché cette terrible nuit contre Papa et maintenant il est fâché contre Grand-père... J'espère qu'il ne viendra plus jamais chez nous, Robbie.

D'une manière ou d'une autre, Vince se retint d'entrer pour prendre la petite fille dans ses bras et lui dire qu'il ne laisserait jamais rien de mal arriver. Cela aiderait-il ? Elle n'avait pas l'air en pleurs ni inquiète. Plutôt pragmatique, en fait. Et si elle pensait qu'il écoutait ses conversations, elle serait peut-être moins encline à les partager, même si c'était seulement avec un chat. De toute façon, comment pouvait-il promettre une telle chose ?

Il retourna dans la cuisine et composa un numéro sur son téléphone.

— Lizzie ? C'est Vince. Rappelle-moi quand tu peux. Et pourrais-tu vérifier cette plaque d'immatriculation pour moi... Il sortit le morceau de papier que Lyndall lui avait donné plus tôt et le lut.

———————

Bradley entra chez lui, fulminant. Sur le chemin du retour, il avait imaginé une douzaine de façons de tuer Carter et les avait toutes écartées. Il n'était pas ce genre de personne.

*Mais j'en ai ras-le-bol de ce Carter qui se croit supérieur.*

Les lumières du salon étaient allumées mais Carla était ailleurs dans la maison, alors il se servit un cognac et fit les cent pas, essayant de s'éclaircir les idées et de diluer sa colère. N'importe qui d'autre aurait plié face aux preuves accablantes qu'il avait rassemblées. Peu importait que certaines soient fausses. Il y avait suffisamment de vérité pour faire craindre à quelqu'un que ses secrets allaient être révélés au monde. Et Vince Carter en avait beaucoup. La pile de bouteilles ne venait peut-être pas de sa propriété, mais tout le monde savait que l'homme avait un problème avec l'alcool. L'endroit était un taudis et si les services sociaux venaient lui rendre visite, ils remettraient sûrement en question son aptitude à accueillir un enfant. Ce qui pourrait valoir la peine d'être suggéré à cette femme négligée qui n'avait rien fait pour les aider la dernière fois.

— Chéri ?

— Dans le salon.

Il leva un deuxième verre quand elle entra.

— Un cognac ?

— Oh, bien sûr. Elle l'embrassa sur la joue. Je ne t'ai pas entendu rentrer mais j'ai cru entendre une voix.

— Je me parlais probablement à moi-même. Voilà. Santé.

— Santé. À Melanie.

— Oui. Toujours à notre petite Melanie.

Carla pencha la tête en signe d'interrogation.

*Maudit Vince.*

— Qu'est-ce qu'on mange, chérie ?

— Brad... quand Melanie vient-elle ?

Il prit sa main libre.

— Tu as vu Vince ? Tu lui as expliqué qu'on s'assurera qu'il puisse la voir souvent et à quel point sa vie sera merveilleuse...

— Il refuse d'écouter, Carla. Je suis désolé. J'ai vraiment essayé.

— Alors j'irai lui parler.

— C'est pire que ça, chérie. Il a dit qu'il ne voulait plus qu'on la voie.

Carla hoqueta et le verre dans sa main trembla.

— Mais j'ai une idée. Je vais parler à l'avocat à nouveau et lui demander comment signaler les mauvaises conditions dans lesquelles vit Melanie. Cette bataille ne fait que commencer. Je te le promets. Il embrassa ses doigts, mais ses yeux brillaient de larmes et elle retira doucement sa main.

— Je... je vais peut-être vérifier le dîner.

Il avait tout gâché. Il aurait dû réfléchir à tout cela avant de rentrer pour qu'elle garde espoir. Le son étouffé des pleurs de sa femme venant de la cuisine le poignarda.

———

Après le dîner, Melanie aida à faire la vaisselle, puis lut un moment sur le pouf avec le chaton sur ses genoux. Il était encore tôt quand elle se changea pour aller au lit. Elle avait l'air épuisée.

— On dirait que Robbie se plaît ici, dit Vince en apportant une tasse de chocolat chaud dans sa chambre. Tu penses qu'il va dormir toute la nuit ?

Melanie prit la tasse avec un doux « merci » et s'assit au bord de son lit. Robbie était recroquevillé dans son panier à côté du sien, ses minuscules pattes tressaillant dans un rêve. C'était plus facile de bien l'observer maintenant qu'il était immobile. Il était principalement noir avec des pointes blanches sur le museau et les pattes.

— Tu l'aimes bien ? chuchota-t-elle. Il faut qu'on soit très silencieux pour ne pas le déranger.

— Bien sûr que je l'aime bien, murmura-t-il en retour. Il te fait sourire. J'aime beaucoup ça.

— Je l'adore, Papi. Merci.

*Et je t'aime, ma chérie.*

— On lit ?

— Trop bruyant. C'est un bébé et il doit dormir.

— D'accord. Tu veux que j'éteigne la lumière du plafond alors ?

— Oui, s'il te plaît. Et tu peux fermer la porte parce que comme ça il ne se perdra pas s'il se réveille tôt.

Elle le laissa l'embrasser sur le front, puis il fit mine de sortir sur la pointe des pieds, espérant obtenir un sourire. Il finit par venir, mais la joie que Melanie avait manifestée plus tôt avait été étouffée par ce qu'elle avait vu entre Vince et Bradley.

*Et c'est de ma faute.*

Il y avait une centaine de façons, ou au moins une poignée, dont il aurait dû gérer la visite de l'autre homme. Aussi satisfaisant qu'avait été de le renvoyer, cela ne valait pas les conséquences.

Il prit l'enveloppe dans sa chambre et la jeta sur la table basse du salon. Après avoir éteint la plupart des lumières du chalet, il sortit une bouteille de whisky d'un placard en hauteur et un verre, puis retourna vers le canapé. Des phares projetèrent leur lumière sur le mur et son cœur s'emballa. Mais ce n'était que quelqu'un qui utilisait l'allée pour faire demi-tour.

Il observa pendant quelques minutes pour s'en assurer. Cette voiture était partie, mais une autre passa lentement. Ses nerfs lui jouaient des tours. Il tira les rideaux et s'assit près de la lumière vacillante de la cheminée.

Il se versa un verre mais n'y toucha pas, ouvrant plutôt l'enveloppe.

Son téléphone bipa.

Liz.

Je peux faire la vérification d'immatriculation demain matin ? Quel est le contexte ?

Il répondit.

Quelqu'un rôde autour de chez moi. J'ai pas mal de choses à te raconter.

Avant qu'il n'ait posé le téléphone, un autre bip retentit.

Tu veux de la compagnie ?

Vince contempla le verre. Puis répondit.

Tout va bien. On en parle demain.

Il éteignit le téléphone.

# TRENTE-QUATRE

Liz était prête pour une sieste de l'après-midi, alors qu'il était à peine l'aube. Elle avait travaillé jusqu'à deux heures du matin, interrogeant des témoins potentiels et parlant aux officiers de la scène de crime ainsi qu'aux premiers intervenants.

*Tout ça à cause d'un autre fichu meurtre.*

L'appel était arrivé juste après qu'elle ait eu des nouvelles de Vince la veille au soir. Bien qu'elle lui ait demandé si elle pouvait vérifier l'immatriculation plus tard, elle avait été intriguée et avait lancé une recherche sur-le-champ. Avant qu'elle n'ait eu le temps de prendre plus que quelques notes, Pete rassemblait déjà ses affaires et lui disait de se dépêcher. Un pauvre promeneur nocturne était tombé sur un corps dans des toilettes publiques.

Les plaintes de Pete concernant le fait de ressortir avaient cessé dès leur arrivée sur les lieux. Personnalité mise à part, l'homme était une pointure. Travailleur, intelligent et débrouillard. Il avait mis toutes ces qualités à profit en évaluant la macabre découverte et en lançant l'enquête pendant que Liz parlait au jeune officier qui avait été le premier intervenant.

Alerté d'une possible overdose par la personne qui avait découvert le corps, l'agent s'était rendu dans les installations sans être préparé. Il avait le teint verdâtre et tremblait quand elle le prit à part. Un seul coup d'œil au corps expliquait sa réaction. Un homme d'âge moyen, poignardé au cou et laissé pour mort dans les toilettes publiques crasseuses, n'était pas un joli spectacle, affalé contre une cuvette, les yeux ouverts. Ajouté à la puanteur d'urine, de sang et d'excréments, il n'était pas étonnant que l'agent s'excuse deux fois pour aller vomir derrière un arbre.

Finalement, Liz et Pete étaient partis dormir un peu et maintenant, des heures plus tard, le corps enlevé, la scène était plus calme mais des curieux parsemaient encore les environs.

— Liz ? Pete passa la tête par la porte des toilettes pour hommes. J'ai besoin de ton avis.

— Du désodorisant. Beaucoup de désodorisant.

Pete était déjà retourné à l'intérieur et elle le suivit. Les enquêteurs de la scène de crime avaient terminé, laissant des marqueurs et des résidus de poudre à empreintes digitales. Il y avait deux cabines et un urinoir, un lavabo crasseux, et un sèche-mains suspendu à une seule charnière. Le bâtiment était en brique, avec un toit en tôle surélevé de quelques centimètres au-dessus de la rangée supérieure pour la ventilation.

— Ça fait combien de temps que personne n'a nettoyé ici ? demanda Liz. Il y a sûrement un contrat pour un entretien régulier.

— Tu n'es jamais entrée dans des toilettes pour hommes ? Pete secoua la tête. Pourquoi notre victime était-elle ici ? Pete croisa les bras. Loin de chez lui et de son lieu de travail.

L'image du corps effondré s'imposa dans l'esprit de Liz, et elle la chassa. Elle aimait la brigade criminelle mais pas les cadavres. Sortons.

Une équipe de télévision s'installait de l'autre côté du ruban. Liz et Pete trouvèrent un endroit hors de leur vue, abrités sous les arbres mais suffisamment loin du bâtiment pour échapper à la puanteur. Il faisait un froid glacial cependant et Liz fourra ses mains sous ses aisselles.

— Est-ce qu'on a contribué à ça, Pete ? Liz savait que personne n'était responsable d'un meurtre à part le meurtrier, mais un schéma se dessinait. D'abord on parle à Ginny, et elle est étranglée. Ensuite on discute avec Jerry Black et Hardy lui tranche la gorge.

Les sourcils de Pete se levèrent. On n'a pas prouvé que c'était Hardy.

— C'était Hardy.

— D'accord. C'était lui. Toi et moi le savons.

— Ce qui signifie qu'il est toujours ici à Melbourne. Alors pourquoi diable n'arrive-t-on pas à le trouver ? Liz avait envie de hurler. Malcolm Hardy jouait avec eux. Les envoyant dans des chasses aux chimères... Jerry Black était la personne qui avait envoyé tout le monde à l'aéroport après l'évasion de Hardy. Tu t'en souviens ?

— Et de son rétropédalage. On doit avoir une autre discussion avec Roscoe. Pete sourit. On va l'informer de la mort d'un de ses employés. Mais je parie qu'il est déjà au courant.

Liz acquiesça. Tu penses que c'est un avertissement pour Roscoe.

Mais un avertissement à propos de quoi ?

———

Une lumière éclatante à travers les rideaux ouverts réveilla Vince. Ça et le martèlement dans sa tête.

Il couvrit ses yeux et s'assit avec précaution, dérangeant une couverture sur son corps. Il ne l'avait pas mise sur lui. Il ne pensait pas l'avoir fait. Ses pieds touchèrent le sol, et il gémit alors que le mal de tête le suivait.

La bouteille de whisky était sur la table basse, le bouchon dessus. Le verre avait disparu.

À côté de la bouteille se trouvaient les photographies et la lettre. Pas d'enveloppe. Il avait un vague souvenir d'avoir déchiré le papier blanc en lambeaux et de les avoir jetés par terre. Alors où étaient les morceaux ?

D'ailleurs... qui avait ouvert les rideaux ?

*Merde.*

Vince se mit debout et attendit quelques secondes. La pièce ne tanguait pas et ne tournait pas. Il alluma son téléphone et ramassa les photographies et la lettre pour les emmener dans la chambre. Melanie n'avait pas besoin de voir ces conneries mais il n'avait aucun souvenir de les avoir laissées ailleurs qu'éparpillées sur le sol. La nausée qu'il ressentait n'était pas due à la gueule de bois.

Dans la cuisine, Melanie lui tournait le dos en beurrant des toasts. Un verre de jus d'orange et une tasse de café fumant étaient sur un plateau. Une fois les toasts prêts, elle ajouta l'assiette au plateau. Quand elle se retourna, ses yeux s'écarquillèrent en voyant Vince et ce n'était pas étonnant, il devait avoir une sale tête avec ses vêtements froissés par le sommeil et ce qui restait de ses cheveux en bataille.

— Bonjour, Melly. C'est pour moi ?

Elle hocha la tête et porta le plateau très soigneusement jusqu'à la table.

— Ça a l'air délicieux. Tu en prends aussi ?

— J'ai déjà pris mon petit-déjeuner. Elle jeta un coup d'œil à l'horloge murale et ses yeux suivirent. Presque dix heures.

— Tu veux bien t'asseoir avec moi pendant que je mange ?

Un autre hochement de tête et elle se glissa sur une chaise.

— Où est Robbie ? demanda Vince, en prenant une gorgée de café. Il avait besoin d'antidouleurs et d'un grand verre d'eau, mais ça pouvait attendre que Melanie quitte la cuisine.

— Dans ma chambre. Il aime jouer avec la toupie.

— Il a bien dormi ?

— Je pense qu'il manque à sa mère.

Sa tête était baissée, et ce n'était pas seulement de Robbie dont elle parlait.

— Ma chérie... tu as ramassé ces photos et ces papiers par terre ?

— Oui.

— Merci. Euh... tu les as regardés ? Je ne suis pas fâché si tu l'as fait.

— Je pense que Robbie aimerait sortir et jouer au soleil aujourd'hui. Elle tripotait ses doigts, sans lever les yeux.

Vince sursauta quand son téléphone sonna. Le numéro de Liz s'afficha.

— Désolé, Mel, je dois répondre. Je reviens dans une...

— Robbie doit aller dans sa litière. Melanie bondit et sortit en trombe de la cuisine.

— Merde, Vince, marmonna-t-il, puis il appuya sur accepter l'appel. Allô, Liz.

— Désolée d'avoir mis si longtemps à te rappeler. On a eu un autre meurtre... La traque de Hardy est... eh bien, tu sais.

Il savait.

— On peut se voir ? Je préférerais parler en face à face, dit Liz.

— Melanie a rendez-vous avec son psy à 15 heures. Mais pas assez longtemps pour que je quitte l'hôpital.

— Envoie-moi un texto avec l'heure et le lieu, et je viendrai te voir.

— Il faut que je te parle de toute façon. Je pense que Melanie a entendu Pickering menacer son père, le soir de l'accident.

Il y eut une pause. Vince crut entendre un léger « merde » mais n'en était pas sûr.

— Je ne peux pas laisser ce que je fais en ce moment, dit Liz.

— Tu n'as pas besoin de le faire. On se voit à 15 heures.

Il raccrocha avant qu'elle ne puisse dire quoi que ce soit d'autre. Il ne pouvait pas supporter la sympathie bien intentionnée de Liz en ce moment. Ni celle de personne d'autre.

———————

— Nous sommes désolés pour votre perte, dit Pete. Quand avez-vous vu M. Black pour la dernière fois ?

Richard Roscoe avait les coudes posés sur son bureau et la

tête entre les mains. Pour un observateur occasionnel, il semblait choqué et bouleversé par la nouvelle de la mort de son collègue.

— Hier. Ici, dans ce bureau. Il est venu demander quelques jours de congé, marmonna-t-il dans ses paumes.

— C'était habituel ?

— Non. Mais il n'avait pas pris de congé depuis un moment, alors j'ai accepté. Je lui ai dit de se reposer parce qu'on aurait besoin de lui une fois Hardy retrouvé.

— Et quand M. Black a-t-il vu Hardy pour la dernière fois ? demanda Liz.

Roscoe releva brusquement la tête.

— Hein ? Pourquoi aurait-il eu besoin de le voir ? Jerry a été retiré de l'affaire Hardy après le regrettable malentendu à propos de l'aéroport. Il a été complètement induit en erreur par un appel anonyme, comme vous le savez bien, mais j'ai pensé qu'il était prudent de le mettre à l'écart.

*Maintenant, pourquoi avez-vous soulevé ce point ?*

— Comme je l'ai demandé, quand ces hommes se sont-ils vus pour la dernière fois ? Jerry Black rencontrait-il Hardy hier ?

Une intéressante montée de couleur apparut au-dessus du col de Roscoe, voyageant rapidement jusqu'au sommet de ses oreilles.

— Non, bien sûr que non ! Pourquoi le ferait-il ?

— Où allait-il ? demanda Pete.

— Aller ?

— En congé. En vacances ?

Roscoe haussa les épaules.

— Ce ne sont pas mes affaires. Il a demandé du temps libre. Je lui ai accordé. Fin de l'histoire.

C'était certainement la fin pour Jerry Black.

— Une idée de la raison pour laquelle il était près de Hopper's Crossing hier soir ? C'est loin de chez lui, demanda Liz.

— Je vous ai dit qu'il était en congé. Ce que les gens font pendant leur temps libre n'est pas mon affaire. Et je dois appeler sa femme maintenant, alors s'il n'y a rien d'autre ? Il fit mine de prendre le téléphone et de composer un numéro.

Pete ferma la porte derrière eux et porta son doigt à ses lèvres. Un bruit étrange venait de quelque part entre le bureau et le comptoir de la réception.

La source se trouvait dans une cuisine, où derrière une porte entrouverte, la secrétaire qui avait apporté le café l'autre jour pleurait.

— Excusez-moi... madame, vous allez bien ? Liz entra.

La secrétaire — dos à la porte — sursauta. Elle attrapa une poignée de mouchoirs dans une boîte et fit quelque chose à son visage.

— J'arrive tout de suite. Désolée. J'ai quelque chose dans l'œil.

— Merci pour le café et les biscuits l'autre jour, dit Pete en s'approchant d'elle. Pourquoi pleurez-vous ? Nous sommes policiers si vous avez besoin d'aide.

Elle secoua la tête et renifla.

— Je suis bête. C'est juste à propos de Jerry.

— C'est très triste. Mes condoléances. Vous étiez proches ?

— Pas vraiment. On riait parfois ensemble. Et on bavardait toujours pendant les événements du personnel et autres. C'est juste un tel choc qu'il ait été assassiné !

— Où avez-vous entendu ça ? demanda Liz.

— Oh... M. Roscoe m'a dit que c'était lui à la télé. Ils ont dit qu'il visitait des toilettes publiques pour hommes et qu'un junkie l'avait attaqué. Je ne peux pas imaginer pourquoi il était même dans cette zone parce qu'il se réfère toujours à lui-même comme un homme de la banlieue est.

— Il n'avait rien dit à propos d'un congé ? Une chance qu'il soit en route quelque part pour faire une pause ?

Son visage se crispa tandis qu'elle réfléchissait. Puis elle secoua la tête.

— Je ne savais pas qu'il était en congé. Je ne suis pas son assistante mais, même ainsi, je m'attendrais à ce qu'il ait dit quelque chose. Particulièrement comme je l'ai vu brièvement hier. Il sortait d'une réunion avec le patron et on s'est presque percutés au coin.

Des pas se dirigèrent dans leur direction dans le couloir et Liz donna rapidement sa carte à la femme juste au moment où Roscoe faisait irruption.

— Pourquoi dérangez-vous mon personnel ?

— M. Roscoe, comment saviez-vous que Jerry Black était la personne trouvée hier soir ? demanda Pete.

— Je ne le savais pas. J'ai deviné. Obtenez un mandat si vous voulez revenir.

La femme se recroquevilla contre le mur, les yeux baissés.

— Nous partons, dit Liz en suivant Pete hors de la cuisine.

— Que leur avez-vous dit ? commença Roscoe.

— J'étais bouleversée à propos de Jerry et ils m'ont juste demandé si j'allais bien. Rien d'autre, M. Roscoe.

Un moment plus tard, elle se précipita hors de la cuisine dans la direction opposée.

— J'espère que ce petit merdeux ne va pas se défouler sur elle, dit Pete à voix basse alors qu'ils se dirigeaient vers la porte principale. Je pense qu'elle pourrait savoir quelque chose, même si elle ne s'en rend pas compte.

Liz était d'accord sur les deux points. Ce qu'elle ne savait pas encore, c'était comment relier tous les points ensemble.

# TRENTE-CINQ

Grâce à un peu de chaleur et à un ciel dégagé, Vince et Melanie s'installèrent dehors pour déjeuner. Robbie jouait à proximité, les faisant rire tous les deux avec son exploration courageuse de quelques buissons, où il se cachait pour ensuite bondir à leurs pieds.

Vince avait déterré une petite table et deux chaises d'un hangar, les avait nettoyées et placées dans un endroit abrité du vent. Il ne se souvenait pas de la dernière fois qu'elles avaient vu la lumière du jour, mais elles feraient l'affaire. Mel avait apporté le déjeuner de Robbie dans un bol pour qu'il ne soit pas en reste.

— Pourquoi il n'y a pas beaucoup d'herbe, Papi ?

— Il fait chaud ici en été et ça sèche.

— Mais il a beaucoup plu. Ça ne devrait pas être vert, comme chez moi ? Melanie prit une bouchée de son sandwich, les yeux curieux. Papa se plaignait toujours de devoir tondre le jardin.

*Ce minuscule bout de pelouse ?*

Vince regarda autour de lui, essayant de voir les choses à travers ses yeux. Ils étaient du côté du chalet face à l'allée de Lyndall, pas loin du paddock de Pomme. Contre le chalet se trouvaient les petits buissons où jouait le chaton, mais c'étaient des plantes robustes que rien ne pouvait tuer. Le sol était dur. De l'herbe, oui, mais elle peinait à pousser et était clairsemée. Le paddock de la ponette avait quelques beaux grands arbres, tout comme d'autres parties de la propriété, mais il n'y avait presque rien par ici. Presque stérile.

— Tu as raison, Melly. Il n'y a pas grand-chose à faire en plein hiver, mais quand le printemps arrivera, que dirais-tu de m'aider à trouver des idées pour embellir tout ça ? Ta mère et moi avions même planté des arbres fruitiers il y a longtemps et je n'ai aucune idée s'ils poussent encore.

Mel se leva d'un bond.

— Allons les chercher.

— Ils sont plus haut sur la crête. Que dirais-tu d'y aller demain, si le temps le permet ?

— D'accord. Et je peux amener Robbie.

— Bien sûr.

Robbie décida qu'il en avait assez de jouer tout seul et miaula vers Mel. Elle le prit sur ses genoux, son déjeuner terminé. Bientôt, elle voudrait rentrer et l'occasion de lui poser la question disparaîtrait à nouveau.

*Mais comment ne pas l'effrayer ?*

Il prit une profonde inspiration.

— Melanie ? Tu n'es pas obligée de me répondre, mais je dois te poser une question. D'accord ?

Elle caressait Robbie et hocha la tête.

— J'ai accidentellement entendu ta conversation avec Robbie hier soir.

Melanie leva les yeux.

— Il sait écouter. Je me demandais si tu te sentirais à l'aise pour me parler de l'oncle Brad qui était en colère contre ton papa ?

Ses yeux s'écarquillèrent et elle serra Robbie contre sa poitrine.

— Je suppose que tu sais que l'oncle Brad était là hier soir ? Il était en colère contre moi mais je suis en sécurité. Et toi aussi, ma puce.

Sa voix tremblait.

— Et... Robbie ?

— Surtout Robbie. Vince tendit la main et caressa le dos du chaton. Il était plus doux qu'il ne s'y attendait. Ça faisait des années qu'il n'avait pas eu de petit animal dans sa vie. Tu te souviens de quoi parlaient l'oncle Brad et ton papa ?

Elle se mordilla la lèvre.

— On voit le docteur Raju aujourd'hui ?

— Oui, Mel. Dans quelques heures. Tu préférerais lui en parler ?

— Peut-être.

— Eh bien, peut-être, c'est bien. Maintenant, Robbie a-t-il assez couru dehors ? Vince se leva et ramassa leurs assiettes. J'aimerais bien prendre une douche avant qu'on parte.

— Je vais faire la vaisselle alors. Melanie essaya de prendre leurs verres vides.

— Tu as les mains pleines de chaton. Vince ajouta les verres aux assiettes. On devra laisser Robbie à la maison quand on sortira, alors que dirais-tu d'aller jouer avec lui un moment pour qu'il soit bien fatigué et dorme tout l'après-midi ?

— Je me demande s'il aimera la baguette à plumes.

— Il n'y a qu'une façon de le savoir.

Elle souriait à nouveau. Enfin, au moins, elle ne fronçait plus les sourcils.

---

Liz retrouva Vince dans le café du rez-de-chaussée.

— Tu as l'air d'une épave, Vince.

— On peut toujours compter sur toi pour être honnête. Tu n'as pas l'air très en forme non plus.

— On pense que Malcolm Hardy a encore frappé. La nuit a été longue. Et la journée encore plus.

— Qui est mort ? Je n'allume pas les infos quand Mel est là.

— Jerry Black. Il travaillait pour Richard Roscoe.

Ce frisson d'intérêt remua à nouveau dans le ventre de Vince. Il aurait adoré travailler sur cette affaire, il y a longtemps. Hardy jouait avec la police, ce qui le rendait aussi intrigant que dangereux.

Liz rit.

— Je le vois dans tes yeux. C'est tout à fait ton genre d'affaire, alors dis-moi encore une fois pourquoi tu n'es jamais devenu détective ?

— Trop de risques étant donné que j'avais Susie à considérer. Tu sais, Hardy a la réputation d'envoyer des messages désagréables aux personnes qui ne coopèrent pas. Mais tu as déjà dû comprendre ça, alors dis-moi, à qui envoie-t-il ces messages ?

— Quand Ginny a été assassinée, on a pensé qu'il trouvait qu'elle nous en avait trop dit. Et pour être honnête... Pete et moi avons discuté avec Jerry dans un lieu public l'autre jour. C'est peut-être aussi simple que de mettre en garde ses autres contacts qui pourraient mettre sa liberté en danger, mais quand même.

— Mais quand même, quoi ? demanda Vince.

— Ça ne sert à rien de mettre en garde les gens pour qu'ils ne nous parlent pas sans faire un geste pour quitter la ville.

— Peut-être que la réponse se trouve dans la raison pour laquelle il est encore ici, alors.

Liz le regarda fixement. Il pouvait presque voir son esprit tourner.

Il regarda sa montre.

— Comment va-t-elle ? demanda Liz.

— Elle a entendu Pickering s'en prendre à David, mais elle ne veut pas en parler, du moins, pas avec moi. Ou pas encore. J'espère qu'elle le fera avec le psy. Mais ce serveur au restaurant a dit qu'ils ne savaient rien ?

— Il l'a fait. Mais Vince, quelle raison aurait Pickering de nuire à son propre associé ? C'était probablement juste un désaccord. À moins que tu ne saches quelque chose de plus ?

*Rien que je ne veuille partager pour l'instant.*

— Tu as dit que tu avais des infos sur ces plaques.

Liz sortit son téléphone.

— J'en ai. Mais tu ne peux pas mener ta propre enquête. Je suis sérieuse, Vince. Promets-moi que tu ne vas pas creuser ça.

— J'ai reçu la visite de Bradley Pickering hier soir. Il veut adopter Melanie.

— Ouais, eh bien, je parie que ça s'est bien passé.

— Il m'a remis une pile de photos faites pour ressembler à mon domicile. Il y en avait quelques-unes prises de la propriété, mais la majorité venait de Dieu sait où et me font passer pour un monstre alcoolique tueur de lapins. Et il y a plus. Une lettre signée par quelqu'un se faisant passer pour Susie avec une liste de mes transgressions.

Liz gémit.

— Oh, Vince.

— Cet idiot m'a tout laissé, alors je veux les faire authentifier. Juste au cas où.

— A-t-il dit qu'il les utiliserait ? Parce que si c'est une tentative de chantage...

— Il veut la part de David dans l'entreprise, mais il sait qu'il a réveillé le dragon maintenant. Je dois remonter.

Liz l'accompagna. Ils ne parlèrent plus jusqu'à ce qu'ils soient dans l'ascenseur.

— Vince ? J'aimerais parler à Melanie de cette nuit-là.

— Ouais. Non.

Peu importait que Vince aurait voulu exactement la même chose dans d'autres circonstances. C'était sa petite-fille.

— N'as-tu pas dit qu'elle ne voulait pas de Bradley chez toi ? insista Liz.

— J'y réfléchirai. Il sentit ses poings se serrer.

— Ça pourrait éclaircir certains...

— Tu m'as entendu, Liz.

Les portes de l'ascenseur s'ouvrirent et Vince sortit. Liz retint la porte pour parler.

— Les plaques ? La voiture appartient à un détective privé. Il a travaillé pour PickerPack Holdings il y a quelques années. Si tu trouves quoi que ce soit, Vince, quoi que ce soit... tu m'appelles.

Les portes se fermèrent.

*Bien sûr, Lizzie. Tu seras la première à savoir.*

———

À mi-chemin de la maison, Melanie commença à parler. Elle était restée silencieuse depuis qu'ils avaient quitté le cabinet du docteur Raju, ou du moins depuis qu'elle lui avait dit au revoir. Le docteur avait souri et levé la main pour saluer Vince, mais il n'y avait pas eu de convocation dans son bureau.

— Tu crois que nous avons manqué à Robbie ? Il n'a jamais été laissé seul avant, dit Melanie.

— J'imagine qu'il s'est roulé en boule dans ce lit luxueux que tu lui as acheté et qu'il a dormi. Tu devras passer du temps à jouer avec lui et dépenser un peu d'énergie.

Elle hocha la tête.

— Il va vouloir jouer *beaucoup* !

— Tu fais du bon travail avec lui, Mel.

— Le docteur Raju dit que Robbie a l'air d'être un gentil chat. Je lui ai dit que c'est un gentil chaton. Et le docteur Raju a ri et m'a dit que j'avais raison.

Toutes ces visites lui faisaient du bien, alors.

— Papi ?

— Melanie.

— Je me sentais un peu bizarre ce matin. Quand je me suis levée et que tu dormais, je suis allée faire des dessins à apporter à l'école. J'aime beaucoup ma prof d'art et elle aime voir ce que je dessine pendant les vacances. Bref, j'ai dessiné le chalet. Et Robbie. Et Pomme.

C'était une surprise.

— Tu as dessiné Pomme ?

— Hum hum. Mais après, j'ai eu l'impression de ne pas vouloir retourner à l'école.

Vince jeta un coup d'œil. Melanie regardait par la fenêtre comme elle le faisait quand quelque chose la contrariait.

— Tu sais pourquoi tu t'es sentie comme ça ?

— Pas à ce moment-là. Mais le docteur Raju m'a aidée. Il m'aide toujours.

— Il y a quelque chose que tu voudrais partager ?

Cette fois, elle se tourna pour le regarder fixement. Ses yeux étaient immenses.

— Maman venait toujours à l'école. Elle y aidait chaque semaine et... je me sens bizarre à propos de tout ça. Triste. Mais le docteur Raju a dit que c'est normal de se sentir triste et bizarre à propos de l'école parce que mon cœur se souvient, et que ça prendra du temps pour euh... quelque chose à propos de s'habituer ?

— S'adapter ?

— S'adapter. Et que Maman et Papa sont toujours là dans mon esprit et mon cœur.

— Le docteur Raju est très sage.

— Et il me fait rire.

Elle lui en dit un peu plus sur sa séance, toutes des choses qui semblaient sensées et utiles. Ils arrivèrent à la maison et il se gara, s'attendant à ce qu'elle se précipite pour voir Robbie, mais elle lui lança un regard sérieux.

— Papi ? Maman m'a appris à ne jamais lire le courrier des autres sans permission. Je voulais aider à ranger.

Le soulagement l'envahit.

— Et tu as fait un excellent travail, Mel. Merci. On va aller laisser ton chaton sortir pour jouer ?

# TRENTE-SIX

Bradley en avait assez d'attendre qu'Abel ouvre sa porte d'entrée et frappa dessus avec une intensité accrue. Il savait qu'Abel pouvait le voir à travers la caméra de la porte d'entrée, alors à moins que l'homme ne soit en train de courir nu, il n'y avait aucune raison de ne pas répondre. Le pick-up à plateau était garé devant, alors où diable était-il ?

— Vous essayez de déranger mes voisins ?

Le portail grinça lorsqu'Abel le poussa. Il portait des sacs de courses.

— Tu vas faire les courses à pied ?

— Pas vous ? Abel lui passa quelques sacs et déverrouilla la porte d'entrée. Donnez-moi une seconde pour désactiver l'alarme. Il entra.

— Ça fait dix minutes que je suis là.

— Fermez la porte en entrant.

Bradley s'exécuta et suivit la voix d'Abel jusqu'à la cuisine. Il adorait cette maison. Des meubles élégants et des tableaux coûteux. Carla était venue une fois et avait trouvé que ça manquait de caractère, mais il aurait volontiers copié beaucoup d'idées si elle les avait aimées. Abel était malin de garder la façade peu attrayante. Ça devait réduire ses impôts fonciers tout en dissuadant les cambrioleurs.

Abel déballait des fruits et légumes frais non emballés, et du poisson dans du papier de boucher.

— Queen Vic Markets ?

— Après les cultiver et les pêcher moi-même, c'est la meilleure option.

Après avoir posé les autres sacs sur le comptoir, Bradley tira un tabouret.

— Alors achète un terrain et cultive tes propres produits. Achète la propriété de Vince. Il y a beaucoup d'espace vide là-bas. Mets-y un lac.

— Pourquoi êtes-vous ici, patron ?

— Ton téléphone est éteint.

— Et ? Abel commença à remplir un évier d'eau, y mettant les légumes.

— Il n'y a plus rien à faire jusqu'à ce soir. J'ai parlé à toutes les parties comme vous me l'avez dit. Mais je n'ai pas besoin d'être harcelé toute la journée par eux. Ni par vous.

— Je suis mort de trouille, si tu veux savoir.

— À propos de notre cargaison ? Alors laissez-moi m'en occuper plus tard. Restez chez vous avec votre femme. Abel frottait les légumes avec une petite brosse métallique, les jetant sur un égouttoir à mesure qu'il finissait chacun d'eux.

*Comment peux-tu être si calme à ce sujet ? Et si c'était encore retardé ?* Son cœur battait la chamade depuis des heures.

— Mon entreprise est en jeu.

— Un peu plus que juste votre entreprise. Mais faire une crise cardiaque n'est pas la solution.

— Et Jerry Black ? Bradley frappa des mains sur le comptoir. Cela lui fit plus mal qu'au marbre et il grimaça. Écoute, je suis stressé. Je vois le danger partout.

Avec un soupir, Abel s'essuya les mains et sortit une carafe d'une concoction verte du réfrigérateur. Il en versa dans deux verres et quand Bradley commença à protester qu'il ne pouvait pas boire cette merde saine, il ajouta un shot de vodka dans l'un et le poussa vers lui.

— Jerry Black n'est pas notre problème. N'est-ce pas ? C'est Roscoe qui doit voir le danger partout parce qu'il semble que son client se soit retourné contre lui, mais ce n'est pas notre problème. Abel but la moitié de son verre. Vous devriez en boire tous les jours. Plein d'antioxydants et de vitamines. Ça aide pour les sautes d'humeur.

— Je n'ai pas de sautes d'humeur et Carla me fait déjà prendre des vitamines.

— Pas des naturelles comme celles-ci. Je lui enverrai la recette.

Il taquinait Bradley. On ne savait jamais vraiment avec Abel mais ça devait être une blague car lui et Carla n'étaient pas proches. Loin de là. S'il était encore plus détendu, il s'endormirait. D'une certaine manière, cela aidait de voir Abel si peu préoccupé.

— Tu as parlé à Roscoe ? demanda Bradley.

— Dieu non. Et je ne m'approcherai plus de lui jusqu'à ce que Hardy plie bagage et s'en aille. Il a la police aux trousses, et je n'ai pas besoin d'autres visites au commissariat pour de gentils petits entretiens parce qu'ils ne croient pas que Richard et moi n'avons pas d'arrangement commercial illégal.

— Eh bien, vous n'en avez pas. Bradley essaya la boisson verte et fronça le nez. Mais il voulait la vodka alors il en avala quand même. Ça me rend juste malade de penser que Hardy se promène à nouveau en tuant des gens et rendant tous les flics de la ville nerveux.

— Finissez votre verre et rentrez chez vous. Je pensais ce que j'ai dit. Vous pouvez me laisser m'assurer que le conteneur d'expédition est bien fixé sur ce camion. Abel finit son verre et passa un doigt à l'intérieur pour récupérer la bouillie épaisse avant de la sucer de sa peau.

*Dégoûtant.*

Il n'y avait aucun moyen que Bradley puisse en avaler davantage. Il descendit du tabouret.

— Je serai là. Je ne peux pas me reposer tant que ce n'est pas fait. Et ce maudit Vince Carter me prend la tête. Je serai là à onze heures.

— Fermez la porte en sortant. Abel emmena les deux verres à l'évier.

— Et rallume ton téléphone.

———

Carla ne s'était pas sentie comme ça depuis des années. Pas depuis que la carrière qu'elle adorait s'était brusquement arrêtée sans que ce soit de sa faute. Un attouchement inapproprié de trop de la part de son superviseur direct et elle avait craqué, portant plainte officiellement auprès des RH pour se retrouver sans emploi quelques jours plus tard.

Bradley ne l'avait pas aidée à se battre pour sa carrière, la décourageant d'intenter une action en justice même s'il la couvrait de bijoux et d'amour pour compenser. Il aimait l'avoir à la maison et avait probablement toujours espéré qu'elle perdrait l'intérêt pour le travail. Sa mère n'avait jamais travaillé en dehors de la maison, et il l'avait mentionné plus de fois qu'elle ne voulait y penser. Bien sûr, il était d'un grand soutien. Réconfortant. Mais sans vraiment comprendre qu'elle venait de perdre tout ce pour quoi elle avait travaillé si dur.

Autrefois, elle se serait battue bec et ongles pour garder son emploi et obtenir justice. Mais quelque chose avait changé. Susie venait d'avoir Melanie et son propre cœur était rempli d'un désir douloureux d'avoir un enfant à elle. Mais quand une année passa sans bébé, Carla sombra dans l'obscurité. Elle voulait tellement un bébé que ça faisait mal. Les spécialistes ne trouvaient aucune raison pour laquelle elle ne tombait pas enceinte et leur disaient de continuer d'essayer. Après une autre année sans carrière et sans bébé, Carla devint dépressive.

Elle le cacha pendant un moment, mais Susie fut celle qui comprit que sa meilleure amie souffrait et la convainquit d'obtenir de l'aide. Bradley essayait de la rendre heureuse avec de jolis bijoux et des vacances dans des endroits exotiques, mais c'était de pouvoir faire partie de la vie de Melanie qui l'aida finalement à retrouver le bonheur. Et elle n'avait jamais abandonné l'espoir d'avoir un jour son propre enfant.

Jusqu'à maintenant.

— Tu es trop vieille, dit-elle à son reflet.

Elle venait de finir d'appliquer son maquillage après une longue douche, espérant que l'eau emporterait son humeur. Ce ne fut pas le cas.

En bas, la porte d'entrée se ferma.

— Je suis rentré, chérie, lança Bradley.

Elle n'avait pas commencé à préparer le dîner. Elle n'y avait même pas pensé.

Carla finit de boutonner son chemisier et vaporisa du parfum sur ses poignets. Peu importait ce qu'elle ressentait à l'intérieur. Elle devait avoir l'air belle. C'était la seule façon de bluffer pendant la soirée.

— Te voilà. Bradley entra à grands pas dans la chambre et jeta un pull sur le lit. Rappelle-toi que je ressors ce soir pour superviser l'expédition de nos nouveaux arrivages.

— À quelle heure ?

— Je partirai vers vingt-deux heures. Mais ne m'attends pas. Les conteneurs sont délicats à déplacer, et le camion sera dans l'entrepôt pour la première fois. Il enleva son haut et le laissa tomber sur le pull avant de disparaître dans le dressing. Tu as vu mon sous-pull à col roulé ? Il fera un froid de canard plus tard.

— Troisième étagère à droite.

Carla ramassa les vêtements abandonnés et les déposa dans le panier à linge rangé dans le dressing. Bradley avait trouvé ce qu'il cherchait et enfilait le sous-pull par-dessus sa tête.

— Désolé. J'aurais dû le faire.

*Mais tu ne l'as pas fait. Tu ne le fais jamais.*

Et cela n'avait jamais eu d'importance auparavant.

— Ce n'est rien, chéri. Que veux-tu pour dîner ?

Il la suivit dehors, la rattrapant près de la porte dans ses bras.

— N'importe quoi. Quelque chose de facile. Tu sens bon.

Elle se dégagea de son étreinte.

— Eh bien, pas toi. C'est quoi cette odeur bizarre ?

— Hum ? Oh, je viens de boire une des mixtures vertes d'Abel. Un goût horrible.

— Ça sent horrible.

— Il dit que je devrais en boire tous les jours pour améliorer ma santé. Il dit qu'il t'enverra quelques recettes.

— J'espère que tu plaisantes, Bradley. Sinon, je vois le divorce dans notre avenir proche.

Bradley rit.

— Comme si tu me quitterais un jour. Nous sommes ensemble pour toujours, chérie. Je vais vérifier mes e-mails et je descends tout de suite. Il était parti à nouveau.

C'était comme ça avec lui. Courant d'une chose à l'autre. Des journées et souvent des nuits remplies d'idées, de plans et de travail. Il s'attendait à ce qu'elle soit là pour lui rappeler où étaient ses vêtements ou pour le nourrir. Et il l'aimait. Elle l'aimait aussi.

*Mais tu ne sembles pas trouver un moyen de me ramener Melanie.*

———

Liz conduisait sur une route de campagne étroite. Elle était à près de deux heures du poste, et la nuit tombait plus vite qu'elle ne pouvait atteindre sa destination. Le GPS vacillait de temps en temps quand elle entrait dans une zone morte et le risque de devoir utiliser une carte normale était réel.

— Tu es toujours là, Liz ?

— Oui, je viens de passer sous un pont.

Elle était au téléphone avec Pete depuis quelques minutes.

— On a mis le téléphone de Roscoe sur écoute, mais il n'y a eu aucun appel entrant ou sortant depuis qu'on l'a installée. Terry a abandonné la filature de jour. On est trop débordés pour le suivre à son bureau et chez lui en plus de surveiller Mme Hardy et une demi-douzaine d'autres.

— Du nouveau sur les analyses de la scène du meurtre de Black ?

— On devrait avoir des résultats demain matin. Liz, où diable vas-tu ?

— Je te l'ai dit.

— Non. Tu m'as envoyé un message bizarre à propos d'un drone.

Peut-être n'avait-elle pas été claire plus tôt. L'opportunité de suivre cette piste était arrivée pendant que Pete était chez lui en pause, grâce à son intention de passer la nuit à surveiller Roscoe à nouveau.

— Quelqu'un faisait voler un drone et a remarqué ce qui semble être notre fourgon disparu, enfoui dans la brousse. Ils ont appelé leur commissariat local qui l'a localisé, dit-elle.

— Donc tu y vas au lieu de laisser les flics locaux s'en occuper.

— Bien sûr.

Une voiture approchait à grande vitesse, tous phares allumés. Liz ralentit et se rangea sur le bas-côté. Il y avait à peine la place pour que l'autre voiture passe en fonçant au milieu de la route. Liz regarda par-dessus son épaule alors qu'elle filait.

— Tu ne vas pas le croire, mais je pense que Roscoe vient de passer dans l'autre sens. Il ne doit pas y avoir beaucoup de voitures comme la sienne par ici, alors peux-tu vérifier s'il possède une propriété dans le coin ? Elle donna à Pete l'adresse vers laquelle elle se dirigeait.

Rendait-il visite à quelqu'un ou à sa propre propriété ? Il possédait un portefeuille de biens immobiliers dans tout le pays.

*Est-ce trop espérer que ce soit l'un d'entre eux ?*

Elle s'engagea sur une route encore plus étroite. Il n'y avait pas de lumières par ici, pas de maisons qu'elle pouvait voir. Beaucoup d'arbres et de nids-de-poule. Elle freina alors qu'une douzaine de kangourous bondissaient sur la route devant elle, le plus grand s'arrêtant sur l'accotement pour l'observer.

— D'accord, Liz. Il semble qu'il possède cinq cents hectares pas loin de là. Il a une grande maison adossée à un parc national où il invite des clients spéciaux.

— Oh merde. Tu crois que Hardy en fait partie ?

— Ce serait bien pour nous, non ? Dis-moi encore pourquoi tu y vas toute seule ? Le ton de Pete était mi-amusé, mi-agacé. Il détesterait manquer l'occasion d'attraper Hardy.

Elle gravit une côte raide, puis descendit dans ce qui ressemblait à un cul-de-sac. Les phares éclairèrent une voiture de patrouille garée.

— Où diable est le fourgon ? Tout autour, c'était de la brousse dense et le chemin n'allait pas plus loin. J'y suis. Je te rappelle bientôt.

Elle raccrocha avant que Pete ne puisse en débattre et manœuvra le véhicule pour le mettre à côté de la voiture de patrouille, les phares éclairant les sous-bois. Il y avait la forme à peine visible de quelque chose de grand caché de la route et quelques lampes de poche se dirigeaient vers elle.

Dehors, l'air était vif. Une autre nuit glaciale s'annonçait et déjà, la brume colorait son souffle. Elle alluma une lampe de poche et la fit tourner autour d'elle. Une route qui ne menait nulle part. Des arbres, une brousse dense, un sol rocheux.

Deux agents apparurent dans l'obscurité.

— Nous avons vérifié qu'il n'y avait personne à l'intérieur. Mais nous n'avons pas touché à la scène.

— Je vais jeter un coup d'œil.

Le fourgon était recouvert de branches, un mélange de branches mortes depuis longtemps et d'autres coupées sur des buissons proches. C'était un miracle qu'il ait été repéré par le drone. Les agents l'aidèrent à retirer soigneusement assez de feuillage pour permettre l'accès à l'avant.

Peut-être que la personne qui avait abandonné le véhicule avait été astucieuse en utilisant des branches, car il y avait des rayures et des marques sur une grande partie de la peinture.

— Quelqu'un s'est donné beaucoup de mal pour brouiller les pistes, dit Liz. Elle s'accroupit près du coin avant droit. Ce n'est pas dû à une branche, je pense. Elle dirigea la lampe de poche sur une petite série de bosses, certaines avec des éclats de peinture manquants. L'un d'entre vous pourrait-il tenir ceci et se concentrer sur cet endroit ? En donnant la lampe à un agent, elle sortit son téléphone et ouvrit l'appareil photo.

À travers le zoom de son téléphone, il y avait autre chose.

De la peinture rouge.

— Il faudra prévenir la police scientifique.

Elle n'avait pas besoin de preuves médico-légales pour prouver ce qu'elle voyait, mais les tribunaux si.

Une fois qu'elle eut passé quelques coups de fil, les agents furent chargés de surveiller la camionnette et avertis que la nuit pourrait être longue, personne de la police scientifique n'étant disponible avant l'aube.

— J'appellerai votre sergent sur le chemin du retour pour m'assurer que vous ne restiez pas coincés ici toute la nuit. Les jeunes avaient l'air maussade. Savez-vous par hasard à qui appartient le terrain ici ?

— La camionnette est sur un terrain municipal, madame. Mais de l'autre côté de la clôture, elle pointa du doigt, ça appartient à l'avocat. Celui dont le client s'est échappé de garde à vue.

— Richard Roscoe ?

— Oui. Lui.

— Vous le voyez par ici ? Autour de votre ville ?

— De temps en temps. Il organise parfois de grandes fêtes. Sa maison est un manoir, et il investit dans les entreprises locales. Vous savez, les traiteurs et ce genre de choses.

— J'aurai peut-être besoin que l'un d'entre vous me montre. Laissez-moi passer un autre coup de fil.

———

— Voilà ce qui arrive quand on arrête de suivre quelqu'un. Roscoe a peut-être fait des allers-retours avec Hardy sur sa propre fichue propriété. Pete était dans la voiture de Liz, les jumelles braquées sur le devant de la maison de Roscoe depuis une colline voisine.

— Tu penses que Hardy est derrière l'accident de Weaver ?
Pete hocha la tête.

— C'était idiot d'abandonner la camionnette si près de la propriété de Roscoe, mais il pensait probablement qu'elle était bien cachée. L'abandonner et marcher jusqu'à la maison.

— Il y a tellement de bouts qui ne se rejoignent pas, Pete. Pourquoi Hardy voudrait-il David mort ? Comment aurait-il pu mettre la main sur cette camionnette, qui appartient à Pickering ? Veut-il que Bradley soit blâmé pour ça ? Et pourquoi la laisser ici, où son propre avocat sera impliqué ?

— Avec un peu de chance, cette crapule est dans cette maison et nous pourrons lui poser ces questions et d'autres avant la fin de la nuit.

Liz ne pouvait pas attendre que l'équipe d'intervention en situation critique arrive et prenne le relais. Elle était là depuis plus de deux heures, et rien n'avait bougé sur la propriété. Terry était sur une autre limite avec trois autres officiers.

— L'endroit est immense. Liz avait téléchargé un plan. Roscoe ne l'avait acheté qu'un an plus tôt et l'annonce de vente originale était sur une page « ventes passées » de l'agent immobilier. Sept chambres, quatre salles de bains, une salle de cinéma, une salle de jeux, une piscine intérieure avec véranda, plus les logements du personnel.

— Alors où est le personnel ? Pete baissa les jumelles. Un endroit de cette taille aurait besoin de gens pour l'entretenir, mais à part les lumières extérieures, il n'y a aucun signe de vie.

— À moins que Roscoe ne les ait fait partir. S'il a caché Hardy ici, alors des gens au courant seraient un risque.

Pete renifla.

— Des centaines d'hectares pour enterrer des corps sur son propre terrain et des milliers autour de lui.

Le numéro de Terry s'afficha sur le téléphone.

— Vous êtes sur haut-parleur, chef, dit Liz.

— Richard Roscoe a été emmené pour interrogatoire en hurlant qu'il allait nous poursuivre en justice. Sa voiture de luxe a été saisie et je ne suis pas sûr s'il est plus contrarié par ça ou par l'interrogatoire.

Liz et Pete se sourirent. La meilleure nouvelle depuis des jours.

Terry continua.

— L'équipe d'intervention arrive dans quelques minutes. Que l'un de vous vienne me rejoindre à pied en bas de la colline près de la route.

Il raccrocha.

— Pierre, feuille, ciseaux ? suggéra Pete.

— Je sais que tu ne peux pas résister à l'envie de traîner avec la vraie police. Liz le taquina. Vas-y. Je resterai ici pour m'assurer que même pas une souris ne montre son museau là-bas.

— Et si c'est le cas ? Pete ouvrit la porte.

— Je te le dirai. Et puis j'irai l'attraper. Ou est-ce le contraire ?

— Très drôle. Reste sur tes gardes.

— Toi aussi.

En moins d'une minute, Pete fut hors de vue. La maison était entourée de collines avec une longue allée sinueuse sur un demi-kilomètre depuis la route de terre vers laquelle Pete se dirigeait. À travers les jumelles, la maison était toujours silencieuse. Pas de véhicules. L'obscurité entourait la voiture.

Le téléphone sonna et Liz sursauta.

*Calme-toi.*

C'était Vince et elle hésita. Ce n'était pas le moment de perdre sa concentration. Mais si c'était urgent...

— Ça va ? répondit-elle.

— Ouais. Mauvais moment ?

— Planque.

— Merde. Désolé, rappelle-moi demain, dit-il.

— J'ai une minute.

— Est-ce que je peux passer au poste demain ? Je suis dans une impasse avec certains documents de David et j'ai besoin d'aide officielle.

*Tu demandes de l'aide ? Qu'est-ce que ça peut bien être ?*

— Tu sais que tu peux. Mais je ne sais pas encore quand j'y serai.

— Où es-tu ?

— Sur une colline entourée de brousse à l'extérieur d'une ville près de Maryborough.

Vince rit.

— Et tu as l'air ravie. Tu ne t'attends pas à tomber sur Hardy là-bas ?

— Vu à quel point il est insaisissable, probablement pas.

Une lumière s'alluma dans la maison à l'étage supérieur.

— Vince, il y a du mouvement. Je peux t'envoyer un message demain matin ?

Liz sortit de la voiture.

— Vas-y. Sois prudente.

Il raccrocha.

Elle composa le numéro de Pete tout en ouvrant le coffre.

— Il y a une lumière allumée. Coin gauche, étage supérieur.

— Je reviens maintenant.

Elle enfila son gilet par-dessus sa tête et prépara le fusil. Si Hardy était dans cette maison, il ne leur échapperait pas.

# TRENTE-SEPT

Liz et Terry attendaient un peu en arrière, mais Pete accompagna l'équipe du CIRT jusqu'à la maison. Il avait suffisamment travaillé avec eux par le passé pour savoir quand s'écarter, et vu la taille de l'endroit, il était important de couvrir tous les angles. D'autres policiers formaient une sorte de périmètre, comme Liz, à une vingtaine de mètres du bâtiment principal.

Toutes ces heures d'attente prirent fin rapidement lorsque l'unité passa à l'action. En quelques minutes, Liz put entrer, et Terry courut à l'arrière de la maison pour aider à fouiller les petites dépendances.

Pete allumait les lumières à l'intérieur au fur et à mesure qu'elle avançait, marmonnant des jurons pour lui-même.

— Rien ? Son cœur se serra. Elle était persuadée qu'ils étaient sur la bonne piste.

— Une femme de ménage terrifiée. Elle prétend avoir fait une sieste après le départ de Roscoe et vient juste de se réveiller.

— Et j'imagine qu'elle ne sait rien de Malcolm Hardy.

Les agents tactiques se déplaçaient dans la maison, revisitant chaque pièce. Il n'avait pas été nécessaire d'avoir un mandat, puisqu'on pensait que Hardy était à l'intérieur. Mais à moins qu'une inspection visuelle ne révèle des preuves d'activité illégale, ils devraient bientôt partir.

— Je vais voir si Terry a eu plus de chance. Liz partit sans se retourner. Elle se sentait mal à cause de la fatigue et du contrecoup de l'excitation.

Terry avait l'air aussi mal en point qu'elle.

— On n'abandonne pas. On a demandé un mandat pour une fouille complète, mais je doute qu'on l'obtienne avant le milieu de la matinée. Les uniformes locaux vont poster une garde ici et près du van... à moins qu'il ne se passe quelque chose et qu'ils aient besoin de les utiliser. Petite ville, tout ça.

— Je vais rester.

Il secoua la tête.

— Pete peut rester. Toi et moi, on doit rentrer.

— Maintenant ?

— Je t'expliquerai dans ta voiture. On se retrouve là-bas dans dix minutes ?

Terry disparut dans la nuit. Liz se dépêcha de retourner à la maison pour trouver Pete. Il balaya d'un geste le fait qu'il restait.

— Ça ne me dérange pas. Comme ça, je pourrai coincer ce petit enfoiré s'il revient. Toi, rentre chez toi et dors, et je ramènerai sa tête comme trophée.

Elle souriait encore de son attitude quand Terry monta dans la voiture. Il se mit immédiatement au téléphone, alors elle navigua le long du chemin presque inexistant jusqu'à la route principale — si on peut l'appeler ainsi — et la suivit jusqu'à la petite ville de Talbot. C'était un trajet de dix minutes sur des routes sombres qui débouchait non loin de la gare. Elle ralentit, fronçant les sourcils. Peut-être qu'une heure à pied suffirait pour y arriver.

Terry raccrocha.

— Pourquoi on avance à pas de tortue ?

— La gare.

Il jeta un coup d'œil en arrière.

— Déserte pour la nuit.

— Juste une idée. Puisque je conduis, tu peux me noter quelque chose ? J'aimerais vérifier les images de la gare depuis la nuit où Susie est morte jusqu'au moment où le van a été signalé disparu.

— À quoi tu penses, Lizzie ? Il tapota sur son téléphone. C'est noté.

— Je ne suis pas sûre. Mais quelqu'un a abandonné ce van, et il se pourrait qu'il soit allé chez Roscoe. Mais chef, et si ce n'était pas Hardy ? Et si celui qui a volé le van et fait sortir les Weaver de la route l'avait amené ici pour une raison ? Peut-être pour cibler Roscoe.

Terry resta silencieux et Liz jeta un coup d'œil de son côté. Il avait son visage pensif. Elle le laissa réfléchir tandis qu'ils atteignaient la route dégagée et qu'elle accélérait.

— Tu veux dire... le crime organisé ? Je ne suis pas sûr, dit-il. Hardy tournait autour sans jamais vraiment y entrer, même s'il avait des contacts à l'intérieur, Dieu sait. J'ai passé pas mal de temps aux cimetières de Keilor et Faulkner à surveiller les enterrements de gangsters.

— Ou du chantage.

*Pourquoi n'ai-je pas vu ça plus tôt ?*

— Faire chanter qui ?

— C'est la question à un million de dollars. Liz dépassa une voiture. Pourquoi rentrons-nous ?

— Ah. Il m'est venu à l'esprit qu'une visite à l'entrepôt de Bradley Pickering pourrait être du temps bien employé.

Liz appuya sur l'accélérateur.

———

Vince fixait l'écran. Il avait rassemblé le courage de lire davantage d'e-mails de Susie et avait une liste de notes manuscrites sur le côté. Elle était du genre à écrire quotidiennement la plupart du temps, d'un joyeux petit mot à des photos de Mela-nie — qu'il avait copiées dans un dossier — à des e-mails plus longs et réfléchis. Il y en avait un auquel il revenait sans cesse, écrit quelques jours avant qu'elle ne le coupe de sa vie.

*Nous avons parlé d'acheter une autre maison. Tu sais à quel point j'aime être ici, mais je suppose que David a quelques arguments valables. Il m'a rappelé à quel point l'espace me manque. Pomme me manque. Je me souviens de ces jours où je la montais et quand toi et moi faisions du vélo... J'aimerais que Melly ait plus d'expériences en lien avec la nature. Peut-être pas son propre poney, mais au moins de l'espace pour lancer une balle et inventer des aventures dans le jardin. C'était une belle enfance pour moi.*

Chaque fois qu'il lisait ces mots, il en avait le souffle coupé. Vince avait toujours pensé qu'elle avait détesté sa vie, non seulement à cause de la perte de sa mère, mais aussi pour toutes les choses dont elle avait été privée. Elle n'avait eu que quelques amis à l'école et aucun des vêtements à la mode ou des gadgets coûteux que les enfants voulaient. Il avait oublié cet e-mail. Oublié de l'avoir lu à l'époque où elle l'avait envoyé et d'avoir été choqué que son expérience soit différente de ses souvenirs.

— Quoi d'autre ai-je mal compris ?

*Melanie grandit si vite que je comprends pourquoi David veut cela pour elle. Cela signifierait aller un peu plus loin et c'est là ma plus grande inquiétude. Nous devrions changer d'école et Melanie adore la sienne. C'est horriblement cher et à mesure qu'elle passe dans les classes supérieures, il y aura encore plus de pression financière. Et bien que j'aime y aller pour aider, ils ont commencé à me demander plus de temps et ça prend déjà tellement d'heures chaque semaine. J'aimerais reprendre une carrière. Si nous déménagions, je pense qu'elle comprendrait que la distance est trop grande. Donc il y a des avantages là-dedans.*

De petits morceaux s'assemblaient. David avait voulu apporter de grands changements à la vie de sa famille. Acheter une nouvelle entreprise. Déménager plus loin de la ville. Changer d'école. Pourquoi ?

*Mais Papa ? J'ai l'étrange impression qu'il y a plus que ce que David dit. Il ne parle pas beaucoup de ce qui se passe au travail.*

*Certains jours, j'ai l'impression qu'il préférerait rester à la maison. Je sais que tu as tes opinions sur lui — et tu as tort — il nous aime beaucoup et a dit qu'il ne laisserait jamais rien de mal arriver.*

Vince se repoussa de la table.

— Mais tu l'as fait, David. Tu as laissé quelque chose de mal arriver. Il passa une main sur ses yeux pour essuyer ces stupides larmes.

Il avait beau vouloir haïr David, lui en vouloir, l'homme n'avait pas demandé à être forcé à sortir de la route. Peut-être n'avait-il rien fait de mal. Il prit la lettre adressée à David concernant l'achat réussi de l'autre entreprise. Était-ce un nouveau départ pour sa famille ? David en avait-il eu assez des pratiques douteuses de Bradley ?

*Comment tout cela est-il lié ?*

Le cœur lourd, il retourna aux e-mails.

———

— Il y a de fortes chances que l'endroit soit fermé à clé. Mais depuis que je suis arrivé sur la propriété de Roscoe, Jerry Black ne quitte pas mes pensées, dit Terry. Impossible de le prouver, mais il nous a délibérément envoyés à l'aéroport ce jour-là.

Les routes étaient calmes à cette heure tardive, même dans les banlieues. Ils n'étaient plus qu'à quelques minutes de l'entrepôt, et elle s'engagea sur la route principale menant à sa rue.

— Il l'a nié. Il a dit qu'il avait reçu un appel de quelqu'un qui avait vu Hardy près de l'aéroport, et combien d'officiers avonsnous envoyés ? Terry secoua la tête. Ça aurait rendu le déplacement de Hardy un peu plus facile.

— Et tu penses que Roscoe vient de faire la même chose ?

Un camion transportant un conteneur d'expédition approcha, passant dans la direction des docks. Cet endroit ne s'arrêtait jamais de travailler.

Liz était épuisée jusqu'aux os et aspirait à son lit. Mais si Terry avait raison...

— Peut-être. C'est pratique que quelqu'un ait signalé avoir vu cette camionnette. Il ne faudrait pas grand-chose pour deviner que l'un d'entre nous irait enquêter. Et là où tu as vu la voiture de Roscoe ? Facile pour lui de s'être assis en haut de cette colline à attendre et de faire semblant de bloquer la route pour attirer l'attention.

— Beaucoup d'éléments en mouvement, patron. On aurait pu le manquer. Ou ne pas faire le lien avec le fait qu'il avait une maison là-haut.

— Mais c'est une fouine et ça valait peut-être le risque.

Ils tournèrent au coin de la rue menant à l'entrepôt.

— Passe lentement, Liz. Je vais jeter un coup d'œil.

Comme d'habitude, la rue sans issue était dépourvue de lumières et de mouvement. Aucune des entreprises n'était ouverte et l'entrepôt était plongé dans l'obscurité. Liz fit demi-tour au bout de la rue et gara la voiture en travers de l'allée.

— Merde, marmonna Terry.

— On jette un coup d'œil ?

— Fermé à clé. Chaîne sur le portail. Pas de véhicules. Soit on a raté quelque chose, soit il n'y avait rien à rater. Terry tapota le tableau de bord. Tu peux me déposer au commissariat pour que je récupère ma voiture ?

Un frisson parcourut l'échine de Liz. Ça recommençait.

— Lizzie ?

Elle releva la manche de son bras et le tendit à Terry pour qu'il voie. Tous les poils étaient hérissés.

— Je crois qu'on nous observe.

Au lieu de se moquer d'elle comme Pete l'aurait fait, Terry sortit de la voiture en un instant. Elle le suivit et attrapa une grande lampe torche. Ils se tinrent presque dos à dos sur le trottoir, scrutant le moindre signe de mouvement.

— Une idée d'où ça vient ? Terry garda sa voix basse.

— Juste une sensation bizarre. Probablement rien.

— Fais confiance à ton instinct. Tu veux prendre un côté de la rue et je prends l'autre ?

La sensation ne quitta pas Liz alors qu'elle inspectait la façade de la demi-douzaine d'entreprises. Aucun signe de présence humaine. Il y avait quelques camionnettes de travail derrière des portails verrouillés. Si quelqu'un était à l'intérieur d'un des bâtiments, il pourrait la voir, et la plupart avaient des vitres teintées, si bien que sa lampe torche se reflétait sur elle-même.

— Pas même un rat se dirigeant vers un caniveau. Terry la rejoignit au bout de la rue. Si on nous observe, ils se cachent bien.

— Tu as vérifié l'entrepôt ?

Ils remontèrent la rue, Liz continuant à balayer la lumière de gauche à droite.

— Des chaînes sur le portail. Rien à travers les fenêtres. Pas de véhicules garés. Tout a l'air fermé et calme.

Devant l'entrepôt, Liz secoua la tête.

— Désolée, Terry. Je suis épuisée. Elle contourna la voiture. Attends.

Dans le caniveau se trouvait une cigarette à moitié fumée. Elle la ramassa dans un sac à preuves.

— Encore chaude.

— Je vais demander une comparaison urgente avec celle que tu as trouvée près du lieu de l'accident de voiture. C'est ce à quoi tu penses ? Terry la prit, les yeux intenses. Que celui qui a fumé celle-ci aurait pu fumer l'autre ?

— Cette camionnette qu'on a trouvée... elle appartient à Pickering et avait des traces de peinture rouge. Je sais que c'est tiré par les cheveux...

— Je pense que ça devient de moins en moins tiré par les cheveux.

*Moi aussi.*

Elle jeta un dernier coup d'œil autour d'elle, un frisson lui parcourant l'échine.

# TRENTE-HUIT

Le temps que nous avons gagné a été bien utilisé, mais c'était quand même trop juste.

Si les flics étaient arrivés un peu plus tôt, ils auraient tout gâché.

Elle ne peut tout simplement pas laisser les choses tranquilles.

Je la regarde fouiner partout. Balayant sa lampe torche. Cherchant des preuves qui n'existent pas. Bien trop prudent pour laisser quoi que ce soit qu'ils puissent trouver. Mais elle doit faire attention. Arrêter de creuser.

Ou je l'arrêterai.

C'est une pensée agréable.

Ils ont arpenté la rue, elle et son patron. La camionnette était une mauvaise idée. Je lui avais dit de ne pas l'utiliser comme appât. Ça met notre opération en danger. Aucune chance qu'on me colle l'accident sur le dos, mais il pourrait y avoir des questions. Des interférences pendant un moment.

Peu importe. Notre première cargaison est partie en sécurité et ainsi commence notre brave nouvelle entreprise.

Elle ramasse quelque chose dans le caniveau. Je ne peux pas voir... sa voiture me bloque la vue, mais elle sort un sac en plastique de sa poche et le montre à son patron.

*Quelque chose l'a surprise.*

*Femme stupide. Regardant autour d'elle comme si elle pouvait voir dans le noir.*

*Elle regarde droit vers moi et ne le sait même pas.*

*Tout comme le gamin l'avait fait.*

# TRENTE-NEUF

Bradley sifflotait en versant deux tasses de café qu'il apporta au bar du petit-déjeuner. Il avait coupé des fruits et préparé un grand bol de yaourt ainsi qu'une assiette de croissants frais de la boulangerie locale. Malgré la nuit tardive, il était de bonne humeur et prévoyait une journée détendue avec sa belle épouse. Peut-être un déjeuner dans un endroit agréable.

— Que fais-tu ?

Il n'avait pas entendu Carla descendre. Elle se tenait dans l'encadrement de la porte, encore en peignoir, ce qui était si rare qu'il s'inquiéta qu'elle soit malade. Peut-être n'avait-elle pas bien dormi à cause de son absence jusqu'aux premières heures du matin.

— Le petit-déjeuner. Et du café frais si tu en veux ? Il traversa la pièce et l'embrassa sur la joue. Tu te sens bien ?

— Un peu fatiguée. Mais je devrais d'abord me doucher et m'habiller...

— Non. Tu peux te détendre aujourd'hui et me laisser te dorloter un peu. Viens prendre un café pour commencer.

Carla fronça les sourcils mais s'assit au bar.

— Tu t'es donné tant de mal.

— Pas vraiment. Pas d'œufs ni de crêpes sophistiquées

comme tu fais, mais les croissants sortent tout droit de la boulangerie. Tu veux du beurre avec ? Ou du miel ?

Secouant la tête, Carla leva sa tasse.

— Ça d'abord. Merci.

Il la rejoignit et but une gorgée de son propre café, l'observant par-dessus le bord de la tasse. De petites rides se formaient autour de ses yeux et il y avait autre chose. De la tristesse.

— Désolé d'être rentré si tard hier soir, mais c'est une bonne nouvelle. Nous avons enfin réussi à expédier la cargaison, dit-il.

— Celle de Duncan Chandler ?

— Oui. La sienne et la nôtre combinées. La première de nombreuses.

Elle hocha la tête, mais son esprit était manifestement ailleurs. Melanie ?

— Je pensais... maintenant que j'ai un peu plus de temps, nous devrions prendre quelques jours de vacances. Que dirais-tu de Bali ? Ou Fidji ?

— Des vacances ? Elle le regarda comme s'il avait suggéré d'aller au purgatoire. Je ne pourrais absolument pas partir tant que l'avenir de Melanie n'est pas réglé.

— Quatre ou cinq jours ne changeront rien, chérie. Vince est loin de l'adoption et…

Carla se leva.

— Veux-tu même que Melanie vive avec nous ?

— Bien sûr que oui. Tu sais que je l'aime. Il tendit la main vers la sienne. On n'a pas besoin de partir. Je pensais juste que tu aimerais faire une pause après tous ces bouleversements récents, mais je vois à quel point tu es stressée à propos de Mel.

La sonnette retentit et Bradley se leva.

— Bois ton café, je reviens tout de suite.

Quand il ouvrit grand la porte, Carter se trouvait à quelques mètres, dos tourné. C'était la dernière personne à laquelle il s'attendait, et son premier instinct fut de claquer la porte. Mais et si c'était à propos de Melanie ?

— Vous avez changé d'avis ? Après avoir fermé la porte,

Bradley s'avança à mi-chemin vers l'autre homme. Il n'osait pas trop s'approcher au cas où Carter le frapperait.

— Le mot de passe, s'il vous plaît.

— Hein ?

Carter se retourna. Il ne semblait pas en colère. Suffisant, peut-être.

— Je veux le mot de passe du coffre-fort de Susie et David dans leur maison.

— Écoutez, je vous l'ai déjà dit que je n'en ai aucune idée…

— Pourtant, vos empreintes sont dessus. Je viens de recevoir le rapport et vous avez touché le pavé numérique. Alors vous avez une chance de me dire quel mot de passe vous avez mis, ou je porte plainte.

Même si la police se donnait la peine de relever les empreintes sur le coffre-fort, donner ce genre d'information à Carter était illégal. Sûrement. Il bluffait. Sauf qu'en tant qu'ex-flic, il connaissait probablement encore des gens qui le lui diraient.

La porte derrière lui cliqua.

— Vince ? Carla semblait inquiète et Bradley jeta un coup d'œil en arrière. Elle était à peine visible, juste son visage qui regardait par l'entrebâillement. Melanie va bien ?

— Melanie va bien, Carla, dit Carter.

— Je reviens tout de suite, chérie. Donne-nous une minute.

Dès que la porte se referma, Carter était dans son espace.

— Et il y a autre chose. Si vous voulez que votre femme ait un jour accès à Melanie, vous ferez ce que je demande. Dernière chance. Ou je lui demande si elle le connaît ?

— Elle ne le connaît pas et elle n'est pas impliquée dans tout ça, alors laissez-la tranquille. J'ai ouvert le coffre-fort pour récupérer le contrat que David avait mentionné s'y trouver.

Bradley donna la combinaison à Carter.

— Ce n'était pas si difficile, n'est-ce pas ? Carter s'éloigna.

Après une seconde, Bradley se précipita derrière lui.

— Et pour Melanie ? Vous ne pensez pas ce que vous avez dit

l'autre soir ? Carla l'adore. Et Melanie aime Carla, alors ce serait cruel de les séparer.

Arrivé à sa voiture, Carter fit une pause et pendant un instant, Bradley pensa qu'il allait accepter. Lui donner quelque chose en échange de la combinaison.

Mais il ouvrit sa portière.

— Vous auriez dû y penser avant d'essayer de me faire chanter. Je ne vous laisserai plus jamais approcher ma petite-fille.

Les pieds de Bradley étaient comme du plomb tandis que Carter s'éloignait. Comment cet homme pouvait-il être si mauvais et égoïste ? Comment allait-il l'annoncer à Carla ? La rage bouillonnait en lui jusqu'à ce que ses poings se serrent.

— Vous venez de faire la pire erreur de votre vie, Vince Carter. La pire.

---

Pickering ressemblait à un nain de jardin dans le rétroviseur. Petit, le visage rouge et en colère. Mais il ne pouvait pas sous-estimer l'homme et regrettait ses derniers mots. Carla méritait mieux que son mari et il n'avait pas l'intention de l'empêcher de voir Melanie tant que Mel le voudrait. Sous sa supervision cependant et loin de Pickering.

Il n'arrivait pas à croire que son bluff avait marché. Sachant qu'il faudrait peut-être des jours avant que les résultats officiels n'arrivent, il avait pris un risque calculé. Il y avait de fortes chances que Pickering ait vidé le coffre-fort de tout ce qui pouvait être intéressant, mais il devait le rayer de sa longue liste pour la matinée. Mel passait la journée avec Lyndall, et il avait beaucoup de terrain à couvrir. D'ici, il allait à la maison de Susie.

Le GPS le guidait par l'itinéraire le plus direct, hors de cette banlieue et vers l'autoroute avant de suivre une série de routes de plus en plus calmes. Il connaissait bien cette zone et n'utilisait le GPS que pour ses mises à jour sur les problèmes de circula-tion. Alors quand la voix du navigateur insista pour qu'il tourne à droite, alors qu'il aurait continué tout droit pendant un moment, il suivit par curiosité. La route avait-elle changé pour que ce soit une meilleure option ?

Après quelques kilomètres, son estomac commença à se nouer. Il n'avait pas fait attention. Et jusqu'à présent, il avait tout fait pour éviter de venir ici.

Sur la gauche se trouvait un grand eucalyptus avec un morceau de son tronc arraché.

Il s'arrêta un peu plus loin et resta assis un moment, le moteur tournant au ralenti, les mains agrippées au volant, le dos et les épaules si tendus que c'en était douloureux. D'un geste brusque, il coupa le moteur et avant d'avoir pu y réfléchir, poussa la portière et descendit.

Il n'y avait pas de circulation. Aucune maison en vue. Seulement quelques vaches éparpillées dans de vastes pâturages de chaque côté. L'arbre se profilait devant lui alors qu'il marchait le long de la route. Sous ses pieds qui semblaient lourds, le bitume était en bon état. Pas de nids-de-poule ni de creux qui pourraient faire déraper une voiture par temps de verglas. C'était étroit, certes, mais suffisant pour croiser d'autres véhicules, en sens inverse ou non, et le milieu était clairement marqué.

Il s'arrêta à quelques mètres et, sans le bruit de ses pas, un silence inquiétant s'installa. L'air était immobile. Les nuages étaient bas et gris. Rien ne bougeait.

Il y aurait eu un terrible crissement de freins avant un choc épouvantable lorsque le métal avait rencontré le bois. Le bris de verre. Et puis un silence effroyable.

Susie savait-elle ce qui se passait ?

Avait-elle crié quand l'arbre s'était précipité vers elle ?

Quelle avait été sa dernière pensée ? Melanie ?

Melanie était-elle réveillée ?

*Comment Melanie avait-elle survécu ?*

— Non ! Sa tête bascula en arrière. Je veux QU'ELLE REVIENNE ! Sa voix s'éleva en un cri de fureur, de perte, d'impuissance. Et quand il n'eut plus de souffle, il ne resta qu'un sanglot.

Une voiture s'approcha, ralentissant jusqu'à ce qu'il force ses jambes à bouger et s'écarte. Le conducteur le regarda fixement comme s'il se demandait s'il devait s'arrêter pour l'aider. Vince leva une main.

— Ça va.

À la base de l'arbre, il y avait des fleurs. Des couronnes et des bouquets, certains frais, d'autres mourants. Des cartes manuscrites, déversant le chagrin des amis. Beaucoup venaient de Carla. Venait-elle ici tous les jours ? Il toucha un lys. Susie adorait ça. Il n'avait pas pensé à apporter des fleurs ici et pourquoi le ferait-il ? Cet arbre lui avait pris la vie.

Marion disait toujours : « Les fleurs sont pour les vivants. »

*Depuis combien de temps ne t'ai-je pas rendu visite, ma chérie ?*

Ses poings se serrèrent, et il leva un bras comme s'il se préparait à frapper l'arbre. La mort était partout. Dans l'air et l'herbe et l'arbre et il pouvait la sentir et la goûter et la ressentir. Une carte avait glissé sur le sol et les mots lui sautèrent aux yeux. Il se pencha et la ramassa.

« Tu nous manqueras à tous, Susie, et nous serons là pour Melanie. »

Elle était signée par plusieurs personnes dont il ne reconnaissait pas les noms. Des amis... de l'école, peut-être.

Melanie était vivante et elle avait besoin de lui.

Il tourna le dos à l'arbre et se dirigea à grands pas vers la voiture.

———

Vince composa la combinaison que Pickering lui avait fournie, poussant un soupir de soulagement lorsque les barillets tournèrent et que la porte s'ouvrit avec un déclic. Il avait un petit sac de transport et y vida tout. Trois passeports. Celui de Melanie était à jour. Trois certificats de naissance. Une grosse liasse d'argent. Tous des billets de cent dollars et sans les compter, Vince estima qu'il y en avait pour dix mille dollars. Beaucoup d'argent liquide à conserver dans un coffre-fort. Et intéressant que Pickering ne soit pas parti avec.

Au fond se trouvait une grosse enveloppe jaune. Scellée. C'était important d'une certaine manière. Vince ferma le coffre-fort et changea la combinaison. La robe était toujours là et il n'y avait aucun intérêt à remettre en place le contenu, encore éparpillé sur le lit.

Il demanderait à Carla si elle pouvait l'aider avec les vêtements. Elle n'arrêtait pas de dire qu'elle voulait aider et c'était trop dur pour lui. Peu lui importait qu'elle les garde, les vende ou les donne, mais à moins que Melanie ne veuille particulièrement un objet en souvenir, il serait heureux de s'en débarrasser. Il parlerait à Carla une fois que Mel serait de retour à l'école. Pour l'instant, il récupéra les bijoux de Susie et David pour que Melanie puisse décider, quand elle serait prête, ce qu'elle aimerait garder.

Vince emballa presque tout le reste de la chambre de Melanie, plaçant soigneusement ses vêtements, chaussures, livres, jouets et bibelots dans d'autres valises prises dans l'armoire. Il ne restait plus grand-chose là-dedans maintenant. Les meubles, il les transporterait après les vacances scolaires.

Les sacs chargés dans la voiture, il vida le réfrigérateur et le congélateur. Une grande partie des produits réfrigérés alla dans une poubelle qu'il laisserait dehors pour la collecte. Le congélateur était rempli de plats faits maison, et de choses et d'autres comme de la glace et des légumes. Il ne supportait pas l'idée de manger ces plats. Chaque bouchée serait un rappel trop difficile à avaler. Les glissant tous dans un sac isotherme, il se rendit à la maison voisine et frappa.

— Le papa de Susan, buongiorno.

— Bonjour, Madame Rionetti. Je me demandais si vous pourriez utiliser ceci... ou si vous connaissez quelqu'un qui pourrait ? Il ouvrit le sac pour lui montrer. Susie les a tous préparés.

— Pas pour vous et la petite ?

Il secoua la tête.

— Je prends. Je partage avec d'autres. Et appelez-moi Rosa. Venez, portez-le à l'intérieur pour moi. Mme Rionetti le conduisit à sa cuisine et Vince l'aida à ranger les plats dans son congélateur. Puis elle prit plusieurs bocaux de son placard et les mit dans le sac avant qu'il puisse protester. Je fais. Passata. Artichauts. Poivrons farcis. Gardez au placard. Mangez avant l'été.

— Vous êtes trop gentille. Merci, Rosa.

À la porte d'entrée, elle pointa du doigt une maison en diagonale, à quelques portes de là. La police a trouvé à qui appartenait la camionnette ?

— Quelle camionnette ?

— Cette triste nuit. Avant que la famille parte en voiture, camionnette noire dans cette allée. N'appartient pas à la rue.

Le cœur battant, il regarda à nouveau la maison. Un véhicule garé là aurait une excellente vue sur la maison de Susie, en particulier les pièces de devant et l'allée.

— Avez-vous vu le conducteur ?

— Trop loin. Trop sombre. Et les vitres étaient... euh, rendues plus foncées ?

— Teintées ?

— Si. David est parti et la camionnette a suivi.

*Est-ce que quelqu'un a des caméras de sécurité ? S'il vous plaît, faites qu'il y en ait.*

— L'autre jour, quand la police a fait du porte-à-porte au sujet du cambriolage... avez-vous parlé de ça à l'officier ?

Elle acquiesça.

— Il l'a noté.

— Un de mes amis qui est détective de police pourrait venir vous voir. C'est d'accord ?

Mme Rionetti lui tapota le bras.

— Envoyez votre ami et je raconte encore. Et embrassez Melanie de la part de Rosa.

De retour dans la maison, il envoya un texto à Liz.

J'ai de nouvelles informations. Es-tu au poste ?

Il vida le contenu du garde-manger dans deux grandes boîtes et les rangea sur la banquette arrière de la voiture. Toutes les denrées périssables étaient sorties de la maison. Les appareils pouvaient être éteints et la maison fermée à clé jusqu'à ce qu'il ait plus de temps pour s'en occuper.

Pour l'instant, il devait voir Liz. Et trouver quel idiot en uniforme avait des informations vitales qu'il n'avait pas pris la peine de transmettre.

# QUARANTE

Les jambes de Liz étaient endolories à force d'être restée immobile devant le tableau blanc pendant si longtemps. Cela faisait peut-être dix minutes ou une heure, mais depuis la dernière mise à jour, elle avait forcé son cerveau fatigué à faire des connexions et maintenant son corps protestait.

*Trop de conduite, trop de temps assise dans une voiture, trop de course.*

Et très peu à montrer pour tout cela.

— Café ? Terry apparut de nulle part et lui mit une tasse dans les mains. À quoi penses-tu ?

— Que j'aimerais dormir plus. Et des vacances, patron.

Il rit doucement.

— Toi et moi tous les deux.

La tasse de café réchauffait ses doigts qu'elle n'avait pas remarqué être froids. Terry l'avait achetée dans un café au lieu de faire la cochonnerie qu'ils toléraient habituellement, et c'était bon.

Elle se souvint de sa question.

— Il y a un lien entre Malcolm Hardy et PickerPack... mais quel est-il, bon sang ? Son doigt pointa la photo d'Abel et Roscoe sur le quai. Ces deux-là ne sont pas amis. Les amis ne se comportent pas comme ça, alors qui a le dessus sur l'autre ?

— Que savons-nous de Farrelly ? Au-delà de ce dont nous avons déjà discuté.

*C'est un petit salaud louche ?*

— Rien ne ressort. Pas d'histoire étrange ni de casier judiciaire.

— Alors regarde encore, Liz. Fais une plongée profonde dans la vie et l'époque d'Abel Farrelly. Pete devrait bientôt être de retour, alors mets-le dessus si tu veux.

— Non. Je suis vraiment curieuse. L'autre chose est où Farrelly et Pickering se sont-ils rencontrés ? Que se passe-t-il vraiment dans cet entrepôt ? Que savons-nous de Pickering ?

— Je peux t'aider pour la dernière question.

Tous deux se retournèrent. Vince était à l'intérieur, un dossier sous le bras et ses yeux dévorant les informations sur le tableau blanc. Terry leva la main pour le tourner.

— Attends une seconde, mon pote. Vince s'approcha. J'ai de nouvelles informations et me laisser jeter un coup d'œil rapide à ce que vous avez pourrait aider. Tu sais que j'ai de bons instincts.

— Dix secondes.

Terry s'écarta et prit une gorgée de son café.

Vince s'approcha du tableau, une main planant à quelques centimètres des photos et des mots. C'était sa façon de se concentrer sur les éléments, du moins, c'est ce qu'il avait dit à Liz plus d'une fois. Il s'arrêta sur l'image de Farrelly et Roscoe et passa à une image floue de la camionnette.

— Qui dirige les uniformes ces jours-ci ?

— Pourquoi ?

Il tourna le dos au tableau blanc et regarda Liz.

— La voisine de Susie a vu une camionnette noire dans la rue la nuit de l'accident. Elle était garée dans une allée voisine et a suivi leur voiture quand ils sont partis. Mme Rionetti a donné cette information à celui qui l'a interrogée sur le cambriolage.

Maintenant, soit ils n'ont pas pensé que c'était assez important pour le transmettre, soit vous le savez et n'avez rien fait.

— On ne le savait pas, Vince. Mais je vais te dire, cette camionnette-là ? Elle est au garage maintenant et c'est probablement le véhicule impliqué dans l'accident.

Ses épaules s'affaissèrent comme s'il relâchait une tension longtemps contenue.

— Où a-t-elle été trouvée ?

— Abandonnée dans le nord. Elle avait été volée.

— À qui appartient-elle ?

Terry a dû décider qu'ils en avaient assez partagé.

— Tu as dit que tu pouvais nous aider avec le passé de Pickering.

Avec un léger sourire pour reconnaître qu'on lui refusait plus de détails sur la camionnette, Vince acquiesça.

— Bradley n'avait pas l'intention de posséder une entreprise. Il avait de grands projets pour sa vie, mais l'université ne lui a pas été favorable et il a échoué à ses examens finaux. Au lieu de faire une année supplémentaire et de réessayer, il a épousé Carla, qui avait de l'argent derrière elle. Elle vient d'une famille décente. Travailleuse. Qui s'est faite elle-même. Et quand ses parents ont pris leur retraite et sont partis vers des climats plus chauds, ils lui ont offert l'entrepôt.

— C'est elle qui le possède ? demanda Liz. Elle ne s'y attendait pas.

— Elle l'a donné à son mari. Carla était en passe de devenir cadre dans une grande entreprise quand elle a froissé des plumes en osant dénoncer le harcèlement au travail. À ce moment-là, Bradley était tellement impliqué dans la construction de son petit empire qu'elle s'est retrouvée mise sur la touche.

*Je ne l'aime toujours pas. Moins maintenant, si c'est possible, pour ne pas s'être défendue.*

Ces pensées peu aimables dérangeaient Liz et elle les mit de côté.

— Vince, tu as dit que Pickering avait échoué ses études supérieures. Tu sais de quelles études il s'agissait ?

— Tu ne le sais pas ? Il rêvait de devenir avocat, éventuellement. Il a étudié le droit.

Ses yeux volèrent vers ceux de Terry, et elle pouvait imaginer que ses pensées étaient les mêmes que les siennes. Était-il possible que Pickering connaisse Roscoe malgré ses protestations du contraire ? Farrelly agissait-il comme intermédiaire et si oui, pourquoi ?

— C'est utile, Vince. Comment va Melanie ? demanda Terry.

— Bien. Elle est chez Lyndall aujourd'hui pour me permettre de couvrir du terrain sans elle. J'espère qu'elle ne rentrera pas avec un autre chaton. Il ouvrit le dossier. J'ai trouvé une enveloppe dans une des vestes de David quand je vidais le placard. Il vient d'acheter une entreprise.

— Quoi ? Liz prit la lettre qu'il lui tendait et la parcourut. Il quittait PickerPack ?

— On dirait. Mais Pickering n'en a rien dit, juste qu'il veut racheter la part de David dans son entreprise et en finir. Mon intuition me dit qu'il n'en a aucune idée... ou qu'il ne l'a appris que récemment, dit Vince. J'ai aussi trouvé environ dix mille dollars en liquide dans le coffre-fort.

— Tu as ouvert le coffre-fort ?

Elle n'avait pas vu de rapport sur les empreintes digitales.

Il sourit.

— J'ai peut-être un peu menti.

Terry étouffa un rire.

— Qu'y avait-il d'autre ? demanda Liz. Cette enveloppe ?

Vince jeta un coup d'œil à la grande et épaisse enveloppe jaune sans écriture.

— Je ne l'ai pas encore ouverte. Que dois-je faire de l'argent ? Et si c'était d'origine illégale ? Il tendit une liasse de billets. Tous des billets de cent apparemment et neufs.

Après avoir posé son café, Terry trouva un sac à preuves et l'ouvrit pour que Vince y dépose l'argent.

— Laisse-le-moi. Mieux vaut vérifier que ce n'est pas louche. Tu penses qu'il garderait ce montant à portée de main ?

— Aucune idée. Mais les frais de scolarité de Melanie n'ont pas été payés cette année et David a raconté une histoire larmoyante à la directrice concernant son entreprise qui faisait faillite. Plus probablement, il mettait tout dans l'achat d'une nouvelle vie pour lui et sa famille. Et il avait parlé à Susie l'année dernière de déménager plus loin sur un plus grand terrain.

— En parlant de terrain, tu n'as pas une vache à traire ou quelque chose ? Pete jeta ses clés sur son bureau puis se percha sur le coin, les bras croisés.

— Tu as attrapé Hardy ? répliqua Vince. Ou le nombre de corps va-t-il continuer à augmenter sous ta surveillance ?

Pete se leva d'un bond et Terry leva une main.

— Ça suffit, vous deux. Vince, je te tiendrai au courant pour l'argent.

Vince jeta un coup d'œil au tableau blanc, puis à Liz.

— Melanie a fait un nouveau dessin de toi.

— Dis-lui que je viendrai le voir bientôt. Elle ne put s'empêcher de sourire. Mais dès que Vince fut sorti de la pièce, son sourire s'effaça et elle fusilla Pete du regard. Si tu recommences ces conneries, je te largue, mon pote.

Les sourcils de Pete touchèrent presque la racine de ses cheveux.

— Tu préfères retrouver ce dinosaure ? Je t'en prie.

*Oui. Oui, je reprendrais Vince comme partenaire sans hésiter. Mais je suis coincée avec toi.*

— Je dis juste... lâche-le un peu.

Terry les ignorait tous les deux et Liz le rejoignit au tableau blanc et toucha l'image de la camionnette.

— Il ne sait pas qu'elle appartient à Pickering, dit-elle.

— Ce qui m'amène à ma question, Liz. A-t-elle été volée, ou est-ce que Pickering... ou l'un de ses associés, l'a utilisée pour faire sortir David Weaver de la route ?

Aussi agaçant que fût McNamara, il était arrivé au bon moment. Vince n'avait aucune intention d'ouvrir l'enveloppe en présence de qui que ce soit et ne l'avait apportée au poste que pour la garder en sécurité. Ce n'était probablement rien d'important mais pouvait contenir des choses personnelles qu'il valait mieux garder loin des regards indiscrets.

L'arrêt suivant serait Lygon Street. Là encore, il utilisa le GPS. Bien qu'il connût tous ces itinéraires, il avait une raison de les suivre aujourd'hui. Plus tard, il téléchargerait les données de tous les trajets et les analyserait. Quelque chose le dérangeait depuis des jours concernant l'endroit où l'accident s'était produit et il devait y avoir une réponse quelque part au-delà des assurances que tout le monde était à l'endroit où il devait être.

Le tableau blanc au poste avait été intéressant. Informatif. Et déroutant.

À l'époque où il était sergent en charge d'une grande unité d'officiers souvent jeunes, il avait disséqué des tableaux d'information plus de fois qu'il ne voulait s'en souvenir. Il y avait un ordre en eux. Une façon de relier visuellement les détails ou avec quelques mots qui surpassait les rapports écrits ou les discussions verbales.

Marion disait qu'il avait un talent pour voir au-delà de l'évident. Il l'avait crue alors et avait fait confiance à son instinct. Souvent, une image correspondait à un rapport ou à une déclaration de témoin, et il était le premier à voir un schéma. Ou le seul à le voir.

*C'est pourquoi je savais qu'il y avait un tireur en haut des escaliers lors de la marche ce jour-là.*

Il devait ralentir. Le compteur indiquait qu'il dépassait la limite de dix kilomètres.

— Bon sang, Vince. Reste concentré. Focalise-toi sur les problèmes actuels.

La propriété de Roscoe avait quelque chose de sinistre. Une

vaste parcelle de terrain au milieu de nulle part était idéale pour cacher des criminels. Était-ce là que la camionnette avait été abandonnée ? Sur le terrain de Roscoe ?

Le regard échangé entre Lizzie et Terry n'était pas passé inaperçu. Son récit sur Pickering avait comblé certains vides ou peut-être rendu une connexion évidente. Ils pensaient que Pickering et Roscoe se connaissaient et pourquoi pas ? Abel Farrelly sur cette photo au tableau, en pleine discussion avec l'avocat, prouvait qu'il devait y avoir plus qu'une rencontre fortuite tard dans la nuit sur la plage d'Altona.

Pour la première fois depuis longtemps, il regrettait de ne plus porter de badge.

Il était impossible de se garer dans Lygon Street si tôt dans la journée, alors Vince laissa la voiture dans une rue latérale et marcha jusqu'au Spironi. Le panneau « fermé » était retourné et il vérifia l'heure. Un peu trop tôt pour le service du déjeuner bien qu'il y ait des signes que les chefs étaient là. Il traversa de l'autre côté, laissant passer les tramways et les voitures avant de zigzaguer pour aller prendre un café dans un café. Depuis une place près de la fenêtre, il verrait arriver tous les membres du personnel. Et comme il ne savait pas lequel avait surpris la dispute, il resterait là jusqu'à ce qu'il ait parlé à chacun d'entre eux.

---

Le personnel du Spironi était peu coopératif, mais Vince admirait leur solidarité à répéter les mêmes réponses à ses questions.

— Vous vous souvenez de Susie Weaver et de sa famille ?

*Oui.*

— Avez-vous été témoin d'une dispute entre David et Bradley ?

*Non.*

— Avez-vous remarqué quelque chose d'inhabituel ?

*Non.*

— Melanie était-elle bouleversée à un moment donné ?

*Aucune idée.*

Les clients commençaient à arriver et un serveur portant le badge « Mike » sur son tablier était agité par la présence de Vince.

— Si vous n'allez pas prendre une table et commander, vous devez partir, monsieur.

— Si je fais ça, serez-vous honnête avec moi ?

— Vous êtes de la police ? demanda Mike, faisant signe à l'un de ses collègues de s'occuper d'un couple qui se tenait à l'entrée. J'ai déjà dit aux policiers que rien ne s'était passé.

— Quelqu'un a dit à mon ex-partenaire qu'un autre membre du personnel ici avait entendu une discussion animée ce soir-là. Êtes-vous l'une des personnes à qui elle a parlé ?

Le visage de Mike se durcit.

— Veuillez partir, monsieur.

— J'utiliserai vos toilettes d'abord.

— Elles sont réservées aux clients.

— J'ai déjà mangé ici par le passé. Ça doit compter pour quelque chose.

Avec un hochement de tête, Mike s'éloigna.

Vince utilisa les toilettes et attendit à l'intérieur de la porte. Les toilettes des dames étaient juste à côté, donc si Melanie y avait été, elle aurait pu entendre son père avoir des mots avec Pickering s'ils étaient près.

Il sortit dans le couloir. Les lumières n'étaient pas allumées et même si elles l'avaient été, il doutait que cela aurait ajouté grand-chose à l'espace sombre qui n'avait que deux ampoules nues sur toute sa longueur. À sa gauche et au coin se trouvait la salle à manger. En diagonale, il y avait la porte de la cuisine, d'où provenaient des voix élevées et des bruits de casseroles. À droite se trouvait la sortie. S'il avait voulu se disputer avec quelqu'un, loin des oreilles curieuses, il aurait été entre ici et la sortie. Vince se positionna là.

Si quelqu'un était sorti de la cuisine, on l'aurait vu.

Pareil pour les toilettes.

— Sur quoi es-tu tombée, Melly ? murmura-t-il.

Des voix approchaient de la salle à manger, et il sortit par la sortie, s'arrêtant pour que ses yeux s'adaptent à la relative luminosité extérieure. Il se trouvait dans une ruelle étroite rendue plus petite par des bennes à ordures et une rangée de voitures garées les unes derrière les autres. Et adossé au mur, un jeune homme portant le tablier du Spironi avait les yeux baissés, concentré sur un jeu sur son téléphone.

Il parla sans lever les yeux.

— Est-il parti, Mike ?

Vince arriva jusqu'à lui avant de répondre.

— S'il a quitté le restaurant ? Oui. J'aimerais te parler, fiston.

# QUARANTE-ET-UN

— Marco ? Eh bien, ce doit être toi. Vince posa la paume de sa main sur le mur près de la tête du serveur, l'empêchant efficacement de s'enfuir grâce à la benne à ordures de l'autre côté.

Le gamin recula.

— Je ne suis pas Marco.

— Ton tablier dit le contraire.

— Euh... pas le mien. Emprunté.

— Tes collègues à l'intérieur ont été très coopératifs, Marco, dit Vince. Ils m'ont raconté les événements de la soirée où David Weaver, Bradley Pickering et leur famille étaient ici pour la dernière fois ensemble.

— Je ne travaillais pas.

Il y avait de la panique dans les yeux du gamin. Quelqu'un l'avait menacé. Ou fait chanter.

— Si, tu travaillais. Mike l'a confirmé.

Marco exprima ses sentiments à ce sujet dans une série de jurons. Même un que Vince n'avait jamais entendu.

— Tu te sens mieux ? Bien. Écoute, je ne suis pas là pour t'arrêter. Pas cette fois. Et on peut garder cette conversation entre nous, d'accord ?

Peut-être que sa série de bluffs touchait à sa fin. Les lèvres de

Marco étaient fermement serrées. Était-ce de la peur ? Ou la crainte de perdre quelque chose s'il parlait ?

— On sait tous les deux que tu as surpris une dispute entre David et Bradley. Je ne m'intéresse pas à toi... sauf si tu refuses de m'aider.

— Qu'est-ce que tu veux ?

— La petite fille. Melanie ? A-t-elle entendu ce qu'ils ont dit ?

Les yeux de Marco allèrent de gauche à droite puis revinrent sur ceux de Vince.

— Comment pourrais-je savoir ce qu'elle a entendu ?

— L'as-tu vue près d'eux ?

Des perles de sueur se formèrent sur le front de Marco.

*Donne-moi quelque chose.*

— C'est une petite fille, mec. Toute une vie devant elle. Savais-tu qu'elle était sur la banquette arrière de la voiture quand une camionnette l'a percutée et l'a forcée à s'écraser contre un arbre ? Elle a vu ses parents mourir. Savais-tu qu'elle est toute seule au monde à part son grand-père ? Elle ne reverra jamais sa mère. Ne la serrera plus jamais dans ses bras. Ni son père.

— Alors vous feriez mieux de la mettre à l'abri. Marco se baissa sous le bras de Vince et s'enfuit.

— Putain de merde. Vince se lança à sa poursuite.

Marco avait disparu lorsqu'il atteignit le bout de la ruelle. Alors qu'il se pliait en deux, aspirant désespérément de l'air, les mots tournaient en boucle dans son esprit.

*Vous feriez mieux de la mettre à l'abri.*

———

À défaut d'un voyage dans le Gippsland, le mieux que Liz pouvait faire était d'éplucher des années de reportages de la ville natale d'Abel Farrelly, Moe. Elle y était allée quelques fois en route vers d'autres destinations et se souvenait de peu de choses à part l'impression d'une ville qui ne vieillissait pas bien malgré son joli aspect. Beaucoup de magasins vides.

Statistiquement, la ville avait un taux de criminalité élevé par rapport à la moyenne de l'État. Presque le double. Les revenus étaient plus bas. Pas différent de nombreuses petites villes qui avaient autrefois prospéré mais qui, au fil des décennies, n'avaient pas réussi à se développer et à s'épanouir.

Commençant l'année de la naissance de Farrelly, elle chercha son nom de famille. Il y avait une mention de sa naissance comme premier enfant de ses parents. Aucun autre enfant n'apparaissait par la suite. Son père possédait une quincaillerie qui avait brûlé dans un incendie non suspect lorsque Farrelly était jeune adolescent. L'article de journal le décrivait comme une perte pour la ville et notait qu'heureusement personne n'avait été blessé.

Elle trouva l'avis de décès de ses parents seulement deux ans plus tard... tués dans un incendie de maison.

— Tu plaisantes ?

Cela avait fait la une du journal local avec une image troublante de la maison détruite et d'un corps dans un sac étant transporté. Abel était décrit comme un orphelin sans famille restante. Il avait quinze ans. Des rapports ultérieurs indiquaient que l'incendie avait été jugé accidentel après un incident avec la cheminée. Six mois plus tard, un article sportif parlait de la suspension d'Abel Farrelly et Richard Roscoe, joueurs prometteurs de l'AFL, pour la finale du championnat local en raison d'infractions non divulguées au club.

Liz coupa et colla toutes les références et imprima un document complet, avec les liens. En tant que mineurs, toute action disciplinaire concernant Farrelly ou Roscoe aurait été gardée secrète, mais quelqu'un devait savoir. Il fallut plusieurs appels téléphoniques pour retrouver l'homme qui avait entraîné l'équipe cette année-là.

— Mon Dieu, c'était il y a une demi-vie, officier. Bob Kirk vivait maintenant dans le Queensland pour sa retraite. Cette équipe a souffert de la perte de ces deux garçons, mais je n'avais pas le choix. Enfreindre les règles, perdre sa place.

— Quelles règles en particulier ?

— Ai-je le droit d'en parler ? Je n'ai pas à faire de déclaration officielle, n'est-ce pas ?

— Pas du tout. C'est purement pour m'aider à reconstituer les débuts d'Abel et Richard. Tout ce dont vous vous souvenez fera une différence.

— Eh bien, dans ce cas, je me souviens avoir été déçu par Richard. Il venait d'une bonne famille, une famille stable. Les deux garçons étaient intelligents, mais Richard avait la capacité de faire n'importe quoi de sa vie. Abel... eh bien, son passé était différent.

— À cause de la mort de ses parents ? Liz griffonna des notes.

— Même avant ça. Je ne parle pas habituellement en mal des morts, mais son père était une vraie ordure. Le gamin travaillait dans cette quincaillerie dès son plus jeune âge et a été jeté à terre devant les clients plus d'une fois. Quand ils sont morts, Abel est allé vivre avec la famille de Richard et j'ai pensé que ça l'aiderait, mais si ça se trouve, il a plutôt entraîné Richard sur une mauvaise voie.

— M. Kirk, vous souvenez-vous pourquoi ils ont été suspendus ?

— Après tout le bruit que Richard Roscoe senior a fait quand j'ai pris cette décision ? Il renifla. J'ai tenu bon malgré qu'il me dise que les garçons seront toujours des garçons. Des conneries. Les garçons ne sont pas différents de n'importe qui d'autre et s'ils font chanter un coéquipier, alors ils récoltent ce qu'ils méritent. Heureusement que ça n'a pas été rapporté à la police.

— Du chantage ?

— Ils avaient obtenu des photos d'un autre gars embrassant une fille. Ça ne veut rien dire de nos jours, mais le gamin venait d'une famille religieuse stricte et aurait eu de gros ennuis. Je n'ai jamais su jusqu'où ça allait, mais ces deux-là avaient effrayé le gars et il les payait chaque semaine. Je ne tolérais pas ces bêtises dans mon équipe.

Après avoir terminé l'appel, Liz retourna au tableau blanc.

Farrelly et Roscoe sur le quai cette nuit-là avaient semblé former un duo si étrange. La dispute, la bousculade, puis la poignée de main. Étaient-ils même amis ou cette relation d'adultes était-elle liée à leur comportement passé ? Un avocat et un contremaître d'entrepôt aux antipodes du monde professionnel et financier. Du moins, en apparence.

— Qu'a dit l'entraîneur ?

Pete la rejoignit pour accrocher une image imprimée.

— Que Farrelly et Roscoe non seulement vivaient dans la même maison quand ils étaient ados, mais qu'ils ont aussi fait chanter un autre gamin pendant un moment. Farrelly a été maltraité chez lui. L'entreprise familiale a brûlé quand il avait treize ans et la maison familiale deux ans plus tard, et ses deux parents y sont morts.

— Merde. C'est tout un passé révélé en un seul coup de fil. Il pointa l'image du doigt. Tout ce que j'ai, c'est cette silhouette dans l'ombre à la gare de Talbot.

Liz regarda de plus près. Un homme attendait sur le quai sombre, les mains dans les poches d'un manteau et un chapeau enfoncé sur la tête.

— C'est la meilleure photo ?

— Pour l'instant. J'ai demandé à la police locale de parler aux commerçants du coin qui ont des caméras dans les rues qu'il aurait pu emprunter, mais je pense qu'il se serait tenu aux chemins de traverse.

Liz lui tapota l'épaule.

— D'accord, je te garde encore un peu. Bon boulot.

— Avant que vous deux ne deveniez trop mielleux, Vince vient d'appeler. Il est chez Spironi et il est sur le point de s'attirer des ennuis. Terry leur fit signe de sortir. Rappelez-lui qu'il n'est pas flic, s'il vous plaît.

— Il s'est fait passer pour un policier ! Ce n'est pas illégal, ça ? Le visage de Mike était rouge et il agitait les bras.

Pete hocha solennellement la tête, visiblement amusé par la situation dans laquelle ils venaient d'arriver. Il devait adorer l'idée de pouvoir retourner la situation et mettre Vince dans le pétrin pour se venger de l'enquête sur Pete qui avait failli mettre fin à sa carrière il y a toutes ces années. Il avait été disculpé, mais Vince avait fait ce qu'il fallait en signalant le comportement suspect de Pete à l'époque. Pete ne le voyait pas de cette façon.

Ils étaient dans la ruelle derrière le Spironi avec Mike et Vince, qui se criaient dessus quand ils sont arrivés. Liz envoya immédiatement Vince de l'autre côté avec un « Je m'occuperai de toi plus tard » avant d'essayer d'apaiser le serveur. Il s'énervait de plus en plus et elle en avait assez.

— Mike, tu te souviens quand j'ai dîné ici récemment ? Je t'ai posé des questions sur la soirée où les Weaver étaient là.

— Non.

— Mais si, tu t'en souviens. Tu m'as dit que c'étaient des gens sympas. De bons clients. Tu te souvenais de leur petite fille.

Il lança un regard noir à Vince, qui se tenait debout, les jambes écartées et les bras croisés, le fixant en retour.

— Il a fait fuir mon serveur.

— Qui se cachait ici en attendant que tu lui donnes le feu vert.

— Vince, tais-toi. Liz lui tourna le dos. Mike, ignore-le pour l'instant, s'il te plaît. Tu m'as dit que Marco avait servi leur table et qu'il avait mentionné avoir surpris une dispute. Au-delà des toilettes, tu m'as dit.

Rencontrant enfin son regard, Mike hocha la tête.

— C'est vrai, j'ai dit ça.

*Oh, Dieu merci !*

— Quand je suis revenue une autre fois et que j'ai parlé à Marco, il a nié. Il a dit que tu t'étais trompé, alors si tu l'as envoyé ici pendant que Vince était à l'intérieur en train de poser des questions sur lui, il doit y avoir une raison.

— Il avait peur.

— De quoi ?

— Demande à Marco, dit Mike.

— J'aurai besoin de son adresse et de son numéro de téléphone. Quelqu'un l'a-t-il menacé ? Parce que nous pouvons offrir une protection.

La bouche de Mike s'ouvrit et se referma.

— Quelque chose s'est passé dans ton restaurant, Mike. Nous pensons que ça a conduit à l'accident de voiture qui a coûté la vie à la fille de Vince.

— Vous auriez dû le dire. Mike regarda Vince. Je ne savais pas que tu étais son père.

Vince garda la bouche fermée pour une fois.

— On a dit à Marco de se taire sur ce qu'il a entendu ou vu, et je n'ai pas plus de détails. Je vais chercher son adresse. Mike se dirigea vers la porte de derrière, Pete sur ses talons.

Liz prit une profonde inspiration. C'était un progrès.

— Je savais qu'il cachait quelque chose.

— C'est du temps dont j'avais besoin ailleurs, Vince.

Il n'avait pas l'air le moins du monde honteux de lui-même et pourquoi le serait-il ?

— Lizzie, avant que ton idiot de partenaire ne revienne, Marco a dit quelque chose qui me tracasse. Il m'a dit que je ferais mieux de mettre Melanie à l'abri.

— Dans quel contexte ?

— J'avais dit qu'il ne lui restait plus que son grand-père au monde maintenant.

— Il ne t'a pas dit à *toi* de faire attention ?

— Non. De la mettre à l'abri. Il baissa les yeux un instant et marmonna quelque chose qu'elle n'entendit pas.

— Vince ?

— Peut-être... d'accord, tu peux lui parler. De cette nuit-là. Son expression, quand il releva la tête, lui fit mal à voir. C'était douloureux pour lui.

— Tu veux que je vienne chez toi... ou que je l'amène au poste ?

— Je peux y aller ? J'ai du terrain à couvrir avant d'aller la chercher.

— Bien sûr. Tu me tiens au courant ?

Il hocha la tête et tourna les talons. En un instant, il avait disparu. Il était en mission aujourd'hui, concentré. Déterminé.

*Reste juste hors des ennuis.*

———

Marco n'était pas dans son appartement et frapper aux portes des voisins immédiats ne donna rien. Personne ne savait rien.

— On ne peut pas rester assis ici à l'attendre, Liz. Pour quelqu'un qui se plaignait d'attendre dans la voiture, Pete avait l'air à l'aise. Il prit une grosse bouchée du burger qu'il venait d'acheter.

— On restera jusqu'à ce que tu aies fini de manger. Ce qui sent affreusement mauvais. Elle baissa une vitre. J'aimerais vraiment parler au jeune Marco et découvrir qui il a rencontré.

— Pickering.

— Le choix le plus évident. Mais et si Pickering était au milieu de quelque chose de criminel ? Quelque chose de plus gros que ce qu'on sait. Il n'aurait qu'à laisser échapper qu'il a eu cette dispute et un de ses sbires pourrait intervenir. Je ne vois pas où Hardy s'intègre là-dedans. Ni Roscoe, et maintenant lui et sa voiture de luxe sont dans la nature sans aucune preuve.

Son téléphone bipa pour signaler un message. Vince.

Après le dîner, ça me va si tu veux.

Ce serait encore une longue journée.

Je ferai de mon mieux. Sinon demain matin ?

— Pete, tu as pas mal d'expérience avec les enfants témoins... J'ai la permission de parler à Melanie Weaver du restaurant, peut-être même de l'accident de voiture.

Il mâcha un moment, réfléchissant. L'expérience de Pete était plus large que la sienne grâce à des missions sous couverture et au temps passé à travailler étroitement avec Terry dans des affaires du crime organisé. Elle lui faisait toujours confiance pour les questions sérieuses. C'étaient les détails périphériques qui l'agaçaient.

— C'est une petite futée, ce qui signifie qu'elle est aussi sensible. Pour une raison quelconque — choc, peur, incrédulité — elle a fermé les canaux normaux de communication. Traumatisme. Tant qu'elle se souvient, tu trouveras un moyen si tu y vas sur la pointe des pieds. Mais ne la sous-estime pas. Si tu es directe dans tes questions, d'une manière douce, elle se sentira plus en confiance.

*Merde. Comment es-tu devenu si sage ?*

— Je pense qu'elle m'aime bien, donc c'est déjà ça. L'autre chose, c'est qu'elle dessine beaucoup. Genre, tout.

— Fais-la dessiner ce qui s'est passé. Pete enfourna le reste du burger dans sa bouche.

Après un autre coup d'œil en bas et de l'autre côté de la rue, sans signe de Marco, Liz démarra la voiture. Elle demanderait à quelqu'un de le surveiller. Tôt ou tard, il retournerait chez Spironi ou chez lui. Ce n'était pas comme si quelqu'un d'autre le cherchait.

# QUARANTE-DEUX

*Erreur numéro un. Croire que l'argent parle à tout le monde.*

*Erreur numéro deux. Laisser un témoin livré à lui-même.*

*Erreur numéro trois ? Celle-ci, c'est la sienne. Quel imbécile me dit qu'il pense devoir parler à la police ? Quelle partie de « Je paie pour son enterrement » n'a-t-il pas comprise ?*

*Le petit bonhomme veut plus d'argent pour garder le silence et ça m'a fait rire aux éclats.*

*J'aime cette ruelle.*

*Pas de caméras.*

*Presque pas de passage.*

*Il veut retourner au travail, alors le rencontrer ici nous arrange tous les deux.*

*Il pense qu'il reverra l'intérieur de ce restaurant.*

*C'est un imbécile mort qui marche.*

# QUARANTE-TROIS

Il n'aurait pas dû accepter que Liz vienne plus tard. Melanie n'avait pas besoin d'être poussée à parler de la nuit de l'accident. Vince était assis dans sa voiture, un peu plus loin sur la route de l'entrepôt de Pickering, où il se trouvait depuis vingt minutes. Il vérifia l'heure. Encore. Aucun signe de Pickering ou Farrelly, de leurs voitures, ou d'ailleurs, de mouvement à l'intérieur. C'était un jour de semaine et cela n'avait aucun sens que l'endroit soit fermé.

*À moins que tu ne sois vraiment en train de couler.*

D'une certaine façon, il en doutait. Pickering était trop arrogant chez lui ce matin. Du moins jusqu'à ce qu'il découvre pourquoi Vince était là.

L'enveloppe était sur le siège passager. Il pouvait faire plusieurs choses à la fois.

Il glissa une clé sous le rabat et l'ouvrit, vidant le contenu sur le siège.

Deux enveloppes blanches scellées se trouvaient à l'intérieur, ainsi qu'un trousseau de clés, un téléphone portable et plus d'argent en billets de cent dollars tout neufs. Encore dix mille dollars environ. Le portable était déchargé, mais son chargeur s'adaptait, alors il le brancha. Les clés étaient variées, dont une clé de boîte postale et ce qui pourrait être une clé de maison.

La première enveloppe était adressée à Mme McCoy à l'école de Melanie.

Incertain de devoir l'ouvrir, il la posa.

Le numéro de Lyndall s'afficha lorsque son téléphone sonna et il le saisit.

— C'était rapide. Avant que tu ne demandes, Melanie va bien. Moi aussi.

Il y avait de l'humour dans son ton et le cœur de Vince recommença à battre.

— Qu'est-ce qu'il y a ?

— Mon maréchal-ferrant a appelé. Il vient demain matin à la première heure pour s'occuper des sabots des ânes, alors amène ta ponette quand tu rentreras et il s'occupera de ses sabots. Elle peut rester avec eux pour la nuit. Un peu de compagnie ne lui fera pas de mal.

— Elle n'est pas seule, mais elle a besoin d'une coupe. Je devrais être à la maison dans quelques heures.

— Eh bien, nous sommes sur le point d'étaler la pâte pour des roulés à la saucisse maison, alors ne te presse pas. Nous prévoyons aussi de faire une tarte aux pommes, donc c'est dans ton intérêt de laisser Melanie rester encore trois heures. Ou plus.

— Merci, Lyndall.

— Avec plaisir, chéri.

Elle raccrocha.

Sans elle, ce serait plus difficile. Impossible, car il n'aurait jamais exposé Melanie au commissariat ou chez Spironi. Avec un peu de chance, il n'aurait bientôt plus besoin de demander autant d'aide à Lyndall. Il devait juste assembler les pièces du puzzle.

L'autre enveloppe n'était adressée à personne. À l'intérieur se trouvaient deux documents. Une lettre et une copie d'un testament. Il était au nom de Susie et David et daté d'il y a seulement trois mois.

Ses yeux se fermèrent. Comment pouvait-il lire ceci en sachant que cela pourrait détruire toute chance pour lui d'adopter, ou même d'avoir la garde de Melanie ? Si Susie avait décidé qu'elle avait assez attendu que son père devienne un homme meilleur...

*Melanie a besoin de moi.*

Y avait-il une autre copie ? Sûrement qu'ils l'avaient déposée chez quelqu'un, mais leur avocat ne parlait que de l'original d'il y a des années.

— Je ne te laisserai pas partir, Mel. Je te promets que je ne le ferai pas.

Il ouvrit les yeux. En supposant que c'était la seule copie, il pouvait la garder cachée. Ne jamais la laisser voir le jour. Continuer les démarches déjà en cours pour assurer son avenir.

Craignant le pire, il le leva pour le lire.

Une voiture tourna dans la rue puis dans l'allée de l'entrepôt, s'arrêtant aux grilles verrouillées. Un homme sortit, vérifia son téléphone et remonta à l'intérieur. Vince fourra tout dans la boîte à gants.

Que faisait Richard Roscoe ici ?

La Lexus fit marche arrière et repartit par où elle était venue.

Vince démarra le moteur et la suivit.

———

C'était un groupe de détectives abattus dans le bureau lorsque Terry convoqua une réunion en milieu d'après-midi. Beaucoup avaient été à Talbot la nuit précédente tandis que d'autres étaient fatigués par de trop longues heures passées à travailler sur d'autres aspects de l'affaire Hardy. Liz estimait s'en être mieux tirée que certains, avec ses cinq heures de sommeil environ, même si elles avaient été agitées.

Un plateau de produits de charcuterie — fromages, viandes, crackers et autres — était au milieu de quatre tables toutes poussées ensemble, et tout le monde grignotait. Terry était un bon patron. Un de ceux qui savaient comment régénérer les esprits défaillants.

Il faisait lentement les cent pas dans l'espace entre les tables et le tableau blanc, s'arrêtant parfois quand l'un des détectives parlait. Comme maintenant.

Pete avait construit quelque chose avec deux crackers entre lesquels il avait coincé un gros morceau de fromage dur, une tomate séchée, du salami et de la relish, et il l'agitait en parlant. Liz ne pouvait pas en détacher les yeux, attendant que ça explose partout sur lui.

— Laisse-moi résumer, Terry. De toute cette opération de la nuit dernière, nous n'avons rien. Aucune preuve que Hardy ait jamais se soit rendu à la propriété de Roscoe. Pas d'empreintes dans la camionnette que nous avons récupérée. Et rien dans la voiture de Roscoe, ni de notre entretien avec lui.

Terry acquiesça.

—Ouaip. Ouaip. Ouaip, et... ouaip.

— J'aurais dû l'interroger moi-même. Pete mordit enfin dans sa création.

— Ce n'est pas une cause perdue. Ce que nous savons, c'est que quelqu'un a abandonné cette camionnette assez près de la propriété de Roscoe. Peut-être pour faire de lui un suspect dans l'accident qui a tué les Weaver. Et une autre personne — probablement la même — s'est assurée que nous sachions qu'elle était là.

— Ouais, mais quel cinglé attirerait l'attention sur lui-même de cette façon ? demanda l'un des détectives, et plusieurs autres acquiescèrent.

Liz se leva et se dirigea vers le tableau blanc, saisissant un marqueur.

Terry lui jeta un coup d'œil mais continua de parler.

— Aucune raison de croire que Roscoe ait quoi que ce soit à voir avec ça. Celui qui l'a abandonnée là-bas l'a peut-être très bien fait pour le contrôler.

Elle traça une ligne entre les photos individuelles de Farrelly et Roscoe et écrivit au-dessus « historique de chantage envers d'autres ». Puis en dessous de la ligne, « qui est victime de chantage maintenant ? ».

— Vous voulez partager vos réflexions, Lizzie ?

*Je ne suis pas sûre de savoir ce qu'elles sont.*

Néanmoins, elle fit face à la salle et tout le monde, même Pete, lui accorda son attention.

— Il y a peu, j'ai parlé à un ancien entraîneur du club de foot de Moe au sujet de ces hommes. À l'époque, ils étaient adolescents et Farrelly vivait avec la famille Roscoe après la mort de ses parents dans un incendie. Selon l'entraîneur, ils faisaient chanter un autre coéquipier et il les a suspendus pour les finales. Il a dû y avoir beaucoup de colère et de ressentiment, et parfois c'est suffisant pour créer des liens entre les gens.

— Qui a allumé le feu ? demanda quelqu'un.

— C'était considéré comme un accident. Cependant... Elle tapota sur l'image de Farrelly. Le magasin de quincaillerie de son père avait brûlé deux ans plus tôt *et* il était maltraité par son père quand il était enfant.

Pete commença à préparer un autre sandwich au cracker.

— Si les autorités qui régulent les cabinets d'avocats apprennent le passé de Roscoe, ça pourrait lui causer des problèmes. Il leva les yeux avec un sourire. J'adorerais lui parler en sachant tout ça. Voir si Farrelly utilise leur histoire commune pour obtenir quelque chose de lui.

— Et en même temps, une conversation avec Farrelly, en évoquant ces incidents de jeunesse, pourrait le déstabiliser pour une fois, dit Liz. Mais quels sont les enjeux ? Malcolm Hardy doit s'intégrer quelque part là-dedans, mais je suis bien incapable de voir où.

*Et pourquoi nous a-t-on envoyés chercher le van la nuit dernière ?*

— Liz et Pete, vous vous occupez de Farrelly. Je m'occupe de Roscoe. Terry balaya la salle du regard avec un léger sourire. Si quelqu'un n'a pas dormi depuis hier soir, rentrez chez vous. Les autres, retournez examiner les images des caméras des zones autour des deux meurtres et de Talbot.

— Ouais... mais cette nourriture ne va pas se manger toute seule. Pete commença à remplir une serviette de gourmandises.

———

À la déception de Vince, Roscoe ne fit rien d'autre que retourner à ses bureaux.

Le trajet à travers la ville avait empiété sur ses plans. Il espérait jeter un coup d'œil à l'entreprise sur laquelle David avait versé l'acompte, mais le temps lui manquait et il rentra chez lui.

Après un arrêt au supermarché, il revint au chalet alors que la lumière commençait à changer. Laissant les objets de la maison de Susie pour plus tard, il rentra les courses et se changea rapidement, mettant des bottes pour aller chercher Pomme.

— J'espère que tu ne te sens pas seule, ma belle, dit-il en attachant une laisse à son licol. Elle fouilla ses poches de son museau puis renâcla quand aucune friandise ne fut trouvée. Lyndall dit que tu as besoin de compagnie.

Il déverrouilla le portail latéral et elle le suivit joyeusement. Le portail était une idée de Lyndall il y a des années, quand Susie était jeune et venait la voir à cheval. Cela évitait de descendre jusqu'à la route et de remonter, et il y avait un chemin qu'elle pouvait emprunter un peu plus loin menant à d'innombrables hectares de sentiers équestres. Pas très loin, c'était là que lui et Susie avaient planté ces arbres fruitiers. Le terrain lui appartenait mais, en raison de la nature escarpée de l'arrière de sa propriété, était plus accessible depuis la longue allée de Lyndall.

Cela lui prit plus de temps que prévu avec Pomme qui s'arrêtait de temps en temps pour attraper une bouchée d'herbe qui devait être suffisamment différente de celle de son pré pour attirer son attention. Lorsqu'il fit le tour de la maison, Lyndall traversait à grands pas depuis un petit pré avec plusieurs abris à trois côtés et une demi-douzaine d'ânes qui mâchonnaient un tas de foin frais.

— Allez, Pomme, ils ne vont rien te laisser si on ne te fait pas entrer.

— Salut Papi ! Melanie fit signe depuis une grande terrasse ouverte.

Il lui rendit son salut.

— Tout est emballé ?

— Presque. Elle retourna en courant dans la maison.

— Elle va bien dormir, dit Lyndall. Elle ouvrit le portail, repoussant doucement un des ânes qui voulait saluer Pomme. Il n'y a pas grand-chose qu'elle n'ait pas fait aujourd'hui, à part m'aider à déplacer ce lot, mais quand je l'ai fait, elle est restée en vue tout le temps.

Une fois la laisse détachée, Pomme trotta vers le groupe principal, hennissant doucement alors qu'ils levaient la tête. Elle passait occasionnellement du temps avec eux et semblait heureuse d'être de retour ici.

— Tu as tout fait ? Lyndall ferma et sécurisa le portail.

— Pas tout à fait. J'ai été distrait quelques fois mais ça a été productif. Plus d'informations à examiner mais je pense que ce sera dans l'intérêt de Melanie.

Elle lui lança un de ces longs regards pensifs qui lui donnaient toujours l'impression qu'elle lisait dans ses pensées.

— T'avoir comme tuteur est le meilleur intérêt qu'elle puisse avoir. Melanie n'a pas besoin de choses sophistiquées. Elle a besoin d'authenticité. En parlant de ça, il y a une tarte aux pommes maison et plein de petits pâtés à la saucisse à emporter, et elle a participé à toutes les étapes de leur préparation. Ils atteignirent les marches de la terrasse. Tu veux entrer ?

Melanie poussa la porte de derrière, luttant avec son bras valide pour porter un sac surdimensionné.

— Ou peut-être pas cette fois. Lyndall rit alors que Vince se précipitait pour prendre le sac.

— On a fait la meilleure tarte de tous les temps !

— Dans ce cas, on devrait la ramener à la maison et la goûter.

— Papi, pas avant le dîner. Melanie essaya d'être sérieuse, mais ses yeux étaient brillants et heureux. Elle entoura la taille de Lyndall de ses bras. Tu es la meilleure, Lyndall.

Si c'étaient des larmes qui se formaient dans ses yeux, Lyndall fit clairement comprendre qu'elle ne voulait pas qu'on les voie, tournant la tête et tapotant le dos de Melanie.

— Ramène ton grand-père à la maison, ma chérie, et n'oublie pas de mettre les pâtisseries au frigo pour les garder fraîches.

*Un jour, j'espère que tu me raconteras ton histoire.*

— Il est temps d'y aller, alors dis merci, dit Vince.

Melanie recula d'un pas.

— Merci de m'avoir accueillie.

— Tu es la bienvenue.

— De ma part aussi. Vince prit la main de Melanie avec sa main libre. Je viendrai demain matin pour payer le maréchal-ferrant et ramener Pomme.

— Pas de précipitation. Elle est la bienvenue pour une visite. Tout comme vous deux. Lyndall repartit vers le pré en faisant un signe de la main.

Lorsqu'ils atteignirent le chemin menant aux arbres fruitiers, Vince le lui montra.

— Et si on allait s'y promener demain ? Voir si ces arbres ont quelque chose à cueillir. Il y a peut-être quelque chose que les oiseaux n'ont pas eu.

— Où mène ce chemin ? Melanie scruta l'obscurité naissante. Je ne vois pas assez loin.

— Il serpente le long de l'arrière du pâté de maisons, puis monte un peu plus haut pour que tu puisses avoir une vue plongeante sur notre chalet. Après ça, il y a une vallée derrière la crête où ta mère avait l'habitude de monter Pomme. Elle emportait parfois un petit pique-nique et partait pendant des heures.

— Sur la ponette ?

— Sur la ponette.

— Pomme, la ponette. Et maintenant, on l'a échangée contre une tarte aux pommes. Elle commença à glousser, et Vince rit avec elle tandis qu'ils rentraient chez eux.

# QUARANTE-QUATRE

Carla n'en revenait pas de ce qu'ils avaient accompli en une journée. La nouvelle chambre de Melanie prenait forme et bien qu'il restât encore beaucoup à faire, c'était un excellent début. Tous les vieux meubles avaient disparu et des bâches protégeaient la moquette, prêtes pour que les murs soient peints. Elles étaient apprêtées pour qu'elle commence le lendemain matin. Elle n'était pas mauvaise en peinture et décoration, et c'était un véritable travail d'amour.

Quoi que Vince Carter ait dit à Bradley lors de sa visite ce matin, cela avait galvanisé son mari pour qu'il passe à l'action. Il ne lui avait pas parlé de la conversation, mais quand il avait suggéré qu'ils aillent acheter des meubles... eh bien, c'était évident.

Vince avait reconsidéré la situation.

Que Melanie devienne un membre permanent de leur famille ou une visiteuse régulière n'avait pas d'importance à ce stade. Petit à petit, Carla travaillerait sur Vince. Elle lui prouverait à quel point elle rendait Melanie heureuse et à quel point sa vie était plus facile en jouant le rôle important de grand-parent, mais les week-ends. Ou un week-end sur deux.

Bradley l'avait aidée à choisir un nouveau lit, une table de chevet et un joli fauteuil qui pouvait se transformer en lit simple pour quand ses amies resteraient dormir. Tout cela serait livré dans quelques semaines, ce qui lui donnait le temps de finir toutes les autres touches. Melanie pourrait choisir son propre linge de maison et tout ce qu'elle voudrait. Peut-être une petite bibliothèque. Et un aquarium.

Quand ils étaient rentrés, elle était euphorique et n'avait pas perdu de temps pour montrer à son mari à quel point elle l'aimait pour être si compréhensif. Mais alors qu'il serait resté au lit pour le reste de la journée, elle l'avait poussé et fait venir l'aider ici.

*Et maintenant, cela devient une chambre digne d'une petite fille.*

— Notre petite fille.

Il n'y avait plus rien à faire ici ce soir, alors elle ferma la porte et se dirigea vers la cuisine pour commencer le dîner. Elle préparerait l'un des plats préférés de Brad et ils pourraient partager une bouteille de vin et se coucher tôt.

*Rouge ou blanc ?*

Il n'était pas dans le salon, mais de là, elle pouvait l'entendre parler à quelqu'un et suivit le son. La porte d'entrée était entrouverte et après avoir jeté un coup d'œil pour confirmer qu'il était au téléphone plutôt qu'avec un visiteur, elle commença à rebrousser chemin.

— Pas à l'entrepôt. Trop d'yeux dessus.

Carla se figea à l'entrée du salon. Qui surveillait l'entreprise ? Et pourquoi ?

— Non. Jamais chez moi. Jamais. Carla ne sait rien de tout ça et je serai damné si elle en apprenait quoi que ce soit.

Un froid soudain la traversa et son corps se raidit.

Bradley rit brièvement.

— Tu plaisantes, mais ouais, je te retrouve là-bas. Mais on doit parler de Carter aussi bien que des autres affaires.

*Vince ? Quoi à propos de Vince ?*

— Je pars maintenant.

Elle ne pouvait pas être surprise ici, à écouter aux portes.

Carla se déplaça rapidement et silencieusement alors que la porte d'entrée se fermait.

— Chérie ? Je sors pour une heure.

Sa gorge était serrée, et elle dut forcer pour sortir un faible :

— À tout à l'heure.

— Ça va ?

Les doigts croisés derrière son dos, elle prit une profonde inspiration.

— Je vais prendre une douche. Puis faire le dîner.

— D'accord. Je reviens vite.

Dès que la porte d'entrée cliqua, elle se précipita vers son sac à main et ses clés.

———

— Pete a laissé tomber ? Terry passa devant le bureau de Liz pour jeter ses clés dans son bureau, puis revint. Il ne restait que deux autres détectives et tous deux travaillaient sur les vidéos locales des zones des deux meurtres différents.

— Non. Il rencontre l'un de ses anciens informateurs. Quelque chose à propos de Ginny.

— Une avancée serait la bienvenue. Terry traîna une chaise et s'assit en face. Jusqu'à présent, toutes les images autour de son immeuble n'ont rien montré de valable. Le problème, c'est qu'il y a plus d'une centaine d'appartements. C'est étrange qu'il n'y ait pas de caméras intérieures.

— C'est probablement pour ça qu'elle vivait là, j'imagine. Le client moyen ne voudrait pas être pris en train d'entrer chez elle. Nous suivons quelques livraisons qui semblaient bizarres, en dehors des heures normales de travail, mais si les informations de Pete peuvent aider, tant mieux. Liz s'étira. Qu'est-ce qui s'est passé avec Roscoe ?

Terry grogna.

— Il a dit que si je ne l'arrêtais pas, il ne viendrait pas pour un autre interrogatoire. C'est très tentant, mais je veux que l'affaire soit solide avant de franchir cette étape. Il nous manque juste une chose. Juste une.

— Donc tu ne lui as pas demandé pour son adolescence ?

— Pas encore. Tu ne devais pas faire venir Farrelly ?

— Je le ferai, chef, une fois qu'on l'aura trouvé. Il n'est pas chez lui et l'entrepôt est fermé. Il y a maintenant un petit panneau sur la fenêtre, quelque chose à propos d'un jour de congé et d'une réouverture normale demain. J'aimerais bien savoir s'il s'est passé quelque chose là-bas hier soir. J'ai l'impression que c'est le cas.

Terry se leva.

— Rentre chez toi, Liz. On recommencera demain matin et je mettrai une unité sur Roscoe pour la nuit. Je vais voir si on peut en avoir une autre pour surveiller aussi la maison de Farrelly. Il se dirigea vers son bureau.

Elle ne voulait pas rentrer chez elle. Ne voulait pas arrêter de fouiller dans la montagne de paperasse qu'elle avait accumulée sur son bureau pour recouper toutes les informations disponibles depuis le moment où Malcolm Hardy s'était échappé. Et maintenant que la camionnette était confirmée comme étant celle impliquée dans la mort de Susie — et appartenant à PickerPack Holdings — son instinct lui criait qu'il y avait plus dans cette histoire qu'un véhicule volé et un accident.

*La partie détection du travail de détective ne fonctionne pas.*

Liz ferma les dossiers et empila les papiers. Terry avait raison. Rentrer, manger, dormir.

Enfilant un manteau, Terry sortit de son bureau. L'expression sur son visage fit se lever Liz en une seconde.

— Il y a un corps.

— Plus question de rentrer alors ? Elle attrapa ses clés.

— Derrière le Spironi.

Il était déjà sorti.

— Plus question de rentrer.

Pete était déjà sur les lieux dans la ruelle derrière le restaurant. Quelqu'un avait appelé une ambulance, mais un seul regard sur le corps aurait dû dire à l'appelant de ne pas se donner cette peine.

— Comme Ginny. Étranglé. Hardy encore, dit Pete.

Pas convaincue, Liz se tint en retrait pendant qu'un officier de la scène de crime prenait des photos. C'était Marco, les yeux ouverts et les cordons de son tablier enroulés autour de son cou. Il n'était pas surprenant que personne ne l'ait trouvé jusqu'à maintenant car son corps était allongé le long du mur de la ruelle et il était sur le côté. De quelques mètres, il aurait pu paraître endormi s'il avait même été vu dans l'obscurité.

— Il n'est pas mort dans cette position, n'est-ce pas ?

— Signes de lutte près de la benne à ordures. Il a une coupure au bras et il y a du sang sur le métal là-bas. L'arrière de ses chaussures montre des marques d'usure. C'est peut-être dû au fait qu'on l'ait traîné jusqu'ici, donc non, c'est une mise en scène.

Elle s'éloigna, faisant signe à Pete de la suivre. Terry était près de la porte de service du restaurant, parlant à une femme boule-versée portant un tablier du Spironi, alors Liz s'arrêta suffisam-ment loin pour avoir une conversation privée.

— Qu'a dit ton informateur ?

— Il pense que Ginny avait coupé tous les ponts avec Hardy quand il est allé en prison, ou peu après. Et qu'elle avait une sorte de petit ami. Un type qui ne se souciait pas des clients tant qu'elle était disponible quand il passait, dit Pete.

— Quelqu'un qu'on connaît ?

— Il ne l'a jamais rencontré. La seule chose qu'il sait, c'est que le type peut tout réparer. Un genre de bricoleur.

Mike surgit par la porte de service et commença à crier sur Terry.

— Un bricoleur... quelqu'un qui pourrait posséder une pince coupante ?

Pete hocha la tête.

— Comme celle qu'on a trouvée dans la buanderie de Ginny.

— Utile pour retirer des menottes et couper des cadenas sur des portails.

Ses yeux s'élargirent.

— On pourrait peut-être réexaminer la pince coupante. Et faire une nouvelle fouille complète de l'appartement de Ginny. Tu penses que c'est suffisant pour obtenir un mandat pour l'entrepôt ? Voir si ce cadenas est toujours sur place ?

— Je suppose qu'on pourrait simplement demander à Pickering... mais où serait l'amusement dans tout ça ?

Les cris s'intensifièrent.

— C'est cet homme qui a fait ça ! Il prétendait être l'un des vôtres et il a un compte à régler.

Pete se pencha un peu.

— Peut-être que c'était *vraiment* Vince.

Liz leva les yeux au ciel.

———

*Mais qu'est-ce que tu fais ici ?*

Après avoir douté d'elle-même pour avoir suivi Bradley, Carla ne savait pas si elle devait être choquée ou curieuse quand il se gara au cimetière. Elle s'était garée dans une autre partie du parking.

Maintenant, il attendait près de la tombe de David, se balançant d'un pied sur l'autre. Le cimetière était désert, comme il devrait l'être la nuit. Elle s'était arrêtée à distance, ne souhaitant pas s'immiscer dans sa visite privée à la tombe de son ami.

— Vous voilà, patron.

Le son de la voix d'un homme fit sursauter Carla et elle se cacha derrière un tronc d'arbre, le cœur battant. Après un moment, elle jeta un coup d'œil. Pas étonnant que Brad ait dit au téléphone qu'il ne voulait pas que sa femme sache avec qui il avait rendez-vous. L'horrible Abel Farrelly était là avec un autre homme... elle n'arrivait pas à distinguer qui. Faisant attention à ne pas être vue, Carla se faufila d'arbre en arbre jusqu'à trouver un meilleur point de vue. Était-ce l'avocat ? Celui qu'on voyait à la télévision avec le tueur évadé ?

Les deux autres hommes s'arrêtèrent entre les pierres tombales de David et Susie, et Abel s'appuya contre celle de David.

*Tellement irrespectueux.*

— Pourquoi le cimetière ? demanda Brad.

Abel eut un sourire narquois.

— J'aime bien ici, ça me rappelle pourquoi il est important de suivre les ordres.

Roscoe — c'était son nom — restait silencieux, ses yeux passant des pierres tombales à Bradley puis à Abel. Il avait l'air nerveux.

— Vous deux, vous n'avez pas intérêt à avoir été suivis, dit Brad.

— Jamais. Pas moi. Et toi, Richard ? Cet Abel était trop arrogant au goût de Carla. Il avait toujours été du genre à pousser les gens à bout.

— Faisons ça rapidement alors, dit Brad. Tout d'abord, Hardy est à l'abri. D'ici deux jours, il commencera sa nouvelle vie dans un paradis tropical. Ça a demandé pas mal de manœuvres pour y arriver, mais avec la crédibilité qu'apporte Duncan Chandler et l'entreprise de fret sous contrôle, on sait que notre nouvelle activité fonctionne. Les forces de l'ordre ne vont guère soupçonner des transports de jouets.

— Je ne me détendrai pas tant que Malcolm ne sera pas là-bas. Ne vendons pas la peau de l'ours avant de l'avoir tué. Roscoe jeta un coup d'œil par-dessus son épaule.

— Et si le camion était arrêté pour une raison quelconque ?

— Il n'y a aucun risque, dit Abel. Ce conteneur est impénétrable à moins que quelqu'un ne sache où chercher. Tout ce que le chauffeur a à faire, c'est livrer la cargaison et mon contact s'occupera du reste.

*Hardy ? Malcolm Hardy le tueur ?*

Carla pouvait à peine respirer. Elle avait la nausée à l'idée que son mari puisse savoir quoi que ce soit sur cette personne malfaisante.

Roscoe s'éclaircit la gorge.

— J'ai deux autres envois prêts à être réservés. Un dans une semaine et l'autre dans trois. Mais je subis beaucoup de pression de la part de la police et la plupart de cette pression est due à la mort de Jerry. Il fixa Abel du regard. Il faisait ce qu'on voulait. Il l'a toujours fait.

— Il a finalement cessé d'être utile. Tout le monde est jetable. Le rire d'Abel était comme de la craie sur un tableau noir.

Brad jeta un coup d'œil aux alentours. Carla se rapprocha le plus possible de l'arbre.

— Il faut qu'on parle de Vince Carter.

— Tu ne lui as pas montré les photos et la lettre ? Abel croisa les bras. Il ne devrait plus rien y avoir à faire à part accueillir la gamine chez toi.

— Sauf qu'il me les a jetées à la figure. Il n'est pas aussi facile à manipuler que tout le monde le pense, et il protégera Melanie jusqu'à son dernier souffle.

— Voilà ta réponse alors.

Avant qu'un hoquet ne puisse lui échapper, Carla couvrit sa bouche de ses deux mains.

— Je ne suis pas sûr de ça, Abel. Il y a encore des voies légales...

— Tu es vraiment prêt à risquer qu'il s'en prenne à toi ? Il a l'oreille des flics. C'est un homme sans âme qui ne s'arrêtera pas avant d'avoir trouvé un moyen de te réduire en poussière et d'empêcher cette gamine de te voir, toi et ta femme, dit Abel.

— Melanie doit rester en dehors de tout ça.

— On ne peut pas toujours éviter les dommages collatéraux.

Brad se jeta sur Abel et l'attrapa par le devant de sa veste. Roscoe passa rapidement son bras autour du cou de Brad.

Le sourire narquois d'Abel était de retour.

— Oh, je ferais très attention si j'étais toi.

Brad le relâcha mais Roscoe maintint sa prise sur son cou.

— Rappelle-toi simplement, Brad, que tu n'as pas pu gérer David. Il te quittait et emportait avec lui sa connaissance de notre opération, siffla-t-il.

Roscoe retira son bras et repoussa Brad. Celui-ci se plia en deux, aspirant de l'oxygène.

— Je n'ai jamais voulu qu'il meure, encore moins la pauvre Susie, haleta Brad.

Abel haussa les épaules.

— Eh bien, ça a joué en ta faveur. Il se tourna vers Roscoe. Ne t'avise plus jamais d'intervenir comme ça. Tu ne me sers qu'à fournir des criminels comme cargaison pour beaucoup d'argent. Si ça se tarit, je t'éliminerai.

Roscoe recula et le rire d'Abel déchira la nuit.

Enfin, ils partirent.

Elle compta jusqu'à cent pour s'assurer que les trois hommes étaient bien partis avant de sortir en titubant de derrière le tronc d'un arbre qui, d'une manière ou d'une autre, l'avait maintenue debout ces dernières minutes alors que ses jambes menaçaient de céder.

*Mon mari...*

Usant de toute sa volonté, Carla parvint à se rendre à l'endroit où les hommes s'étaient tenus.

*Susie est morte parce que tu es un criminel ?*

Vince avait-il eu raison pendant toutes ces années ? Il avait dit à Susie de surveiller Brad. Il l'avait avertie que David s'impliquait trop dans une situation dangereuse. Mais être impliqué dans le meurtre d'un homme qui ne voulait rien avoir à faire avec quelque chose de criminel ?

— Mais je n'ai jamais voulu sa mort, encore moins celle de la pauvre Susie, avait dit Bradley.

*Le savais-tu ? L'as-tu fait arriver ?*

Le monde tournoyait, et Carla tomba à genoux, puis, secouée de sanglots, elle rampa jusqu'à la tombe de Susie et s'allongea à côté.

# QUARANTE-CINQ

Le téléphone de Vince sonna alors que ses mains étaient plongées dans l'évier rempli d'eau savonneuse.

— Tu veux que je réponde pour toi ? demanda Melanie qui essuyait la vaisselle.

— Euh, oui, d'accord. J'arrive dans une seconde.

Elle se précipita dans le salon pendant qu'il s'essuyait les mains. Le dîner était terminé et sa prochaine tâche était de parler à Melanie avant l'arrivée de Liz.

Melanie réapparut avec un sourire, bavardant avec l'interlocuteur.

— Ce sera sympa à faire. Papi est là maintenant. Au revoir, Liz. Elle tendit le téléphone d'un air solennel. Liz la détective est au téléphone pour toi.

— Eh bien, merci. Tu veux bien finir la vaisselle ? Je reviens tout de suite.

— Je vais *tout* terminer.

Elle le ferait probablement. Vince attendit d'être dans le salon pour parler.

— Désolé, j'avais les mains dans l'eau.

— Melanie est si adorable. Elle m'a demandé quand je viendrais dîner.

— Ah bon ?

— J'ai suggéré que vous veniez tous les deux chez moi la prochaine fois.

Il ne se souvenait pas de la dernière fois qu'il lui avait rendu visite chez elle. Cela devait faire des années.

Elle poursuivit :

— Je t'appelais pour te dire que je suis retenue au travail ce soir. Je suis vraiment désolée parce que je sais que c'est important pour toi...

C'était du soulagement qu'il ressentait. Pas de la déception.

*Appelle-moi égoïste.*

— Que s'est-il passé ?

Il y eut une pause. En arrière-plan, on entendait des cris. Une voix vaguement familière.

— Tu es encore chez Spironi ?

Liz soupira.

— Ouais. On a trouvé Marco. Pas vivant.

— Merde. Pas un accident ?

— Pas à moins qu'il ne se soit accidentellement enroulé les cordons de son tablier autour du cou et qu'il n'ait accidentellement déplacé son corps de dix mètres. Mike t'accuse.

Il regarda sa montre.

— Quand a-t-il été tué ?

— Il y a environ deux heures. Tu as un alibi ? Il y avait une pointe d'humour dans sa voix.

— Je promenais probablement la ponette jusqu'à la maison de Lyndall à ce moment-là.

— Cool. Je prendrai la déposition de Pomme demain.

Quelqu'un appela son nom. McNamara.

— Je dois y aller, mais Vince ? Sans vouloir t'alarmer, j'ai l'impression que ce n'était pas Hardy. Pete n'est pas d'accord, mais quelque chose cloche. Vraiment. On attend un mandat pour fouiller l'entrepôt de Pickering, alors fais bien attention, d'accord ?

— Toujours. Toi aussi. Mais pourquoi l'entrepôt ?

— Je dois y aller.

— Lizzie... merde.

Elle avait raccroché.

Pourquoi demander un mandat ? Qu'y avait-il dans l'entrepôt qui avait un rapport avec Hardy... ou avait-il mal compris ?

*C'est à propos de David.*

Vince s'assit sur le canapé, faisant tourner le téléphone entre ses doigts. Selon Susie, son mari voulait déménager plus loin dans une nouvelle maison. À son insu, il avait également prévu un changement de carrière, un grand changement. Pickering était-il au courant de tout cela ? Était-ce pour cela qu'ils se disputaient ce soir-là ?

Et le message sur le répondeur. La menace.

*J'en ai assez que tu m'ignores. C'est fini, Weaver.*

Ce n'était pas Pickering. Ce serait redondant puisqu'ils allaient dîner ensemble. Mais Pickering avait un intérêt dans quelque chose d'assez important pour se battre dans un restaurant. Devant une petite fille.

— Papi ? Ça va ? Melanie déplaça son pouf pour pouvoir le voir quand elle s'y affala. Elle portait un de ses cahiers de dessin et des crayons.

— Bien sûr. Je réfléchissais, c'est tout.

Elle pencha la tête, curieuse.

— Rien d'important. Tu as passé une bonne journée avec Lyndall ?

Son sourire répondit à sa question.

— Elle est tellement amusante. Tu savais qu'elle était une artiste célèbre avant ? Certains de ses tableaux sont exposés dans de grands musées du monde entier. Mais elle utilisait un nom différent et maintenant je l'ai oublié.

*Ah bon ? Qui est ma voisine ?*

— Je ne savais pas. Enfin, je sais qu'elle peint et qu'elle est très douée. Mais pas le reste. Elle t'a dit le nom de certains de ses tableaux ?

— Il y en a un qui s'appelle *La Solitude*.

— *La Solitude* ? C'est un nom un peu étrange.

Melanie fronça les sourcils.

— Elle l'a peint après la mort de sa famille. Ils sont tous morts. Au moins, moi je t'ai, Papi.

Sa main chercha la sienne et il la serra, forçant un sourire malgré son cœur qui battait la chamade.

— Je ne vais nulle part, Melly chérie. Tu es tout pour moi, et je te protégerai et serai toujours là pour toi.

Elle sembla satisfaite de sa réponse et retira sa main pour ouvrir son cahier de dessin.

— J'ai dessiné Lyndall, tu veux voir ?

— Viens t'asseoir ici et montre-moi.

Il y avait tellement de dessins. Lyndall devait aider Melanie avec la technique car la qualité s'améliorait sur les dernières pages.

— Voici celui que j'ai fait de Lyndall pendant qu'elle me dessinait. N'est-ce pas l'idée la plus drôle ?

— C'est très astucieux. Et tu as beaucoup de talent.

— Oh ! Lyndall a dit ça. Elle a dit que si je continue à m'entraîner, dans quelques années je devrais trouver une école qui se spé... euh, spécia...

— Spécialise ?

— Spécialise, oui. Merci. Dans l'art.

— Hum. Ça a l'air cher.

Melanie lui lança un regard légèrement impatient.

— Elle dit que je pourrais obtenir une bourse.

— Je vois. Et ça, qu'est-ce que c'est ? Tu as dessiné un âne ?

Elle gloussa.

— Ils sont plutôt mignons de loin. Je vais peut-être dessiner Pomme ensuite.

— Et Robbie ? D'ailleurs, où est Robbie ?

Melanie se leva d'un bond et sortit de la pièce en courant. Vince prit le cahier de dessin et revint au début. Page après page, les images étaient tristes. Des dessins aléatoires de larmes et de cœurs brisés en deux. Elle avait vraiment du talent. Un dessin de sa mère, souriante, mais avec des ailes d'ange. Un petit gémissement s'échappa de ses lèvres.

Un de Vince. Le chalet, bien plus joli qu'il ne l'était en réalité.

Puis une série de visages. Carla, souriante. Pickering, en colère. Et un autre homme... il ne distinguait qu'un visage mince car elle avait gribouillé par-dessus et il ne restait que ses yeux.

— Il est en colère.

Vince ferma le cahier.

— Tu as trouvé Robbie.

— Il jouait avec le jouet qui tourne. Elle le déposa doucement sur le pouf, et il miaula vers Vince. C'est bon de regarder les images.

— Qui est l'homme en colère ? Seulement si tu veux me le dire.

— Je ne connais pas son nom. Je vais peut-être dessiner un peu. Robbie, tu veux t'asseoir sur mes genoux ?

Vince lui tendit le livre d'art et grattouilla la tête de Robbie.

— Ça te dérange si je vais faire encore un peu de paperasse ennuyeuse ? Reste assise ici près du feu pour te tenir au chaud, et je vais peut-être mettre cette tarte aux pommes à réchauffer au four.

Elle sourit.

— Dépêche-toi !

— Mais et si elle n'est pas bonne ?

— Impossible. Elle a été faite avec amour.

Il se mordit la lèvre pour se ressaisir. Cette petite fille était tout son monde. Il n'y avait rien qu'il ne ferait pas pour elle, y compris découvrir qui était « l'homme en colère ».

---

Carla n'était pas à la maison.

Après avoir conduit pendant une demi-heure à réfléchir à ce qui s'était passé au cimetière, Bradley savait qu'il devait faire acte de présence. Elle serait inquiète.

Il s'arrêta à la boutique d'alcool du coin, bavarda un moment avec le vendeur bien en vue de la caméra, puis rentra chez lui dans une maison plongée dans l'obscurité.

— Chérie ? Où es-tu ?

N'obtenant aucune réponse, il monta à l'étage en courant. Puis redescendit.

— Carla, je suis rentré.

N'avait-elle pas dit qu'elle allait prendre une douche puis commencer le dîner ? Mais la douche n'avait pas été utilisée... elle laissait toujours le ventilateur pendant des heures. Et la cuisine ne montrait aucun signe de préparation.

*Est-elle allée faire des courses ?*

Ça devait être ça. Toute la journée, elle avait été aimante et reconnaissante pour son petit geste d'aide avec les meubles pour la chambre de Melanie et elle avait dû décider d'acheter des ingrédients pour un dîner spécial.

Son estomac se noua. Et si cette chambre finissait par devenir un mémorial pour une enfant prise au milieu d'une guerre qui n'était pas la sienne ?

Il chassa cette pensée et composa le numéro de Carla. Il tomba sur sa messagerie vocale.

— Salut chérie, je suis rentré maintenant. Tu es allée faire des courses ? Je peux commander si tu veux. Bref, rappelle-moi.

C'était agaçant. Elle ne sortait jamais sans laisser un mot. Il se versa un gin tonic et regarda par la fenêtre du salon, guettant sa voiture, en se frottant le cou.

Roscoe était un fou, à l'agripper comme ça.

Et la menace d'Abel envers l'homme, son soi-disant ami, qui n'avait rien fait d'autre qu'intervenir ? Cela montrait un tout autre côté de son employé. Bradley avait l'impression que les deux étaient de vieux camarades d'école, tirant profit de leur position respective pour un bénéfice mutuel. Mais ce soir, le tableau peint était différent. Roscoe agissait comme s'il avait peur d'Abel. Il avait reculé plus d'une fois pendant la conversation.

Un message arriva de Carla.

Au magasin. Retardée. Bientôt de retour.

— Dépêche-toi, Carla, j'ai faim.

Un autre message... mais pas de sa femme, signalait un dépôt sur son compte secret d'un montant à couper le souffle. Roscoe avait tenu parole avec le paiement anticipé pour leur prochain client, ce qui signifiait qu'ils étaient en affaires.

Une retraite anticipée avec son propre yacht et une maison en Europe était à portée de main.

———

Les points d'entrée de l'entrepôt n'offrirent que peu de résistance face à une pince coupante et au bélier. Liz et Pete menaient un petit groupe d'officiers en uniforme qui se dispersèrent pour couvrir différentes parties de la propriété.

Pete ramassa la chaîne qu'il avait coupée. Tout ce qui pourrait mener au vol de la camionnette irait au FSD.

— Tu sais qu'elle n'a pas été volée, Liz ? Pete la rattrapa à l'intérieur de la porte latérale. La question est de savoir qui la conduisait la nuit de l'accident.

— D'accord. Et même s'ils essaieront de le faire porter le chapeau à quelqu'un d'autre, seuls Farrelly et Pickering avaient quelque chose qui ressemblait à un mobile. Elle trouva les lumières au plafond. Si les informations de Vince sont correctes et que David voulait partir à cause d'activités criminelles, alors il représentait un risque.

— Alors, lequel appelons-nous pour l'informer que nous sommes ici ?

— Pickering. C'est le propriétaire. Liz se dirigea vers l'arrière de l'entrepôt. Combien de conteneurs d'expédition y avait-il l'autre jour quand tu as jeté un coup d'œil ?

— Quatre.

— Trois maintenant. Jetons un coup d'œil à son bureau. Voyons où il est parti.

Une fouille du bureau de Pickering donna une réponse partielle. Pickering avait signé un contrat avec Duncan Chandler pour rendre de l'espace disponible pour de nouvelles destinations. La même semaine, il avait conclu un accord avec une entreprise de fret locale pour récupérer régulièrement des conteneurs de l'entrepôt.

— Tout semble légal, dit Liz. Mais il y a un reçu intéressant ici. Elle le tendit à Pete. Trois mois de paiement comme acompte. C'est normal ?

— J'en doute. Soit ils n'étaient pas sûrs de son engagement ou de sa solvabilité, soit il avait besoin que quelque chose soit fait rapidement. Tu as les spécifications de ce conteneur ? Il prit une photo du reçu.

— Merde.

— Quoi ?

— Selon ceci, le premier envoi devait partir avant-hier mais a été retardé jusqu'à hier soir. Liz se sentit mal. Terry et moi avons croisé un camion chargé d'un conteneur au coin de la rue quand nous sommes revenus de chez Roscoe. On n'y a pas prêté attention car il allait dans la direction des docks... mais aussi de l'autoroute.

— Tu ne pouvais pas savoir. Je vais t'aider à trouver son numéro et à contacter l'entreprise de fret. J'ai laissé un message à Pickering.

— Alors donne-moi un coup de main pour fouiller ce meuble de classement avant qu'il ne vienne nous gêner.

# QUARANTE-SIX

Celui qui a eu la décence de déplacer le bétail de ce paddock en contrebas mérite des remerciements. S'ils ne sont pas là, ils ne seront ni curieux ni bruyants. Et cet appentis est dans la position parfaite pour observer.

La pluie ne durera pas.

J'ai fait deux allers-retours à la voiture et j'ai tout.

Fusil. Juste pour les urgences.

Munitions.

Accélérant... je n'arrive pas à croire que je vais pouvoir utiliser à nouveau ce type. Pratiquement aucune trace à trouver pour quiconque.

Il y a encore du mouvement dans le chalet. Il n'est pas tard.

Je peux attendre.

L'autre maison sur la colline est dans l'obscurité cependant. Elle est vieille. Elle fait probablement des siestes de mamie en plus d'aller se coucher tôt.

Je m'installe sur un seau de nourriture retourné. J'ai le temps maintenant de manger et de préparer mon esprit.

Adieu, Carter.

# QUARANTE-SEPT

Melanie dormait, le chaton bien au chaud dans son panier. Une si adorable petite créature, grâce entièrement aux soins et à l'attention de Melanie. Vince ferma la porte avec un sourire. Il ne se serait jamais vu avec un chat à la maison, mais Robbie faisait déjà partie de la famille.

Maintenant qu'elle s'était installée pour la nuit, il retourna à la cuisine où l'ordinateur portable était ouvert sur la table. L'enveloppe jaune l'était également. Il en sortit le téléphone qui était chargé et allumé mais nécessitait un mot de passe. Il devrait obtenir de l'aide rapidement, car ce téléphone pourrait être celui dont l'appelant avait parlé. L'appelant qui avait menacé David. Aucun message ou appel suspect n'avait été trouvé sur les téléphones de David ou de Susie après l'accident.

La première lettre était peut-être adressée à Mme McCoy, mais elle pouvait contenir des informations importantes.

Elle était de David à la directrice et remplie d'excuses.

Lorsque je vous ai dit que l'entreprise dont je suis copropriétaire avait des problèmes, je n'ai pas été complètement honnête. Elle a effectivement des problèmes, mais pas financiers. J'espère vous avoir remis cette lettre en main propre, mais si ce n'est pas le cas, veuillez accepter mes plus sincères excuses pour vous avoir induit en erreur et avoir profité de votre gentillesse.

Depuis que j'ai appris les intentions de mon associé de s'engager dans de futures activités criminelles, je n'ai eu d'autre choix que d'accumuler autant d'argent que possible afin d'acheter ma propre entreprise et de commencer une nouvelle vie avec ma famille, qui, vous le comprendrez, représente tout pour moi. Toutes les sommes dues seront déposées sur le compte de l'école avant le début du prochain trimestre. Cependant, Melanie ne reviendra pas car notre nouvelle maison sera trop éloignée pour faire le trajet.

Et ainsi de suite.

Vince fixait le papier sans voir les mots.

Pourquoi David ne lui en avait-il pas parlé ? Il aurait sûrement su qu'un ex-flic aurait des contacts qui pourraient l'aider ?

*Sauf que je lui avais rendu la tâche impossible.*

La boule dans sa gorge refusait de disparaître. Il avait repoussé David pendant des années, depuis qu'il était devenu l'associé de Pickering, alors qu'il aurait dû le soutenir. David avait dû se sentir si seul.

Il y eut un bruit sourd dehors et sa tête se releva brusquement, aux aguets.

Le bruit ne se répéta pas.

Debout, il vérifia que la porte de derrière était verrouillée, puis ouvrit la porte d'entrée et sortit.

Pendant quelques minutes, il resta immobile dans l'obscurité, observant et écoutant. Une averse passagère se dissipait et les nuages filaient. Au loin, un âne brayait et plus près, un oiseau nocturne s'agitait, peut-être dérangé par un petit prédateur. Quand le froid lui mordit trop durement les doigts, il se réfugia dans la chaleur du chalet, verrouillant la porte et la secouant pour s'en assurer. Dans le salon, il vérifia les fenêtres puis éteignit les restes du feu avec l'eau d'un seau. Le matin, il nettoierait la zone et recommencerait.

Il prépara une théière, fixant le testament plié sur la table pendant que l'eau chauffait.

Celui-ci ou la lettre qui l'accompagnait ?

Le thé préparé, il s'installa à table.

Il y avait beaucoup de choses qu'il ne comprenait pas dans le plan de David. Susie et Carla étaient meilleures amies, donc on peut supposer qu'il n'avait pas partagé ses inquiétudes avec sa femme. S'attendait-il à ce qu'elle coupe les ponts une fois qu'ils auraient déménagé ? À moins que Susie ne connaisse la raison, elle ne tournerait jamais le dos à quelqu'un qu'elle aimait. Ou Susie était-elle au courant de l'activité dans laquelle Pickering s'engageait ?

C'était une copie d'un testament préparé par un avocat différent de celui avec lequel Vince avait traité jusqu'à présent et il concernait David. Il était clair qu'il léguait tout à Susie et, en cas de décès prématuré de celle-ci, à Melanie. Il y avait des instructions stipulant que s'ils mouraient tous les deux avant que Melanie n'atteigne l'âge adulte, elle devrait être confiée aux soins et à la garde de Vince.

Autour de sa poitrine, une bande de pression rendait la respiration difficile. Ce n'était pas une crise cardiaque mais un autre type de chagrin. Un chagrin pour tout le temps perdu et les malentendus.

*J'aurais pu les sauver tous les deux.*

La lettre était manuscrite, de Susie, et datée de la veille de l'accident.

Cher Papa,

J'espère que nous avons récemment eu l'occasion de nous voir en personne et de parler de tout cela, mais si ce n'est pas le cas, je veux que tu saches que je n'ai jamais cessé de t'aimer. Jamais.

Il cligna rapidement des yeux.

Tu es plus dur envers toi-même que quiconque ne devrait l'être. Tant que tu ne te pardonneras pas la mort de Maman, je crains pour ta santé mentale. La réalité est qu'elle avait une maladie et qu'elle est morte. Si tu avais été là, elle serait quand même morte, Papa. Demande-toi si elle aurait voulu que tu t'en veuilles après tout ce temps ?

Marion était la personne la plus indulgente qu'il connaissait.

La bande autour de sa poitrine se desserra.

Mais je ne suis pas là pour te faire la leçon pour la millionième fois à ce sujet. Il s'agit de Melanie. David quitte Picker-Pack. Je ne connais pas tous les détails, mais j'ai l'impression que Brad n'est pas au courant et qu'il se passe quelque chose qui a détérioré leur relation de travail. Malgré ce que tu penses, David est éthique, et j'ai toujours discrètement été d'accord avec toi sur le fait que Bradley ne l'est pas. Il profite du besoin d'enfant de Carla en la décourageant de retravailler, ce qui signifie que bien qu'ils soient le parrain et la marraine de Mel, je ne voudrais pas qu'ils aient la garde de Melanie.

Un long soupir s'échappa des lèvres de Vince.

David a insisté pour que je mette cela par écrit afin qu'il n'y ait aucun doute. Il a fait un nouveau testament et tu me connais... je déteste ces choses alors je ne l'ai pas lu ni changé le mien pour l'instant. David veut nous emmener, Melanie et moi, quelque part ce week-end pour voir quelque chose. Je pense que c'est en rapport avec l'achat d'un terrain dont je t'ai parlé il y a un moment.

Dès notre retour, je viendrai te rendre visite, que tu le veuilles ou non. Je préfère te dire en face que rien n'est plus important que de savoir que Melanie viendra vivre avec toi s'il devait nous arriver quelque chose. Voilà, j'ai dit les choses effrayantes !

De toute façon, rien de mal ne va arriver mais je me sens tellement mieux d'avoir écrit quelque chose. Melanie est notre monde, et elle ne pourrait être entre de meilleures mains que les tiennes.

Je t'aime, Papa,
Susie

— Elle ne pourrait être entre de meilleures... meilleures mains. Vince serra la lettre contre sa poitrine. Je la protégerai au péril de ma vie, Susie.

———

— Nous avons la dernière position du camion transportant le conteneur, dit Liz en se précipitant dans le bureau de Terry. Il s'est arrêté pour faire le plein il y a seulement une heure, alors la police locale de Nouvelle-Galles du Sud se prépare à l'intercepter. Il sera juste à l'intérieur de la frontière avec le Queensland.

— Hardy a intérêt à être dans ce conteneur.

— Le personnel de Pickering se retourne contre lui. Le troisième d'affilée a confirmé que le conteneur était interdit à tous sauf à lui et Farrelly. Il y a une grande poubelle pour le carton tout au fond de l'allée et tout en bas se trouvait une boîte d'unité de filtration d'air portable. Aucune trace de celle-ci dans les locaux, donc à moins que quelqu'un ne l'ait emportée chez lui, il y a de fortes chances qu'elle maintienne l'air respirable pour Hardy.

Toute sensation de fatigue fut remplacée par une légère montée d'adrénaline. Liz sentait l'odeur de la traque.

Terry répondit à son téléphone et lui fit signe de rester. Après une minute ou deux, il raccrocha, un air amusé sur le visage.

— Apparemment, Mme Hardy vient d'apporter des muffins aux agents en uniforme qui la surveillent et leur a dit qu'elle avait eu des nouvelles de son fils. Il voulait qu'elle sache qu'il allait dans un endroit sûr, et que Roscoe avait des instructions concernant sa future sécurité financière.

L'image de la vieille dame, canne dans une main et muffins dans l'autre, attendant qu'un policier baisse sa vitre était inestimable.

— Je ne sais vraiment pas quoi dire.

Terry rit.

— Alors attends d'entendre ça. Elle a dit à Malcolm qu'elle avait accepté une meilleure offre, celle d'un promoteur, et qu'elle n'avait pas besoin de son argent sale.

— Bien pour elle. Elle ne sait pas d'où il a appelé, par hasard ?

— Pas encore. C'était sur son portable, alors quelqu'un est en train de vérifier avec son opérateur.

Pete passa la tête par la porte.

— On a les mandats pour les domiciles respectifs de Pickering et Farrelly. Vu qu'il ne s'est pas donné la peine de se montrer à l'entrepôt, quelles sont les chances que Pickering ait quitté la ville ?

— Tu as essayé de rappeler ? demanda Liz.

— À l'instant. Son téléphone est éteint.

Elle se dirigea vers la porte.

— J'ai aussi mis Mike de chez Spironi dans la salle trois. Il s'est calmé et veut te parler, Liz, dit Pete.

— A-t-il encore quelque chose à dire ? Où vas-tu ?

— Chez Farrelly.

Terry les suivit.

— Pete, je vais m'occuper de la maison de Pickering. Liz, parle à Mike et puis mets à jour le tableau blanc avec toutes nos nouvelles informations. Et appelle-moi si quelque chose se présente.

Une partie de l'adrénaline précédente s'estompa.

— Tu es sûr qu'il a demandé à me voir, Pete ?

Les deux hommes rirent en sortant.

— Très bien. Laissez-moi donc ici avec le serveur qui blâme Vince pour tout, marmonna-t-elle. Mais s'il me crie dessus...

Un des autres détectives lui sourit alors qu'elle passait d'un pas décidé.

Mike ne criait plus. Il était mesuré lorsqu'il s'excusa de ne pas avoir été plus franc quand elle était venue pour la première fois chez Spironi.

— Je protégeais simplement mes clients et mon personnel.

— Je comprends. Mais s'il y a quoi que ce soit que vous savez sur cette nuit-là, s'il vous plaît, ne gardez rien pour vous, dit Liz.

— Pauvre Marco. Un peu stupide d'avoir pris de l'argent, mais ce n'était pas un mauvais gamin ou quoi que ce soit.

— Savez-vous qui lui a donné de l'argent ?

— Quelqu'un était dans la ruelle il y a quelques jours et lui a dit de la fermer à propos de la dispute. Lui a donné mille dollars et a dit qu'il y en aurait plus... mais l'a prévenu que l'argent servirait pour ses funérailles s'il disait quoi que ce soit.

— A-t-il décrit cette personne ?

— Il a dit qu'il la connaissait.

*Il connaissait Pickering.*

— C'est trop tard maintenant, mais je vais installer des caméras de sécurité à l'arrière et partout où j'en ai légalement le droit. Son visage était sombre. Je ne l'ai pas pris au sérieux et Marco en a payé le prix.

— La mort de Marco n'est pas votre faute. Quand je suis venue vous voir la première fois, vous avez mentionné avoir conduit les Weaver et les Pickering à leur table. Vous rappelez-vous quoi que ce soit, même le plus petit détail, qui vous ait semblé étrange ?

Il hocha la tête.

— C'est pour ça que je suis ici maintenant. M. Pickering est arrivé un moment après tout le monde. Peut-être vingt minutes plus tard. Et il est parti avant eux.

— De combien de temps ?

— Au moins une demi-heure. Mme Pickering m'a demandé d'appeler un taxi, mais M. Weaver a insisté pour la raccompagner chez elle.

David était sur cette route parce que c'était le chemin le plus direct de chez les Pickering à chez eux. Pickering aurait su qu'ils ne laisseraient pas Carla prendre un taxi. Il voulait qu'ils soient sur ce tronçon. C'était un meurtre froid et calculé.

— Mike, vous avez été très utile. Y a-t-il autre chose que vous voulez me dire ?

Il secoua la tête et elle s'excusa.

Elle avait parlé à Pickering. Vince l'avait fait. Pete aussi. L'homme n'avait jamais dit un mot sur le fait que Carla avait été raccompagnée. Pourquoi cacherait-on une telle chose ? Et où avait-il été ?

# QUARANTE-HUIT

Vince ne s'était jamais considéré comme un passionné de technologie, mais ces derniers temps, il se surprenait par ce qu'il arrivait à comprendre. Naviguer dans les systèmes informatiques faisait partie intégrante de son travail de policier, mais les technologies plus récentes comme la navigation sur les téléphones portables n'existaient pas à l'époque.

Il était fort en mathématiques, et son père étant charpentier, il avait appris dès son plus jeune âge à calculer des mesures. Ce qu'il faisait maintenant n'était qu'un mélange de plusieurs compétences.

Il avait étalé une carte de la ville sur la table de la cuisine, pliée pour montrer la banlieue ouest jusqu'à sa maison et de retour vers Lygon Street à Carlton. Il avait téléchargé son historique de déplacements sur son ordinateur et transféré les données dans un tableur montrant les points de départ et d'arrivée, la distance et le temps. Avec un marqueur noir et une règle, il traçait les endroits où il s'était rendu.

De la maison de Pickering à celle de Susie.

De chez Susie au poste de police.

Du poste de police à Lygon Street.

De Lygon St à l'entrepôt.

De l'entrepôt à Balwyn North.

De Balwyn North à la maison.

Il calcula l'itinéraire de chez les Pickering à chez Susie, puis de Lygon Street à chez Susie. Il connaissait l'heure à laquelle l'addition avait été payée chez Spironi, grâce au relevé de carte bancaire de David arrivé ce matin par courrier chez Susie.

— Et ça ne colle pas.

Après avoir vérifié ses notes, il s'adossa, mal à l'aise. À moins que David ne se soit arrêté quelque part entre le restaurant et la maison, l'heure de l'accident n'avait aucun sens. Il manquait plus d'une demi-heure. Bradley l'avait regardé droit dans les yeux quand il lui avait demandé comment sa famille avait quitté Spironi. Ils sont partis en nous faisant un signe de la main. Melanie était endormie. Rien d'inhabituel, Vince.

*Alors pourquoi cela a-t-il pris autant de temps et pourquoi auraient-ils emprunté cette route ?*

Il envoya un message au téléphone de Liz.

Tu travailles toujours ?

En moins d'une minute, son téléphone sonna.

— J'allais te poser la même question, commença-t-elle. J'ai regardé l'heure et je me suis dit qu'il était peut-être un peu tard.

— Pourquoi ?

Il se leva pour ne pas déranger Melanie. Le salon semblait froid sans le feu.

— Il s'est passé beaucoup de choses ce soir, Vince. D'une part, nous pensons... nous sommes presque certains que Malcolm Hardy est caché dans un conteneur en route pour le nord du Queensland. Lui et un chargement de jouets.

— Pickering.

*David devait savoir quelque chose.*

— Oui. Que nous n'arrivons pas à localiser pour le moment. L'autre chose, c'est que nous avons de nouvelles informations sur la nuit de l'accident.

Vince s'affala dans le fauteuil.

— Continue.

— Un serveur de chez Spironi s'est manifesté. Pickering est arrivé tard et est parti tôt ce soir-là. D'après ce qu'il a compris, Susie et David allaient raccompagner Carla chez elle.

Il ferma les yeux et se laissa aller en arrière.

— C'est pour ça.

— C'est pour ça quoi ?

— Il manquait une demi-heure cette nuit-là. Et pourquoi d'autre David aurait-il pris cette route ?

— Je me l'étais demandé moi-même, mais je n'avais pas eu le temps de faire les calculs avec toute cette histoire autour de Hardy, dit Liz. Je n'arrive pas à croire que tout est lié.

— Il m'a menti. Il se frotta les yeux de sa main libre puis les ouvrit. Ce petit salopard m'a dit qu'il leur avait fait signe quand ils étaient partis tous ensemble du restaurant. Lizzie, il devait connaître leur itinéraire.

— Tu penses qu'il est derrière l'accident.

— Pas toi ?

Il y eut un long silence, puis Liz parla doucement.

— Je vais venir te voir. Le chalet est bien fermé ?

— Pourquoi ? Qu'est-ce que tu ne me dis pas ?

— Tu m'as dit que Melanie avait parlé d'une dispute entre David et Pickering.

— Sauf qu'il ne le sait pas.

— Si. Je pense qu'il le sait.

*Tu lui as dit que quelqu'un avait surpris leur conversation. Il a pensé que c'était le serveur et l'a tué.*

— As-tu conduit un tueur jusqu'à ma petite-fille...

— Non. À notre connaissance, il l'aime. Il aime certainement sa femme et veut que Melanie soit sous leur garde, donc c'est pour toi que je m'inquiète parce que *tu* es l'obstacle à leur vie parfaite. Tu nous as dit qu'il a essayé de te faire chanter, et quelqu'un fait le tour pour se débarrasser des gens qui gênent. S'il imagine que Melanie t'a dit quoi que ce soit, alors tu es évidemment dans sa ligne de mire.

Vince alla vérifier les fenêtres. Il n'y avait aucun signe de mouvement dehors, pas même de circulation. Juste une soirée typique. Au loin, un éclair zébra le ciel.

— Écoute, soit tu prépares Melanie et vous venez tous les deux ici, soit je monte dans peu de temps. Il y avait une pointe dans la voix de Liz. De l'inquiétude.

— Je préfère ne pas l'effrayer. D'accord, si ça te rassure, viens. Je pourrai te montrer ce sur quoi j'ai travaillé.

— À bientôt.

Personne n'entrerait dans le chalet. Pas sans faire un vacarme d'enfer en cassant les vitres et d'ici là, Vince aurait sorti Melanie d'ici. Il avait réfléchi à des plans d'évasion des centaines de fois, pas seulement pour Mel mais aussi pour Susie après qu'il eut tué le tireur d'Anzac Day. Pendant des années, il avait vécu dans la peur qu'un parent ou un ami vienne se venger.

Rien ni personne ne ferait de mal à Melanie.

———

Liz s'apprêtait à partir quand l'officier de garde l'appela. Quelqu'un voulait signaler une femme disparue : Carla Pickering.

*Tu plaisantes.*

Bradley Pickering attendait là où on lui avait dit de s'asseoir.

*Ici, au poste, on n'a pas pu identifier une personne actuellement recherchée quand elle se pointe ?*

En passant devant l'officier, il chuchota :

— J'ai pensé qu'il valait mieux ne pas l'informer de son statut.

*Je retire ce que j'ai dit.*

Pickering leva les yeux quand elle s'approcha, un air renfrogné traversant un visage déjà en colère.

— Vous ?

— Voulez-vous de l'aide pour retrouver Carla ?

Il se leva et la suivit. Tant qu'elle ne l'aurait pas conduit dans une salle d'interrogatoire, elle ne voulait pas l'effrayer. S'étant jeté dans ses bras, pour ainsi dire, il n'avait visiblement aucune idée qu'une alerte à l'échelle de la ville avait été lancée pour son arrestation.

— Asseyez-vous, M. Pickering.

Elle récita les mots habituels concernant l'entretien et s'assit en face de lui.

*Pete sera contrarié d'avoir manqué ça.*

— Quand avez-vous vu Carla pour la dernière fois ?

— Euh... avant le dîner. Enfin, elle a dit qu'elle allait prendre une douche et puis commencer à préparer le dîner. J'avais une réunion.

— Mais à quelle heure ?

— Dix-huit heures ? Un peu plus tard.

— C'était la dernière fois que vous lui avez parlé ?

Il lui lança un regard impatient.

— M. Pickering, Carla a-t-elle disparu ? Ou est-elle simplement absente de la maison ?

— Disparue. Elle ne part jamais comme ça. Jamais. Et elle m'a envoyé un message à dix-neuf heures quarante-cinq disant qu'elle faisait des courses. Qu'elle achetait quelque chose de bon pour notre dîner. Nous avons beaucoup à fêter.

— Quelque chose de spécial ?

— Oui. Mais elle n'est toujours pas rentrée, et je l'ai appelée des dizaines de fois.

*Bien sûr que vous l'avez fait.*

Cet homme était cinglé.

— Où étiez-vous ces six dernières heures environ ?

— Moi ? En quoi est-ce important ?

— Pour avoir une vue d'ensemble.

— Très bien. J'avais une courte réunion, je suis rentré à la maison, j'ai attendu Carla, puis je suis parti à sa recherche. Dans les magasins du coin, puis un peu plus loin dans ceux qu'elle aime fréquenter quand elle cherche des ingrédients spéciaux. Il y a quelques endroits ouverts tard qu'elle apprécie.

— Où était la réunion ?

La bouche ouverte pour répondre, Pickering la referma brusquement.

— Le quartier en général ?

— Ça n'a rien à voir avec la disparition de Carla.

— Dans ce cas, parlez-moi de votre arrangement avec Richard Roscoe pour transporter Malcolm Hardy dans le nord du Queensland.

Et voilà.

Si une personne avait pu s'enfoncer dans le sol, ç'aurait été Pickering. Une expression d'incrédulité, puis d'horreur traversa son visage. Liz était heureuse d'attendre. Cela ne prit longtemps.

— Je veux voir mon avocat.

— Pourquoi avez-vous menti et nous avoir caché que vous aviez quitté le Spironi tôt le soir de l'accident, et que votre femme avait été raccompagnée par David Weaver ?

— J'ai dit que je voulais un avocat.

— J'en suis sûre.

Dès qu'elle quitta la pièce, Liz envoya un message à Vince.

Nous avons Pickering en garde à vue. Fais-moi savoir si tu veux toujours que je monte.

———

Le message de Liz l'aida. Il avait été en état d'alerte et maintenant, il se permettait de respirer. Les hommes de Pickering se feraient discrets jusqu'à ce qu'ils aient des nouvelles de leur patron.

En prévision d'une sortie rapide, son ordinateur portable et ses effets importants étaient dans un sac à dos avec des chargeurs et de l'eau en bouteille. S'il avait dû les faire sortir du chalet sans avoir le temps de faire ses bagages, ils auraient au moins quelque chose à boire jusqu'à ce qu'ils atteignent un endroit plus sûr.

*Mais maintenant je peux me reposer.*

Ou du moins m'allonger jusqu'à l'aube.

Il tapa un message pour faire savoir à Liz de ne pas se donner la peine de monter, puis éteignit la lumière de la cuisine et alla dans sa chambre. La pluie commença à tomber en un doux staccato sur le toit.

# QUARANTE-NEUF

*Je m'éveille de ma demi-somnolence. N'ayant rien d'autre à faire qu'observer et attendre, mon cerveau s'est épuisé.*

*Le chalet est silencieux.*

*Il ne me verra pas venir.*

*Le crépitement croissant sur le toit métallique au-dessus de moi vient comme une malédiction pour mes plans. Ou peut-être un cadeau. La pluie rendra ma tâche plus difficile mais m'offrira une protection.*

*Et si quelqu'un venait à sortir de la maison, il n'aurait pas les compétences pour faire face à la météo... et à moi.*

*Quand les gens apprendront-ils à ne pas se mettre en travers de mon chemin ?*

*Quand comprendront-ils que je gagnerai toujours, quel qu'en soit le prix pour eux ?*

# CINQUANTE

— Quel avocat appelle un avocat ? Pete était ridiculement joyeux en tendant un café à Liz. J'ai pensé que ça pourrait te servir.

— En effet. Merci. Que veux-tu dire ?

— Oh. Richard Roscoe a été arrêté alors qu'il essayait d'embarquer dans un avion pour Perth. Il dit que c'était un voyage d'affaires, mais apparemment, il n'a cessé de geindre qu'on le harcelait et de bêler qu'il voulait une représentation juridique depuis.

— Un autre de moins ! Il faut juste qu'on arrive à le coincer. Qu'as-tu trouvé chez Farrelly ?

Il fit rouler sa chaise vers elle.

— Cet homme a un excellent goût en matière de décoration intérieure. Il y a beaucoup d'argent dans cette maison, des appareils haut de gamme aux œuvres d'art coûteuses. On va vérifier si les œuvres d'art sont volées, mais mon instinct me dit qu'il les possède légalement. Quelqu'un est en train d'examiner son bureau à son domicile, on verra ce qui en ressort. Aucun signe d'armes. Rien d'anormal.

— Alors pourquoi es-tu si content ?

*Peut-être que je pourrais rentrer bientôt. Dormir semble agréable.*

Pete leva les sourcils.

— Tu n'es pas au courant ? Le faux plafond dans le bureau de Pickering à l'entrepôt cachait plusieurs sacs de sport au fond. L'un rempli d'argent liquide. Un autre avec des armes. Notre ami va passer un long moment derrière les barreaux.

Elle ne put s'en empêcher. Elle éclata de rire, terminant par un court « youhou ».

Lorsque son téléphone bipa, Pete lut le message et repoussa sa chaise.

— Pas de repos pour moi. Terry retourne à l'entrepôt et je prends le relais pour la perquisition de la maison de Pickering. Je te verrai peut-être demain matin, ou je serai peut-être endormi.

— Moi aussi. Fais attention avec cet orage.

— Quel orage ? Il sourit alors que le tonnerre grondait autour du bâtiment.

Liz finit son café, laissant son corps se détendre pendant quelques minutes et fixant le tableau blanc. Deux méchants en détention. L'autre, qui n'était peut-être rien de plus que l'homme de main de Pickering pour les conteneurs, ne tarderait pas à être capturé. Hardy serait trouvé dans les heures à venir.

*Alors pourquoi ai-je l'impression que quelque chose ne va pas ?*

Jetant le gobelet, elle commença à réorganiser le tableau blanc.

Pickering dirigeait un réseau pour déplacer des criminels. Malcolm Hardy était-il le premier ? Ou y avait-il eu une succession de conteneurs ? Elle pensait que c'était le premier cas. David Weaver avait essayé de se sortir de l'affaire, il avait donc probablement une idée de ce qui se préparait et ne voulait pas en faire partie. Le changement de plans à l'entrepôt pour un ramassage d'une nuit à l'autre pourrait expliquer pourquoi Roscoe était un leurre. La pression de Hardy pour le faire sortir de la ville avait clairement augmenté, lui étant responsable de trois morts...

*Deux morts.*

Elle accrocha la photo de Ginny et en dessous, celle de Jerry Black. Les deux avaient des liens étroits avec Hardy. Ginny avait très probablement été celle qui avait retiré ses menottes et peut-être lui avait offert un refuge, et Black était impliqué dans la désinformation de la police et donnait au criminel une marge de manœuvre.

Ginny avait été étranglée.

La gorge de Black avait été tranchée.

Mais il y avait aussi Marco.

Sa photo suivit. Étranglé.

— Ça ne pouvait pas être Hardy.

Il était — jusqu'à preuve du contraire — dans un conteneur d'expédition dans un autre État quand Marco est mort. Pickering avait aussi un alibi. Roscoe était un lâche, pas un tueur capable d'étranglement.

Liz appela Pete.

— Ne me dis pas que je dois faire demi-tour ?

— Non. Peux-tu me rappeler ce que ton informateur a dit sur Ginny ? À propos d'un petit ami ? Elle plaça une photo de la pince coupante qu'elle avait trouvés dans l'appartement à côté de Ginny.

— Pas grand-chose à dire. C'était une sorte de bricoleur. Ah oui, c'est vrai, Ginny a dit que le petit ami avait réparé un tiroir de cuisine. De nouvelles glissières ou quelque chose comme ça. Il l'avait même emmenée avec lui dans un magasin de bricolage en ville où elle n'était jamais allée.

— Un magasin de bricolage ?

— Beaucoup d'hommes vont dans des magasins de bricolage. Beaucoup de femmes aussi.

— Mais seuls certains ont grandi en travaillant dans l'un d'eux. Une idée de quand il l'a emmenée faire des courses ?

— Lizzie, soupira-t-il bruyamment. Non. Réglons un problème à la fois et si nous n'obtenons rien des perquisitions et des idiots en détention, alors nous commencerons à chercher des images. D'accord ?

— Ouais. Je m'inquiète un peu pour Vince.

— Il a probablement une arme, et aucun criminel qui se respecte ne s'en prendrait à lui. Sérieusement.

Il avait raison. Vince était débrouillard et malin. Mais quand même.

Un des détectives lui fit signe pour attirer son attention.

— Je dois y aller.

Elle raccrocha et suivit le détective, trottinant pour le rattraper.

— Où allons-nous ?

— Le sergent dit que c'est comme la gare centrale en ce qui concerne une famille.

— D'accord, j'y vais. Peux-tu demander à Bradley Pickering, très gentiment, s'il se souvient où était Farrelly le jour où Hardy s'est échappé ? Apporte-lui un café et fais-lui savoir que nous avons appelé son avocat.

De retour au bureau d'accueil, l'agent de service leva les yeux au ciel en voyant Liz.

— *Madame* Pickering pour vous.

*Oh Seigneur, est-elle venue signaler la disparition de son mari ?*

La fatigue jouait avec son esprit.

— Carla ? Voulez-vous venir ?

La femme était trempée, ses cheveux dégoulinant d'eau alors qu'elle se levait. Ses vêtements étaient sales d'un côté, comme couverts de boue.

— Allons vous chercher un café et une serviette.

---

La femme assise en face d'elle n'était pas une amie. Mais Carla n'avait plus d'amis de toute façon maintenant. Plus d'amour dans sa vie. Plus de mari. Pas après cette terrible nuit. Ce n'est qu'en se présentant qu'elle pourrait peut-être sauver sa relation avec Melanie, car si Vince la coupait de la vie de la petite fille, il ne lui resterait plus rien pour vivre.

— Carla ? Pourquoi étiez-vous trempée ? Et si boueuse ? Êtes-vous tombée ?

La détective lui avait apporté un pantalon de survêtement et un haut à manches longues, ainsi que des serviettes et des lingettes humides. Ensuite, elle l'avait laissée seule quelques minutes pour se changer, revenant avec un café chaud.

— Pourquoi êtes-vous si gentille, officier ?

— Liz. Appelez-moi simplement Liz, d'accord ? Quelqu'un vous a-t-il agressée ?

— Oh. Pas physiquement. Non. Elle toucha son visage qui était sec mais devait avoir l'air affreux. Elle avait essayé d'enlever la boue et le maquillage qui avait coulé. Allez-vous arrêter mon mari, s'il vous plaît ?

Le visage de l'autre femme n'avait presque pas changé d'expression, mais sa main, tenant un stylo au-dessus d'un carnet, s'était légèrement levée.

— Pourquoi ?

*Pourquoi ? Oh mon Dieu, il a tué...*

La panique s'empara d'elle. Si elle prononçait ces mots à voix haute, ils deviendraient réels. Pas de retour en arrière possible. Pas moyen de rétracter la vérité. Toutes ces années où elle l'avait aimé si profondément qu'elle avait changé sa vie pour lui. S'était transformée, petit à petit, en la femme qu'il avait toujours voulue.

*Pas la femme que je voulais être.*

Son cœur lui faisait mal.

— Vous m'avez demandé pourquoi j'étais arrivée si mouillée et boueuse. J'étais allongée à côté de la tombe de Susie pendant des heures. Même quand la pluie a commencé, je ne pouvais pas bouger. J'étais figée sur place à cause de ce que j'avais entendu.

— Qu'avez-vous entendu ? Qu'est-ce qui vous a fait aller au cimetière la nuit ?

Les doigts de Carla faisaient tourner son alliance encore et encore jusqu'à ce qu'elle s'en aperçoive et s'arrête brusquement.

— Brad parlait à quelqu'un au téléphone. À la maison. J'allais lui demander s'il préférait du vin blanc ou rouge pour le dîner et j'ai accidentellement entendu qu'il disait à cette personne que... eh bien, qu'il devait discuter de ce qu'il fallait faire avec Vince. C'était la façon dont il l'a dit qui m'a effrayée, alors quand il est parti, je l'ai suivi. La dernière chose à laquelle je m'attendais, c'était qu'il aille au cimetière.

— Continuez.

— Il a rencontré cet avocat, Richard Roscoe et Abel. Je ne supporte pas Abel. Je ne pouvais pas entendre au début, mais j'ai réussi à m'approcher suffisamment en me cachant derrière les arbres.

— C'était courageux de votre part. Ils ne vous ont pas vue du tout ?

— Non, ils pensaient définitivement être libres de parler. Abel a dit quelque chose à propos de Brad montrant des photos à Vince, je pense pour le faire chanter, et Brad a dit que Vince les lui avait jetées à la figure. Vous êtes l'amie de Vince. Savez-vous ce qu'il voulait dire ?

Elle le savait. Ses yeux la trahirent.

— Je ne peux pas le dire.

Le cœur de Carla battait si vite qu'elle pensait qu'elle allait s'évanouir. Mais le doux visage de Melanie était toujours dans son esprit et était la seule chose pour laquelle il valait la peine de se battre.

— Je suis presque sûre que Brad avait quelque chose à voir avec l'accident de voiture. Il a même admis qu'il n'avait pas voulu que David meure, encore moins... Susie. Il devenait de plus en plus difficile de parler alors que sa gorge se serrait. Je pense qu'il l'a fait arriver. Mais ne l'a pas fait lui-même. Je pense qu'Abel l'a fait. Il a attrapé Richard Roscoe et était très en colère contre lui et, le pire de tout, a dit que parfois les dommages collatéraux ne pouvaient pas être évités.

Liz se pencha par-dessus la table.

— Les dommages collatéraux ? Que voulait-il dire, Carla ?

— Je suis tellement désolée. J'aurais dû venir ici plus tôt mais je ne pouvais pas... je ne savais pas quoi faire. Je pense qu'Abel va essayer de tuer Vince.

————

Liz fit irruption dans la salle d'interrogatoire, faisant sursauter Pickering dont la tête reposait sur la table dans ses bras. Lorsque ses yeux se focalisèrent sur elle, il se recula.

— Où est mon avocat ?

Prise entre le désespoir et les règles, elle laissa tomber ses deux paumes sur la table avec un bruit sourd et se pencha aussi près de lui qu'elle pouvait atteindre sans saisir son cou décharné.

— Une chance, Bradley, alors écoutez. Carla vient d'entrer dans le commissariat et m'a dit qu'Abel Farrelly prévoit de tuer Vince Carter. Elle est prête à faire une déclaration complète basée sur ce qu'elle a entendu plus tôt ce soir au cimetière.

Sa bouche s'ouvrit.

— S'il arrive quoi que ce soit à Vince ou à Melanie, je m'assurerai que vous alliez en prison pour très longtemps. C'est votre unique chance de me donner des informations qui pourraient — *pourraient* — vous aider. A-t-elle raison ? Abel Farrelly en a-t-il après Vince et Mel ?

Il se recula autant que la chaise le permettait.

— Carla est ici ?

— Je n'ai pas le temps pour ça. Liz se retourna pour partir.

— Non, attendez. Est-elle en difficulté ?

*Elle devrait sacrément l'être.*

Liz se retourna.

— Je ferai de mon mieux pour l'aider, mais si je pars sans réponse...

— Oui. Abel est probablement là-bas maintenant. J'ai des informations sur lui. Sur ce qu'il a fait à ses parents. Je peux aider...

Liz claqua la porte derrière elle, composant un numéro en courant vers l'ascenseur.

# CINQUANTE-ET-UN

La carabine en bandoulière, Abel Farrelly longeait la clôture de l'allée en courant, grimpant sur le terrain dénudé autour du chalet après une douzaine de mètres. Il tenait dans une main le bidon d'accélérant.

L'orage grondait au-dessus de lui, et il prenait des précautions en traversant les zones dégagées pour éviter les éclairs.

La pluie avait déjà rendu le sol boueux par endroits, ce qui jouait en sa faveur. Des années de course régulière dans les montagnes avaient préparé son corps à l'inattendu. S'ils s'échappaient de la maison, il les traquerait en quelques secondes.

Son esprit était vide de tout, hormis la tâche à accomplir.

L'euphorie gonflait son moral.

Ces moments rendaient sa vie supportable.

# CINQUANTE-DEUX

— Papi ?

Vince se réveilla en sursaut, à moitié hors du lit avant d'apercevoir Mélanie près de la porte. Il était allongé sur les couvertures et toujours habillé, à l'exception de ses bottes.

*Je me suis endormi.*

Un éclair illumina la pièce. Mélanie était enveloppée dans sa robe de chambre et tenait Robbie contre sa poitrine, les deux ours en peluche coincés dans son décolleté. Quand le tonnerre gronda au-dessus du cottage, elle courut vers lui.

— Viens là, ma chérie. Il la souleva sur ses genoux. Ce n'est qu'un orage bruyant. Et si on allait dans la cuisine pour préparer un chocolat chaud ?

Elle hocha la tête et il la reposa sur ses pieds, qui étaient nus.

— D'abord, va mettre tes chaussons. Le sol est trop froid. Et peut-être des chaussettes aussi.

— Tu peux prendre Raymond Bear et Topsy Bear ? Elle les laissa tomber dans ses mains. Il n'y a pas assez de place pour le pauvre Robbie.

— Euh, bien sûr. Tu es sûre de t'en sortir ?

— Je vais me dépêcher et penser au chocolat chaud. Elle sursauta un peu à cause d'un autre éclair. Chocolat chaud.

Chocolat chaud. Sa voix s'estompa tandis qu'elle courait vers sa chambre.

*Brave petite.*

Il enfila ses bottes et attrapa les peluches.

— Allez, vous deux.

Dans la cuisine, il les posa sur la table et remplit la bouilloire. Une fois celle-ci allumée, il prit des tasses et des cuillères, jetant un coup d'œil par la fenêtre alors qu'un éclair transformait l'obscurité extérieure en plein jour l'espace d'un instant.

Quelque chose bougea près de l'étendoir.

Il s'approcha de la fenêtre, attendant.

Un éclair.

Rien.

Son estomac se noua.

Il y avait bien eu quelque chose dehors. Quelqu'un.

Dans le salon, il écarta doucement un rideau juste assez pour voir dehors. À travers la pluie battante, une silhouette approchait. Il n'y avait pas de voiture. Ce n'était ni Liz ni personne d'autre de la police. La personne portait un bidon d'essence et un fusil.

Enfilant son lourd manteau accroché près de la porte, Vince courut à la cuisine. Mélanie était à table, un carnet de dessin ouvert devant elle.

— Tu as Robbie ?

— Oui. Qu'est-ce qui ne va pas ?

— Tes chaussons ?

Il ouvrit le sac à dos et y fourra les peluches.

— Mes chaussures. Pourquoi tu fais ça ? Elle était debout, le visage empreint de peur.

— J'ai besoin que tu m'écoutes attentivement, ma chérie. Nous devons quitter le chalet tout de suite. On va sortir par la porte de derrière et aller directement chez Lyndall, d'accord ?

Ses mots étaient presque inaudibles à cause de la pluie.

— C'est l'homme en colère ?

— Je crois, oui. Mais on va être en sécurité. Toi, moi et

Robbie. Il glissa le carnet de dessin dans le sac à dos et le ferma. Son téléphone était sur la table et il le mit dans la poche de son manteau. Tu peux me promettre de faire tout ce que je te dis ?

Mélanie hocha la tête, des larmes brillant dans ses yeux.

— Tu t'en sors avec le chaton ?

Elle leva la tête et bougea son bras cassé pour que sa main couvre le haut de sa robe de chambre. Il devait être à l'intérieur comme souvent.

Vince mit le sac à dos sur ses épaules. Il voulait porter Mélanie, mais ils seraient peut-être plus rapides si elle restait à côté de lui.

— Allez, viens. On passe par la porte de derrière.

# CINQUANTE-TROIS

Abel gravit les marches jusqu'à la porte d'entrée. Il s'arrêta, savourant l'instant.

C'était le bonheur.

Rien à voir avec l'acte ignoble du meurtre par strangulation. Ginny était morte parce qu'il avait perdu le contrôle. C'était une erreur. Ne jamais tuer avec émotion. Le risque de commettre des erreurs était trop grand.

Comme la pince coupante qu'il avait utilisée pour libérer les poignets de Hardy des menottes.

Pas que ses empreintes y soient.

Les flics seraient à sa porte s'ils l'avaient relié à ça.

Ou peut-être qu'ils y étaient. Son téléphone resterait éteint jusqu'à ce qu'il retourne à sa voiture.

Non, il n'y avait aucune raison pour que la police s'intéresse de près à lui, ni à Bradley.

Tout s'était mis en place.

Il ne restait qu'un seul obstacle.

Melanie Weaver.

Elle l'avait vu au restaurant.

Le fait qu'elle ait survécu à l'accident était un miracle. Elle aurait dû mourir avec ses parents.

À l'intérieur du chalet, un téléphone sonna.

Il saisit le fusil et défonça la porte d'un coup de pied.

La cheminée était éteinte. Trempée. Abel jura et traversa le chalet jusqu'à la chambre de Vince.

Vide.

La porte de derrière claqua dans le vent.

Le fusil rangé à nouveau, il ouvrit le bidon et versa de l'accélérant sur le lit.

# CINQUANTE-QUATRE

— Décroche, décroche. Sirène hurlante, gyrophares allumés, Liz fonçait à travers la banlieue. Le téléphone recomposait sans cesse le numéro du chalet. Le portable de Vince ne répondait pas non plus.

Elle ralentit pour contourner la circulation et la fonction de rappel s'interrompit.

Quand son téléphone sonna, elle appuya brusquement sur le bouton.

— Vince ?

— Juste Pete. Tu l'as eu ?

— Non, bon sang.

— J'arriverai avant toi. Terry est en route. La moitié des forces de police est en chemin.

Abel Farrelly a tué ses propres parents. C'est ce que Pickering commençait à lui dire.

— Tu peux faire venir les pompiers là-bas ? Ce sera les CFA dans son secteur.

— Et les ambulances. On va tout couvrir.

— Le CIRT n'arrivera pas avant nous. Fais juste attention à ne pas te faire tirer dessus, Pete.

Il rit doucement.

— Je t'aime aussi.

Il raccrocha.

Elle ne put esquisser un sourire. Trop d'heures s'étaient écoulées depuis que Carla avait surpris le plan pour tuer Vince. Tout ce qu'elle pouvait espérer, c'était que Farrelly avait attendu que les conditions soient optimales pour attaquer.

*J'arrive, Vince. S'il te plaît, sois sorti de là.*

Elle appuya sur la touche de rappel.

# CINQUANTE-CINQ

En quelques secondes après être sortis du cottage, les cheveux de Vince et Melanie étaient plaqués sur leurs crânes. S'il avait eu une minute de plus, il lui aurait fait enfiler une veste épaisse. Tout ce qu'ils pouvaient faire était de courir vers le paddock de Pomme.

*Atteindre l'allée.*

*Arriver à la maison de Lyndall.*

*Emprunter le fusil qu'il savait que Lyndall gardait sous clé.*

*Laisser Melanie en sécurité avec elle.*

*Trouver qui les poursuivait.*

*Les arrêter.*

Il avait laissé les deux portails ouverts après avoir emmené Pomme chez Lyndall et récupéré Melanie. Ils sprintèrent à travers le premier portail dans le paddock, la main de Melanie glissant à cause de la pluie. Il devait la tenir fermement pour qu'elle ne tombe pas au rythme qu'il avait imposé. Elle ne se plaignait pas, ne regardait pas en arrière et ne réagissait pas à l'orage qui grondait directement au-dessus d'eux.

Ils s'arrêtèrent brusquement au deuxième portail. Entre le paddock et l'allée, il était verrouillé. Une chaîne et un cadenas qu'il n'avait jamais vus entouraient le poteau et le portail.

— Je vais te faire la courte échelle. Tiens bien le chaton.

Elle agrippa le devant de la robe de chambre tandis qu'il la soulevait et la faisait passer par-dessus, la déposant avec un grognement. Elle était légère mais l'angle était difficile.

— Allez, Papi. Grimpe.

— Je vais le faire. Mais toi, vas-y. Pars maintenant, cours aussi vite que tu peux. Dis à Lyndall que j'arrive et que j'ai besoin de son fusil.

— Mais j'ai peur...

— Tu es la personne la plus courageuse que j'aie jamais rencontrée. Cours, ma chérie. *Cours.*

Il n'oublierait jamais la terreur sur son visage alors qu'elle titubait vers l'allée. Elle voulait attendre. Il pouvait le voir. Elle savait que l'homme en colère arrivait et ne voulait pas laisser Vince seul. Puis elle se retourna et s'élança dans la nuit.

Il mit le pied sur le barreau le plus bas de la clôture et se hissa. C'était trop dur et il glissa en arrière. Arrachant son sac à dos, il le jeta par-dessus la clôture et recommença. Cette fois, il atteignit le sommet et alors qu'il basculait de l'autre côté, le ciel s'illumina.

Pas le ciel.

Ce n'était pas un éclair.

— Non, non, non !

Le chalet était en feu.

———

Abel jeta le bidon sur le lit et recula alors que les flammes faisaient un autre whoosh.

C'était magnifique... la puissance du feu, la fumée tourbillonnante.

Les choses ne s'étaient peut-être pas déroulées comme il l'avait prévu, mais c'était pour ça qu'il avait le fusil.

Un vieil homme pas en forme et une petite gamine n'iraient pas loin.

Probablement encore en train d'essayer de déverrouiller le portail.

Les flammes atteignirent les rideaux fragiles et ce fut son signal pour partir. Les planches ne mettraient pas longtemps à suivre et alors ce tas de merde serait en cendres.

Il ne put s'en empêcher. Il entra dans la chambre de la gamine.

Sur sa table de chevet, il y avait une photo encadrée d'elle avec David et Susie. Il sortit la photo et la glissa dans sa poche. Sympa à garder comme souvenir.

Dehors, il laissa la pluie laver l'odeur de fumée de sa peau tandis qu'il scrutait la propriété, attendant qu'un éclair lui montre où ses proies se cachaient. Tellement d'options.

Avaient-ils fait un sprint vers la route ? Peu probable avec un ancien flic. Il ne voudrait pas risquer de tomber sur son chasseur et il n'y avait presque aucun abri entre le devant du chalet et la route.

Se cachaient-ils dans l'un des hangars ou sous l'appentis ? S'ils avaient atteint le portail qu'il avait verrouillé, ils auraient pu chercher un abri. Le vieil homme était trop gros pour grimper aux clôtures.

Même alors qu'il se dirigeait vers le box du poney pour vérifier, un cri perça le tonnerre.

— Non. Non. Non !

Et le voilà. Vince Carter, luttant pour remonter l'allée.

Excellent.

# CINQUANTE-SIX

*Bouge, Vince. Va chercher Lyndall. Récupère l'arme.*

Ses jambes étaient de plomb.

Son cœur était de pierre.

Toute une vie de souvenirs partait en fumée.

Vince trébucha, son cœur faisant un bond alors qu'il réussissait à peine à rester debout. Le sol était détrempé et glissant. Il se déplaça vers le bord de l'allée où l'herbe rendait le terrain un peu plus ferme sous ses pieds.

Il aspira de l'air et se força à accélérer, ses muscles hurlant leur mécontentement face à ce traitement. La visibilité était faible dans l'obscurité et sous la pluie, sauf pendant ces secondes d'éclair. Il devait éviter d'être vu tout en essayant de repérer ce fou.

*Réfléchis bien.*

Presque arrivé au sentier menant au petit verger de Susie, Vince s'arrêta net, collé contre un épais buisson presque de sa taille. De là, la vue sur l'allée était dégagée. Il s'obligea à garder son attention dessus, mais dans sa vision périphérique, des flammes rouges et orange grandissaient.

Melanie devait être chez Lyndall, sinon très proche. Elle devrait trouver un moyen de la réveiller de l'extérieur et avec tout ce tonnerre, et si Lyndall ne l'entendait pas ? Ces pensées n'aidaient pas. Il fit glisser son sac à dos. Il pouvait le laisser ici derrière les buissons. Son téléphone vibra. C'était la première fois qu'il le remarquait. S'il pouvait appeler à l'aide...

Zigzaguant dans le ciel, la foudre frappa quelque chose non loin avec un fort craquement. Aussi vite, l'obscurité retomba, mais Vince avait vu l'homme courir au milieu de l'allée, un fusil à la main. Le bras droit de Pickering.

Jetant un coup d'œil à la maison de Lyndall, il estima ses chances d'y arriver avant que Farrelly ne l'attrape. Il était déjà presque à portée de tir.

*Je le conduirais droit à Melanie et Lyndall.*

S'il restait ici hors de vue, il pourrait avoir l'élément de surprise. Un rapide coup d'œil autour ne révéla aucune arme potentielle. Pas de branches détachées ni de grosses pierres. Le sac à dos pourrait faire tomber l'homme si Vince frappait assez fort, mais il était peu probable qu'il le maintienne à terre. Néanmoins, Vince le ramassa.

Sûrement Lyndall appellerait immédiatement la police. L'aide arriverait. Tout ce qu'il avait à faire était de tenir Farrelly éloigné de la maison jusque-là.

*Je la protégerai Susie. Je la protégerai au péril de ma vie.*

Vince courut jusqu'au sentier et une fois arrivé, il attendit.

Au prochain éclair, Farrelly avait réduit la distance de moitié. Conscient d'être visible, Vince cria en direction du verger.

— Melanie ! Reviens.

Et sur ce, il jeta le sac à dos et courut pour sa vie.

———

— Chut, petit. Nous devons trouver Lyndall.

Melanie était à la maison, sur la terrasse arrière. Elle n'avait aucune idée de comment trouver Lyndall et frapper à la porte d'entrée ne faisait que lui faire mal à la main. Robbie était agité.

Les larmes coulaient sur son visage et les sanglots se bloquaient dans sa gorge, mais elle n'allait pas abandonner.

Papi avait besoin qu'elle réveille Lyndall et demande le fusil.

Il serait bientôt là.

Elle borda un peu plus Robbie. Il était presque aussi mouillé qu'elle, mais ça n'avait pas d'importance. Elle devait le protéger de l'homme en colère.

La porte de derrière était une grande baie vitrée coulissante. Elle était entrée et sortie plusieurs fois pendant la journée, suivant Lyndall jusqu'aux marches puis se retirant vers la balustrade pour la regarder s'occuper des ânes.

Elle essaya de l'ouvrir mais il y avait un verrou. Elle frappa à la porte.

— Lyndall ! Lyndall, ouvre la porte !

Sur la brique à côté du verrou se trouvait un bouton et elle appuya dessus. Une sonnette forte retentit, et elle poussa un cri et sursauta. Robbie griffa sa peau, et elle se mit à pleurer pour de bon. Sa main valide alla sur sa tête pour le caresser et il se calma, mais elle avait mal et elle était si effrayée.

La lumière s'alluma au-dessus d'elle et la porte coulissa.

— Ma pauvre petite...

Soudain, Melanie fut soulevée dans les bras de Lyndall. Le monde tourna un peu et la porte se ferma avec un clic. Elles étaient à l'intérieur.

— Melanie, que s'est-il passé ?

— Papi...

Maintenant elle était sur une chaise et Lyndall était agenouillée devant elle, défaisant sa robe de chambre. Robbie bondit et s'enfuit.

— Robbie.

— Il va bien. Il va retrouver sa maman alors enlevons-toi cette chose mouillée.

Melanie se leva et aida.

— Ma chérie, tu es trempée jusqu'aux os. Où est Vince ?

— Il était derrière moi. L'homme en colère est venu. L'homme en colère nous poursuit.

— Je vais appeler la police. Viens avec moi. Lyndall prit la main de Melanie et elles coururent vers la cuisine. Melanie aimait bien cet endroit avec ses grands comptoirs et ses fenêtres donnant sur le chalet mais maintenant, elle hurla et pointa du doigt le feu.

— Oh, mon doux Seigneur, ne regarde pas là-bas, Melly. Viens ici pendant que je téléphone.

Tenue contre la robe de chambre de Lyndall qui sentait la rose, Melanie essaya de se rappeler ce dont Papi avait besoin. Elle tremblait et les larmes ne voulaient pas s'arrêter mais Lyndall parlait à quelqu'un et donnait leur adresse et demandait la police, les pompiers et des ambulances.

— Écoute-moi, Melanie, tout ira bien. Je vais t'emmener dans une pièce spéciale que j'ai où personne, et je dis bien personne, ne pourra te trouver. Tu pourras voir dehors et quand tu te sentiras en sécurité, il y a un bouton que je te montrerai et tu pourras appuyer dessus pour laisser entrer les bonnes personnes.

De nouveau, elles bougeaient. Melanie regardait partout mais ne voyait pas Robbie.

— Il ira bien, je te le promets.

— Lyndall, Papi a besoin d'emprunter ton fusil.

Elles s'arrêtèrent devant une porte.

— C'est ça ? Eh bien, petite demoiselle, je ferais mieux de t'installer et de m'assurer qu'il obtienne ce dont il a besoin.

La porte coulissa et Melanie jeta un coup d'œil à l'intérieur. Il y avait un lit, une table et des chaises, un évier et une autre porte menant à une salle de bain. Une bibliothèque était contre un mur à côté d'un réfrigérateur et il y avait trois télévisions sur un autre mur.

— Faisons vite le tour et allumons les moniteurs, puis j'irai chercher ton grand-père.

Un moment plus tard, Lyndall l'embrassa et alors qu'elle

sortait, Robbie et sa mère et son frère ou sa sœur bondirent à l'intérieur. Le prenant dans ses bras avec soulagement, Melanie regarda le premier écran. Lyndall déverrouillait une armoire haute encastrée dans le mur en face de cette pièce. Elle en sortit quelque chose de long : un fusil. Et une petite boîte. Puis elle traversa la maison. Le moniteur suivant la montrait à la porte de derrière, enfilant son grand manteau et son chapeau.

Une fois qu'elle fut sortie, Melanie ne put la trouver sur le dernier moniteur, qui montrait une partie du jardin. Elle serra Robbie dans ses bras.

— Trouvons une serviette pour toi.

# CINQUANTE-SEPT

Il n'avait pas emprunté ce sentier depuis des années, mais ses pieds en connaissaient le chemin. Un étroit chemin de terre, presque recouvert par l'herbe douce et longue qui affectionnait cette partie de la propriété, suivait une crête sur une centaine de mètres avant de s'éloigner du précipice. Il y avait un creux où les arbres commençaient à offrir un abri, puis une montée.

Par précaution, il appela de nouveau :

— Melanie ! Attends-moi.

Si Farrelly n'était pas sur ses talons, il n'avait pas de plan B.

La tête de Vince tournait à cause de l'effort et ses jambes flageolaient. Chaque respiration était haletante et douloureuse. Mais il trouva le bosquet d'une douzaine d'arbres adultes, bien loin des minuscules arbrisseaux qu'il avait plantés avec Susie il y avait si longtemps.

Titubant vers le plus proche, il se jeta derrière, aspirant l'air avec difficulté. Il était à bout de forces. Farrelly allait le trouver et le tuer, mais il avait gagné du temps pour que Melanie se mette à l'abri. C'était tout ce qui comptait. Il l'avait protégée.

Sa main s'appuya contre l'arbre.

*Susie a planté celui-ci.*

Ils avaient passé d'innombrables heures ici, à préparer le terrain, à planter, à transporter de l'eau depuis si loin.

— Regarde ce qu'on a fait, Papa.

Surpris, il jeta un coup d'œil autour du tronc, mais il n'y avait rien d'autre que les autres arbres.

— Un jour, ils nous nourriront et nous abriteront. C'est cool, non ?

*J'ai perdu la tête.*

La lumière du soleil filtrait à travers les arbres à moitié poussés tandis que Susie, âgée de quinze ans, dansait autour d'eux.

— Viens voir celui-ci. Regarde la branche par terre ici. Et l'endroit d'où elle est tombée. Allez, Papa. Ouvre les yeux.

Il l'a suivie jusqu'à l'arbre, mais quand il tendit le bras pour toucher le sien, il n'y avait que l'air obscur.

À ses pieds, une grosse branche de la longueur d'une batte de baseball. Et à hauteur d'épaule, ses restes déchiquetés formaient un crochet sur l'arbre.

Vince arracha sa veste et l'accrocha.

Il saisit la branche et se retira dans la nuit.

# CINQUANTE-HUIT

L'orage passait et la pluie s'atténua suffisamment pour que d'autres sons pénètrent la nuit. Des craquements et des crépitements venant du pauvre chalet. Une sirène au loin. Un craquement lorsqu'une brindille se brisa sous un pied.

Vince retint son souffle et resserra sa prise.

Une ombre passa devant sa cachette et s'arrêta.

Le cliquetis menaçant du fusil qu'on arme, puis Farrelly le leva et tira sur le manteau de Vince accroché à l'arbre.

Tenant une branche à deux mains, Vince frappa de toutes ses forces, atteignant l'arrière de la tête de Farrelly avec un bruit sourd satisfaisant. L'homme s'effondra face contre terre et le fusil lui échappa des mains.

*Es-tu mort ?*

Il chercha le fusil dans l'herbe là où il pensait qu'il était tombé. Pas là. Il revint sur ses pas, les yeux rivés au sol. Le laisser ici n'était pas une option.

— J'ai maintenant une autre raison de te tuer.

Vince fit volte-face. Farrelly était à genoux, le fusil pointé, le sang coulant le long de son visage.

— Et puis je trouverai la gamine. Et la voisine pour faire bonne mesure.

Les sirènes se rapprochaient. Farrelly jeta un coup d'œil dans leur direction pendant un instant et Vince se jeta vers l'arbre le plus proche.

*BANG.*

Une douleur lancinante.

Sa jambe droite ne répondait plus, et il s'effondra au sol, criant d'agonie et de désespoir. C'était fini. Farrelly était debout, marchant vers Vince tout en rechargeant. Ce n'était pas censé se terminer ainsi. Ici, dans le verger de Susie.

La police était proche. Il avait vu les voitures foncer dans l'allée. Melanie serait en sécurité.

*Je l'ai protégée, Susie.*

Farrelly leva le fusil et visa directement Vince.

*BANG.*

*BANG.*

La bouche ouverte de stupeur, Farrelly s'effondra au sol en se tenant la poitrine.

Cela n'avait aucun sens. C'était *lui* qui avait été touché, pas le tueur. Mais il n'y avait plus de vie dans les yeux de l'autre homme.

Le monde devint silencieux.

# CINQUANTE-NEUF

*Obscurité... froid... mort...*

Ses paupières étaient trop lourdes pour s'ouvrir.

— Où est l'ambulance ? Vous ne pouvez pas les faire venir plus vite ?

— C'est Lyndall, c'est ça ? Écoutez, c'est un vieux dur à cuire. Il n'est probablement même pas vraiment blessé et il est juste allongé là pour attirer l'attention.

— Pourquoi ai-je dû faire votre travail à votre place, officier ?

— Vous ne l'avez pas fait. On a tous les deux fait mon travail. Et appelez-moi Pete.

Une main douce toucha le visage de Vince.

— Donne-moi ta veste, Pete.

— Il n'en a vraiment pas besoin... bon, d'accord.

La veste sentait la malbouffe. Mais sa chaleur s'infiltrait dans le corps de Vince. Les voix étaient un rêve. Une sorte de blague d'outre-tombe où McNamara le hanterait pour toujours.

— Vince ! Oh mon Dieu, Vince...

*Pourquoi Liz est-elle là aussi ?*

Plus important encore, pourquoi pleurait-elle ?

Cette fois, ses yeux s'ouvrirent, droit dans les siens.

— Salut, Lizzie. Ne pleure pas pour moi.

— Dieu merci. Et je ne pleure pas. Elle s'essuya les yeux du revers de la main. Où es-tu blessé ?

— Il a été touché à la jambe droite, Liz. Je pense que la balle l'a traversée. Le visage de Lyndall apparut à côté de celui de Liz. Un peu de rafistolage et il sera comme neuf.

— Je le serai. Il se redressa sur un coude et une douleur parcourut sa jambe, plus une pulsation intense que la brûlure de la balle. Farrelly est mort ?

— Sûr et certain. Pete entra dans son champ de vision portant trois fusils. Deux gros trous dans la poitrine. Et un coup à l'arrière de la tête. C'était un homme déjà mort qui marchait, je pense.

— Deux trous ?

Lyndall haussa les épaules.

— Où est Melanie ? Elle t'a trouvée ? Est-elle...

— Tout à fait en sécurité. C'est une jeune fille courageuse qui est probablement en train de se sécher ainsi que son chaton. Je retourne la voir maintenant. On te rejoindra à l'hôpital un peu plus tard quand tu auras l'air présentable et que tu ne feras plus peur à cette pauvre enfant.

Les ambulanciers s'approchèrent et Liz se leva.

— Tu t'en sortiras sans moi pendant un moment ?

— Pourquoi me laisses-tu seul avec McNamara ?

— Sympa. McNamara rit.

— Je dois prendre la déposition de Lyndall, et je pense que ça rassurera Melanie d'avoir un autre visage familier. Et avant que tu ne poses d'autres questions, je vais devoir sprinter pour rattraper Lyndall.

*Je connais ce sentiment.*

Il ne restait plus que lui, McNamara et le corps. La fumée s'installait autour d'eux.

— Les pompiers travaillent dur pour sauver ce qu'ils peuvent. Ça ne me dérangerait pas de récupérer ma veste, Vince. Il commence à faire froid.

— Sers-toi. Elle sent affreusement mauvais.

— Merci. Tu pourras me remercier plus tard. Pour la première fois depuis des années, le visage de McNamara ne montrait ni moquerie ni haine envers Vince. Il s'accroupit à proximité, prudent avec les fusils. Tu as sauvé la vie de Melanie. Aucun doute là-dessus.

Reprenant la veste avec lui, il se redressa avec un large sourire.

— Et j'étais l'une des deux personnes qui ont sauvé ton pauvre cul. Je vais le regretter pendant longtemps.

# SOIXANTE

Vince dormait lorsque Liz lui rendit visite. Il avait subi une opération quelques heures après son arrivée à l'hôpital et se reposait confortablement, selon la personne à qui elle avait réussi à parler. Elle-même avait dormi la moitié de la journée, épuisée à un niveau qu'elle atteignait rarement. Après quelques heures au poste, elle avait dû venir voir par elle-même s'il allait bien. Elle avait pris la bonne décision en allant d'abord voir Melanie cette nuit-là. N'est-ce pas ?

— Pourquoi tant d'inquiétude, Lizzie ?

Ses yeux étaient posés sur elle, et elle sourit en s'asseyant près du lit.

— Comment te sens-tu ?

— Mieux que toi. Quelqu'un est mort ? J'ai des antidouleurs agréables et je suis vivant.

— Et tu te demandes pourquoi je m'inquiète ? Elle prit sa main. J'ai cru qu'on arriverait trop tard et quand je suis arrivée et que j'ai vu le chalet... je suis tellement désolée pour ça. Et puis toi, allongé là...

Il serra ses doigts.

— Mais tu as dû voir Lyndall et l'abruti, et aucun d'eux ne pleurait. Tu aurais sûrement pu voir que j'étais réparable.

— Cet abruti t'a sauvé la vie. Lui et Lyndall.

— Ouais... eh bien Pete et moi avons fait la paix. Pour l'instant.

— Dieu merci pour ça.

— Que s'est-il passé, Liz ?

Elle lâcha sa main et se pencha en arrière.

— Version courte ? Farrelly t'avait dans sa ligne de mire pour un tir mortel. Tu étais déjà à terre à cause de la balle dans la jambe et incapable de te mettre à couvert. Il n'y avait pas le temps de négocier avec ce salaud, alors il a reçu quelques balles dans la poitrine.

— Ouais. Je comprends cette partie. Mais Pete avait trois fusils. Celui de Farrelly et le sien, je les ai reconnus, mais l'autre... oh. Lyndall ?

— Tu as deviné. Pete dit qu'elle a tiré en premier, mais il ne veut pas le mettre dans sa déposition au cas où ça lui retomberait dessus. Et il dit qu'elle était loin de Farrelly, en haut de la colline. Elle a tiré, déchargé le fusil et le lui a donné sans un mot.

*Il y a une histoire derrière Lyndall. On ne devient pas un tireur d'élite sans un entraînement spécial.*

— Melanie va bien ? Vince grogna en se redressant un peu plus. Elle a été incroyable, Lizzie. Elle a fait tout ce que je lui ai dit et plus encore malgré sa terreur.

Elle ne put s'empêcher de sourire légèrement.

— J'ai eu beaucoup de câlins, c'est sûr. Mais une fois qu'elle a su que tu allais t'en sortir, tout ce qui lui importait était le chalet. Pas pour ses propres affaires qu'elle venait de perdre, mais pour toi. Pour tes photos et tes oiseaux sculptés, et parce que c'était la maison de Susie.

Vince détourna le regard, clignant rapidement des yeux.

— Nous avons récupéré ton sac à dos et tout est sec à l'intérieur. Rien n'est cassé. Tu veux que je te l'apporte ?

Il hocha la tête, toujours sans croiser son regard.

Elle regarda autour d'elle et repéra une carafe d'eau.

— Tu dois rester hydraté. Tu sais combien de temps tu vas rester ici ? Elle lui versa un verre et le lui apporta.

— Euh, merci. Pas longtemps.

— Melanie et toi êtes les bienvenus chez moi si ça peut aider. Maintenant, il sourit.

— À moins que tu n'aies déménagé récemment, je ne suis pas sûr où nous pourrions tenir.

C'était vrai. Son appartement avait une chambre et une salle de bain, et était au troisième étage sans ascenseur.

— En fait, oublie ça. L'ascenseur ne fonctionne pas depuis des semaines, et je doute que tu te sentes capable de monter ces escaliers avec des béquilles.

— Tu devrais signaler ça au propriétaire. En fait, tu devrais déménager dans quelque chose de plus agréable.

Ils avaient déjà eu cette conversation et il avait raison, mais elle n'avait pas le temps de chercher un autre logement. Et elle avait ses propres raisons de rester là.

— Tu savais que Lyndall a une pièce de sécurité ?

Ses yeux s'écarquillèrent.

— Je ne savais pas.

— Melanie m'a tout raconté. Lit, salle de bain, beaucoup de nourriture et d'eau. Des moniteurs qui lui permettaient de voir qui était à l'extérieur de la pièce. Elle a trouvé ça, je cite, très cool. Donc, à un moment donné, j'aimerais bien discuter de ta voisine.

— Peut-être. Il regarda Liz et son visage s'illumina. Elles sont là !

Liz l'embrassa sur la joue.

— Sois sage et appelle-moi si tu as besoin de quelque chose. Je t'apporterai le sac à dos un peu plus tard.

— Papi ! Une silhouette floue d'enfant passa en trombe.

Liz croisa Lyndall près de la porte. L'autre femme lui serra les mains et bien qu'elle ne dît rien, il y avait de la chaleur et de la gratitude dans ses yeux.

— Il sera content que vous soyez là.

Avec un hochement de tête, Lyndall lâcha ses mains et entra.

Quand son téléphone vibra pour signaler un message, Liz s'arrêta devant la fenêtre pour le lire. Lorsqu'elle jeta un coup d'œil dans la chambre, tout ce qu'elle pouvait voir était de l'amour et du soulagement émanant des trois personnes.

# SOIXANTE-ET-UN

Vince se débrouillait bien avec ses béquilles et n'eut aucun mal à se rendre au bureau de Terry.

Quelques têtes se levèrent de leur travail à son passage et des murmures de « Salut Vince » et « Content de te voir » se firent entendre. Quelle différence par rapport au jour où il avait fait irruption dans le bureau quelques semaines plus tôt.

Terry se leva et tira une chaise pour Vince.

— Un café ?

— D'abord quelqu'un essaie de me tirer dessus, et maintenant tu m'offres du poison ?

— Bien vu. Terry rit et retourna s'asseoir. J'ai entendu dire que Melanie et toi logez chez votre voisine.

— Ouais. Juste pour un moment, le temps que je règle l'assurance et tout le bazar pour le chalet. On pourrait aller chez Susie mais les marches auront raison de moi tant que je ne serai pas débarrassé de ces trucs. Je ne sais pas encore si je vais profiter de cette occasion pour déménager, tu sais, plus près de l'ancienne vie de Melanie.

— Qu'en dit Melanie ?

— Elle m'a dessiné une série d'images de ce à quoi notre

nouveau chalet devrait ressembler une fois qu'on l'aura construit.

— Je vois.

Liz passa la tête par la porte.

— Eh bien, regardez-moi ça !

— Joins-toi à nous, Liz. Terry fit un signe vers une autre chaise. Tu veux mettre Vince au courant de notre enquête ?

— Avec plaisir. Nous avons établi que Farrelly était responsable des morts de Ginny et de Marco. Roscoe s'est montré coopératif, une fois qu'il a su que sa carrière était finie et que sa seule chance d'éviter une longue peine de prison était de collaborer. Farrelly a malmené Roscoe depuis qu'il a emménagé chez lui à quinze ans, au point de le forcer à faire son sale boulot. Il a retrouvé la trace de Roscoe il y a quelques années et a commencé à élaborer un plan à long terme pour se constituer une fortune.

— En utilisant PickerPak pour déplacer des criminels ? demanda Vince.

— C'était leur dernière trouvaille. Pickering refuse toujours d'admettre grand-chose, mais nous avons reconstitué — grâce à ce que tu nous as aussi fourni — que David avait eu vent de cette nouvelle orientation et que lorsqu'il a essayé de vendre ses parts, Farrelly l'a menacé au point qu'il a craint pour sa famille.

*Si seulement j'avais été là pour lui.*

— Il essayait de s'en sortir sans attirer l'attention sur ses plans. Quand il a fallu signer ce contrat de fret, il a tenu bon. Liz secoua la tête. Je suppose que Farrelly l'a vu comme un obstacle.

— Vous avez des preuves que Farrelly conduisait la camionnette ? Ou était-ce Pickering ? L'estomac noué, Vince serra les poings. C'est facile de mentir maintenant que Farrelly est mort.

Liz tendit le bras, posant sa main sur l'une des siennes pendant un moment.

— C'était Farrelly. Les preuves médico-légales le placent sur la scène de l'accident grâce à sa sale habitude de jeter des mégots de cigarettes. Pickering le savait mais je ne peux pas encore le prouver.

Le malaise s'estompa. C'était fini. Vraiment fini.

— Carla ?

Terry sourit.

— Elle ne peut plus s'arrêter de parler. Elle est anéantie par ses actions, et elle avait accès à tous les comptes et données cachés de Pickering, elle ne savait simplement pas que ça existait mais cet imbécile n'utilisait qu'un seul mot de passe qu'elle a deviné.

— Elle ne sera pas inculpée, dit Liz. Je pense qu'elle est innocente de toute participation aux activités de Pickering, et elle se sent coupable pour l'accident. Nous ne savons pas où Pickering disparaissait tout le temps, mais nous finirons par le découvrir. Mais Vince ? Elle veut te voir. Pour te demander si Melanie peut encore faire partie de sa vie.

— C'est à Melanie d'en décider. Plus tard. Une fois que tout sera rentré dans l'ordre. Melanie a beaucoup plus à gérer maintenant et tout ce que je peux dire c'est que Dieu merci, il y a le docteur Raju. Il redressa ses béquilles. Maintenant, si vous voulez bien m'excuser, j'ai un dîner prévu avec ma petite-fille.

———

— Tu peux trouver ta petite-fille et lui dire que le dîner est presque prêt ? lança Lyndall depuis la cuisine. Quoi qu'elle soit en train de cuisiner, ça faisait gargouiller l'estomac de Vince. Il se frotta le ventre. Encore quelques repas de Lyndall, sans parler des friandises qu'elle et Melanie préparaient, et il devrait se mettre à la course à pied.

*Une fois que cette jambe fonctionnera à nouveau.*

La dernière fois qu'il l'avait vue, Melanie était sur la terrasse arrière, jouant avec Robbie sous le soleil de fin d'après-midi. Mais ils n'étaient ni l'un ni l'autre ici et elle n'était pas passée devant lui à l'intérieur.

Il descendit prudemment les quelques marches menant au

jardin. Elle adorait le grand potager près des paddocks mais n'y était pas non plus.

— Mel ?

Où pouvait-elle bien être ? Son cœur se mit à battre plus fort tandis qu'il retournait vers la maison, bifurquant sur le chemin pour aller plus vite avec ses béquilles. Ce n'était pas son genre de s'éloigner de la maison sans lui ou Lyndall.

Il ne restait plus beaucoup de lumière.

*Je dois aller chercher Lyndall et des lampes torches.*

Un hennissement amical de Pomme venait du paddock le plus proche.

Il n'y avait aucune chance qu'elle salue Melanie, qui refusait toujours de s'approcher à moins de quelques mètres d'elle. À moins que Robbie n'ait couru jusque-là. Il s'engagea sur l'herbe et se fraya un chemin à travers les plates-bandes, luttant avec ses béquilles sur le sol meuble.

Il était sur le point d'appeler à nouveau quand il vit Pomme près de la clôture, et il s'arrêta.

Melanie n'était qu'à quelques pas de la clôture, Robbie perché sur son bras plâtré, jetant un coup d'œil hors de l'écharpe. Comme à son habitude, Pomme passa la tête par-dessus la barrière, les lèvres frémissantes tandis qu'elle enquêtait, mais Melanie était juste hors de portée.

Pomme leva et baissa la tête plusieurs fois puis se calma, abaissant un peu l'encolure pour baisser la tête. Melanie tendit la main... et caressa le toupet de Pomme.

— Oooh... Vince mit la main devant sa bouche tandis que les poils de ses bras se hérissaient.

Avec un hennissement joyeux, Pomme poussa contre la clôture pour avoir plus de chances d'atteindre les poches du pantalon de Melanie.

Mel gloussa.

— Non, je n'ai pas de friandises.

*Je ne vais pas pleurer. Non.*

Tout devint flou quand Melanie souleva le chaton pour le

montrer à Pomme. Robbie donna une tape sur le museau de la ponette et Pomme renâcla, provoquant un fou rire chez Melanie.

Vince leva le visage vers le ciel et articula silencieusement « merci ».

———

La vaisselle était faite. Melanie avait récupéré son nouveau livre de dessin et ses crayons et, avec Robbie à proximité, s'était installée à son endroit préféré dans la cuisine.

Lyndall versa deux verres de whisky et rejoignit Vince dans le salon, ce qui lui permettait de garder un œil sur Melanie tout en étant plus confortablement installée.

— Merci, dit-il. Et merci pour cet autre délicieux dîner.

— Tout le plaisir est pour moi. J'apprécie la compagnie. Je ne pensais pas que ce serait le cas après si longtemps. Lyndall but une petite gorgée de son verre, les yeux fixés sur Melanie. Elle me redonne vie.

— À moi aussi.

— C'est certain. Lyndall le regardait maintenant avec un petit sourire. J'ai l'impression qu'une partie du fardeau s'est envolée. Je n'ai jamais compris pourquoi tu portais toute cette culpabilité, mais nous avons tous nos bagages.

Melanie gloussa devant quelque chose qu'elle avait dessiné, le montrant au chaton avant de tourner une nouvelle page.

— Je n'ai aucun moyen de te rembourser pour ce que tu as fait pour elle. L'avoir gardée à l'abri cette nuit-là. Vince regarda Lyndall. Et pour m'avoir sauvé la vie.

— Elle était facile à protéger. Une excuse parfaite pour essayer cette pièce que j'avais fait construire. Toi ? Je pensais être arrivée trop tard. Mais on y est arrivés au final. Les yeux de Lyndall se plissèrent. Qu'est-ce que tu veux me demander ? Je le vois sur ton visage. C'est à propos de mon tir de classe mondiale ou de ma panic room ?

— Les deux. On a vécu côte à côte pendant des décennies,

mais je me demande si tu n'es pas une tueuse à gages à la retraite ou quelque chose du genre.

Elle eut un petit rire.

— Rien d'aussi excitant. Je te raconterai toute l'histoire un jour, mais pour l'instant, disons simplement que je comprends ce que c'est que d'avoir affaire à des personnes malfaisantes avec des intentions cachées. Je sais ce que c'est que de perdre ses proches et de devoir laisser sa vraie vie derrière soi.

Vince suivit son regard vers l'une des peintures originales au mur. Il savait qu'elle était talentueuse et se souvenait que Melanie avait parlé du fait que Lyndall était une artiste célèbre. Marion connaissait-elle son histoire ? Il y avait soudain tant de choses qu'il voulait demander.

Mais son expression disait le contraire, et elle tenait fermement son verre.

Il n'insisterait pas pour obtenir des réponses.

— On peut aller voir Maman et Papa bientôt, s'il te plaît ? Melanie se laissa tomber sur le siège à côté de Lyndall, qui passa un bras autour des épaules de la petite fille.

— Laisse-moi d'abord régler cette histoire de jambe...

— Pas besoin d'attendre, dit Lyndall. Je serai ravie de vous conduire tous les deux. Ça ne me dérangerait pas de me rendre là-bas moi-même.

———————

Un soleil éclatant réchauffait le visage de Vince et pour la première fois depuis longtemps, il se sentait vraiment vivant. C'était étrange d'être ici, sur la tombe de sa fille, et d'avoir de l'espoir dans le cœur. Mais elle aurait été heureuse pour lui. Fière de lui.

Melanie bavardait avec la pierre tombale, racontant à Susie tout sur Robbie et à quel point elle aimait sa chambre dans la maison de Lyndall, d'où elle pouvait voir les ânes et Pomme dans leur enclos. Puis elle parla de sa nouvelle école, où elle venait de commencer le trimestre.

— Tu me manques, mon ancienne école, Maman, mais j'ai déjà deux amis qui habitent juste en haut de la rue de Papi. Et ils ont des vélos, alors je dois apprendre à en faire mais Papi dit que ton vieux vélo est un peu rouillé alors je vais bientôt en avoir un aussi... Elle leva les yeux vers Vince avec un grand sourire. Je peux en avoir un ?

— Tu as bientôt ton anniversaire, alors mettons-en un sur ta liste de souhaits.

Elle poussa un petit cri aigu puis reprit sa conversation.

Il déposa des fleurs sur la tombe de Susie puis d'autres sur celle de David. Il toucha la pierre tombale de David.

— Ils ont été arrêtés. Je suis désolé que ça ait pris tant de temps.

Après un moment, Melanie et lui déambulèrent plus loin vers une autre tombe beaucoup plus ancienne.

— Oh, bonjour Mamie !

— Mel ?

— Maman et moi venions ici tout le temps pour parler à Mamie. Je reviens tout de suite. Elle fila dans la direction d'où ils venaient.

— Bien sûr que vous veniez toutes les deux. Il ne savait pas quoi dire à la dernière demeure de Marion. Elle n'avait jamais quitté son cœur durant toutes ces années, mais maintenant il avait laissé partir la culpabilité. À sa place se trouvait un calme qui ramenait de la couleur dans sa vie. Ça et Melanie.

— Voilà !

Elle revint avec un des lys de la tombe de Susie et le déposa tout doucement près de la pierre tombale. Elle chuchota quelque chose puis vint prendre la main de Vince.

— Merci, ma chérie. Pour la fleur.

— Maman ne voit pas d'inconvénient à partager. Et j'ai dit à Mamie que j'allais prendre soin de toi parce que tu prends si bien soin de moi.

— On prendra soin l'un de l'autre, Melly chérie. Toujours.

*Tu m'as appris à respirer à nouveau, ma petite. Je serai à la hauteur de ta confiance et de ton amour chaque jour.*

Ils avaient tant perdu.

Au loin, Lyndall se redressa après avoir déposé des fleurs sur une tombe.

Elle lui avait dit un jour qu'elle n'allait pas aux enterrements, pourtant elle était là. Peut-être que Melanie lui avait également redonné espoir.

— Allez, Papi. Je pense que Lyndall est prête à rentrer. Et Robbie sera content de nous voir. Même Pomme. Peut-être. Et je veux dessiner encore parce qu'un jour je serai une artiste célèbre.

— Tu peux devenir tout ce que tu veux.

Le sourire que Melanie lui adressa remplit le cœur de Vince de chaleur.

— Toi aussi, Papi. Mamie veut que tu aies de la joie dans ta vie.

Tandis que Lyndall s'approchait, leurs regards se croisèrent. Chacun avec sa propre peine profonde. Et, peut-être, une once d'espoir nouveau.

# SÉRIE DÉTECTIVE LIZ MOORLAND

Par peur de pardonner

De peur que les ponts ne brûlent

De peur que les marées ne changent

De peur que personne ne vive

# À PROPOS DE L'AUTEUR

Phillipa vit à la périphérie d'une belle ville de l'État rural de Victoria, en Australie. Elle vit également dans les nombreux mondes de son imagination et accumule les histoires à côté de son ordinateur portable.

Elle écrit avec son cœur sur l'amour, les rêves, les secrets, la découverte, la mer, le monde tel qu'elle le connaît... ou tel qu'elle aimerait qu'il soit. Elle aime les fins heureuses, les suspenses palpitants et les personnages qui vous accompagnent longtemps après la dernière page.

Passionnée de musique, d'océan, d'animaux, de nature, de lecture et d'écriture, on la trouve souvent dans son potager en train de réfléchir à une nouvelle histoire.

Phillipa's website is www.phillipaclark.com

# LIVRES EN ANGLAIS DE L'AUTEUR

**Detective Liz Moorland**

Lest We Forgive

Lest Bridges Burn

Lest Tides Turn

Lest Nobody Lives

Connected to this series through several characters is

Last Known Contact

**Rivers End Romantic Women's Fiction**

The Stationmaster's Cottage

Jasmine Sea

The Secrets of Palmerston House

The Christmas Key

Taming the Wind

**Temple River Romantic Women's Fiction**

The Cottage at Whisper Lake

The Bookstore at Rivers End

The House at Angel's Beach

The Secrets of Willow Bay

**Charlotte Dean Mysteries**

Christmas Crime in Kingfisher Falls

Book Club Murder in Kingfisher Falls

Cold Case Murder in Kingfisher Falls

Plan to Murder in Kingfisher Falls

Festive Felony in Kingfisher Falls

**Daphne Jones Mysteries**

Daph on the Beach

Time of Daph

Till Daph Do Us Part

The Shadow of Daph

Tales of Life and Daph

**Bindarra Creek Rural Fiction**

A Perfect Danger

Tangled by Tinsel

**Maple Gardens Matchmakers**

The Heart Match

The Christmas Match

The Menu Match

The Cookie Match

Doctor Grok's Peculiar Shop Short Story Collection

Simple Words for Troubled Times

(Short non-fiction happiness and comfort book)

————